U0104108

張夢機先生詩文補遺

何維剛　主編

楊維仁、張富鈞、蔡長煌、謝亞凡　編輯

曾序

談談補遺的隱衷義與夢機的二三行誼

夢機此書名曰補遺，是因爲都沒有選入他之前已出版的諸書，最後才有此書此名嗎？而意思是此書所收是選剩的次等作品嗎？我想最好莫作此想，因爲之前沒有被選，其故實有多方，其中的主要一點是這些因時而作的詩文，其實牽涉或蘊涵種種人情世故、生命情感的蛛絲馬跡，隱約透露。看似不足爲外人道，其實反而是深入了解其人性情人品的重要材料。這些材料也許大多無法有客觀考證的依據，但卻常是一個人對人生世事的感情態度心境看法的應機呈現。正所謂羌無故實，卻事出有因也。這在中國的典籍傳統，乃是在台面上的正史紀傳之外的另一非正式傳統，即野史、逸事、傳聞、閒話、筆記、小說一類也！正如李商隱之詩謎頗費猜疑，《紅樓夢》之隱喻徒窮考證，夢機補遺中又藏有多少隱衷？也許這才是讀此書的趣味所在罷！

對夢機這部遺著我爲何作此見地？乃因與夢機親近交往六十年（包括夢機仙逝後這十幾年，我與夢機仍不時在夢中相見。）深知他的性情人格，乃是外柔而內剛。他內心實富於正義感乃至嫉惡如仇（從他少年時在岡山混太保可見一斑），但表現於外卻是與物有情，善與人同（所以人緣極好，如古典文學研究會成立，歷屆選舉理事，夢機一貫得最高票可知。）而且極爲幽默風趣（夢機講笑話功力，早成一絕。）於是在內外之際、若矛盾若不矛盾之間，便有種種觸機而生的感慨眞情，於言行中自然流露，而唯知交在旁得以與聞，亦時或於詩文中略見痕跡也！

那麼，可以即就夢機的如此行誼略說一二，以爲印證嗎？那不妨就從夢機對待朋友一端，姑妄言之罷！

就交友的初衷而言，夢機總是有緣相識，便自然秉道義與朋友相待的。所以他極重朋友，提拔學生尤其不遺餘力（他的入室弟子都當有此感）。曾有一次跟我笑論他與我在人際關係上的差異，說我是太太排第一（乃因愛情是我最核心的關懷、最重要的學問），學生排第二，朋友排第三；他剛好相反，是朋友排第一，學生排第二，太太排第三。

朋友排第一，有什麼例證嗎？例如：我早年和夢機同任教於高雄師大，而又都家住台北；所以每週都一起坐火車來往北高一趟。當時鐵路電氣化尚未完成，車程費時甚久；夢機在與我同座七個半小時之後，到台北下了車，竟然還會跟我說：「找個咖啡館坐坐如何？」初聽眞令我不可置信，慢慢才明白這就是夢機的性情所在。

再說一件趣事：有一回夢機、崑陽、我閒處，夢機忽問：假設有一天我殺了人，逃亡投奔到你們家，你們會收留嗎？崑陽立刻回說當然義不容辭。我則是說：那要看那人是不是眞的該殺。如果是，我當然收留；如果不是，我會勸你去自首……。看來，崑陽和夢機的性情是更偏俠義血性的，我則不免斟酌義理權衡輕重之心更多些了！

正因爲以血性待朋友，所以在利害關頭，若被視爲朋友的人出賣，夢機是非常受傷的。而夢機一生，這樣的憾事竟然屢見；遂使得夢機到了晚年，不免隱有落寞之感。當然換一個角度看，這又未嘗不是一種自然的考驗與汰濾，所以夢機在他人生的最後階段，尤其是中風之後，他的友朋交往可說是更顯肝膽相照，而感人至深的。

以上僅借友情一端，略論夢機的性情人品，諸君不妨據此提點迴看本書詩文，也許便可以領會爲友朋因緣而作者何以蔚爲大宗，而其間透露的人情故事，亦未嘗不可聯想一二也。當然，吾等忝爲後死暫存的夢機知交，實還有甚多故事足爲分享印證，卻難憑白紙黑字，確鑿言之；也許要到夢機紀念會時，看當時氛圍感覺，觸機引發，才堪暢言罷！所以，本文也就姑止於此。是爲序。

曾昭旭　二〇二四年三月十七日

顏序

夢機以詩而存在，詩因夢機而光大！

夢機過世幾年了？確定的年數實在記不得，只感覺很久了；不知何時開始，就不再從花蓮老遠搭車，到藥樓陪夢機談笑。藥樓還在嗎？竟也不知道。一切全非了，彷彿雲容霞色消散在天邊；卻又感覺夢機離開不久，恍如昨日。幾十年親如兄弟，許多往事，都還聲色盈耳在目。尤其近些日子，閱讀這本《張夢機先生詩文補遺》，許多詩篇更喚起暫藏的記憶。

然而，夢機眞的走了，文華也走了。八年前出版的《夢機集外詩》，文華與我的序文明明白白並置書前。如今，我又爲這本夢機詩文補遺寫序；而文華卻已缺席。幾十年來，三個經常聯形接影的摯友，就只剩我還爲「詩」而存在人間。

我曾在〈藥樓詩稿序〉中云：「夢機，詩人也，其爲天地文化而生乎！」在〈夢機集外詩序〉云：「夢機以詩而存在，詩亦因夢機而光大矣。」其實，夢機未曾走得無痕無跡，文華也是如此。他們精神所結晶的詩文還留存人間，多少後進仍在誦讀其詩而知其人。然則，曹劉陶謝李杜蘇黃「因詩而存在」；夢機、文華與我也都將「因詩而存在」。摯友依舊聯形接影，精神超越天人之隔，恍然在新店的碧亭、中華路及北新路夢機的舊居、玫瑰中國城的藥樓，賦詩、喝茶、抽菸、玩牌、談笑與論學。

一九六七年，我剛從師大附中畢業，考上淡江文理學院中文系，家貧，無法就讀，心頗徬徨。高中時期，無師自通，開始寫作古典詩詞。因何南史先生的賞愛，招我參加他所創辦「中國詩經研究會」的擊鉢聯吟。就在這場合中，初識夢機，一見就如前世兄弟，因詩而密契。那段時間，經常遠從三重鎮騎著腳踏車到臺北市金山街，夢機所賃居的日式房間，有時談笑論詩到深夜，便鋪地而眠。

次年，夢機考上師大國文研究所碩士班，我也考上師大國文系，從此過從更密。夢機與幾個碩博士生，經常在龍泉街的「豫皖館」一起午餐。每人出資八元，一道菜。十個友朋成一桌，十道菜，很是豐盛。我就因爲夢機而跟著這群學長用餐，認識了黃永武、婁良樂、徐芹庭、張仁青、張成秋、曾昭旭、江聰平、李周龍等。這些天，讀到補遺詩中，夢機賦贈這幾個學長之作；「豫皖館」圓桌共餐，席間夢機談笑風生的影像又憬然赴目；而其中有幾個學長早已作古了，爲之悵然。

我與詩壇前輩結緣，都由於夢機的引介，或在夢機住處不期而遇；因而受教於李漁叔、林景伊老師，以及李猷、江絜生、吳萬谷、羅尚等幾位先生，得到他們的獎掖、啓發。詩文補遺中，幾首賦及漁叔師、絜老與戎庵的詩作，召喚了已隨歲月遠去的記憶。

李漁叔老師當時位在詩壇祭酒。大學時期，我上過漁叔師所開授的墨子課，身形頎長，修梅臨風之姿；一襲白襯衫，領帶，天涼就加件西裝；舉止言談溫文儒雅，不須形諸文字，其人即是一首風神俊逸的詩。幾回隨著夢機到漁叔師臨沂街府第，清雅的日式房子。師母燒了幾道好菜，夢機與漁叔師情同父子，我陪著，小酌，暢懷高談：前塵往事、詩壇軼聞、經典眞義、宅章鍛句；食之味、酒之香、學之理、詩之法，每俱足而歸。那時代，這種師生之誼，已少見於今日，眞讓人懷想。

絜老是江絜生先生，據云學詞於朱彊村、學詩於陳散原；故詞宗南宋，尤尊清眞、白石、夢窗；塡詞必講究四聲，嚴於格律，精於修辭。他主編《大華晚報》的《瀛海同聲》，這是新時代難得保留的古典詩詞園圃，一時詩家會集於此，因詩而心契神交。絜老孤身寓居峨嵋街窄巷老屋，夢機帶我拜訪幾次，生活簡樸，室無珍物。而絜老身形略胖，一襲舊衫，不多修飾。那時，峨嵋街有一家「夜巴黎」西餐咖啡廳。絜老每週四晚間，固定在此與詩人們雅集。他必在座，雅集的賓客則隨各人時間、意願，沒有定員；不過，常客卻不少。夢機帶著我，也常出入雅集，在柔和燈光下，聆聽絜老與賓客談詩論詞，頗多啓發；因而認識賓默園、伏嘉謨、龔嘉英、韋仲公、宋天正等前輩詩人。我原作二聲詞，絜老以爲格律不嚴，教導必守四聲，始爲合格。那段時間，我的詩詞作品，常經絜老點評潤飾，刊登《瀛海同聲》。

戎庵是羅尙，早歲戎馬關山，中年文書幕僚，晚年退居新店。他曾學詩於漁叔師，詩作三千餘首，出入唐宋，古近各體皆精。戎庵以少弟待我，甚是親切。記得第一次見到戎庵，就在夢機婚前和平東路的賃居，年約不惑，中等身材，濃眉星目，相貌堂堂。夢機新婚，移家新店中華路幽巷中，租賃公寓三樓。而不久之後，戎庵也定居新店，與夢機相距不遠，方便時相往來。很長時期，我經常隨夢機過訪，或小酌，或品茗，天南地北，唐詩宋詞，暢敘以至不覺夜闌。因此，戎庵、夢機與我，時多酬贈之作，皆情到意至，徇非虛應之詞。古來文人以詩交往，情性託於雅言，李杜、元白、蘇黃莫不如此。我已有「詩用」之論，闡述此一「詩文化」傳統，實非抽象虛說，乃從吾儕詩歌往還經驗，得其眞意。夢機儘多此類作品，閱讀補遺諸篇，可以想見夢機與淵明異代同歌〈停雲〉之身影。

夢機生前刊行之詩集，自印《雙紅豆箧詩存》姑且不計，由出版社正式梓成《師橘堂詩》、《西鄉詩稿》、《藥樓詩稿》、《鯤天吟稿》、《鯤天外集》、《夢機六十以後詩》、《藥樓近詩》，總數詩約一千八百篇，詞六十餘闋。而二〇一五年，由賴欣陽主編之《夢機集外詩》，輯得五百餘篇。二〇二四年，由何維剛主編，楊維仁、張富鈞、蔡長煌、謝凡亞編輯，即將付梓《張夢機先生詩文補遺》，輯得詩作四百餘篇。其中，若不計早已面世之《雙紅豆篋詩存》，則刊遺之作，亦三百有餘。集外詩與補遺總合近九百篇，幾爲生前已刊詩之半，頗讓人訝然。古來詩人刊遺之作，所稱外集、別集、補遺者，未有如是之夥，究竟何以然？

細審夢機刊遺之作約有三類：一是少作《雙紅豆篋詩存》，自印數量有限，以享親友，既已贈罄，即不復重刊，任其與青春歲月俱逝。二是因故未及刊行之作，第一次忽罹風疾，幾死；一九七九年，刊行《師橘堂詩》、《西鄉詩稿》之後，至一九九一年，突然中風；則十餘年積稿，未得結集出版，此即補遺所稱「藥樓以前遺詩」。二〇一〇年，忽爾辭世，則中風之後，近二十年所作，除已出版者外，尚多遺稿，未及親自裁奪，結集梓行，此即補遺所稱「藥樓以後遺詩」。三是生前結集所刪稿，詩人自期陽春白雪之音，故嚴於去取，汰除不愜意之作。

補遺能輾轉取得已被視爲亡佚之《雙紅豆篋詩存》，非常寶貴。這本夢機少作自印於一九六四年，二十四歲。那時，我才高一，還未認識夢機；其後與夢機結爲至交，卻不曾得見此集。如今得於補遺披閱，以清麗之辭，寫幽微之情，頗近義山之風，則益信詩才天授，非可強致。其中頻詠「尚薇」，或顯題，或隱題：〈松梅寄尚薇〉、〈二月十九日留別尚薇四首〉、〈有感尚薇以毋忘我草見寄〉，明爲尚薇而作；〈春感三首〉之二、〈雙紅豆〉、〈得書〉、〈通宵〉、〈怨別〉、〈綺懷四首〉、〈春思四首用漁洋秋柳韻〉之四、〈十一月廿三日作〉、〈明夜復作一首〉，諸篇則彷彿若有尙薇身影在。尙薇，夢機初戀之侶，分袂遠居異國，爲之情傷。夢機風疾晚年，尙薇歸國，曾至藥樓探訪，重逢已是春暮花殘，不知夢機心緒如何？夢機婚後，不復回顧《雙紅豆篋詩存》，或是爲了忘情吧！

《雙紅豆篋詩存》得以重刊，以及諸多補遺諸作，對研究夢機其人其詩，甚爲重要。詩人是總體而動態歷程的存在，有如江河源流連續不斷，不能抽刀截取片段以觀其波蕩浪湧、天光雲影之象；故不識雙紅豆篋少年之夢機及其詩，則不識師橘堂、西鄉壯年之夢機及其詩；不識師橘堂、西鄉壯年之夢機及其詩，則不識中晚年藥樓之夢機及其詩。每一時期，夢機其人其詩皆相因而轉變；瞻前而能顧後，顧後而能瞻前。主編何維剛以爲往常研究夢機之詩者，但取藥樓以後詩，實未得全貌，此說甚切。集外詩與補遺諸作既已面世，則愛夢機其人其詩者，即可從總體而動態歷程做出更全貌而深入的研究。

補遺另有夢機之文及師友書札，亦是可貴文獻。其中値得特別顯揚者約有二端：一是夢機所持以新詞彙入舊詩之見，此乃延續晚清詩界革命，黃遵憲面對新時代所提出「舊瓶裝新酒」之論。夢機於藥樓晚期多作伸說，每有創見，並付諸創作實踐，故時以新詞彙入詩，皆妥貼而不違和。今見《雙紅豆篋詩存》所錄文〈論詩的新舊融合〉，則其發想早在大學時期，允爲臺灣古典詩界先驅。近年，我在古典詩獎評審會或古典詩學演講中，力倡吾輩古典詩創作，從取材、命意到修辭皆宜表現「現代感」與「在地感」，就常舉夢機之論述及創作爲範例。二是夢機與現代詩人洛夫在《中央日報》對談記錄。自國府遷臺以降，文壇及學界延續「五四」遺緒，長期新舊文學對抗；文言文與白話文勢如水火，現代詩與古典詩形同陌路。先是夢機與現代詩人瘂弦、梅新交往；瘂弦主編「聯副」，梅新主編

「中副」。當時，洛夫與夢機各爲新、舊詩界最具代表性之詩人，瘂弦、梅新乃促成兩人對談。這是一場非常重要的新舊詩學跨界、溝通之論述，彼此尊重、和諧的交換意見。從此，夢機與洛夫就時相往來，或書信，或聚會。曾有幾次新春，或在莊敬路洛夫家，或在夢機建國南路家，或在黃永武陽明山別墅；洛夫、梅新、夢機等新舊詩人手談梭哈，其樂也融融。昭旭、文華與我都在座。古今不再有距離，唐宋已連接到「五四」。洛夫的現代詩，晚期從西方超現實主義回歸到唐詩，這段新舊詩人交誼，多少有些影響吧！

《張夢機先生詩文補遺》與《夢機集外詩》的蒐集、編輯、出版，使夢機之詩作及詩學得以全貌存世；則夢機做爲近百年臺灣古典詩史上，質量俱佳的最重要詩人，其地位固已無可撼動。我還是那句話：「夢機以詩而存在，詩亦因夢機而光大矣。」然則賴欣陽、楊維仁、張富鈞、何維剛等，是眞愛其師的門生。幸哉！夢機也，有門生其若是。

二〇二四年，甲辰仲春，顏崑陽序於花蓮涵清莊藏微館。

目次

二　藥樓以前遺詩（一九九一年以前）……一七

三　藥樓以後遺詩（一九九三年以後）……五六

《夢機集外詩・藥樓賸稿》未錄詩 …… 一〇六

三　夢機序跋

卷三　張夢機往來信札選錄……三三五

導論

二〇二二年四月，接獲楊維仁與張富鈞二位學長的訊息，問我是否有空同赴玫瑰城藥樓，整理張夢機老師遺留的書籍手稿。知此訊息，既是驚訝，又復慨然。

我從高中開始在網站「網路古典詩詞雅集」學習古典詩創作，便已初識楊、張二兄。然而在大學畢業以前，創作以網路上的賡吟唱和爲主，未有明師牽引指導。二〇〇八年九月考取國立中央大學中國文學系碩士班，有幸赴玫瑰城藥樓向張夢機老師請益求學。在我的印象裡，老師家燈光昏黃，牆上掛著李猷等名家書法，龍蛇筆走，意氣自生。一位白髮蒼蒼的老者，蜷曲在輪椅上，坐在飯桌的一角，三五學生則散坐其側，細細聆聽。桌上茶煙裊裊，老師中風後所寫的字，蒼勁虬曲，宛若六朝古松，壓抑之下卻又隱藏著勃勃生機。

因我家住碧潭，也好寫古典詩，一年修課結束，仍時常私下赴藥樓與張老師相約閒聊。有一段時間，老師晚上需要請一壯丁，每晚到藥樓陪老師聊聊天、服侍老師就寢。因碧潭與藥樓路程相近，張老師曾問過我的意願，可惜我當時生活重心仍在中央大學，未能答應此一請託。而後抱老師上床的重責大任，則交付在了張富鈞學長手上。

張老師於二〇一〇年過世。十年重返，書法依舊，但人事全非。張老師公子張凱亮先生唯恐不識故紙價值，因此聯絡上富鈞學長；而當時我在中研院文哲所擔任博士後研究員，時間較爲自由。在張富鈞學長推介與張凱亮先生的信任下，我才有了一一檢視張老師手稿、信札的機會。

在文獻整理的過程中，我意識到張老師有剪報的習慣，其發表之詩作、賞析、社論，張老師都盡量排序保全。雖然故紙零散，未必完全，但隨著整理規模擴大，條理也愈加清晰。我順著詩作發表刊物，逐一梳理了《大華晚報》「瀛海同聲」專欄、《民族晚報》「南雅」專欄、《台灣新生報》「新生詩苑」專欄、《鵝湖月刊》、《乾坤詩刊》等刊物。雖然耗費時力，但收穫豐厚。在詩作補遺完成大概後，又意外發現《雙紅豆篋詩存》一書。這本張夢機老師大學時期的詩文集，長久以來被視爲亡軼，卻在文獻蒐羅中得知孤本藏於成大圖書館。《雙紅豆篋詩存》一書的發現，刪去了我近三分之一的補遺成果，但箇中欣喜卻遠超於此。承蒙成大中文博士生黃絹文女弟協助掃描，讓這本詩集透過「補遺」一書重新面世，也更加完善了張老師早期寫作的面貌。

本書最初打算延續賴欣陽學長《夢機集外詩》的作法，只整理詩作補遺的部分，後蒙顏崑陽先生指點，提及應當詩文並重。遂於張老師剪報整理的基礎上，進一步開始文章補遺。相對於詩作發表刊物集中，文章發表則較爲瑣碎，所幸近年期刊、報刊資料庫檢索的進步，以及諸位師友如黃宗義老師、吳東晟學長、羅健祐弟與楊竣富弟等鼎力相助而得以完成。雖不敢說詩文蒐羅盡全，但已是盡力而爲。

在詩文補遺陸續完成後，又考量到張老師許多早期往來信札，諸如李漁叔、吳萬谷、李猷、張眉叔、洛夫等，都是一代詩文英豪。信札書法不僅是渡海文人風流的展現，同時一封封信札所承載之情誼，更是渡海文人群體交往脈絡的第一手資料。然而信札之書法藝術與書家生平，若無具備相關知識，則不易領略箇中人物風流。緣此，本書特請國立臺灣師範大學國文系蔡長煌博士生，選取張老師重要的往來信札數幅，加以釋文紹介。蔡生書學溥心畬，博士論文專攻渡海文人的詩書討論，於詩書道技二端皆深有造詣，相信透過蔡生的導讀，當更能協助讀者進入張夢機老師信札中的心靈世界。並在釋讀初期，曾蒙張福傳、王誠御二弟等協助釋文，謹致謝忱。

《張夢機先生詩文補遺》內容概述

《張夢機先生詩文補遺》一書主要分為詩作、文章、信札選錄三大部分，刊錄原則以張夢機生前未收錄於詩文集的作品為主。因此本書所見內容，大部分散見於報章雜誌、學術刊物或手稿，皆為「補遺」前集所未錄。

卷一「張夢機先生遺詩」，可分為四個部分。「《雙紅豆簃詩存》所錄詩」，共收錄五十六題七十九首詩；「藥樓以前遺詩（一九九一年以前）」，共收錄一百二十二題一百六十七首詩；「藥樓以後遺詩（一九九三年以後）」，共收錄一百〇七題一百一十首詩；「張夢機詩集所刪稿與未錄詩」，共收錄六十五題六十九首詩。全書共錄三百五十題四百二十五首詩（含詩鐘、對聯、輓聯）。

《雙紅豆簃詩存》作為張夢機大學時期的作品，具有獨特的文獻價值，該書不僅是窺探張夢機大學交誼的重要媒介，同時也是古典詩創作、詩學觀溯源的文本依據。《雙紅豆簃詩存》因同時收錄詩作與論文，因此本書將《雙紅豆簃詩存》拆分為詩、文兩個部分，除了便於讀者分體參看以外，也可透過詩作、文章的時間脈絡，瞭解張夢機在詩學問題上思考的遞進關係。

張夢機碩士、博士期間的作品，其精華已收錄於《師橘堂詩》、《西鄉詩稿》二本詩集。然而此一時期的作品，仍大量散錄於《民族晚報》「南雅」、《大華晚報》「瀛海同聲」專欄。如能回到報刊的刊登現場，則更能意識到張夢機此時期的作品，往往與詩人與報刊詩作有所互動，而非單純抒情寫志。碩博士期間的張夢機詩作已趨成熟，作爲從學生到老師的過渡階段，此時詩作展現出對於研究所考試、師生互動、愛情、教學兼課的多重面向，與晚年的藥樓風格大相逕庭，保存了詩人的青春面貌。

張夢機任職國立中央大學八年後，於一九九一年中風，在其中風住院與復健的二、三年間曾短暫輟筆，是以本書第二、第三部分特別標示（一九九一年以前）與（一九九三年以後），暗示其生命與寫作狀態的改變。相對於碩博士時期的詩作散見報刊，此時張夢機漸有意識收錄詩作入詩集，散軼詩作趨少。而「藥樓以後遺詩（一九九三年以後）」的詩作來源，則主要收錄自《台灣新生報》「新生詩苑」與《鵝湖月刊》等刊物。從不同時代發表刊物的差異，亦間接反映臺灣古典詩壇在報刊發表場域的轉變。

詩作補遺的第四部分「張夢機詩集所刪稿與未錄詩」，則須別作說明。張夢機中風後賡吟不輟，詩作透過當時的看護劉阿姨電腦打字，以A4横式直書印出後寄予詩友，每張約收錄四至五首律詩。此一習慣延續甚久，從一九九九年《鯤天吟稿》到二〇一〇年《藥樓近詩》十年從未間斷，賴欣陽《夢機集外詩》一書編成，即是依賴張老師定期寄予詩友的詩稿。張老師於詩稿印出後，又自按照時間剪貼排序，再於此基礎上選定《鯤天吟稿》、《藥樓近詩》與《張夢機詩文選編．夢機詩補選》詩作，成爲今日所見詩集成果。

在《鯤天吟稿》、《藥樓近詩》的編選過程，部分詩作或涉及私隱、或詩句有待琢磨，張夢機將之刪去，而見存於生前剪貼簿中。本書將之重新選錄，名之「所刪稿」。而張夢機生前最後親自選詩，當以《張夢機詩文選編·夢機詩補選》爲殿，但在此次選詩後仍繼續創作，相關詩作《夢機集外詩》則收錄在「鯤天賸稿」、「藥樓賸稿」。然而《夢機集外詩》所錄仍有不全，此次翻檢剪報仍得應當歸屬於「鯤天賸稿」、「藥樓賸稿」時期的二十餘首詩作，於本書重新選錄，名之「未錄詩」。

或有詩友質疑：張夢機《藥樓近詩》等晚年詩作，既蒙作者汰除，何以又選錄刊出，豈非不尊重作者原意？箇中因由，實出於本書定位與編者關懷。蓋本書雖名「補遺」，定位卻近於資料彙編，希望得將張夢機生前未收錄或已刪除於詩文集的作品，逐一展現在讀者面前。因此預設讀者除了一般讀者與古典詩人以外，更希望吸引潛在的文學研究者加以珍視。遭刪除的詩作或是詩作底稿，雖就「詩集」的文學角度略遜一籌，但就「詩作生成」的研究角度而言，卻是不可多得的珍貴資料，使讀者得以從中瞭解張夢機先生的創作與修改歷程。

卷二「張夢機先生遺文」，則可分爲「《雙紅豆篋詩存》所錄文」、「報刊雜文與詩文賞析」、「夢機序跋」、「會議座談記錄、評審意見」、「手稿、未刊稿、出處未詳稿件」等五個部分。並於書末附有「張夢機編著分類目錄」，雖未必完全，但可提供讀者知其創作、發表梗概。

《雙紅豆篋詩存》所存幾篇論文，皆寫作於師大體育系時期，後來張夢機對於古典詩的觀察與想法，很多皆濫觴於此，爲張夢機詩論的研究提供了溯源可能。本書並保留了《雙紅豆篋詩存》之何武公、鄒滌暄與莊萬壽三篇序文，以窺見時人對於青年張夢機的看法。

張夢機於碩博士時期，經常在報紙上撰寫專欄，散文分見《台灣新聞報》「三稜鏡」、《臺灣日報》「60燭光」、《聯合報》「快筆短文」等專欄，有時也透過筆名張曄、石朋發表時論。前此張夢機報刊散文，大多已收錄於《鷗波詩話》、《碧潭煙雨》，但些許早年發表於《中國學府》的文章，以及部分針對性較強的文章或時論，前此則未選錄於專書。筆者希望透過不同時代、不同報刊散文的補遺，彰顯張夢機的不同面向，在詩人風流瀟灑、晚年遺悶的框架下，同時也存在著朋儔玩笑、評論時事的一面。報刊散文的編纂同時也在提醒讀者，張夢機收錄於專書的單篇散文，原則上皆應發表於報刊、雜誌，只是受限於資料欠缺，已難以考證所有文章的原刊出處。從報刊、雜誌到專書，發表時代不同，所預設的讀者也不同。如果僅以專書論斷張夢機詩論，而忽略了原本發表之報刊場域，恐怕將難以掌握發表的時空脈絡與其文章意義。

張夢機交遊廣闊，學生遍滿臺瀛，龔鵬程嘗謂其爲本土詩社、來臺詩家、學院內外之中介。又詩名卓著，同儕學生論文、專書出版，臺灣詩家古典詩集付梓，皆以能獲得張夢機品評序文爲榮。「夢機序跋」原是張夢機遺物中一本筆記本之自題，所錄文章約略可分爲兩個部分：一部分是張夢機爲已出版之專著、詩文集所撰寫的序文，且於專著、詩文集有序可查；另一部分則是閱讀詩集、文集後之序跋短文，但該詩文集並未刊登張夢機序。爲便於分類，前者於本書中則歸類於「夢機序跋」，保留先生原意。後者則歸類於「手稿、未刊稿、出處未詳稿件」，以標明文章未刊性質。「夢機序跋」不但見其詩觀，同時也見交誼。寫序對象包含臺灣與大陸詩家、學生專書與詩文集出版，不同領域、不同身分者皆渴求張夢機序跋，在在揭示張夢機與人爲和的人格特質。

在大學任教以後，張夢機也時常在各種場合進行演講、論文發表、談話，記載見存於各報章記錄，在電子資料庫尚未完善的今日，許多相關資料其實不易查找。所幸張夢機對於報刊剪報蒐羅完整，本書於「會議座談記錄、評審意見」一目，皆有賴於張夢機剪報資料。報章演講、談話的相關記錄，豐富了張夢機作爲學人的面向。揭示張夢機的生命關懷不僅在於古典詩，同時包含現代詩、電影，許多議題與詩學的扣問，源自於當代時空背景之需求。值得一提尚有評審意見的部分。張夢機曾多次擔任古典詩獎評審，除了早年之全國詩人聯吟大會以外，晚年中風後也多次擔任臺北文學獎等重要古典詩賽評審。然而臺灣文學獎項評審記錄，大多以對話方式呈現，難以透過摘錄之方式展現其詩學觀。因此本次僅選錄較爲完整之成大鳳凰樹文學獎、網路古典詩詞雅集徵詩活動，希望透過張夢機如何選詩、評詩，展現其對於古典詩的評選標準，也得以提供後進學詩者琢磨自身的門徑。

文章補遺第五部分「手稿、未刊稿、出處未詳稿件」，則是以並未正式刊登的稿件爲主。其中部分詩集序文，出自前舉「夢機序跋」，可能是張夢機平日閱讀隨筆，也可能是寫序之後因其他因素並未正式刊登。其中「近水樓讀詩箚記初稿卷一」，是一部手稿，透過內容大致可推斷寫作於碩士階段。箇中除了張夢機的讀詩心得外，同時也提及與國文系教師李漁叔、同學李周龍、徐芹庭等人的交誼，是《雙紅豆箧詩存》以外，另一部反映張夢機學生時代的重要資料。

卷三「張夢機往來信札選錄」，則委請師大博士生蔡長煌先生選錄、執筆，在信札的實用角度以外，品味出信札書法的藝術性與詩詞的文學性。張夢機所存交往信札約存近百件，此次所蔡長煌先生選錄之李漁叔、吳萬谷、李猷、汪中、張之淦、易君左、江絜生、洛夫、羅門、瘂弦，共計十人三十四件信札作品。選錄對象不僅是當時詩文界的一時英彥，得見張夢機身處其中的人際交誼，李漁叔、吳萬谷、李猷、汪中更爲書法名家，而信札書法的日常與平易，亦展現出與書法家正式書法不同的風格，値得細細品味推敲。除了書法信札外，蔡博士另外選了幾則硬筆信札，其中洛夫、羅門、瘂弦三人，皆爲現代詩壇的代表性詩人。古典與現代的壁壘，在今日宛若陣營各立，但在七零年代的臺灣卻未必如此。這些信札不僅具有書法與文學之審美意義，同時也是文學史、文人交誼的第一手材料，値得珍惜重視。

除上述三卷正編外，文末並附兩種附錄：「張夢機教授年譜」與「張夢機編著分類目錄」。二〇一五年四月二十三日，國立中央大學中國文學系舉辦「紀念張夢機教授詩歌吟唱會」，並委請汪筱薔女士整理「張夢機教授年表」。唯此年表並未正式出版，對於學界影響力有限，殊爲可惜。此次《補遺》得獲汪女士授權「年表」，筆者則於汪表基礎上，再補編入新的材料，既可追踵前賢，亦得嘉惠讀者。至於編輯體例，凡汪表原文俱直接引入，並以標楷體呈現。若筆者有新補、商榷處，則以「維案」標示於後。然專任、兼任、指導、出版等資訊則不復標示。

附錄二「張夢機編著分類目錄」，則是就筆者目力所見，整理張夢機生前所發表過的各類著作，依照「專書」、「編註」、「學術論文」、「隨筆賞析與社論」、「序跋類」、「報刊所錄會議與座談記錄」、「附錄：學界於張夢機相關研究著作、論文」六個分類，以時代先後爲序。編者目錄的完成，除了可以瞭解張夢機不同時代的研究關懷以外，同時也爲專書文章的出處溯源提供依據，便於讀者掌握文章初版的背景與預設讀者。

作為研究主題之「張夢機」

《張夢機先生詩文補遺》一書之編成，不僅是「詩文補遺」或「資料彙編」，筆者實欲透過資料重現，回應當代張夢機詩作所引發之詩學問題。更進一步而言，本書對於資料出處之蒐羅、排列，其實更近於一種研究方法與關懷。

自二〇一五年國立中興大學中國文學系舉辦追思紀念會，林淑貞編輯《歌哭紅塵間：張夢機教授紀念學術研討會論文集》以來，陸續有胡詩專《張夢機古典詩類型書寫研究》、汪筱薔《張夢機詩晚期風格》、林宸帆《張夢機晚期詩學觀轉變探析》等碩士論文撰成。作爲一項學術議題，「張夢機」始終環繞於單一詩人的「專家詩」研討，相關研究以詩作、交誼、晚年風格爲主，雖不能說是蔚爲主流，但在古典詩壇仍保有一定熱度。近年大陸詩友、復旦大學博士王博在微博「談瀛齋」上發表〈談談張夢機先生中早期的七律〉、〈談談張夢機先生晚年的七律〉、〈談談張夢機先生的七律〉等文，評論張夢機詩作。部分論述雖流於險刻，但平心而論，有些想法確有見地，非有識者不能知之；他山之石的觀點也能跳脫臺灣詩壇的框架，值得詩人、學者深入反思。

筆者以爲，「張夢機」作爲研究主題，如欲有所突破，則務須重新認識、建構三個面向。

第一，突破既往集中於晚年「藥樓」時期的研究傾向，重新發現張夢機的早期面貌。張夢機重要的詩集，除了《師橘堂詩》、《西鄉詩稿》二部，其餘皆出版於中風以後；兼以張夢機與青壯輩詩人學者的交誼，多集中在中風後的生命最後二十年。是以出版資料的限制，先天上侷限了相關研究的發展空間，而青壯學者根深柢固的「藥樓」印象，更難以將張夢機研究拓展到藥樓以前。《補遺》之編成，試圖透過報刊文章、手稿、信札，重新建構並豐富張夢機的早年面向，亦可補白既有文獻之不足。如能透過前後期詩作風格的繼承、差異，以此重新省視網路世代以前的詩人如何被培養、生成，則更能深刻瞭解張夢機詩作「人的文學」的意義。

第二，重新梳理張夢機詩學觀的構成，例如「化無關爲有關」、「無理而妙」、「新詞彙入詩」、「截搭」等詩學問題的生成脈絡。張夢機許多詩學觀點，在碩博士時期便已臻成熟，中年中風後讀寫不易，許多教授學生的詩法金針，其實是以早年基礎上再加以變化演繹。若無視於張夢機的早年著作，僅以晚期詩學觀簡單視之，恐怕也如瞎子摸象，只得一端而未得全貌。此外，張夢機晚年詩論，預設讀者大多爲學生等後進學子，但在詩論早年初發之時，商榷對象卻可能是五四諸公、渡臺詩人與師大研究所同學。發表場域的不同（報刊與專書）、發表時代的不同（七〇年代與網路時代）、預設讀者的不同（老師、同輩與學生），皆會影響到同一詩論的詮釋可能。《補遺》於卷二遺文的選錄，所以選擇些許不同時代而論點相近之詩論，即意在提醒讀者：張夢機詩論之構成，並非一蹴可幾，而是隨著時代遞進逐步修正而成。而不同詩論間的加筆、減筆，既可見張夢機思考過程之增損，同時也間接反映了臺灣不同時代的古典詩壇風氣，值得讀者琢磨推敲。

以上兩個面向，筆者已撰寫小文二篇嘗試討論：〈張夢機青年時代的詩作與行跡考論〉、〈截搭：論張夢機「新詞彙入詩」的時代意義〉，各別發表於《國文學報》第七十三期（二〇二三年六月）與《淡江中文學報》第四十九期（二〇二三年十二月）。望能拋磚引玉，吸引更多研究者關注張夢機的早年面向與詩觀發展。

張夢機研究的發展尚有第三面向：即張夢機模習李漁叔詩句與詩語雷同的問題。此一問題首由王博發現，誠具慧眼。模習本爲學詩之法，與當今「抄襲」之意全然不同，未可輕易混淆，顏崑陽先生已多有論述。且張夢機模習李漁叔，在當時師生間或有共識。《補遺》卷三收錄李漁叔、吳萬谷信札，李漁叔謂「於漁舊作詞語不無襲取，而別出機杼，是能深得脫胎換骨之妙者，甚爲欣然。」（李漁叔致張夢機信札・九月十九日）吳萬谷則道「稍嫌時有獺祭及脫胎之病，大抵以能獨造爲佳耳。」（吳萬谷致張夢機信札・四月十日）可知李、吳作爲長輩，不但知悉張夢機的脫胎之病，或以正面善誘、或以負面指正，關鍵皆在於如何引領小輩張夢機的學詩進程。詩道傳承的諄諄之心，遠大於詩法技巧的運用實踐。張夢機模習李漁叔詩句，何處模習、何時模習、如何模習，自是一篇上好的詩學論文題目，值得深入探討。但箇中較詩句模習更爲重要的問題卻是：張夢機作爲渡臺第二代的詩人與學人，在六、七〇年代渡海詩家之間扮演了什麼樣的地位、受到什麼樣的影響，才是關竅所在。

一九四九年國民政府渡臺，渡海諸公不乏詩才縱橫之輩，但在臺灣學界對於臺灣古典詩壇的關注，主要還是聚焦於臺灣生長的詩人、詩社，渡海詩家不易成爲研究對象。近年來如李知灝、林佳蓉等，已漸漸關注如李漁叔、汪中、停雲詩社等渡臺詩人的研究，逐漸拓展研究方向與研究可能。一九六〇至八〇年代的張夢機，穿梭於第一代渡海詩人之間，曾參加過明夷吟社、網溪詩社，結識吳萬谷、江絜生、梁寒操、江兆申、張惠康、胡慶育、羅尙諸公，龔鵬程於《張夢機詩文選編》的序文中，也曾詳細介紹張夢機的詩人交誼。如何從詩壇人際網路的角度，以張夢機作爲鑰匙，打開渡海第一、二代詩人群體的研究，進而梳理渡臺古典詩壇的發展脈絡。此或許是「張夢機」作爲一研究主題，更具有學術發展潛能之處。

筆者向來覺得，當代對於張夢機老師之懷思，重點不應侷限於「人」，而當在於「精神」。逝者已矣，難免痛懷，但作爲後進英髦，更應該將張老師「詩法」與「人和」的關懷傳遞下去，此方不枉老師過往教誨。在編纂過程中，曾數次聽聞「編書是否可作爲學術績效？」「何不申請研究計畫來整理文獻？」等建議與疑問。編書並不能視爲學術成果，在編纂過程中，也並未申請計畫執行。一來作爲新進學人，很多計畫細節並未清楚，未敢輕易出手。二來計畫執行耗費時日，若《補遺》成書一再拖延，總覺有負所託。是以《補遺》之編就，全賴楊維仁、張富鈞二學長之鼎力相助，以及過往就教於藥樓的一份師生情懷。希望《補遺》一書能夠成爲火種，將張夢機老師的關懷，重新燃起讀者對於古典詩的熱情與懷想。

本書的完成，最重要的是感謝張凱亮先生的信任，讓筆者得以放手執行文獻整理與編書事宜。助理謝亞凡同學統整校對、博士生蔡長煌爲信札紹介，皆爲此書費盡心力。在編書過程中，曾作一律〈編《張夢機先生詩文補遺》感作〉：

氤氳詩境藥煎成，尋夢碧潭春水清。哀樂之間存性命，光塵以外見神明。
欲深知道還迷道，只自鍾情不忘情。板蕩人寰風義在，後生無愧對先生。

而今書成，以詩作結，謹紀念筆者和張夢機老師、楊維仁與張富鈞二位學長的一段情誼。

維剛誌於臺灣師範大學國文學系研究室
二〇二四年一月六日

卷一　張夢機先生遺詩

一《雙紅豆箧詩存》所錄詩

松梅寄尙薇

白衣蒼鬣淨無塵，臨水依山遠帝闉。一段暗香迷鶴駕，百尋深翠現龍鱗。雲生嵩嶽居高士，月滿羅城臥美人。魁占百花凋更後，經冬風雪見精神。

春感三首

過眼滄桑不忍看，流鶯簾外惜春闌。離情枉自催詩急，客思偏教入夢寒。禹甸那堪成鼎沸，蓬萊能幾舉杯歡。朱顏鏡裡驚移換，欲挽韶光劇覺難。

花貌猶容畫裡看，連宵和恨坐更闌。樓頭明月因誰好，簾外清風為我寒。怕向鴻泥尋舊跡，驚從蝶夢續餘歡。愴神往事空追憶，倩笑依稀欲見難。

梁甫吟成掬淚看，君山夢落楚江闌。風旛難護花容老，鐵騎頻馳劍影寒。調盡朱絃空抑鬱，傾殘綠醑罄悲歡。漸開菡萏春婪尾，詩遣孤懷總覺難。

讀書記趣

翠微嵐氣送清幽，縹帙當窗解百憂。欹枕吟詩情繾綣，飛毫染翰意閑悠。薰風幔捲海生漈，淡月塵遮雲入樓。堪笑十年螢雪士，讀書竟爲覓封侯。

大崗春宿

蕭寺樓臺出翠微，茶煙幽草靜廂扉。山林日落泉相溷，禪院雲封僧獨歸。破曉簾邀花影淺，殘宵枕納鳥聲稀。丹邱端合結菴住，暮鼓晨鐘悟化機。

雙紅豆

靈妃傷別離，貽我雙紅豆。蕙質久清瑩，梅容長逸秀。微霏昨夜過，明月今宵又。翫賞莫婪婪，相思徹骨透。

雙十節適逢重九日感賦

重陽逢國慶，身世感滄桑。馬革崇先烈，鵬程待遠揚。王師雄鼓角，黎庶進壺漿。同舉中興幟，還都醉菊觴。

春思

夢到家山是也非，最關情處總依依。一塘草色半簾雨，不見人歸燕又歸。

小閣

小閣春深草滿塘，久羈天外幾迴腸。離情輸與双飛燕，猶是啣泥繞舊樑。

東遷

東遷寧識計全非，欲撫牙琴淚濕衣。他日首陽新鼠壤，不栽藜藿只栽薇。

題延平郡王祠

勝蹟蕭森往事悠，崇祠遺烈合千秋。迴戈壯舉丹心耿，擊楫孤忠青史留。兵覆金陵哀故國，人來寶島策新謀。燕然未勒身先死，黃土長埋萬古愁。

哭志堅　志堅於十月廿八日飛行失事

春星忽隕震南天，悟徹浮生總惘然。企望雲閽悲劫運〔一〕，愴懷塵夢警愁眠。追維昔日傷高誼，還冀他生嗣夙緣。悵讀錦箋一回首，兩行清淚落吟邊。

〔一〕維案：原刊作蓮，應為手民誤植。

論交不負十年深，琴在人亡痛此心。縱有謫仙詞筆在，朝朝空自賦愁吟。

噩耗驚從別後聞，長空怯見暮秋雲。新添多少傷心淚，洒向狂濤一哭君。

陽明山即景

萬頃銀濤翠巘懸，峰巒層疊暮含煙。芳郊歲歲春如錦，半屬櫻花半杜鵑。
高巖窮谷樹參天，攬勝攜筇上翠巔。吟遍春風無箇事，山櫻處處伴清泉。

感懷

十載淪胥空自驚，天涯羈泊愧偷生。臥薪綠島逢秋色，捧日丹心踐宿盟。義正百人猶振夏，理昭三戶可興荊。安排投筆從吾好，匡復河山萬里程。

幽思

曲廊月透□窗紗，一枕幽思入夢賒。已復故山猿鶴意，勞人猶是在天涯。

昨夜

孤館淒涼月半明，疏星漸落曉霜清。誰知一夜秋風急，盡入松濤作雨聲。

登野柳山頂遠眺

潮怒峰奇海氣蒼，登臨遙望幾徬徨。雪翻峭壁成孤嘯，雁逐輕帆入大荒。敢向刀環怨淹滯，轉從詞賦見淒涼。神州搖落家何處，回首雲天萬里長。

贈別丙仁同學

不從裘馬問輕肥，獨對螢燈計未非。離恨難憑樽酒遣，世情常與寸心違。閒看語燕營新壘，怕聽流鶯惜落暉。遠憶洞庭春萬里，幾時歸釣共忘機。

雙園堤晚步

來往雙堤十里長，昏鴉滿樹噪斜陽。溪邊景物晴尤好，眼底烟波晚自涼。鷗夢久消滄海外，詩心遙繫劍潭旁。扁舟我欲賦歸去，回首窮通已兩忘。

碧潭絕句

春漾粼粼春意酣，臨波景物舊曾諳。絕憐潭靜斜陽暮，寂寞山容倒影涵。

縈紆蒼翠綴沙墩，瀲灩微波落漲痕。畫舸無人山月冷，一潭春色自黃昏。

秋日寄懷仁青

地轉天回世不寧，那堪人醉我猶醒。春衫換酒常眠甕，夕燭催詩獨倚亭。霄漢蟾宮雲欲蔽，池塘蛙市曉初停。秋深且喜東籬下，風雨黃花自逸馨。

台南初夏即事

風旛難護春容老，舊府陰濃柳浪喧。翠擁竹溪初過雨，紅迷蓮沼尚餘痕。行雲麥隴雞啼午，落日魚〔一〕帆犬吠昏。最是調冰裁扇後，螢囊親挂讀書軒。

〔一〕維案：原刊作「魚」，依意或當作「漁」。

得書

碧落雲兼暝色沉，茫茫意緒滿江潯。春邊梅影欺人瘦，花底梨渦入夢深。玉爵逢時斟有味，銀蟾別後看無心。絕憐青鳥傳薇字，不用殘燈伴苦吟。

郊遊

鶯聲三月太丁寧，初日朝嵐淡翠屏。芳草綠爭郊外徑，曉櫻紅焙嶺邊亭。碧山過雨泉吟細，春韻隔溪花舞馨。但喜相逢添韻事，更無人處數峰青。

通宵

秀靨春痕著意看，紅牆坐對五更闌。星芒長照銖衣薄，霧氣潛侵玉臂寒。漫話私心尋綺夢，頻從笑謔溯前歡。西飛青雀歸來末〔一〕，背燭相思欲語難。

〔一〕維案：原刊作「末」，依其意或當作「未」。

怨別

星辰風露兩悠悠，椰影搖窗臥聽秋。檢點私心歸錦瑟，珍藏紅豆憶珠喉。好詩和夢三千里，霪雨生涼十二樓。無可奈何青女月，垂簾不忍見銀鉤。

謁碧潭忠烈祠懷志堅

海外謁祠枉憶君，遙江風雨動寒雲。天遼地闊一相慟，碧落黃泉兩不聞。
迴墳春草盡愁根，著地雨痕雜淚痕。蜀魄禁聲君莫怨，瘴烟禹甸不招魂。

夜登梅園

良夜生遙怨，悄然登墨峰。銀蟾映靜海，金馬壯前鋒。露濕千巖路，風鳴萬壑松。憑窗解衣寢，清夢入霜鐘。

夏夜獨坐

竟夕柴扉閟，清樽引興長。可憐三尺劍，孤負少年場。蛙鼓聲初歇，蚊雷勢轉張。窺檐一星火，疑是彗之光。

雨夜

微雨雜清飈，宵來破寂寥。野塘添積水，春柳洗繁條。煙冷侵疏竹，霧寒隱小橋。誰憐孤島客，歸思正搖搖。

綺懷四首

踏月脩堤露蘸秋，嬌姿倩影意悠悠。只緣翩爾淩波弱，疑是靈妃夜出遊。

絳帷深護綺窗櫺，籬落黃華暗送馨。記取夜闌碁局罷，銀河影下認雙星。

花姿綽約鬱金香，淑氣氤氳紫燕梁。回首相思山下路，夜闌無語對銀釭。

牢落情懷不自持，秋來綺夢太迷離。懺情底事猶相憶，到死春蠶尚有絲。

春思四首　用漁陽秋柳韻

漫勞青柳綰詩魂，恨殺烽烟黯白門。漂泊征鴻難顧影，寂寥殘夢尚留痕。蒼梧地迥疑無路，黃葉雲深憶有村。爭奈先塋迷宿草，梨花麥飯忍重論。

青衫猶自歷風霜，春草年年綠滿塘。不見旌旗催戍鼓，空餘書劍塞行箱。揭竿有志追秦鹿，焚服無能負鄭王。最是多情崁城月，夜深還過舊廂坊。

勞塵僕僕上征衣，回首秣陵信已非。鍾阜峰高雲路冷，莫愁歌歇夜燈稀。齊梁殿廢狐群集，王謝堂空燕遠飛。莫問南朝金粉事，秦淮風月久相違〔一〕。

〔一〕維案：原刊作「逢」，出韻，依意當作「違」。

小紅顏色倩誰憐，畢竟難回紫玉烟。滄海星沉愁夜永，明珠佩冷悵情綿。拼將翠管消長日，賸有清簫訴舊年。綺夢已隨春黯澹，何時歸棹五湖邊。

二月十九日留別尚薇四首

星宿昨宵初渡河，曉晴妝罷又驪歌。車行漸遠猶相憶，別淚遙添滄海波。

北來影事記分明，愧未生□好贈行。山海煙雲夕陽外，連天草色總關情。

落寞詩懷敢浪題，天涯況復草萋萋。殷勤莫忘相攜處，燕子樓東沈院西。

金縷歌殘意總違，連宵苦得夢依依。他年重踏清江浦，怕見沙鷗兩兩飛。

赴成功嶺車中有寄

綠楊已作兩家春，心護靈犀自有神。幾日西窗同聽雨，卻看寒潦薦〔一〕秋蘋。

〔一〕維案：原刊作「薦」，於格律不合，依意當作「薦」字。

成功嶺大專暑訓偶感二章

破曉玄陰接塞昏，五更鼓角戰旗翻。月明偶傍矛頭臥，時夢孤鷹掠古原。

胸吞雲夢波濤闊，詩奪瀟湘烟雨歸。自古匡時在書劍，不從裘馬問輕肥。

成功嶺晚眺

漢將旗翻戰戟前，軍笳吹徹暮雲天。遙呼驕鶻盤高壘，倦睨危烽落釣船。去日儒冠多誤我，何時野服可逃禪。斜陽影裡尋新句，更遣孤懷繞劍邊。

軍中聞颱風

驍騎千車夜突圍，疾雷勢迴挾沙飛。横刀我欲驚呼起，風雨中原鹿正肥。

書憤

南雲北夢太迷離，羸馬征衫感不支。兵氣長寒邊塞月，靈風時偃戟門旗。欲招猿鶴眞成悞，起喚鯤鵬未覺遲。翹首蒼穹親舍渺，角聲只合帶愁吹。

有感尙薇以毋忘我草見寄

識君疑屈姊，愛我近秦嬙。綺膩情何切，溫馨夢已遙。雁書雲可託，鷗約月相邀。杼軸終年意，應教慰寂寥。

北牖新輪綠，南柯夢已[一]非。轉添愁伴客，漸覺淚霑衣。顧曲情懷澀，窮經心事違。雕梁問春燕，白首許雙飛。

〔一〕維案：原刊作「己」，當為手民誤植，當作「已」。

積痗心成疾，題詩雨更催。可憐無日角，未許及仙才。侵曉星河迴，隨春斗柄回。丹青著明誓，昕夕復歸來。

贈別

蒼狗白雲難自料，明朝天畔唱驪歌。前瞻應喜歸期近，回顧無如憾事何。松外蟬聲愁思切，林邊雁陣別情多。韶齡莫遣隨流去，空向情川嘆逝波。

向夕

向夕東風獵獵哀，松鳴鼓角陣雲開。醉呼明月臨峰照，夢奪紫驃勒石回。客久但欣詩骨健，數奇猶許酒樽陪。巡簷且莫看牛斗，已轉寥天落外臺。

師大十七屆校慶

管弦新奏協周南，響遏青雲萬象酣。旭日行空天朗潤，薰風阜物澤深覃。掄才十七稀樗櫟，化雨三千盡杞柟。欣覩諄諄宣教化，絳帷恩蔭遍滋涵。

尋詩

寂寂禪房簇錦奇，探春載酒輒尋詩。詩成已到山窮處，回首青峰路萬歧。

歷代駢文選讀竟寄仁青詞長

八斗才高氣欲橫，眼看墳典久沉湮。頻蘇綺藻追先哲，更障狂瀾作逸民。出岫寒雲終化雨，迴溪宿草易為茵。陳編列架懷千載，詩夢連宵挹古春。

岡山幽居

結宇臨幽境，烟花絕俗情。一峰傍戶秀，四野接雲平。雨霽桃枝豔，溪清桂魄明。悠閒窗竹下，隱几聽春聲。

正月初二寄簡君心

閬苑程遙紫府深，靈妃儀貌久相尋。清飈元惜萍根弱，寒渚偏宜桂魄臨。終古天罡依軌轉，通宵泉脈傍樓吟。可堪魚鑰殷勤鎖，絳〔一〕雪玄霜枉費心。

〔一〕維案：原刊作「降」，考其原意，當作「絳」。

重九登赤崁樓

鄉愁重九切，天畔自茫然。揮筆心翻浪，登高淚湧泉。夕陽依海上，秋色滿樓前。欲作仲宣賦，飄零又十年。

十一月廿三日作

羅襪香階暗送迎，深杯醇酒夜同傾。驚雷車是雨中過，刻燭詩從花外成。抽盡藕絲猶宛轉，滴殘蜡淚尚分明。雲軿待發應惆悵，澈夜松濤勵曉征。

明夜復作一首

羅袂相逢欲未眞，經秋誰念捲簾人。怕歌水調難終曲，但對梨雲便是春。暖入荒邱栽玉徧，寒歸滄海泣珠頻。何因明月逢三五，不盡低徊惜此身。

感懷　用白翎前輩原韻

學書學劍愧無成，荏苒韶華每暗驚。民尚流離天不語，詩多憂憤氣難平。十年風雨新亭感，千里雲山故國情。時向長空作長嘯，也應忠悃盡餘生。

秋穫

黃金萬畝喜秋成，打稻聲掀擊壤聲。此日農家都鼓腹，邠風一幅畫圖明。

漫成四章

朝呼麋鹿暮棲雲，悟盡禪機百不聞。縱得麻姑與搔背，也教白眼看紛紜。

靈芝爭道可延年，縹緲滄洲似有仙。一自徐郎浮海去，平洋終古鬱生煙。

朱邸酒香逼玉繩，盤桓荒野有飢鷹。如何尊斝交歡夜，只在瓊樓十二層。

李杜才淩斗宿齊，當時聖詔不封泥。可憐事冷千年後，猶聽蒼蠅惑曙雞。

贈幼牧先生　比閱偉華體育旬刊見幼牧先生環球紀遊詞因感其字彙新穎遊涉千里謹賦呈一律

老殘卓識稱賢士，公度流風屬使君。（清黃公度曾有倡新詞入詩之說）俊逸才華眞蓋世，清新詞翰允超群。天狼星遠供攀摘，木馬謀深飽見聞。（古希臘攻特洛城以木馬狡計破之今以木馬喻世局之詭詐）從此藝林添喜色，遙天燦爛有卿雲。

春節偶成

戲鼓餳簫出綠楊，又看村舍半旬忙。但將韻語酬佳節，不管春愁惱客腸。療困漸知君實儉，尋幽尚有牧之狂。興來野店還沽酒，分酌新醅納翠光。

春愁呈克地長兄兼寄宗閩劉鉞同甘丙仁

客路風光似鏃鍭，春來處處射吟眸。溪猶多事餘幽咽，花本無情逐濁流。誰起黃魂招日月，欲回浩氣壯山邱。偏安危祚傷今昔，李廣眞堪老不侯。

山樓春望二首

高閣傍巖花欲焚，飛鴻決眥入斜曛。危欄徙倚征衫濕，回首中原隔暮雲。

春從浩蕩郊原綠，雲向蒼茫盡處分。此日登臨苦多難，風懷那似杜司勳。

陽明山春遊

長歌醉倒春風前，雜芳獻萼詩思鮮。岡巒縈紆勢初起，忽掛匹練成飛泉。繁櫻照海紛滿眼，萬象起滅胸中塡。澂潭石瘦出清淺，錦鱗躍水生漪漣。春光空催詩夢綠，飛文染翰殊清妍。我來海嶠尋十載，今日始造蓬瀛巓。花下人家畫圖裡，紅日未上升炊煙。非關惜花常起早，流鶯語滑驚春眠。整駕將歸有餘興，煙霞笑我回市廛。出山迴望雲木合，惟見野鶻盤遠天。

二　藥樓以前遺詩（一九九一年以前）

居大崗山閑趣

竟日坐閒紫翠圍，禪鐘清磬入幽微。陶情烟水三分醉，逸興詩詞滿紙飛。千里曙光逐霧散，四邊暮色送帆歸。風晨月夕誰欣賞，野鶴閑雲一夢機。

《臺灣詩壇》第十六卷第五期（一九五九年十一月），頁一三。

維案：此詩復見《瀛州詩集》第三四卷合刊，一九六〇，題目作「閒趣」，第七句作「風晨月夕誰知賞」。《暢談》第二十卷第十期（一九六〇年一月），頁三一，第七句作「風晨月夕誰知意」，作者誤作張夢城。

薄暮登赤嵌樓

向夕一登古戍樓，霞光雲氣黯然收。茫茫鄉國殘紅外，悵望誰堪羈旅愁。

《臺灣詩壇》第十六卷第六期（一九六〇年一月），頁二七。

大岡山讀書記趣

翠微花氣送清幽，縹帙當窗解百憂。竹徑吟詩情繾綣，梅園展卷意閒悠。薰風幔捲海生潔，淡月紗遮雲入樓。堪笑寒窗十載士，讀書竟爲覓封侯。

《瀛州詩集》第三四卷合刊（一九六〇年）。

維案：《瀛州詩集》第七句作「風晨月夕誰知賞」。此詩後改為〈讀書記趣〉，見《雙紅豆箧詩存》。

綺懷四首

羅帶輕盈束細腰，並肩携手坐良宵。仰窺銀漢頻私語，不願雙星隔水遙。

鳳泊鸞飄悵此辰，終諳離合不由人。却憐甄后空留枕，徒惹陳王賦洛神。

勞落清懷不自持，秋雲春夢太迷離。懺情底事還相憶，凄絕春蠶尙有絲。

香□鐙殘夜轉深，簾櫳斜掩薄涼侵。桃花落盡年年恨，魂斷冰輪夜夜心。

張宓白，「中華詩壇」，《中華日報》一九六一年二月十日，第八版。

維案：剪報記錄時間為一九六一年二月十日，但複查《中華日報》當日第八版未刊此詩。

北望

秦嶺燕雲萬里長，離群何事別衡陽。不勝人世多矰繳，一唳寥天也自傷。

張宓白，師大人文學社《人文學報》新二十九期（一九六三年一月一日），第四版。

落花

紅入燕泥素墜塘，還從水面綴文章。歌筵情繫昨宵月，芳草痕留隔歲霜。烟冷玉蘭空逐夢，樓危金谷更遺香。誰教愛護營春色，狼藉盈庭已夕陽。

師大人文學社《人文學報》新三十期（一九六三年五月一日），第四版。

詩鐘佳作選錄

南廬吟社「水簾」一唱，劉昌星教授選。

（元）張夢機

水畔雜蘆強奪地，簾前落日欲燒天

（臚）張夢機

簾下人從詩裡瘦，水邊梅自雪中肥

（斗）張夢機

水浮月色隨春舫，簾納山光入酒樽

師大人文學社《人文學報》新三十二期（一九六四年六月十五日），第四版。

維案：亦見《文風》第八期（一九六六年一月二十日），頁二七。

雙重溪秋日絕句五首　錄一

小紅低唱玉玲瓏，漫惹相思復繞峰。一曲歌殘愁未了，那堪月下影相從。

「瀛海同聲」，《大華晚報》，一九六四年十一月五日，第六版。

維案：此為張夢機第一次於「瀛海同聲」刊登詩作。並有編案：「張君為吾友李漁叔高弟，承張宗果兄轉贈，喜為刊之。編者」此詩後收錄於《師橋堂詩》〈雙重溪絕句六首〉，因字句不同暫存。

送尚薇之美國

衝霄遠影眼猶明，勁翮凌風已出群。心與白雲馳一片，天涯處處好隨君。
縞紵相逢見性眞，等閒秋又等閒春。莫教蘆葦頭空白，珍重千金萬里身。
春隨綺夢去迷離，潮打蒼崖嗚咽回。且欲預備千斛釀，細斟他日寂寥杯。

「南雅」，《民族晚報》，一九六四年十一月六日，第六版。

維案：此為「南雅」張夢機最早發表作品。

臺北甲辰重九詩人大會・碧潭秋色

右九　張夢機

醉把黃花作玉簪，行吟一路指烟岑。風搖落木群山瘦，雨過澄潭霽色深。故國飛霜憐斷雁，亂波湧日怯疏砧。秋光十里無人管，盡付漁樵與暮禽。

《詩文之友》第二十卷第五期（一九六四年十一月），頁五十。

初居草山寄懷芹庭

過眼繁花一晌休，名山任教馬蹄留。簷牙雲氣常淹榻，天畔笳聲欲破秋。與竹相憐心澹泊，推愁不去月綢繆。何當借得明駝足，蹴遍燕雲十六州。

「瀛海同聲」，《大華晚報》，一九六四年十二月十七日，第六版。

山居雜詩

秋夜偶成

霜氣壓樓疑撼椽，偶拈病葉覺秋零。年時綺夢銷除盡，獨枕詩書伴綠星。

山中口占贈樵子

殘照枯柴共一擔，沾泥芒屩踏雲嵐。名山多少滄桑事，付與歸樵促膝談。

荒徑偶見殘碑

黃塵吹葉叩松扉，初試芒鞵上翠微。野蕨徑深人跡少，斷碑爲我竚斜暉。

山行夜歸

楓露因風亂濺襟，空山躑躅覺雲興。不愁歸去迷荒徑，認得書齋一點燈。

「南雅」，《民族晚報》，一九六五年一月十二日，第六版。

晚秋獨夜

空齋愁守一檠深，玉露泠然夜氣清。繞屋白雲爭月色，連宵風壑走兵聲。驅窮聊借詩千卷，敵冷猶餘酒半甖。欹案少閒休睡熟，駒光過隙了無情。

「南雅」，《民族晚報》，一九六五年一月十二日，第六版。

久未得仁青成秋音訊占此寄懷

屯烟嶺上翠成堆，極目孤雲自往回。底事故人千里外，經秋不見一鴻來。（東坡詩人似秋鴻來有信）

「南雅」，《民族晚報》，一九六五年二月二十八日，第六版。

甲辰歲暮感懷

凍雨無由浣戰塵，穿簷迸作斷腸聲。徂年臘尾思鄉淚，獨夜燈深弔影人。性自不羈甘忤俗，地宜先掘好埋春。幾時歸棹洞庭畔，一桁湖光與我親。

「南雅」，《民族晚報》，一九六五年四月二十五日，第六版。

春日

餳簫吹暖養花天，景織春陽綺陌烟。十里東風青草地，賸憑紙鷂引童年。

「南雅」，《民族晚報》，一九六五年四月二十五日，第六版。

暮春雜詩四首

逝後春韶不可思，輸將春夢幾多時。輕烟微雨陽明路，賸檢殘花補小詩。

屯山春睡白雲封，羅雀門迎淡淡風。狼藉殘紅舊曾見，一枝春是一支空。

一夜溪身因雨肥，蜻蜓商略過鄰扉。偶來翠蓋陰中坐，怯聽流鶯惜落暉。

重來崔護意疏慵，詩興今年淡不濃。懷舊人如春色暮，一天減卻一分容。

「南雅」，《民族晚報》，一九六五年五月三日，第六版。

維案：第一首見《師橘堂詩・雙谿絕句（詩選課擬作）》，字句略異暫存。

老農

龍鍾無奈一鋤何，襤褸衣單破孔多。料得青山汝應羨，平生從不怕催科。

「南雅」，《民族晚報》，一九六五年五月三日，第六版。

維案：此詩後改為〈老農〉七律，見《藥樓詩稿續》。

夜吟

抽心發清籟，袖手暮烟青。擘嶂邀燈市，捋江〔一〕酌夜瓶。玉蟾疑潑水，地雁似流螢。雄嘯無人答，山靈欲出聽。

《文風》第七期（一九六五年六月），期刊書末。

〔一〕維案：原刊作「汪」，依意或當作「江」。

雜詠五首

黃昏

落照酩酊去，紅雲燒遠村。徘徊無倦意，坐待月黃昏。

觀音山

詩境到處有，心遙齋舍寬。觀音門外臥，我作泰山看。

香烟

噏噓五里霧，迷蚊半床雲。世間多烟瘴〔一〕，何妨增微熏。

〔一〕維案：原刊作「瘴烟」，或應作「烟瘴」。

曉望

硫磺散鬱蒸，曉氣敗殘燈。笑指北投鎮，高唐夢未醒。

新月

眉痕月一鈎，掐破碧天陬。安得加弦矢，射穿老亞洲。

《文風》第七期（一九六五年六月），期刊書末。

仁青聰平芹庭遠來見訪別一年矣是夜長譚甚歡作此貽之

菜畦蛙鼓鮮收聲，窺牖星辰特地明。乍醉玄言歡促膝，急傾香茗浣離情。羈棲同慨庾開府，跅弛誰憐阮步兵。此去騰驤草山道，青雲腳底看徐生。（越日三子聯袂往華岡應試中文研究所）

「南雅」，《民族晚報》，一九六五年七月一日，第六版。

雙紅豆館詩

超峰寺

疏樹流雲颺袂空，茶香細領一絲風。坐禪藜榻兵氛斂，聽打齋堂過午鐘。

夜衛兵

軍威宵鎮戍碉寒，懍取安危一掌間。袍澤鼾雷何太急，料應飛夢出雄關。

憶錢塘

劫後飛艙不可招，空灘無復舊漁寮。星星慣聽寒潮語，打遍錢塘總寂寥。

「南雅」，《民族晚報》，一九六六年一月五日，第六版。

維案：〈超峰寺〉後改為《師橋堂詩》〈過圓通寺〉；〈憶錢塘〉後見《師橋堂詩》〈老兵〉。

風城寄懷徐芹庭

蹀躞風城卻鬱蒸，朝餐沆瀣夜聞砧。雲山飛入詩人筆，鴻雁馱回客子心。眾木飲霜楓酩酊，故鄉尋路夢崎嶔。蘆軒何日延君至，香茗清樽次第斟。

「南雅」，《民族晚報》，一九六六年三月五日，第六版。

乙巳除夕連部小飲即席贈孫連長

廚炊權且傍牙旗，意勝佳肴更足怡。醉起推松呼客去，興來得句振神疲。蓄晬儘乞迴春力，揮戟終須放踵時。聞道越南新破竹，毀車殺馬我能隨。

「南雅」，《民族晚報》，一九六六年三月五日，第六版。

鯤南三首

安平古堡

終古荒臺戍夕陽，潮頭一線認蒼茫。將軍不老詩人健，同弔鯤南舊戰場。

炎州

秋暖炎州霜訊遲，繁花豔豔夕陽時。故園楓色蓴鱸味，自別吳江久不知。

大崗山

名刹深山作道場，染衣時有桂圓香。縱教雨氣全呑壑，不礙沿鐘到上方。

「南雅」，《民族晚報》，一九六六年三月五日，第六版。

落第戲占四絕句

一

下第襟懷莫漫論，騰驤失路愧師門。炎氛卓午蒸簷角，悶使心旌悶不翻。

二

眼簾乍捲淚闌珊，告慰星郵照作顏。辜負牕前風日好，拋書任爾亂如山。

三

揭來孤抱滿懷雲，細檢陳編憶昔情。時乞鄰翁分粥火，書齋枉對短燈檠。

四

白石荊薪自煮茶，瀹愁無奈藉春芽。穿山更賺新詩料，權領雲嵐作探花。

「南雅」，《民族晚報》，一九六六年八月二十九日，第六版。

大屯山秋曉

崛岉諸峰鶻難越，蒼烟飛墮雲出沒。寒崦遠火列疏星，清夢應教掛殘月。千仞嵒底猶仰瓢，謦欻內貯無可逃。山勢奔竄若逋馬，招迎曉色來迢迢。蹀躞巖隈興何有，噏噓沆瀣如中酒。攜風蹴露爲尋詩，冷香入句常八九。早起非愛霜楓痕，泉溜勸客看朝暾。歸經隴陌聞叱犢，此意休與耕夫言。

「南雅」，《民族晚報》，一九六六年九月二十七日，第六版。

秋居大崗山夜登梅園

夏夜生遙怨，悄然登墨峰。銀蟾映靜海，金馬壯前鋒。露濕千峰路，風鳴萬壑松。憑窗解衣寢，清夢入霜鐘。

「自立詩壇」，《自立晚報》，一九六六年十月八日，第五版。

懷寄伯兄

寒壓霜柑寂寞垂，雁飛疏雨引相思。扃門細憶青燈味，督我髫年夜課時。

「南雅」，《民族晚報》，一九六七年四月二十七日，第八版。

贈其美幼弟

飛白初教弱腕書，問年纔是十三餘。放心莫共童心發，筆墨功深自卷舒。

「南雅」，《民族晚報》，一九六七年四月二十七日，第八版。

河汊閒步偶成

蕭蕭蘆荻卷潮聲，獨此低徊作散人。灘石一拳圓且滑，當年亦是骨嶙峋。

「南雅」，《民族晚報》，一九六七年四月二十七日，第八版。

花朝日中國詩經研究會臺北分會成立徵詩

攢眉此日初開社，共挹春香小駐車。詩筆相期摶大塊，墨痕應許燦千花。扶輪扢雅心彌壯，載酒聽鶯願不賒。鼓吹芳辰迴劫運，莫辜風月在天涯。

「南雅」，《民族晚報》，一九六七年五月一日，第八版。

維案：此詩與〈山校偶感〉、〈默坐〉同刊，二詩作於一九六四年，可知報刊刊登未必等同創作年。

與榮新碧潭泛秋遇雨

櫓聲搖出江南曲，水荇臨風得眞趣。斷雲將雨敗斜暉，暝色無聲罩秋綠。岸迴竹屋生茶烟，幽意隨之到鷗邊。後夜月明應憶我，清詩一幅聊相鐫。

「南雅」，《民族晚報》，一九六七年九月十三日，第八版。

山居秋日二首

其一

臏向霜楓憶細莼，塡膺秋思忽嶙峋。湖山半屬閑吟客，風露專侵悄立人。黠鼠饑來還一鬥，寒蟬老去失孤呻。縱教息影岩棲客，猶汙長安十丈塵。

其二

閑居深羨一鋤耕，貪看青山不入城。夜半呼燈攤卷讀，月爭爲伴聽書聲。

「南雅」，《民族晚報》，一九六七年九月十九日，第八版。

懷寄周龍

急流濯足非前水，長夏尋花失舊阰。散帙料應重檢點，明年春榜亞龍頭。

「南雅」，《民族晚報》，一九六七年九月十九日，第八版。

春意

吟對和風二月天，綠陰春靜枕書眠。詩心自是無黏著，一粒微塵見大千。

「南雅」，《民族晚報》，一九六七年九月十九日，第八版。

秋思

滄洲秋老井梧空，不渡音書雁淚紅。楓樹半江斜照外，憶鱸人自問西風。

「南雅」，《民族晚報》，一九六七年九月十九日，第八版。

夜往草山經北投感作

蝸車南陌帶星移，樓閣嵯峨月上遲。酒肆從無罷燈夜，竹城甯有解圍時。頗聞衰俗輕千載，誰遣羈愁赴兩眉。多謝秋山喧槲葉，殷勤爲唱杜陵詩。

「南雅」，《民族晚報》，一九六七年十一月一日，第八版。

恭祝　總統蔣公八秩晉一華誕

浩蕩乾坤開壽域，雍容袞帶仰神儀。平倭夙昔勤韜略，在莒於今奮鼓旗。北斗垂杓星盡拱，東溟迴瀾壁能支。元戎不老詩人健，佇看樓船西渡時。

「南雅」，《民族晚報》，一九六七年十一月十六日，第八版。

歲暮雜感三首

流轉微傷歲又殫，千金未賣是儒冠。書齋寂寂清無寐，獨與疏燈分暮寒。

秋來客思已崚嶒，一赴殘年更不勝。人意但知冬釀美，寒梅誰問著花曾。

賣粥數聲傳冷巷，落梅一笛趁嚴風。年時多少乖崖意，都付脂花酒榼中。

「南雅」，《民族晚報》，一九六八年二月十四日，第八版。

維案：第二首見《藥樓詩稿續》〈癸酉雜詩六首〉。

戲贈青蘋

明珠苦串綢繆意，閉閣深爲溱洧吟。酒醒羅城休悵惘，緘情一札抵千金。
半牀鴛夢暖青綾，心底溫馨散鬱蒸。花市他年重卜夜，可能同禮上元燈。

章宓伯，「自立詩壇」，《自立晚報》，一九六八年二月二十日，第六版。

維案：此詩剪報張夢機手註「此指張仁青與黃小蘋」。二詩復見於張夢機：〈戲贈仁青二絕〉，《文風》第十六期（一九七〇年一月），頁一三六。

夜訪粹芬閣似仁青

涉夜相尋足解顏，避譁斗室即深山。典墳千卷收甕底，鐘罄數聲疑壁間。殘奕休從輸處著（是夕鬥棋仁青連負十數局），拙詩無礙悟時刪。爲添夢裡秋滋味，略帶霜風兩袖還。

章宓白，「自立詩壇」，《自立晚報》，一九六八年二月二十五日，第六版。

丁未除日與仁青昭旭等集花延年室餞歲賦謝漁叔夫子

埋硯鼓琴今莫論，却從儒素領春溫。香分花潤書千卷，暖從爐烟酒一樽。才拙詩應無可奈，政新蝨亦不須捫。凋年絳帳欣同餞，渾忘殊鄉異故園。

「南雅」，《民族晚報》，一九六八年二月二十七日，第八版。

新春雨夜憶荇詩

海氣驅雨涼侵燈，跳階餘溜蘇枯藤。破檐夜久成獨聽，夢醒酒渴愁難勝。同記泛秋領恬默，嶂雨初來蘆荻黑。笑指荷蓋何田田，解覆風標公子側。此意今宵忽攢眉，不堪懊緒逢花時。爲卿聊取紅絲硯，濡墨寫得長相思。

「南雅」，《民族晚報》，一九六八年三月九日，第八版。

維案：此詩亦刊於「自立詩壇」，《自立晚報》，一九六八年三月八日，第六版。

戊申詩人節抒懷

一樽艾酒壓千噫，歸意逢辰類卷葹。欲酹湘江惟迸淚，遙聞楚些怕裁詩。清塵猶待分龍雨，蹈海眞成背水師。他日元戎傳羽檄，毀車殺馬我能隨。

「南雅」，《民族晚報》，一九六八年五月三十一日，第八版。

維案：此為自立詩壇「戊申端午詩集」徵詩詩題：「戊申詩人節書懷」。見「自立詩壇」，《自立晚報》，一九六八年五月七日，第六版。

寓舍書懷

閒適眞疑白社居，偶將詩味乞園蔬。沉涼雨氣恩鐫骨，向晚坊喧勢聒廬。少作已焚愁合了，佳人何處夢全疏。干名扣角成何事，且挂青燈對道書。

「南雅」，《民族晚報》，一九六八年十月十八日，第八版。

送聽平南下

炊甑初成夢已回，客程南望盡烟埃。定知此去惟親月，空臢相思莫化灰。近岸潮隨風力縱，乘秋雨送橘香來。崁城倘過鄭王廟，爲我虔虔酹一杯。

「南雅」，《民族晚報》，一九六八年十月十八日，第八版。

默坐

默坐眞能摒眾譁，羞從彈鋏嘆無車。壓山雲重疑崩石，逼院春深又落花。悃悃清愁隨月起，茫茫羈夢逐江賒。年來始辨安心法，獨守青燈學海涯。

「瀛海同聲」，《大華晚報》，一九六八年十一月十五日，第七版。

維案：此與《師橘堂詩》〈默坐〉略異，可參看。

臺北市戊申詩人聯吟大會．驪蠹

左十一　張夢機

細檢縑緗倩日烘，詰朝獺祭小樓東。秋陽亦有香芸意，特與斯文祛蠹蟲。

《詩文之友》第二十九卷第三期，一九六九年一月一日，頁三〇。

永武示近作有故國之思依韻感和

我家嶽麓近湘濱，浮海生涯恰似君。詩夢未離聖湖月，客懷先亂楚天雲。坐愁塞下猶多戍，欲賦江南愧不文。誰起龍城李飛將，寒山無語對蒼雯。

「南雅」，《民族晚報》，一九六九年一月十五日，第八版。

維案：此詩後改作〈次答永武〉，見《藥樓詩稿續》。字句略異可參看。

冬夜次韻永武見寄並簡聰平崑陽

剪靄裁嵐入清句，久唫渾覺浥人衣。心香泛夜隨詩遠，雨氣噓寒向鬢微。群蠹蝕書猶自詡，窮魚聚沫最相依。莫辭淺醆來深巷，爐火紅泥共一圍。

「南雅」，《民族晚報》，一九六九年一月十六日，第八版。

冬夜書懷次良樂韻

客愁如耜向心耕，斂燄微燈避月明。終日虀鹽甘味澹，十年歌管痛時酲。慣從落寞生詩思，已忍流離怯笛聲。塵事何須占夢數，南荒分作講經行。

附原作：戊申臘月夜讀書懷寄永武夢機　婁良樂

歲臘鐙前問筆耕，生涯奈苦計分明。士傷旅泊如飄絮，眾樂殘宵似病酲。廣廈簾遮酣舞夜，寒街風送賣漿聲。何因聽怕鷓鴣語，恐阻鄉關夢裡行。

「南雅」，《民族晚報》，一九六九年三月四日，第八版。

詠風次前韻

潛從花信記年芳，噓燭吹愁向曉光。不管南湖烟水闊，扶雲還引櫂歌長。

「南雅」，《民族晚報》，一九六九年三月九日，第八版。

維案：原刊題〈次前韻〉，前面刊黃永武〈詠風〉。

戊申雜詩八首

鷗泛花溪晴浪細，櫂歌不是舊江南。春心更莫吟紅豆，只此相思已不堪。

花撲風櫺夢乍回，小鑪烹菌出輕雷。却將京洛塵中手，來酌江湖蘸甲杯。

疏樹流雲颭袂空，茶香細領一絲風。坐禪藜榻兵氛斂，聽打齋堂過午鐘。

杜蘭歇後雁聲涼，紅蓼淺汀鷗夢香。隔岸疏砧聽不盡，半江明月冷如霜。

劫後飛舲不可招，空灘無復舊漁寮。星星慣聽寒潮語，打遍錢塘總寂寥。

黃葉斜街一笛風，背燈危坐淚先紅。揚州明月清湘雨，都付菊樽詩篋中。

秋來客思已崚嶒，一赴殘年更不勝。人意但知冬釀美，寒梅誰問著花曾。

霜氣親帷近四更，戍樓遠角到門清。夢回空館餘愁在，獨掩微燈照雨聲。

《師大青年》，一九六九年三月十六日，第三版。

維案：「秋來客思已崚嶒」亦見前〈歲暮雜感三首〉。「劫後飛舲不可招」見〈老兵四首〉。

「疏樹流雲颺袂空」、「劫後飛艅不可招」首見「南雅」，《民族晚報》，一九六六年一月五日，分作〈超峰寺〉、〈憶錢塘〉。

懷寄芹庭

我戍風城却鬱蒸，憶君遙在白雲岑。烟嵐飛入詩人筆，鴻雁馱回客子心。眾木飲霜楓酩酊，故園尋路夢嶇嶔。何時蓬華安吟榻，茗椀清樽次第斟。

《文風》第十五期（一九六九年三月），頁九七。

維案：此詩與〈風城寄懷徐芹庭〉字句略異。見「南雅」，《民族晚報》，一九六六年三月五日，第六版。

次熙元韻〈春興〉

枳籬竹舍泛烟絲，搖夢常虛上苑枝。枕納溪聲清醉榻，風通花氣入新詩。睨天孤抱惟雲可，卷幔春愁向雨滋。一棹洞庭君有契，鷗波汀月共忘機。

「南雅」，《民族晚報》，一九六九年六月九日，第八版。

秋夕過戎庵寓廬夜話兼寄仁青

回巒俯仰若相迎，剪薊眞宜不入城。壓榼茶香澆舌雋，垂天月大湛溪明。葛藤萬事蘧蘧夢，襟抱平生惘惘情。明旦層樓對朝爽，清詩定復與秋爭。

「南雅」，《民族晚報》，一九六九年十月二十一日，第八版。

初秋與金昌留宿芹庭寓廬作

明月容雲助夕陰，稻江慣聽十年砧。千燈流豔娟詩思，清吹喧秋動客心。落墨休輕受塵涴，耽禪所欠入山深。茶香初歇天將曉，霜氣飄簾稍見侵。

「南雅」，《民族晚報》，一九六九年十月二十一日，第八版。

次韻熙元春興之什

枳籬竹舍泛煙絲，搖夢全無上苑枝。山翠渲成摩詰畫，野香飛上浣花詩。睨天孤抱惟雲可，卷幔春愁向雨滋。欲占乾坤清淑氣，滄浪乞與濯塵機。

《文風》第十六期（一九七〇年一月），頁一三六。

維案：此由〈次熙元韻（春興）〉修改頷聯、尾聯而來，見「南雅」，《民族晚報》，一九六九年六月九日，第八版。

冬夕與劉鉞宗渝宿淡海

野屋持螯煮酒，海雲吹雨飄襟。留取三分薄醉，殘宵攜入寒衾。

坐久疑槎犯斗，相看憔悴青衫。任是雲回水去，十年猶夢江南。

長記石街蟹市，卜居相約他年。破曉遙聞寺鼓，斜陽細數漁船。

「南雅」，《民族晚報》，一九七〇年二月四日，第八版。

己酉中秋素蘭招飲內壢賦謝時艾爾西颱風來襲

回颷掠海擢衡宇，一盪瀛洲竟如洗。野竹喧成擘岸風，黑雲吹作翻江雨。涉夜相過爲蒨裙，淺甌細浪得微醺。膾鱸細領江南味，心暖先收洛下春。柔雲一剪茶香裡，留浥溫馨甘苦底。已對明妝桃李人，何須更覓嬋娟子。他年瀹茗卜湘濱，貯月分江入夜瓶。擫笛菱舟湖水白，垂綸蘆岸楚雲青。

「南雅」，《民族晚報》，一九七〇年二月十一日，第八版。

孟夏登圓通寺次漁公夫子韻

薄酒逢辰耐細斟，紅塵疎處約登臨。重過野寺春長在，坐對飛嵐醉不任。涼雨忽來答清磬，老榕猶許鏁頑陰。會將一濯滄浪足，共踏鍾山入定林。

「南雅」，《民族晚報》，一九七〇年二月十五日，第八版。

景公夫子周甲有詩次韻奉祝

遙喚南山醉此辰，休從桴海問沈淪。執經何啻三千士，顧我慚隨十九人。不倩江山助詩秀，賸持樽琖解頤新。漆園傲吏今猶昔，一卷南華養性眞。

「南雅」，《民族晚報》，一九七〇年二月十五日，第八版。

依韻和絜生先生落花詩

漫從零落想風華，看過梅花到楝花。盤臆元知春好在，不須喚駕六龍車。
重開應是隔年期，金縷歌殘折已遲。守到黃昏仍寂寞，餘香飛上比紅詩。
嫁與東風正妙年，鶯捎非復舊暄妍。青樓隔雨俱成冷，委地無聲亦自憐。
碧水流香第幾津，桃花磯畔問漁人。繽紛自是通仙洞，不沒秋原萬足塵。
半面妝成夢已冰，却將顦悴近春燈。零紅仍在本根側，合勝飄蓬逐野塍。
墜樓心事與誰論，一殉眞能酬主恩。聞說息姬空有恨，但知不共楚王言。
風檐舞罷冷新醅，賸共胡僧話劫灰。經雨安危都不預，任他水去與雲回。
曲江萬點夢依稀，幾誤飛去猶未歸。陌上參差留夕照，傷心豈獨是沾衣。
細把重吟夜向闌，榮枯一睨兩無端。沉香亭北春如夢，誰肯燒燈帶笑看。
三月東君取花去，卻酬新碧製荷錢。含章水面春猶在，一瓣拈來見大千。

「瀛海同聲」，《大華晚報》，一九七〇年九月二十日，第九版。

維案：今《師橘堂詩・次韻奉和絜生仁丈落花詩十首》，亦見於「瀛海同聲」，《大華晚報》，一九七〇年十月三日，第九版，題作〈落花詩再次絜生詞丈原韻〉。可知此組〈依韻和絜生先生落花詩〉當是初和，《師橘堂》所錄乃是第二次次韻。

又，此十首作品剪報張夢機有以紅字手批，維案：其三「餘香飛上比紅詩」，原詩作「餘香飛上悼紅詩」。其四「不沒秋原萬足塵」，原作「不沒秋原萬馬塵」。其七「經雨安危都不預」，原作「經雨安危已不預」。剪貼本有紅字修正，今照修改版。

又，案，其一後改為《師橋堂詩》〈春盡感事，賦呈萬谷夫子〉，其二改為《師橋堂詩》〈落花〉。後八首見《藥樓詩稿續》〈落花詩八首〉。

戎庵卜宅鄰右喜賦

貰樓鄰翠嶂，咫尺共槐陰。稍斂飛騰迹，眞消鄙吝心。招雲來客袂，攜醉入詩衾。良覿知諧易，何辭秉燭尋。

「瀛海同聲」，《大華晚報》，一九七〇年十月九日，第九版。

故宮訪吳哲夫三首

華殿蕭閒冷翠微，墨香縑楮忽忘機。白華可得攜詩袖，留與山僧補衲衣。

拳石灘頭劫後身，在山亦是骨嶙峋。微塵寧與泯憎愛，橘頌吟來滄海情。

爭銜腐鼠見鴟心，早爲鵷雛笑不禁。刪竹鋤梅眞羨子，時攜嵐氣臥秋岑。

「瀛海同聲」，《大華晚報》，一九七〇年十一月八日，第九版。

維案：第一首見於《藥樓詩稿續》〈懷人絕句八首〉。

睡起

桄榔以外是岑嵐，睡起風潭想楚柑。未見寒潮漂木柹，已從幽夢了秋曇。十年心迹初回棹，此日江湖小泊菴。只欠笛聲清到耳，不然逸氣比徐戡。

「瀛海同聲」，《大華晚報》，一九七〇年十二月八日，第九版。

維案：〈睡起〉一詩，後可能改為〈午睡初起作〉，見《碧潭煙雨》卷三《師橘堂賸稿》。

自大湳北歸偶題絕句酬崑陽見寄七首　錄一

歌善風回落醉巾，風流還數老將軍。紅牙紫玉春燈畔，慚說南朝汪水雲。

「瀛海同聲」，《大華晚報》，一九七一年五月二十四日，第九版。

維案：餘六首見《師橘堂詩》。

龍園雅集賦呈漁叔師二首　錄一

詩在芳樽蘭醪中，細吟夏碧一燈紅。翦心人食攢籬筍，投劾公思泊渚篷。墨氣自娟梅樹月，碁聲遠答藕花風。堪言除卻韓陵石，唯有龍山古寺鐘。

「瀛海同聲」，《大華晚報》，一九七一年六月七日，第九版。

維案：此詩各集作〈龍園雅集〉，詩句略不同，可參看。又，末聯改用於《鯤天吟稿・萬華酒集》。

宵霽新店寓廬同戎菴崑陽作時有釣魚臺事件

湖海人來夕靄蒼，茶煙以外是桄榔。梅天才歇連江雨，藜火初分照座光。嶼沒鯨潮珠淚冷，烽高象郡角聲長。十年圯上無殊遇，且擁花間白玉缸。

「瀛海同聲」，《大華晚報》，一九七一年七月九日，第九版。

維案：此詩《師橘堂詩》作〈宵霽師橘堂同戎庵崑陽作時有釣魚臺事件〉，異文可參。

憶玄武湖荷花（明夷社課）

六朝宮殿餘殘礎，江東霸氣付清酤。賸有名湖十頃香，白羽紅妝尚如許。吹涼翠蓋自亭亭，醉潮丹頰羞楚楚。時泛蘭橈穿藕花，誰棹鷗波詠疏雨。我家嶽麓近湘濱，災患流離到海嶼。髫齡曾對秣陵月，勝蹟依稀猶可數。頗聞耆舊美霞裾，忽思後湖意淒沮。當時但解摘蓮子，花葉於今繫羈緒。戈甲何當翦賊歸，願隨諸老泛芳渚。菱莊藕榭共深樽，一曲櫂歌倩吳女。

「瀛海同聲」，《大華晚報》，一九七一年七月十八日，第九版。

建國六十年詩人節誌感

右五　張夢機

佳節風城折簡招，國逢周甲興偏饒。粽筵美酒馨瓊席，蒲劍精光映碧霄。正氣昇如鯤島日，詩聲響答楚江潮。左徒志業堂堂在，待復神州奏九韶。

《詩文之友》第三十四卷第四期（一九七一年八月一日），頁二七。

慶萱過話

鵲銜暝色入晴痕，啜茗燈邊有至言。猶是雨暘爭蚌鷸，誰空塵障了親冤。祇今噬雪仍南犬，他日論文覆一樽。延佇固應貪遠黛，遮眸新聚兩三村。

「瀛海同聲」，《大華晚報》，一九七一年九月十八日，第九版。

九日辛亥光復樓登高

出郭輕車似逸驂，樓山宴集飲飛嵐。東來江勢盤鯤北，西向樓形鎮海南。沾袖墨翻憐薄醉，銘動圖在助高談。寒雲冥漠千林遠，持較羈愁倘亦堪。

雅會才叨五日觴，忽回黍夢到萸香。鬢玄不厭風吹帽，客久翻宜石作腸。耆碩共誇身更健，風騷上簿氣猶蒼。聚盟萬國多輕諾，莫道山河誠誓長。

「瀛海同聲」，《大華晚報》，一九七一年十月二十九日，第九版。

哲夫伉儷外雙溪招飲永武弘治成海同往

攜朋娛野頗清狂，寵辱眞堪付兩忘。山色欲暝先慘澹，水聲不雨亦飛揚。家庖精絕供深酌，世事紛紜得小傷。羡汝日行空翠裡，京塵終不涴巾裳。

「瀛海同聲」，《大華晚報》，一九七一年九月十八日，第九版。

暮春同永武履譔藝園晚坐

新篘醜石別來殊，惘惘看花醉也無。暫去仍回同過翼，清言玉屑見眞儒。風波自隔春燈遠，樽杓能延老月孤。枉說銅盤承露滿，一杯終不賜相如。

「瀛海同聲」，《大華晚報》。

維案：此詩為剪報資料，複查未果，刊登時間當在一九七二年三至七月間。

敬輓漁叔夫子

不官而甘作詩人。老耽黃卷。挾蘇子之才。能爭萬古。
一病竟忽頹梁木。醉過西州。墮羊生之淚。猶哭春風。

「瀛海同聲」，《大華晚報》，一九七二年八月三十一日，第七版。

仁青芹庭夜過

伐木相尋二妙同，秋簾坐盡夜燈紅。茶鐺默覺千漚幻，麥隴平收一雨功。休向殊方論骨相，多慙流水入絲桐。非才那有春風手，欲撥琵琶苦未工。

「瀛海同聲」，《大華晚報》，一九七二年十月十五日，第八版。

維案：此詩頷頸二聯，同《師橘堂詩》〈夏日與崑陽、文華碧潭共茗飲作〉。頷聯後又改作《藥樓近詩》〈二疊韻奉答定遠詩老〉。

春夜飲茶贈汪志勇

清風兩腋接吟魂，細鼎銷寒茗火溫。未厭鳳團添水厄，忽翻雪乳聽濤喧。眼青我亦顛茶陸，語妙君猶炙輠髡。殘客隔江歌玉樹，宵長同是不眠人。

「瀛海同聲」，《大華晚報》，一九七三年五月八日，第九版。

壽景伊夫子六秩晉四

岱嶽蒼松嶰谷筠，高標仍見骨嶙峋。傳經木鐸鳴空久，徵士蒲輪到巷頻。萬古愁銷幾杯酒，一囊詩貯九州塵。乾坤行看花期近，介壽還移雁蕩春。

「瀛海同聲」，《大華晚報》，一九七四年二月二十七日，第九版。

和關仕寄友之作

盡欲追風到日邊，紛綸王後與盧前。楸枰黑白嚴分陣，蛙吹東西各理絃。晦朔有期寧語菌，藤蘿得意欲攀天。空群驥足今逾少，徒使孫陽望眼懸。

「南薰」，《學粹雜誌》第十六卷第一期（一九七四年三月），頁二五。

過戎庵寓樓茗話

巖阿清泠傍幽瀆，閒許溪光兩掌分。夜話巴山憐蜀雨，茶來普洱帶滇雲。兵戈在夢挑燈盡，涕笑經時染翰勤。他日歸尋沽醉處，臨邛莫問舊文君。

「南薰」，《學粹雜誌》第十六卷第三、四期（一九七四年十月），頁二七。

維案：此詩復見「瀛海同聲」，《大華晚報》，一九七五年一月三十一日，第九版。

碧潭坐月同伯元子良作

異質由來忌處群，圍鐺說夢枉紛紛。多情我輩難爲佛，百累人間幸識君。明月半篙隨夜舫，鳴蟬幾樹抱殘雲。松陵十四橋邊路，何處煙波問翠裙。

維案：此為張夢機手稿，時間判斷或在一九七四至一九七五年前後。

人月圓　絜生仁丈贈詞賦答

東風又綠粼粼水，林翠濕蒼巒。朱門淑氣，啼鶯破臘，語燕迎年。　幾年吟座，新圍桃李，未老衣冠。甚時歸去，餘情分付，湖水湖烟。

「瀛海同聲」，《大華晚報》，一九七七年三月二日，第十版。

春初得李花數枝留充書⿱竹鈞之用日昨檢視枯萎盡矣

檢篋殷勤拂蠹塵，惘惘那復記芳春。深哀不與花俱謝，萬幻惟餘淚是眞。小夢遍尋還約略，舊蹊欲過幾逡巡。明知榮落尋常事，猶對殘香一愴神。

「師橋堂詩」，《學粹雜誌》第十九卷第三期（一九七七年六月），頁二九。

題江師翊雲黃卷丹心集

淑世懷才好著書，堆盤苜蓿食無魚。袖中自蓄生花筆，門外多停問字車。斟酌古今標見地，別裁眞僞作權輿。何時掃卻塵凡事，來就先生水竹居。

「瀛海同聲」，《大華晚報》，一九七八年九月十五日，第十版。

重過旗津

天氣微暄渡晚津，彈丸小嶼得重登。浮腥魚市三千舍，照海樓船十萬燈。世事又隨啼鳥換，暮潮仍向亂崖崩。蒼溟西接微茫外，直挂雲帆病未能。

「瀛海同聲」，《大華晚報》，一九七八年九月二十二日，第十版。

維案：此詩後見《師橘堂詩》〈重過旗津〉，字句略異可參。

次韻伯元學長壽景公夫子六秩晉八華誕

早爲京洛無雙士，晚慕南華第一篇。懋績曾扶明社稷，行囊猶貯漢雲烟。江天高詠誰堪敵，海鶴風姿望若仙。佇待樓船趁潮去，天臺介壽醉陶然。

林尹，《景伊詩鈔》，臺北：學海出版社，一九八四年，頁四三～四四。

四君子用李友老韻　錄二

不御鉛華矜素豔，縱棲荒驛亦多姿。羅浮夢斷孤山遠，心跡雙清獨雪知。

託根空谷識秋蘭，有馥其芳秀可餐。待倩湘雲伴幽獨，莫教輕命近危欄。

「瀛海同聲」，《大華晚報》，一九七九年七月十九日，第十版。

維案：《西鄉詩稿》作〈菊竹二首用李友老韻〉，此補二首。

聞蟬四首　錄一

催老芙渠是此聲，邠風七月舊知名。幽斷祇喚鄉愁起，那管詩人白髮生。

「瀛海同聲」，《大華晚報》，一九七九年八月二日，第十版。

維案：〈聞蟬四首〉其中二首見於《西鄉詩稿》〈聞蟬〉。一首改作《西鄉詩稿》〈碧潭口占〉。此詩《西鄉詩稿》作〈植物園聞蟬〉，次句不同暫存。

臺北初冬即事

諍言嶽嶽見風裁，起蟄宏聲動殷雷。莫遣浮華消曙志，不然九廟鎖煙煤。
泝洄百感出深衷，漬袂猶存血淚紅。欲譜新腔繙汝恨，梨園傳唱遍瀛東。
雙翼圖南計早成，摶扶此日到蓬瀛。欣從礎潤先知雨，先看樓船拔兩京。

「新生詩苑」，《台灣新生報》，一九八二年十二月四日，第八版。

花女第四唱

歌傳樵女山皆應，被擁蘆花夢易秋。

澧浦蘆花欺楚月，耶谿菱女答吳謳。
近輦宮花沾雨露，隔江商女簇笙歌。
周南淑女風詩首，亭北名花絕調三。
閒吟玉女詩偏好，醉寫梅花句亦香。

「新生詩苑」，《台灣新生報》，一九八二年十二月四日，第八版。

石家飯店餞別鴻烈

不飲胡爲醉，論交心已傾。張燈華宴美，遠目大江橫。刻燭詩初就，傳杯恨漸生。何當袖蒼海，歸與濯吾纓。

「瀛海同聲」，《大華晚報》，一九八三年八月二十八日，第十版。

網溪詩社成立七週年紀慶

高卓吟旌壯海涯，風騷七載繼南皮。浯谿他日重鐫石，齊頌中興更舉巵。

「新生詩苑」，《台灣新生報》，一九八四年三月四日，第八版。

送西堂赴韓國講學

薄祿淹吾駕，摶扶看汝飛。祖帳共離盞，流水出金徽。愁與滄溟俱遠，情同棣鄂相輝。茲去遐方推儒術，前約莫忘舊釣磯。何當遙寄箕封雪，一爲賤子滌塵衣。

「瀛海同聲」，《大華晚報》，一九八四年四月四日，第十版。

桂月既望紫眞邀宴聯句

昨宵觴月餘興存，又邀吟侶傾金樽（莊幼岳）。傅子周甲今晉一，喜爲杖國開雲門（許筠廬）。華筵三席聯既望，北海樽傾餘酒痕（陳漢山）。適逢中秋後一夕，最愛月色蘇花魂（楊向時）。莫嗟逋客增雲鬢（張夢機），酒豪詩伯杯能翻（羅尙）。杯翻滿座發清興（王師復），遮莫高飲忘囂煩（吳漫沙）。紛紛佳句聯珠發，眾星拱斗壽星尊（林荊南）。雞蟲得失敢勞擾，爲期清化歸道敦（傅紫眞）。

「新生詩苑」，《台灣新生報》，一九八四年十一月六日，第七版。

梅園冬集

晴靄飛嵐直到門，偶來接席共吟樽。主人歷劫冰霜裡，寫出寒梅是國魂。

「新生詩苑」，《台灣新生報》，一九八五年三月十二日，第七版。

「名家春聯展」

紫氣被大地迎來，看六合風雲，重開機運。
黃魂待寒梅喚醒，願三臺父老，共策澄清。

《聯合報》，一九八六年二月十日，第三版。

詠菊

籬東擢秀冷香浮，彭澤風徽向此求。但解霜前支傲骨，不知何物是春愁。

「瀛海同聲」，《大華晚報》，一九八六年十二月七日，第十版。

維案：此詩可參看《西鄉詩稿》〈菊竹二首用李友老韻〉。

代家大人作臺北晤左彝學長別四十年矣

餘杭別後雨飄蓬，垂老何期又見公。密勿昔曾運籌策，榮枯早已付苓通。衡陽落日迷歸雁，湘水斑筠憶釣篷。世事都隨雙鬢改，天涯珍重一樽同。

「瀛海同聲」，《大華晚報》，一九八六年十二月二十七日，第十版。

對聯：博愛萬物

慣看燕去燕來，居處能安，斯爲美土。
不管雲開雲合，世間同樂，便是長春。

張夢機，〈博愛萬物〉，《國文天地》第二卷第九期（一九八七年二月），頁一〇。

觀生堂除夕二首

傾城車轂詠晴灣，獨向鄜州乞夢還。明月乍驚生海上，今宵最遠是人間。孤吟自媚蕭蕭竹，雙照惟餘悄悄山。霧裡雲鬟深在念，幽憂一往不能刪。（戊辰除夕夢機書於觀生堂）

百畝仙潢接翠微，重來憑眺興遄飛。倚風篁柳生寒籟，臨水樓臺背夕暉。忍事何心隨蠖屈，披襟有意與鷗歸。告君一語應同慨，眞悔紅塵插腳非。（夢機　己巳春）

維案：戊辰除夕（一九八九年二月六日）曾昭旭招諸友於觀生堂過年。張夢機席間揮毫寫就前「戊辰除夕夢機書於觀生堂」，此詩收於《西鄉詩稿》作〈中秋對月三首　時與昭旭崑陽同客高雄〉。交子一過，歲次已改，張夢機復揮毫「夢機　己巳春」，此詩則未錄於各集。今二書法條幅仍藏於觀生堂。

次韻謝清石將軍

詩如菡萏濯漣新，不待凌波已絕塵。愧我身貧無所報，白雲滿袖贈高人。

剪報資料，出處日期未詳

「中華詩壇」。

維案：剪報資料復載傅清石〈贈張夢機詩人〉：「細吟紅豆味清新，雙篋才思迥出塵。況是陽明風景好，一山紅葉屬詩人。」又，傅清石即張夢機少時好友傅丙仁之父。

新歲獻辭

臘鼓聲殘雨露新，台瀛景物正宜人。鴻鈞轉運呈佳兆，鯤海騰歡慶瑞辰。南渡王師謀復漢，中原父老起亡秦。欣看淑氣排烟瘴，浩蕩乾坤共樂春。

「中華詩壇」。

成功嶺大專暑訓偶成二章　錄一

慨我儒冠久苦秦，戰駒嘶向陣雲深。登臨蒿目時長嘯，撫劍敢忘在莒心。

剪報資料，出處日期未詳

「中華詩壇」。

維案：〈成功嶺大專暑訓偶感二章〉亦見《雙紅豆箴詩存》，此補其缺。

剪報資料，出處日期未詳

春日遣興

雲峰當戶見，竹柳映南河。懷舊心常惻，逢朋興更多。吟詩添雅興，對酒發狂歌。向夕溪橋佇，微風皺綠波。

剪報資料，出處日期未詳

贈別丙仁同學

舊歡往事燦瑤璣，偕爾論交信未非。離恨難憑樽酒遣，世情常與寸心違。喜居蝸舍遠囂市，怕聽鶯歌惜落輝。國難時艱君莫歎，洞庭歸去共忘機。

剪報資料，出處日期未詳

「中華詩壇」。

維案：此詩與《雙紅豆箧》頗多異文，可相互參看。

三　藥樓以後遺詩（一九九三年以後）

偶感

天釀寒流世共喧，消沉心緒百無言。碧潭重過將何遇，白鳥孤飛漸欲翻。李杜詩開新境界，老莊道見舊根源。殘生染疾終蕭瑟，且效蘭成賦小園。

《鵝湖月刊》第二一六期（一九九三年六月），頁五七。

吸煙（少作）

浸衣五里霧，迷蚊半牀雲。世間多煙瘴，何妨助微熏。

《鵝湖月刊》第二一六期（一九九三年六月），頁五七。

博塞

呼盧喝雉眼眉開，遠近都爲博塞來。不惜孔方輕一擲，旋知此物是塵埃。

《鵝湖月刊》第二一六期（一九九三年六月），頁五七。

玉明女弟電話問疾詩以答之

大患從教病體輕，感君電訊遠通情。餘齡自料閒無事，默忍羈孤過此生。

《鵝湖月刊》第二一六期（一九九三年六月），頁五七。

永武過訪

移家非性僻，視疾汝初臨。飲可從文字，身仍須砭針。寒深殘歲在，寺遠暮鐘沉。醰醰交誼久，過往自青衿。

《鵝湖月刊》第二一六期（一九九三年六月），頁五七。

維案：首句亦用於〈洛夫梅新枉過〉，《藥樓詩稿》。

新雄慶萱烱陽雅州沈謙遠來視疾賦謝

談諧端合癒頭風，眾口騰喧一笑中。聞說上庠多魅影，廓清妖祲竢群公。

《鵝湖月刊》第二一六期（一九九三年六月），頁五七。

歲末振黎自美來函以詩奉答

目眩殊方耿雪光，泮宮籠統白茫茫。平生我有嵇康懶，但看鄰家瓦上霜。

《鵝湖月刊》第二一九期（一九九三年九月），頁五六。

民國八十二年元旦試筆

爆竹聲喧報九春，臺澎花木一時新。繁櫻照海呈佳兆，豔日行天慶瑞辰。崩社鼠群沿穢竄，尋巢燕語剪愁頻。臥痾惟願身長健，蔬筍年來敵八珍。

《鵝湖月刊》第二一九期（一九九三年九月），頁五六。

懷定西把兄口占

雙拳擊破女媧天，四海經營獨損眠。風義平生重然諾，論交歃血自髫年。

《鵝湖月刊》第二一九期（一九九三年九月），頁五六。

喜雨

迅雷白電急搜窗，救旱功深雨打廊。水氣乍能甦晚稻，山容重喜現明妝。萬民鼓腹雲陰聚，十里侵脾樹吹忙。卓午生涼成小憩，滂沱聲裡夢瀟湘。

「新生詩苑」，《台灣新生報》，一九九三年十一月六日，第十三版。

維案：此詩復見於《藥樓詩稿續》，為七絕。

秋夜　續

多情本自不由人，短夢無憑尚見尋。明月三更非昨夜，流螢一點是秋心。沈哀每藉孤衷見，別恨都隨落葉深。七椀茶餘岑寂甚，圖書四部比南金。

「新生詩苑」，《台灣新生報》，一九九三年十二月十五日第八版。

美燁書訊近狀作此答之

雙膝病來驚一蹶，多君遙寄鯉魚書。斑篁枉說湘江美，久客自羈鯤島居。買舍移家鄰壑近，攤牋濡墨賦詩初。展舒筋骨終年事，不用春風著意噓。

《鵝湖月刊》第二二三期（一九九四年一月），頁五六。

閱讀舊報

朝爽宜人讀報來，儘多吟料供新裁。海外健隼非南美，經貿強龍是北臺。不隱政潮淹股市，可憐犀角惹牢災。金甌殘破憑誰補，兩岸都期命世才。

《鵝湖月刊》第二二五期（一九九四年三月），頁五七。

次答荊南丈

多媿吟壇早竊名，養痾此日悔平生。林風撼葉晴天雨，蛙鼓侵帷夏夜聲。靜裡憶人閒憶事，枕邊無想夢無驚。屯山聞道高千尺，不及尊詩慰我情。

「新生詩苑」，《台灣新生報》，一九九四年五月十五日，第十三版。

和慕老網溪十七年

山峭勃然雲乍興，共持吟旆更飛登。深衷扢雅情爲海，高會題襟酒是朋。已使鳳聲無歇止，要令蓮社有傳承。身殘倘許叨詩讌，一例詞流莫浪矜。

「新生詩苑」，《台灣新生報》，一九九四年六月二十六日，第十三版。

感近事

三年簡出獨居深，默坐當軒風入襟。聞說晴湖爲虎患，忽驚橫舍見狼心。五洲恐是逢衰世，一瞽何堪走亂岑。莫遣頑雲蔽天久，炎陽端合散重陰。

「新生詩苑」，《台灣新生報》，一九九四年六月三十日，第十三版。

崑陽移居花蓮賦贈

久家鯤北更移東，人在檳香海氣中。幾幅簾帷背山翠，一庭花木向陽紅。高才詞筆追曹植，絳帳門生拜馬融。三十年來似棠棣，莫忘古誼付詩筒。

「新生詩苑」，《台灣新生報》，一九九四年七月十三日，第十三版。

夜坐

樓前眾籟各成音，不掩窗帷見暮禽。明月半規非子夜，流螢一點是詩心。功名自念孤燈滅，山水都隨別夢深。樂道原思貧亦富，萬函書史比璆琳。

「新生詩苑」，《台灣新生報》，一九九四年八月六日，第十三版。

次凱老韻

瀛海浮桴四十年，歸心日夜激奔川。故山猿鶴今安在，遙望神州一惘然。

幾層玉帛銷兵氣，還使關河染血痕。此日煙濤通兩岸，何當重禮秣陵門。

「新生詩苑」，《台灣新生報》，一九九四年八月二十一日，第十三版。

維案：該篇附有編者案語「震夷按：吳凱老為陳立夫資政老友，曾任國民政府駐瑞士公使，年逾九五高齡。」

忍閒

海嶠初秋草尚蕃，殘身痦口對廊軒。自榮風裡非籬菊，不動心中是佛旛。枯局乍開棋境界，微波能聚水資源。飛來野鳥梳翎罷，猶向朱樓瓦角翻。

「新生詩苑」，《台灣新生報》，一九九四年九月十二日，第十三版。

酒集藥樓作

家庖迓客入瓷盤，良覿高談興未闌。醇酒飲人分醉醒，清歌錄夢有悲歡。照書燈影媚衰髮，圍座茶香銷薄寒。偶向九州論漢畫，不知樓外夜漫漫。

「新生詩苑」，《台灣新生報》，一九九四年十月十八日，第十三版。

懷人絕句

莊萬壽

漸從黍夢到櫻紅，音問隔年濤影通。聞道殊邦請都講，欣然奉聘向瀛東。

何淑貞

鮭菜烹調手藝強，溫和姿態亦端莊。旁搜理學精文法，譽在鯤南滿上庠。

《鵝湖月刊》第二三三期（一九九四年十一月），頁五七。

中東戰爭

譎詭風雲瞬息間，危峰日日落波灣。盟軍殺伐彈如雨，政局安危繫海珊。

《鵝湖月刊》第二三三期（一九九四年十一月），頁五七。

次答雲鵬先生

因君詩語作心箴，日日耽閒讀藥林。披卷何曾令句窘，茹蔬只欠坐禪深。郊坰背郭塵全斂，寒舍依山雨乍臨。但使賡吟酬雅誼，殘軀欲拜恐難任。

「新生詩苑」，《台灣新生報》，一九九四年十一月十七日，第十三版。

昔遊

經天越海果何爲，禹甸川原許再窺。滬瀆潮音催旅舶，桂林山色藹秋眉。已看兵馬秦陵俑，未拓行眞孟廟碑。回首六朝金粉地，至今殘破不勝悲。

「新生詩苑」，《台灣新生報》，一九九四年十一月二十一日，第十三版。

感近事四首

血沾炎徼帶腥風，鐵杵憑陵殺氣雄。鷸蚌水邊爭未已，那知一笑報漁翁。

圖存豈必賴金湯，媚外會當趨敗亡。螢幕多傳大和俗，幾疑游衍在扶桑。

欣從廣島卓梅旛，矯健如鷹捷似猿。莫道長年苦爲殿，此番競技七掄元。

燈娟樓閣翠簾明，水盼花容百媚生。不畏風濤失天塹，可依粉黛作長城。

「新生詩苑」，《台灣新生報》，一九九四年十二月十八日，第十三版。

次韻贈伯元

知君原是讀書人，可有吟哦感鬼神。聲韻功深精小學，詩文囊滿貯繁春。好奇已習黃山谷，尚儉猶卑石季倫。經貿於今支國脈，獨耽風雅爾何因。

「新生詩苑」，《台灣新生報》，一九九五年三月六日，第十三版。

晚望

剪剪寒風漠漠陰，及昏坐眺對青岑。沾殘零夢飄帷雨，銜去清愁失侶禽。半晦樓台聞竹笛，一游杭滬憶詩心。時名宿怨皆無謂，養拙幽居學楚吟。

「新生詩苑」，《台灣新生報》，一九九五年三月二十三日，第十三版。

次韻戎庵元日大晴之什

鳥雀呼晴眾綠新，望中樓閣密如鱗。四時不亂成回泬，橫舍誰來話秘辛。未遠群山疑入戶，已殘百事欲輸人。今朝磨墨深期許，腕有風濤筆有神。

《鵝湖月刊》第二四二期（一九九五年八月），頁五六。

明奇石深惠美劍慧枉過

久患頭風歲兩周，友生視疾尚綢繆。紛嗟房價成飛漲，失悔當年未買樓。

《鵝湖月刊》第二四二期（一九九五年八月），頁五六。

朏明

朏明夢醒雨絲絲，活絡形骸倩敏姨。蛺蝶雙雙過布幔，杜鵑簇簇作花籬。沉痾一蹶前秋後，殘句相攜獨臥時。九十春光詩百首，清哦不用酒千巵。

《鵝湖月刊》第二四二期（一九九五年八月），頁五六。

懷人絕句七首　錄二

黃慶萱

乾坤第一話修辭，遠紹群經只自知。亮也一生唯謹慎，賣書黃犬復何疑。

張成秋

延年花室說三張，淹貫群書義理長。篤信耶穌時聚會，祗愁沉浸太癡狂。

《鵝湖月刊》第二四二期（一九九五年八月），頁五六。

曉坐偶感

陳編朝報祓清愁，那管風痾久不瘳。試檢詩篇分甲乙，且從宦海見沈浮。車聲帶雨來衣袖，茗氣添香出畫樓。傳道此心恐難遂，投閒眞欲一歸休。

「新生詩苑」，《台灣新生報》，一九九五年八月二日，第十三版。

感興

牆白窗玄屋瓦紅，千家樓閣對山雄。社邊八九老椰樹，道外青蒼修竹叢。孤塔珍禽入詩詠，衰顏短髮憶童蒙。收將萬綠存衣袂，留與華筵佐酒筒。

「新生詩苑」，《台灣新生報》，一九九五年八月二十四日，第十三版。

感近事

十年經貿著聲聞，近與胡戎往返勤。彈若未侵東海水，機應已訪北歐雲。更誰鼓舌傷孤島，猶自當軒弔夕曛。一事於今終不解，時危地小尚裁軍。

「新生詩苑」，《台灣新生報》，一九九五年九月十一日，第十三版。

浩園晚坐

新秋暑氣尚相淩，拔地庭邊樓十層。雨後菊花應更好，病來亭檻恐難憑。高松橫舍深情永，舊夢前塵小憾增。耽寂坐看斜日晚，喧啾棲鳥欲窺燈。

「新生詩苑」，《台灣新生報》，一九九五年十月十八日，第十九版。

義山詩讀後

漆雲晦雨費疑猜，筆法精純雅見才。詞句庾徐工麗藻，名聲李杜似殷雷。婚完運是歡中厄，情失絃從斷後哀。朋黨何能羈健翼，高岡一噦鳳歸來。

「新生詩苑」，《台灣新生報》，一九九五年十二月十一日，第十九版。

華興演習

戍海終期一戰功，橫磨十萬火荼雄。殘彊機艦堂堂陣，秋港旌旗穆穆風。擐甲莒邦爲備用，投鞭苻氏恐相攻。鯤南檢校緣何事，都道軍容氣似虹。

「新生詩苑」，《台灣新生報》，一九九五年十二月二十四日，第十九版。

晝讀

浮生罹劫賸書林，翻檢渾忘歲月侵。示子長憐放翁句，閉門誰解后山心。椰高在昔矜良質，竹死於今失好音。批卷啜茶無箇事，樓望一笑識歸禽。

「新生詩苑」，《台灣新生報》，一九九六年一月七日，第十九版。

次韻工部九日

伊昔登高草山上，如今抱病綱溪濱。秋簾晴卷青林秀，浮世憂深白髮新。逢厄焉知簪菊事，避災曾是繫萸人。縱然一蹶堅成坐，也勝潘郎拜路塵。

「新生詩苑」，《台灣新生報》，一九九六年二月四日，第十四版。

寒舍酒集

偶邀高履上階墀，星掛林巒夕照遲。猶似甘醇當日酒，已非跋扈少年時。龍吟那管塵生海，鯨吸寧愁命是絲。夜暮漸遮山遠近，一燈自媚欲何爲。

「新生詩苑」，《台灣新生報》，一九九六年二月二十六日，第十九版。

偶成

頭風不癒病軀孱，知樂年時獨忍閒。健隼翩翻乃歐體，小鷹航駛向波灣。峥嶸飛閣沾殘雨，漫衍浮雲失遠山。隔岸恫瘝無計恤，傷心唯有淚潸潸。

《鵝湖月刊》第二四九期（一九九六年三月），頁五六。

元旦試筆

曆日又迴新甲子，新坰未覺瑞氛增。蝸廬殘夜徐徐曙，螢幕高旗冉冉升。林壑垂虹開霽景，瓷杯貯茗聚良朋。可能今歲誇腰腳，大霸奇萊我欲登。

「新生詩苑」，《台灣新生報》，一九九六年三月二十二日，第十七版。

寒流

口噤幽禽暫不歌，瀛涯幾度冷鋒過。衣裘回暖如三月，肴菜烹鮮共一鍋。還憫海魚歸凍餒，遠知山雪覆陂陀。花繁縱有梅千樹，若比寒雲未算多。

「新生詩苑」，《台灣新生報》，一九九六年三月二十二日，第十七版。

聞「上海灘」曲感作二首

寥天落寞鎖重樓，夢醒宵深聽粵謳。一曲清歌猶繚繞，無端勾起十分愁。

歇浦潮回說恩怨，撩人一曲亦堪哀。當年多少悲歡事，此際都從心上來。

「新生詩苑」，《台灣新生報》，一九九六年四月十九日，第十七版。

丙子元日漫筆

爆竹初翻破碎晨，乍醒殘夢等飛塵。飴甘略帶髫年味，花發方知海嶠春。早信藥丸堪活血，多慚用俸最關身。病中閒適渾無事，默坐孤吟媚雨頻。

「新生詩苑」，《台灣新生報》，一九九六年五月十七日，第十七版。

哀時

調瑟聲高壓夜刁，歌殘玉樹似南朝。欲成黑業先收賄，每上青雲必折腰。掛夢政爭猶歷歷，披荊路險尚迢迢。堪歎兩岸雙贏策，只欠溝通一座橋。

「新生詩苑」，《台灣新生報》，一九九六年六月二日，第十二版。

漢光尾牙宴

薄寒門外駐輕車，偶聚高朋作尾牙。但對朱燈分的皪，強持夷釀共諠譁。廿年不懈聲光懋，一局猶輸運命差。惟願振衰同協力，路遙更比九重賒。

「新生詩苑」，《台灣新生報》，一九九六年六月十四日，第十七版。

春望

一角林巒撲子階，賞春不用踏青鞋。鬧紅花色來寬袖，積翠山光入好懷。盡日良師唯蜜橘，平生壯志賸衰骸。憑窗眺遠支頤久，動地車聲滿曲街。

「新生詩苑」，《台灣新生報》，一九九六年六月二十四日，第十六版。

次韻答鳳鳴先生

緘札情如萬斛珠，賡詩容我說閒居。推門眾壑朝窺枕，影壁明燈夜讀書。平日歡虞非鼓笛，滿盤滋養是魚蔬。病來莫道騰驤事，歷境過都計已疏。

「新生詩苑」，《台灣新生報》，一九九六年六月二十八日，第十七版。

舊游絕句二首　錄一

全聚德烤鴨

擫笛銜觴入市喧，珍肴小餅甲中原。肝腸全席多兼味，脆鴨從知死不冤。

《鵝湖月刊》第二五三期（一九九六年七月），頁五六。

維案：另一首見《藥樓詩稿》〈舊游絕句・明十三陵〉。

感時

萬事聽鐘唄，眞堪一笑酬。句殘歸獨臥，春好赴冥搜。揆席添佳績，臺瀛啟壯猷。兩岸交流久，直航終易求。

《鵝湖月刊》第二五三期（一九九六年七月），頁五六。

璧翁劍老見過

請業諸生卷牛橫，忽來高履且相迎。茶香漸亂盆花氣，髮影自搖林壑晴。書裡詩聯收舊夢，堂前語笑見眞情。今朝多媿須傳道，他日還邀試蔵羹。

「新生詩苑」，《台灣新生報》，一九九六年八月十一日，第十二版。

車行

穿鎮過橋走薄雷，環河道上遠山陪。全灰坐惜樓臺去，萬翠乍驚篁竹來。一殼材堅載離緒，四輪飆發輾浮埃。樊籠久困今逢赦，顧眄春郊積抱開。

「新生詩苑」，《台灣新生報》，一九九六年八月十六日，第十七版。

覆函

羞將康瓠答隋珠，命舛才微實下愚。簷雀安知飛鵠志，池魚難化巨鯤軀。藏心白雪歌初斂，掛夢紅桑海亦枯。抉目城頭本多事，不如鍵戶課雙雛。

「新生詩苑」，《台灣新生報》，一九九六年八月二十一日，第十七版。

炎嶠

炎嶠棲遲幸苟全，雲回水去換華顛。偶依檜架批三史，怕聽松風響七絃。憎愛轉頭隨逝鶻，功名過眼墮飛鳶。萬方物候多生動，林壑安閒海月娟。

「新生詩苑」，《台灣新生報》，一九九六年十一月十三日，第十六版。

寄紫眞先生二首

咫蹟最忌是悲歎，調息能回一榻安。試看坡公遷海外，都將老病付心寬。

偶向華筵憶酒醇，稍從積稿認前塵。感君詩苑曾培灌，贏得花時一片春。

「新生詩苑」，《台灣新生報》，一九九六年十一月十八日，報第十六版。

定西招飲傅公委員信發院長暨昭旭邦雄崑陽建民保新諸教授在席

平昔於吾厚，招邀古誼彰。火鍋烹白肉，國事屬黃堂。且效張顚醉，來尋杜牧狂。群公多俊賞，酌句待評量。

《鵝湖月刊》第二五八期（一九九六年十二月），頁五六。

晝日作

愁據空房晝掩扉，舊游星散悟今非。竹棚瀹茗將誰過，水鳥銜晴尙汝違。毀社城狐還自竄，中槍琵鷺定何飛。黃衫年少多輕薄，肯事丹鉛漸欲稀。

《鵝湖月刊》第二五八期（一九九六年十二月），頁五六。

輓紫貞先生

酹地虔虔酒滿觚，彼蒼竟忍奪明珠。君從泉下追冥福，我向鑪前哭睿謨。詩苑曾教春一駐，轍魚惟欠沫相濡。御風駕返須臾事，長記華筵共碧鱸。

「新生詩苑」，《台灣新生報》，一九九六年十二月十五日，第十四版。

壽白翎先生八十

八秩能詩張子野，林泉息影忘窮通。平生習劍晨光裡，往日掄元缽韻中。偶返桐城堪玩月，倘居竹塹定吟風。鷗朋聞道臺員遍，祝嘏寧教酒醆空。

「新生詩苑」，《台灣新生報》，一九九六年十二月三十日，第十六版。

觀包青天劇感作

剛毅希仁得善評，縱爲戲劇亦關情。鍘來貴戚心何畏，鈎起沈冤案更明。奈少秋鷹擊凡鳥，儘多黑業誤蒼生。欲持犀利豐城劍，試問何人有不平。

「新生詩苑」，《台灣新生報》，一九九七年二月二日，第十四版。

寄懷勉蓀先生

愁邊何物是窮通，萬幻從知願亦空。浮榼香時茶尚翠，開軒遠處日全紅。詩文王履終無悔，藥石華陀早有功。閒散我除賡詠外，垂簾猶自習檀弓。

「新生詩苑」，《台灣新生報》，一九九七年二月十九日，第十七版。

名家吟中副、詠大千

中天待醉江南月，副色都歸海內春。大矩春回花不老，千山雨默鳥方欣。

《中央日報》，一九九七年二月二十一日，第十九版。

藥樓

藥樓清冷茗相陪，鯤北淹留日月催。古寺斜陽思艋舺，高崖長瀑夢烏來。死生已悟知無謂，歌哭都消賸此哀。酌句聊爲破岑寂，揮毫豈有少游才。

「新生詩苑」，《台灣新生報》，一九九七年三月十二日，第十七版。

氣草

蒙茸照座綠纖纖，寸草終年映畫簾。堪替薇從首陽採，能陪茶向武夷拈。全生氣自乾坤得，辭土根非雨露沾。獨對盆栽消晝永，十分秀色藹眉尖。

「新生詩苑」，《台灣新生報》，一九九七年三月三十一日，第十四版。

維案：此或為停雲社課。

停雲詩社藥樓雅集

樓外風光釋巨然，詞流小聚盡郎錢。行雲將白棲空壑，叢樹分青上醉筵。塵世經年歸語笑，詩心瀝血詠山川。可能清暇遲回轂，萬象歌乎到暮天。

「新生詩苑」，《台灣新生報》，一九九七年四月十四日，第十四版。

龔稼老惠詩

林巒阻隔幾多重，一札生暄不覺冬。漫向筆端覘勝蹟，但憑句裡識幽蹤。賡〔一〕吟恰似山茶馥，游興眞同社酒濃。歲晚離群忍岑寂，感公楮墨慰愁容。

「新生詩苑」，《台灣新生報》，一九九七年四月二十一日，第十四版。

〔一〕維案：原刊作「萬」，依其意與對仗當作「賡」。

端居

邱壑爲鄰四載過，舒筋以外是吟哦。一紅搖影盆花秀，眾綠分光社樹多。淑世暮山沉落日，卮言積潦作微波。九州才說歸湘願，無奈身孱鬢已皤。

「新生詩苑」，《台灣新生報》，一九九七年四月二十七日，第十四版。

維案：此詩後改為《藥樓近詩・丘壑》，詩句不同可參看。

野望

三橋不鎖水潺湲，游目吟望四面山。雲冷白搖浮靄外，日低紅漏亂篁間。寒天興與雙潭遠，長陌詩隨一鷺還。投足莫嗟艱跬步，傷殘換得是清閒。

「新生詩苑」，《台灣新生報》，一九九七年五月十一日，第十四版。

維案：此詩後改為《鯤天外集・縱目》。詩句不同可參看。

三疊韻寄稼老

臺城柳色夢還重，孤枕宵寒歲已冬。釁宇多慚貪薄俸，輿圖端合認游蹤。數株綠尚連盆活，一品紅猶帶雨濃。長記吟樓當日事，茶甌銷翠語從容。

「新生詩苑」，《台灣新生報》，一九九七年六月十一日，第十七版。

憶往二疊前韻

滿潭疑粟竟為星，鄰水當年鬢尚青。樹影搖寒引波氣，茶香撩夢賸崖亭。烹鮮舊拾樽邊趣，賡詠曾聞句裡馨。記得月明風定後，量篙泛夜有歌舲。

「新生詩苑」，《台灣新生報》，一九九七年六月二十九日，第十四版。

浩園讌集

庾郎食籍到春盤，換帖交深興未闌。林表禽聲呼日落，牆沿花氣入杯寬。愚頑不信邀群妒，語笑眞能拾墜歡。郊遂重過倘生惑，山前認取路微皤。

「新生詩苑」，《台灣新生報》，一九九七年七月七日，第十四版。

輓伏嘉老

蒲月炎氛憶去年，相逢豈料是離筵。詩人已少天胡奪，書種無多世更憐。棘院衡文餘舊座，芸窗賡句賸殘箋。湘陰歸葬知何日，遺墨重看一惘然。

「新生詩苑」，《台灣新生報》，一九九七年九月八日，第十四版。

丁丑端午書懷

炎州蒲月綠參差，五日空持艾虎思。靳尚所謨非聖主，屈平最欠是明時。雲深汨水愁難弔，路遠巴山枉自悲。一飲雄黃一惆悵，眼前塵事欲何爲。

「新生詩苑」，《台灣新生報》，一九九七年十一月十六日，第十四版。

夢回

疏燈照雨夜侵軒，事往惟教入夢暄。鹿港雅開詩世界，燕巢廣聚水資源。前塵都被風吹起，離抱眞同火在燔。恨不微軀生羽翼，重臨勝概一飛翻。

「新生詩苑」，《台灣新生報》，一九九七年十一月二十三日，第十四版。

維案：此詩頷聯後作《鯤天吟稿・餘生》。其餘詩句不同，可參看。

丁丑中秋

樓臺拔地影崚嶒，涼氣今宵漸已增。追夢兒時蛩作伴，啜茶欄楯月爲朋。浮雲自壓高低嶺，遠水平分上下燈。莫訝玉盤將蝕盡，虛盈一頃悟沉升。

「新生詩苑」，《台灣新生報》，一九九七年十二月一日，第十四版。

家兄游西湖歸過話

頑雲聚積堆天藍，摶扶萬里誇幽探。杭湖秀麗市廛外，江浙僂指僅兩三。岳祠稽首辨忠佞，觀魚花港情長耽。南屏鐘落斜日暮，衝波畫舫涼氛涵。勝游聞罷乍生憶，六橋三竺吾曾諳。祇今沉痼傷一蹶，棲紙爲蠹嗟多慚。五年未睹水雲美，湖藕醋魚思不堪。偶陪言笑共茶飲，幾杯龍井分清甘。蘇堤最憶岸邊柳，搖晴綰雨猶毿毿。

「新生詩苑」，《台灣新生報》，一九九八年二月十一日，第十七版。

賀卡

不翼飛來倦睫明，體微渾似雪花輕。一封容得情千斛，眞覺心脾暖欲生。

「新生詩苑」，《台灣新生報》，一九九八年四月五日，第十三版。

龍園雅集

語笑回暄夜色增，烹鮮小榼共吟朋。都收詩袖千家曲，欲浸茶甌一壁燈。病久不知身是贅，酒酣更覺氣能騰。歸來洗缽解黏末，待問飄然雲水僧。

「新生詩苑」，《台灣新生報》，一九九八年四月九日，第十三版。

維案：此詩改於《師橋堂詩・龍園雅集》。

病後心情（新詩）

是誰
潑進滿屋的水墨
枯守寂寞
聽簾外風雨
我是睡在墓穴裡的
活人
南箕北斗，也曾燦爛
如今
已被雲吞噬
千樹喧嘩

風，是一群哭喪的女人
雨，是最頑劣的鼓手
聽雨，不可藥救的毒癮
我整夜計劃
把梧桐或芭蕉
種在肥沃的寂寞裡

《乾坤詩刊》第四期（一九九七年十月），頁一二三。

牡丹（新詩）

風
騷動了滿園春色
紅
碧
紫
黃
誰是被賣油郎佔領的
女人
料想

秋天的菊妳最羨慕
一生
他都不知道什麼叫做
春愁

《乾坤詩刊》第五期（一九九八年一月），頁一三八。

牡丹（七絕）

輕紅歐碧小園菊，豔質從來第一流。最羨霜前三徑菊，死生了不識春愁。

《乾坤詩刊》第五期（一九九八年一月），頁一三八。

夢醒

蟻穴封侯出古槐，春來未著踏青鞋。無端病足成殘障，不啖豬牛啖菜鮭。

《鵝湖月刊》第二八四期（一九九九年二月），頁五六。

沈謙伉儷攜女過話

說地談天破寂寥，樓前不覺夜迢迢。中臺長記閒煎茗，壓榼清香入夢遙。

《鵝湖月刊》第二八四期（一九九九年二月），頁五六。

藥樓即事

銀鈎閒掛碧窗紗，月曆風翻撫鬢華。坐對青山數歸鳥，那堪白雨損幽花。群書稍理令端正，孱體新來止酒茶。裹足春光不出戶，養痾非種邵平瓜。

《鵝湖月刊》第二八四期（一九九九年二月），頁五六。

中國玫瑰城戲作

櫛比渾疑屋萬幢，多欣吠樹有馴尨。一城暫默橫斜面，突兀奇峰入午窗。

《鵝湖月刊》第二八四期（一九九九年二月），頁五六。

新店雙城路行健亭聯（張夢機撰聯、潘錦夫書法）

行人詩奪青山色，健士胸蟠碧竹春。

（約作於一九九九年前後）

素食

蔬笋能充一腹飢，漢書下酒與之宜。莫嫌清淡無鮮味，試想災黎食乏時。

《乾坤詩刊》第十四期（二〇〇〇年四月），頁一一四。

澳門回歸

睹城今見五星旄，四百餘年辱始拋。近岸潮音猶裊裊，凌晨爲唱鳳還巢。

《乾坤詩刊》第十四期（二〇〇〇年四月），頁一一四。

寄永德賢弟

溼暑書來眼乍明，逼衣渾覺翠嵐生。吟哦怪底多奇句，中有風篁瀑布聲。

維案：二〇〇三年六月二十三日張夢機手函附口占一詩。詩作由許永德先生提供。

逝川

逝川不舍感年華，書帙詩香欲滿家。一抹寒霜潛入髮，十分愁緒托看花。乍傳宮徵聞啼鳥，新剖瓜柑配釅茶。幾處盆栽青奪目，廊沿留與襯紅霞。

剪報資料，出處日期未詳

追懷幸廬居士

蓬萊日月換華顛，曾客鄂州江漢邊。黌宇鳴絃猶解惑，棘闈校士但求賢。每珍述作如庚帖，乍隔幽明是酉年。浮世於今多末俗，知公應更戀黃泉。

剪報資料，出處日期未詳

次李賓先生韻

潮汐台員五十秋，何期隔海結吟儔。病瘳他日游三楚，且趁春風訪鄂州。

剪報資料，出處日期未詳

馬英九參選次英傑韻

玉貌安仁主典常，三湘奇氣聚炎方。學如峭壍元高峻，性似平潭不激昂。規劃欲增城郭美，奔波端爲褐冠忙。行都他日君膺選，燈海搖紅見焜煌。

剪報資料，出處日期未詳

次韻酬正光詞兄三首　錄一

乞取煙波洗此心，碧潭深處記曾臨。遠山夕靄來詩袖，抖落筵前助醉吟。

剪報資料，出處日期未詳

維案：餘二首錄於《鯤天吟稿・次韻酬正光詞兄》。

除夕次洒寒詩老韻

客居海角尚稽留，此日斜陽冉冉休。侍母披經禮眞宰，呼兒斟酒話前游。詩收寒沍東安雪，氣壓恢奇北固樓。爆竹聲中殘臘盡，兔年歲月去悠悠。

剪報資料，出處日期未詳

千禧感春

鴻鈞轉運千禧好，鯤海招春一嶼祥。看犢方除口蹄疫，離家更戀水雲鄉。喧呼選戰盈雙耳，語笑歡筵累百觴。病裡流光莫回首，九年塵事有滄桑。

剪報資料，出處日期未詳

碧潭夜酌同伯元作

睡山潑墨暑氣清，沙渚眠鷗了不驚。燈火雙橋娟夜色，煙波一櫓答灘聲。人同魏晉之間士，詩得塵埃以外情。交契桃潭千尺水，聊將尊酒樂平生。

剪報資料，出處日期未詳

再疊前韻奉呈伯元

及昏寺磬到門清，偶念榮枯便一驚。短桂經霜高過屋，落花委地不聞聲。紅塵插足終須悔，綠蟻分香最有情。對汝吟牋追舊夢，芸窗忽覺水風生。

剪報資料，出處日期未詳

藥樓雅集

良覿休教酒盞空，吟朋來共臘燈紅。回思涕笑情何厚，錄夢詩詞句益工。世有趙君強指鹿，吾非揚子尙雕蟲。窮魚轍裡宜珍重，莫負相濡濕沫中。

剪報資料，出處日期未詳

維案：或出《獅城吟苑》，日期未詳。

記游西湖

摶扶銀翼下杭州，溽暑呼朋作雋游。岳廟塘荷搪濁濆，蘇堤風柳拂晴舟。烟波浸夢今初見，古迹沿湖日復求。三竺六橋成舊憶，霜前換得幾多愁。

剪報資料，出處日期未詳

維案：或出《獅城吟苑》，日期未詳。

四　張夢機詩集所刪稿與未錄詩

維案：《藥樓詩稿續》、《鯤天吟稿》、《藥樓近詩》為張夢機手定，凡未錄者皆為張夢機親刪，故稱「所刪稿」。《夢機集外詩・鯤天賸稿》、《夢機集外詩・藥樓賸稿》為後人補錄，其中仍有缺遺者，故稱「未錄詩」。

《藥樓詩稿續》所刪稿

春夜　五疊前韻

史上嬴秦滅六雄，繁華一瞬總成空。燈波欲掬衣同白，花貌才言淚已紅（故人以電話詢狀甚詳）
疏雨春深飄幌濕，新茶翠薄入甌融。平生我亦逍遙慣，游屐曾過皖浙東。

維案：《藥樓文稿・藥樓詩稿續》錄有〈次韻酬戎庵〉、〈忍閒　再疊前韻〉、〈感時　三疊前韻〉、〈四疊韻寄戎庵龍定室〉。

《鯤天吟稿》所刪稿

絕句八首　錄二

廉頗雖老尚能軍，善飯猶堪肉十斤。若設易金賄來使，定教復用步青雲。

平生廉直是希仁，螢幕傳來影像真。法禁倘行千載下，肅清惡作世風淳。

維案：《鯤天吟稿》卷二〈絕句六首〉原作〈絕句八首〉，今補其二。

寒舍餞歲

喧天爆竹未曾銷，倦眼強撐盡此宵。客久渾忘換新歲，飴甘猶自憶垂髫。經年塵事隨風逝，錄夢詩愁藉酒澆。犬去豕來真一瞬，羈魂海角更誰招。

維案：此詩原錄《鯤天吟稿》卷二〈入市〉後。後改作卷三〈寒舍餞歲〉（頁六七），僅第七句不同。

寒舍小聚

花城向晚及燈昏，話舊人過檢夢痕。揮去流雲歸眾壑，招來薄靄落清樽。探懷深誼醰醰在，忤俗澆風一一論。雄辯高談傷口訥，且從語笑接春溫。

維案：此詩原錄《鯤天吟稿》卷二〈遺懷〉後。

與次子夜話

藥香髮影夜燈懸，共話清宵几案邊。千卷差能同楚璞，三臺終不抵湘天。那堪莠草隨春遍，惟遺鄉心與夢還。及夏鳳凰花似火，前程風雨恐難然。

維案：此詩原錄《鯤天吟稿》卷三〈清明〉後。

平居感春　改作

前廳書畫是朋親，樓外山光翠早勻。簷雀喚來三巳雨，水芹炒出一鍋春。從知竹死難爲笛，多恐溟枯漸有塵。經貿已令支國脈，那堪俗化薄非淳。

維案：此詩原錄《鯤天吟稿》卷三〈懷江絜生丈〉後。

昔今

長記秋潭詠夜燈，當年衫鬢兩含青。蟪才自謂爭千古，龍性眞堪動九溟。今抱新愁棲短榻，誰邀明月到中庭。初更簾幕甘蕭寂，不盡蟲聲耐細聽。

維案：此詩原錄《鯤天吟稿》卷三〈平居感春〉後。

謝師宴邀往不赴

六年無復共杯觴，養拙山隈夕靄蒼。張袂欲收榕樹秀，垂簾不放藥罏香。怕從高會沾醇酒，眞感殘軀負上庠。當宴縱然多語笑，安閒未抵臥吟牀。

維案：此詩原錄《鯤天吟稿》卷三〈閒居〉後。又，《鯤天吟稿》卷一有〈謝師宴邀往不赴〉，字詞與此小異。

戊寅閏五月

蒲觴再引又端陽，一閏翻增溼暑長。庭午寂時聞犬吠，山風多處笑雲忙。西臺不信終無竹，南海惟愁漸有桑。搖扇渾疑難却熱，何妨心靜自生涼。

維案：此詩原錄《鯤天吟稿》卷三〈仲夏〉後。後收錄《鯤天吟稿》卷五〈戊寅閏五月〉，末句不同，可參看。

戲贈黎君　曾爲師大教授□□緋□去職

橫舍居然帶桃色，書林忽訝茁春枝。小柯合笑君顏薄，才染緋聞便請辭。

維案：此詩原錄《鯤天吟稿》卷五〈寄友〉後。

《藥樓近詩》所刪稿

火噬古蹟

霧峰古厝一焚空，簇錦林家付祝融。全倒亭臺荒徑瓦，半隳樓館破窗風。中庭已換臨秋節，漫草猶鳴吊月蟲。頤圃於今化灰燼，欲游惟在夢魂中。

火噬古蹟，據報載，中縣霧峰林宅古厝，已列為國家二級古蹟，近遭火噬，殊為可惜。祝融，火神。㷚，毀也。頤圃，林家花園可區為頂厝、上厝、菜園三部分，而頂厝又分為草薰樓、蓉鏡齋、新厝及頤圃等地。頤圃，即此次發生火警處。

維案：此詩原錄《藥樓近詩》卷一〈降息〉後。後改作〈火噬古蹟〉，見《藥樓近詩》卷二。

女星自裁

嗑藥生涯誤汝深，早從藝海見沈浮。斜陽滬瀆飛樓上，一墮難消憾恨心。

女星自裁，報載女星陳寶蓮，在上海躍樓自殺身亡，消息一時流布媒體，騰喧眾口。藝海，指演藝界而言。滬瀆，水名，松江下流，在上海縣東北，俗因稱上海曰滬瀆，或簡稱曰滬。

維案：此詩原錄《藥樓近詩》卷一〈火噬古蹟〉後。

緋聞

螢幕緋聞取次知，沾腥養鬼允稱奇。孫郎鴛夢寒猶斷，章氏桃花謝已衰。喋喋梅龍愁自辯，飛飛王鄭愛相隨。有權換得青蛾媚，名裂家亡亦不辭。

緋聞，近數年政壇緋聞頻傳，章孝嚴、孫大千、金素梅與鄭志龍、王筱嬋與鄭余鎮等是，一時謠諑紛紜，甚囂塵上。養鬼，傳言王養小鬼，以蠱惑鄭氏心志，一粲！青蛾，謂黛眉也，喻女子。

維案：此詩原錄《藥樓近詩》卷一〈慰敏姨〉後。

迷信

卦爻卜筮可銷愁，風水能教屋改修。星座占來性優劣，麻衣相出命沈浮。那堪鬼影迷孤島，眞感妖氛撼孟秋。何畏紅旗渡天塹，且憑迷信壯瀛州。

迷信，臺澎近年多言怪力亂神，以致迷信充斥，道壇林立，世俗之愚昧，何可勝言？星座，謂西洋占星術。麻衣，古籍「麻衣相法」之省稱。瀛州，海中仙山，此指臺灣。

維案：此詩原錄《藥樓近詩》卷一〈緋聞〉後。後改作〈迷信〉，見《藥樓近詩》卷一。

壽克地伯兄六十二

少隨虎旅壯黃魂，晚以沉痾隱柳村。六十新增二寒暑，美歐曾賞百朝昏。頻論政戟知襟抱，偶赴蓉杭檢夢痕。詩寫鴒原低詠罷，遙天祝嘏晉清樽。

伯兄祖籍湖南，生於四川，長在臺灣，墮地之日，適為八一四空軍節。虎旅，謂勇猛之軍隊。襟抱，謂懷抱也。蓉杭，蓉，指成都，杭，指杭州，二地皆伯兄兒時嬉遊處。鴒原，出詩小雅常棣，喻兄弟之誼。

維案：此詩原錄《藥樓近詩》卷一〈迷信〉後。

佛光山火警

紺坊聞道遭回祿，拔地樓成乍倒松。已訝絳雲隨瓦聚，俄看白柱向天衝。佛經一燎餘殘燼，梵唄全沉賸夜蛩。禪寺原爲天所佑，如何焚毀到霜鐘。

佛光山，位於高雄，為臺灣佛教勝境之一。紺坊，僧寺之別稱。回祿，火神。絳雲，紅色之雲，喻火。白柱，喻滅火時水管所射之水柱。

維案：此詩原錄《藥樓近詩》卷一〈美軍攻阿戰後〉後。後改作〈寺廟大火〉，見《藥樓近詩》卷一。

聚會

邀來莫逆共生歡，烹茗談諧興未闌。虞詐午開沙蟹局，杯盤晚拒海鮭餐。漫從王鄭論槐夢，最忌申韓治杏壇。語笑陶然成此聚，流光彈指似奔湍。

莫逆，謂友誼篤曰莫逆。虞詐，左傳宣十五年：「爾無我詐，我無爾虞」，詐，偽也；虞，欺也。沙蟹，譯音，西洋博戲，或譯作梭哈。王鄭，謂王筱嬋、鄭余鎮，緋聞主角。槐夢，用南柯夢事，以感人事之浮虛。申韓，謂申不害、韓非，俱法家。湍，急瀨也。

維案：此詩原錄《藥樓近詩》卷一〈郊城〉後。

漫興

偶開書帙迪新知，頗喜札來裁答遲。卜子夏能尊孔道，王壬秋好擬陳詩。看雲曾濕蘭陽雨，追夢誰同竹塹巵。讀畫聽香愛閒詠，沉吟猶鍊句中奇。

迪，導也。札，書簡謂之札。子夏，卜商之字，春秋衛人，孔門弟子。壬秋，清王闓運字，湘人，五言古沉酣於漢魏六朝者至深。蘭陽，為宜蘭蘭陽平原。竹塹，新竹古名。沉吟，低聲吟味以研究其事。

維案：此詩原錄《藥樓近詩》卷一〈感秋〉後。後改作〈漫興〉，見《藥樓近詩》卷四。

哀治安

風俗何須驗薄淳，儘多盜劫與姦淫。暗通千術堪欺世，謀弒雙親已昧心。黑道憑陵持棍狠，青衫嗜欲用針深。彊梁不必吹唇至，未幾台員恐陸沉。

哀治安，臺灣近年治安敗壞，宵小橫行，詐騙、弒親、鬥毆、嗑藥等，充斥民間，世風日下，瀛州之前途，實令人憂心。淳，厚也。千術，新詞彙，指騙術。昧，昏亂。憑陵，謂恃勢陵人。彊梁，剛暴。吹唇，今人以口作聲曰叫，亦謂之肉笛。台員，此謂臺灣。陸沉，以喻世亂之甚；為大陸沈淪，非因洪水，而由人造也。

維案：此詩原錄《藥樓近詩》卷一〈寫意〉後。

警紀

聞道新來警紀差，擄妓勒贖世同譁。劫囚怪底能開撩，驗尿無端竟變茶。偶以冒功誇績懋，何堪貪墨恣官邪。白嫖一案傷京輦，玉璧於今已有瑕。

警紀，即警察風紀。懋，茂盛也，美也。貪墨，即貪冒，冒有貪義；墨，不潔之稱。恣，任也。京輦，京師。

維案：此詩原錄《藥樓近詩》卷一〈哀治安〉後。第二句「妓」字出律，或因出律故而刪之。

蓬萊述事

掛枝溺水哀黔首，警紀何堪已蕩然。獎卷錢豐過一億，宵烽樓圮近三千。稻蔬炎嶠農方苦，蚊蚋雄州疫尚傳。未抵朝來覘螢幕，元戎信口似河懸。

蓬萊，海中仙山名，喻臺灣。掛枝，俗謂上市，焦仲卿詩：「自掛東南枝」。黔首，百姓。獎卷，指現今流行之樂透彩。圮，毀也。炎嶠，借喻臺灣。雄州，指高雄。疫，病也，謂登革熱。覘，平仄兩讀，視也。螢幕，言電視。元戎，猶云總戎，主軍事者之稱。

維案：此詩原錄《藥樓近詩》卷一〈警紀〉後。

溯往

卜居郭外斂塵氛，遠憶鯤南近眺雲。新店初盤秋晝隼，雄州待滅病媒蚊。曾聽旗嶼潮何怒，記飲崖亭茗尚薰。回溯前游如夢寐，山城落寞久離群。

鯤南，臺灣南部。隼，動物名，屬鳥類猛禽類。病媒蚊，指傳染登革熱之蚊蚋。旗嶼，高雄旗津為彈丸小嶼，四周濱海。崖亭，碧亭在碧潭大索橋西偏之崖石上，以文山茶知名。

維案：此詩原錄《藥樓近詩》卷一〈看電視感作〉後。

讀史

燈前閒讀茗盃持，歐史唐書泛覽時。並世雄才邱吉爾，一生直道李深之。當知殷鑑元非遠，欲習韓吟恐已遲。新月如鉤霜訊穩，中宵掩卷下秋帷。

讀史，秋夕無事，泛讀歐戰祕錄與唐書，感而賦此。邱吉爾，英人，嘗任首相，功在社稷。李深之，名絳，唐人，平生以直道進退，唐書有傳。殷鑑，詩大雅蕩：「殷鑑不遠，在夏后之世」，謂殷人滅夏，殷之子孫，宜以覆亡為誡，後因用為以先例為鑑誡之喻；劉威詩：「青史已書殷鑑在，詞人勞詠楚江深。」韓吟，謂韓愈詩篇。

維案：此詩原錄《藥樓近詩》卷一〈二疊韻寄諒翁稼老〉後。

少年行二首

拋書插血飛揚氣，刀棍憑陵入市驕。突兀歌樓歡飲罷，宵分大道一車飆。

又看九月墮胎潮，性愛輕浮亦早凋。放浪只知飆舞樂，呑丸一顆首頻搖。

少年行，寫當代少年之不良行徑，令人浩歎。憑陵，謂恃勢陵人。突兀，高貌，韓愈詩：「須臾靜掃眾峰出，仰見突兀撐青空」。宵分，謂夜半也。放浪，言縱任無檢束。呑丸，指嗑搖頭丸。

維案：此詩原錄《藥樓近詩》卷一〈塵世〉後。

自慨

功名已誤惜華年，肉食人庸莫問天。黔首自甘爲附隸，臺茶端欲損佳眠。浮天雲影尙迷峽，錄夢詩篇難兌錢。心緒消沉閒眺晚，秋風吹雨到愁邊。

肉食，謂享有厚祿之官吏，左傳莊十年：「肉食者謀之，又何間焉」。黔首，百姓。隸，賤者之稱。兌，易也，換也。

維案：此詩原錄《藥樓近詩》卷一〈亂象之二〉後。後改作〈感春〉，見《藥樓近詩》卷四。

寒舍小聚

晚秋相顧各華顛，卓午談諧食案前。魚嫩如芹鮮似蛤，酒醇似歲瀉如川。同傷林鹿遭掎角，共訝城狐竄里廛。語笑歡然成此聚，不知樓外軫喧闐。

詩題，寒舍招飲，陳顥、兆昌、人俊諸兄在席。華顛，言頭頂髮華白。五句，喻北市選戰甚烈。掎角，角之謂執其角也。六句，喻社會治安敗壞。城狐，揚雄文：「耗民之生，如城之狐」；里廛，孫詒讓曰：「析言之，則庶人農工商等所居為之廛；士大夫等所居謂之里」。軫，車之通稱。喧闐，聲大而雜。

維案：此詩原錄《藥樓近詩》卷一〈偶見崑陽舊作即次其韻〉後。

閒坐

關心境外託孤呻，亞陸堯封屬句頻。縮地螢屏傳洱海，連天兵燹落車臣。大湖欲往嗟身贅，凶死重聞訝數新。孰料歡虞成鬱悒，惟餘川茗是朋親。

呻，吟也。縮地，費長房能縮地脈，見神仙傳。洱海，湖泊名，在雲南大理東。兵燹，兵火。車臣，蕞爾小國，俄出兵襲之，烽燧不斷。身贅，贅，凡賸餘者之稱；余口訥，雙足幾廢，並且十年有餘，故以「贅」喻之。鬱悒，結憂不解。

維案：此詩原錄《藥樓近詩》卷一〈回溯〉後。後改作〈獨坐〉，見《藥樓近詩》卷五。

寶島試詮

莫以瀛州矜寶島，紛來杌隉足煩憂。火煙渲作紅玄色，人畜埋於土石流。地變搖秋樓已圮，颱狂挾雨力何遒。坍方旱澇尋常事，黔首何當茹苦休。

詮，謂具說事理。即詮證、詮釋之義。杌隉，不安貌。圮，毀也。道，勁也。澇，勞去聲，淹也。黔首，百姓。茹，平仄兩讀，食也。休，息也。

維案：此詩原錄《藥樓近詩》卷一〈閒坐〉後。

歲暮感懷

背郭移居驚歲晚，如山愁緒忽崚嶒。身殘難以游湘水，客久何堪夢秣陵。海外金援呼凱子，島中龜卜亂寒蠅。孤衷積憤終崩裂，上佈蒼穹下綠塍。

郭，凡四周及外部皆曰郭。崚嶒，山貌。湘水，亦曰湘江，長曰二千餘里，為湖南巨川。秣陵，古地名，約為今南京市地。凱子，為易於上當受騙者。龜卜，卜用龜甲。蒼穹，天也。塍，田畦。

維案：此詩原錄《藥樓近詩》卷二〈夜雨〉後。後改作〈山麓久居意忽忽不樂偶作〉，見《藥樓近詩》卷四。

寒流

朔風城郭湧高樓，砭骨寒流晚未休。半畝空潭供冷寂，一鉤新月掛沉憂。藝人起舞亢紅頂，詩苑賡吟盡白頭。雄假爲雌詞客老，冬氛慄冽共含愁。

砭，以石刺病，歐陽修文：「砭人肌骨」。紅頂藝人，新詞彙，即世俗所謂之人妖。慄冽，寒也。

維案：此詩原錄《藥樓近詩》卷二〈夢醒〉後。

漢山先生惠詩次答

楓天鯤海不相鄰，手泐緘詩是所親。公客殊方稱宿老，吾持釅茗作閒人。十年高誼隆情厚，一抱離雲別夢新。飆發尊才如捷運，賡吟同喜少陵眞。

楓天鯤海，分指加拿大與臺灣。手泐，函札。宿老，耆老，耆，七十以上者謂之，見說文段注。釅茗，濃茶。捷運，新詞彙，臺北交通工具之一種，甚便捷。少陵，杜甫字子美，自稱少陵野老。

維案：此詩原錄《藥樓近詩》卷二〈二月初八忍閒作〉後。

驚蟄後一日作

鄰家琴曲不妖嬈，驚蟄無雷亦寂寥。豚肉稍參龜甲萬，藥鐺猶煮馬牙消。雙魚緘得來詩好，眾軫奔將去路遙。鯤北鯤南多旱象，虔心默禱雨瀟瀟。

驚蟄，二十四節氣之一，約當陰曆二月初四，陽曆三月六日。龜甲萬，醬油品牌，有醍醐味。馬牙消，消一作硝，中藥名。雙魚，書札。軫，車之統稱。虔，敬也。

維案：此詩原錄《藥樓近詩》卷二〈丘壑〉後。

春分

春分無雨到清明，此諺眞延大旱晴。登戶林邱供翠至，沿牆花樹簇紅生。怪痾乍出驚鯤嶠，戰斧紛來劈鳳城。診肺傳烽兩爲患，彼蒼莫是瞎雙睛。

春分，二十四節氣之一，約當陰曆二月二十，陽曆三月二十二日。簇，攢聚。怪痾，謂騰喧一時之非典型肺炎傳染病。戰斧，新詞彙，飛彈名。鳳城，京都之城，此指伊拉克首都巴格達。彼蒼，天之代詞，詩秦風：「彼蒼者天」。

維案：此詩原錄《藥樓近詩》卷二〈家居〉後。

南京白堅先生以七絕三首見示奉答

小詩緘札趁春光，越海扶雲到此堂。清圖高吟追謝朓，沉潛群籍類張蒼。臺城晴柳何搖曳，淮水繁燈亦煒煌。聞道公居秣陵久，追陪吾意與江長。

謝朓，南齊陽夏人，字玄暉，詩文清麗，累官至尚書吏部郎。張蒼，漢初陽武人，秦時嘗為柱下御史，明習天下圖書，漢書有傳。臺城，南京名勝，韋端己詩：「無情最是臺城柳，依舊煙籠十里堤」。淮水，即秦淮河，劉夢得詩：「淮水東邊舊時月，夜深還過女牆來」。秣陵，今江蘇南京。

維案：此詩原錄《藥樓近詩》卷二〈次韻壽璧老八十二首〉後。

抗煞

誇道三零猶在耳，忽驚惡疾遍蓬萊。已稀小罩難防疫，欲冒危烽但缺盔。弭禍期隨梅雨去，祈天亟盼藥苗來。莫令廟策歸輕慢，揆席端須命世才。

詩題，煞，SARS之譯音。三零，所謂零死亡、零輸出、零社區感染也。四句，抗煞如抗戰然，此喻火線醫護人員，戰備物資短缺。弭，止也。廟策，廟堂之策畫。輕慢，輕視傲慢之謂。揆席，謂總持國政之官。命世，名高一世。

維案：此詩原錄《藥樓近詩》卷二〈暮歸〉後。

感事口占

污衊事歸光碟收，臺疆防禦話公投。向來惑世都如此，應對惟堪一笑休。

詩題，記非常光碟與防禦性公投事。污衊，毀非其實謂之。應，讀印，仄聲。

維案：此詩原錄《藥樓近詩》卷三〈鷗鷺〉後。

次韻慶煌教授見貽

花木萃前庭，賡詩鬢已星。朔風傳手沏，坐讀眼猶青。

萃，聚也。賡，續也。手沏，今人手書曰手沏。青眼，晉阮籍能為青白眼，見俚俗之士，概以白眼相對，見可悅之人，乃以青眼視之，見晉書本傳。

維案：此詩原錄《藥樓近詩》卷三〈感事口占〉後。

九夏即事

閒來播卡帶，愛聽老歌頻。宛轉漁家女，輕柔陋巷春。尋聲能憶遠，弔影最含辛。料得青山裡，黌宮記尚眞。

次首頷聯「漁家女」、「陋巷之春」皆周璇所唱歌名。辛，悲痛。黌宮，學舍。

維案：《藥樓近詩》卷四〈九夏即事〉原四首，後汰除第二首。後或改為〈夜深聞樂〉，見《藥樓近詩》卷五。

生涯

久厭聯吟事，遙離擊缽場。偶然耽博塞，聊復近壺觴。詩好收山色，簾開納竹光。生涯多寫意，不羨費長房。

博塞，局戲也。費長房，能縮地脈，見神仙傳。

維案：此詩原錄《藥樓近詩》卷五〈輓秋金詞兄〉後。

讀漢山詩集作

吾吟漢公句，去穢見眞淳。如鼓三山氣，能迴萬壑春。審音知跌宕，設對覺清新。怪底楓旌遠，聲名到此頻。

真淳，真，性真也。淳，厚也。三山，古謂海上三神山也。跌宕，謂音節頓挫蕩逸之義。楓旌，加拿大國旗，中以楓葉為標誌。

維案：此詩原錄《藥樓近詩》卷五〈生涯〉後。

《夢機集外詩．鯤天謄稿》未錄詩

孟冬雜詩再續三首

鯤南黎元悍，諒非葛天民。雲嘉富蔗稻，高屛盛椰鱗。奈何性愚昧，翻與貪腐親。自甘作附隸，助紂爲虐頻。宿命有如此，沉憂託孤呻。

儲金五億餘，雙雙紐約客。歲寒攬貂裘，長靴亦獸革。容飾俱寶珠，逍遙似飛翮。代步以賓士，眠時租甲宅。至今腹中兒，美臺兩可擇。

寒氣襲衾枕，昨宵夢亡妻。不才縱老邁，前塵尚可稽。秋節同話月，潭碧曾掬漪。紅淚濕衣袂，黑柩下葬泥。回溯猶未已，曙來一聲雞。

二疊虞韻寄慶煌詞兄

朔氣相凌入幌初，乍來手泐引歡娛。寒風慄冽教添襖，猛雨滂沱勸舉觚。書帙吾珍同趙璧，詞華汝綴似隋珠。誼深楮墨藏心久，賡詠眞憐道不孤。

無題

睽離三萬里，相異幾多時。料得今宵月，南非亦照伊。

鎭年

朱櫻萬樹照春深，長夏白桐疑雪侵。勁菊九秋非賤種，寒梅一點是冬心。臺澎花木歸詩卷，浙貴山川匿客襟。坐惜足殘艱出戶，不然游衍遠江潯。

維案：自〈孟冬雜詩再續三首〉至〈鎭年〉，當在《藥樓集外詩・鯤天賸稿》，接前〈孟冬雜詩三首〉。

家兄遊杭歸來

摶扶兩千里，銀翼下杭州。岳廟持花薦，蘇堤問柳游。湖山供十景，城郭歷千秋。貽我絲棉被，寒流不用愁。

臘殘書懷

寒雲凍雨晝陰沉，國事身謀缺好音。體弱愈嗟風冽冽，時危不覺淚涔涔。禪門活佛疑貪色，官署高階半穢心。力霸經衰人去滬，十分愁緒付冬襟。

聞錢公病

翁有聲名動九垓，詩文早已遍蓬萊。余心待問天何意，要以沉痾試俊才。

次韻答祖蔭先生見贈

病後身殘髮亦皤，十年經史未研磨。欲賡新詠慚才小，曾獲高文獲益多。

維案：〈臘殘書懷〉、〈聞錢公病〉、〈次韻答祖蔭先生見贈〉，當在《藥樓集外詩・鯤天賸稿》，接前〈月燈〉。原錄尚有〈鄰左聞鑼鼓喧豗聲戲占〉、〈藥樓冬集〉，見《張夢機詩文選編・夢機詩補選》。

《夢機集外詩・藥樓賸稿》未錄詩

贈昭旭教授

諤諤一生餘此事，上庠講貫見情眞。文求加墨吾何幸，誼以積年今愈醇。莊孔縈懷早明道，功名畫餅豈關身。玉笙不斷吹鴛曲，遂使青娥識樂頻。

次韻壽慶煌教授六十

漫從蔗境識芳甘，炎海賡詩無兩三。眞喜六旬忘寵辱，早披萬卷不羞慚。聽香讀畫心猶樂，扢雅揚風力可擔。黌宇應多閒歲月，何當過舍共清談。

渡也明傑榮富三弟見訪榮富贈詩次韻

六如圖幛前，絳色鳳花燃。才秀諸生筆，茶乾濕暑天。論詩談舌雋，助興眾禽翩。人海浮沈事，何妨問佛仙。

維案：〈贈昭旭教授〉、〈次韻壽慶煌教授六十〉、〈渡也明傑榮富三弟見訪榮富贈詩次韻〉，當在《藥樓集外詩・藥樓賸稿》，接前〈草山花季〉。同錄〈遣懷和鶴仁弟韻〉、〈讀小軍教授詩感作〉，見《張夢機詩文選編・夢機詩補選》。

久不晤崑陽卻寄

回溯青衿初識汝，卅年賡詠見情親。以詩結誼藏心久，於夜連床話雨頻。雋爽風儀元不酷，雅馴詞彙更爲眞。何因乍斂才人筆，懶向浮生寫屈伸。

維案：〈久不晤崑陽卻寄〉，當在《藥樓集外詩・藥樓賸稿》，接前〈渡也明傑榮富三弟見訪榮富贈詩次韻〉。同錄〈逝川〉、〈偶成〉、〈輓戎庵詩老〉、〈不羨〉，見《張夢機詩文選編・夢機詩補選》。

贈文華教授

餘生憂患本尋常，觸緒何須更感傷。人道所交多直諒，吾知其戀太癡狂。撐腸萬卷貧仍富，授業上庠閒亦忙。莫逆已稀合珍重，孟秋天氣漸微涼。

安坑閒居

紅塵已厭聞牛李，早向林泉退掩關。微命眞同雞狗賤，餘生渾似鷺鷗閒。慣披經史陪秋寂，誤涉功名似石頑。去此流溪不三里，暇時坐聽水潺湲。

維案：〈贈文華教授〉、〈安坑閒居〉，當在《藥樓集外詩‧藥樓賸稿》，接前〈久不晤崑陽卻寄〉。同錄〈疊本韻再寄伯元〉、〈晚年〉、〈遲暮〉，見《張夢機詩文選編‧夢機詩補選》。

九日

重陽抱病住山隈，耐疾生涯茗椀陪。不敢題糕才半燼，羞看落帽髮全灰。推排節序當萸佩，斟酌詩文借菊醅。遺俗登高悉如此，游辭例說避災回。

一憾

五紀而還髮已灰，偏安歲月老蓬萊。吾爲病累悲無極，葉被秋催墜有哀。居久漸如牢獄坐，人孤端賴竹絲陪。胸藏千卷知何用，苟活於今要藥材。

維案：〈九日〉、〈一憾〉，當在《藥樓集外詩‧藥樓賸稿》，接前〈安坑閒居〉。同錄〈秋夜不寐悃悃成詩〉、〈世澤丈過話〉、〈藥樓感秋作〉，見《張夢機詩文選編‧夢機詩補選》。

晨興

卜築山前坐贅身，蕭森秋氣此樓晨。除書稍理令端整，文卷閒披見雅馴。昨欲星河銷肺渴，今教露水洗詩心。偶來朋輩當初日，沏茗聽禽話孟荀。

重看四十年前舊稿不禁惘然有作

往日拙詩今再省，先師加墨觸眸悲。鍊成無本僧門句，化用長沙鵩賦辭。灌溉禪機飄法雨，安排章脈運才思。花延年室金針度，感激滿望泉下知。

維案：〈晨興〉、〈重看四十年前舊稿不禁惘然有作〉，當在《藥樓集外詩・藥樓賸稿》，接前〈歲月寄懷定西上海〉。同錄〈偶見一詩即次其韻〉、〈孟冬即事〉、〈蠖屈〉，見《張夢機詩文選編・夢機詩補選》。

瀛涯

鬢宇裁章髮尚玄，俄驚潮汐換霜顛。頭顱影壁吾仍在，篁竹聲窗骨亦堅。詞愛清剛姜白石，詩摹飄逸李青蓮。無情最是嬋娟月，偏向離人久別圓。

偶成

自然細領放翁意，拗狠更摹山谷詩。耽寂披書貪坐久，忍寒賡詠答眠遲。慣從禹甸尋殘夢，偶向堯天憶盛時。忽見初三弓勢月，無端勾起遠相思。

孟夏述事

溪山首夏氣初暄，梅子黃時雨到軒。巴案疑雲涉貪墨，川災餘震屢搖村。廟堂待兌通航諾，兵部俄傳駭世言。聞道原油又飆漲，漸升物價似朝暾。

崑陽移家花蓮別十四年矣頃有詩見貽次答

久患沉痾又餞春，吾生蹇剝不逢辰。花飄幾片猶棲水，夜擁孤燈每憶人。北海悲亡掣鯨手，東疆欣見釣鼇身。洄瀾谿壑歸詩卷，才雋重教一抱伸。

維案：〈孟夏述事〉、〈崑陽移加花蓮別十四年矣頃有詩見貽次答〉，當在《藥樓集外詩・藥樓賸稿》，接前〈庭中見燕〉。同錄〈夏夜〉、〈憑軒〉、〈川震有感〉，見《張夢機詩文選編・夢機詩補選》。

酷暑用无藉先生韻

亢陽六月世將焚，坐困蒸炊悶煞人。卓午玄蟬聲定罷，炎天丹荔影相親。山城酷熱風來緩，庭樹濃陰鳥止頻。心靜自能銷溽暑，更攤吟卷託孤呻。

鶴仁、吉志見過

剝啄人來到此堂，一城風暖厲秋陽。缽花留影侵欄楯，山荈分香入肺腸。字衍鴻文記昭諫，詩尊神韻話漁洋。不辭遠道來寒舍，讀畫披書意緒長。

輓郭昌偉丈

論交君子許忘年，文曲星明乍墮天。高誼眞誠同北海，生綃點染異南田。史書在壁皆藏古，法帖貽人不計錢。回思付梓當時事，吟邊便覺涕漣漣。

維案：〈酷暑用无藉先生韻〉、〈鶴仁、吉志見過〉、〈輓郭昌偉丈〉，當為《藥樓賸稿》之外。同刊之〈午寐初醒〉、〈藥樓題壁〉，見《夢機集外詩・《古典詩刊》所刊詩輯補》。

卷二　張夢機先生遺文

一　《雙紅豆箧詩存》所錄文

癸卯花朝詩會

臺灣詩壇每逢花朝、端陽、重九都有盛大的集會，屆時賓朋雲集，宴飲賦詠，甚有情致，今年花朝節日也不能例外，周百鍊代市長特邀北市諸名詩人，假桂林路市立圖書館城西分館舉行花朝節詩人大會。何爺爺（武公）寫信來約我參加，使我又能獲得一次淬礪進修的機會。

所謂花朝即俗傳之百花生日，古詩云：「百花生日是花朝」，花朝爲男愛女悅的境界，更係歷代詩人詞客歌咏的資料，惟歷來對其正確日朝總未能統一，考宋高宗《翰墨志》：洛陽風俗，以二月初二日（農曆）爲「花朝節」，士庶遊玩，又爲菜花節。唐則以二月十五日爲花朝（見《熙朝樂事》所載）。又按《誠齋詩話》云：東京以二月十二日爲花朝，有撲蝶會。清袁子才有〈二月十二日〉詩：「紅梨初綻柳初嬌，二月春寒雪尚飄。除卻女兒誰記得？百花生日是今朝」。而今年把花朝定在二月十五日（陽曆三月十日）的原因，大概是要配合星期閒暇，俾使更多人能夠躬逢其盛吧，我想！

我於午後一時準時赴會，在與會芳名錄中已看到許多名人如杜宴、張鶴年、卓夢菴、李灊園、萬古愚、張白翎、葉桐封、郭湯盛等的簽名，我也只好硬著頭皮，趨前「道士畫符」一番，並領了一份比賽詩箋上樓去，進入正廳，向一些去年在重九詩會認識的前輩們問安。未幾就舉行開會儀式，周代市長在二百餘位詩人的歡迎聲中進場，並作簡單的致辭，接著就開始出題限韻，互推詞宗，詩題有二個：首唱「雙園堤晚步」，詩體七律。次唱「春菊」，詩體七絕。並依首、次唱推選曹昇、張鶴年、杜宴、郭茂松四位先生為左右詞宗，詩韻則由女詩人譚雪影依首、次唱在籤中抽出七陽與十一尤兩韻，規定五時以前繳卷。於是詞宗離室，諸詩人則就題賦詩。祇見有人飲酒助興，有人抽煙運思，或翻查韻譜，或埋頭沉思，也有二三兩兩相互推敲指點的，這種場合比起大專聯考是要輕鬆得多了。

詩會中作詩僅能稱為一種點綴，根本談不上藝術，限題限體，已屬不合理，加上限韻限時，益發阻滯情愫思想的發抒，在此中欲求含有靈性之佳構，可謂鳳毛麟角，百難見一。好在詩會的原意是使眾人增進感情，磋磨詩藝（不少詩人將其近作付印，散發給各人，以求吟正）分題賦詩只算遊戲而已！大凡在詩會中作詩，必須講求詩法，處處應題，無奈我是初學，才鈍力薄，所以著手頗感困難，費煞周章，始賦成一律：〈雙園堤晚步〉。

> 來往雙堤十里長。昏鴉滿樹噪斜陽。
> 溪邊景物晴尤好。眼底烟波晚自涼。
> 鷗夢久消滄海外。詩心遙繫鏡湖旁。
> 扁舟我欲賦歸去。回首窮通已兩忘。

五時，大家紛紛繳卷，把詩投入詩稿箱，再轉送詞宗評閱，詩稿須依詩箋左右空格用鋼筆（為防作弊，忌用毛筆）將同樣繕寫兩次，送入詞宗室後，爲求公允，截下姓名，然後左右詞宗各得其半。繳卷後，晚餐至唱詩（即宣布名次）這段空閑內，是詩友們交談的最好時刻，大家都拿出剛才已繳上的詩之底稿在互相傳閱觀摩。部分詩友更利用這段時間變詩題「春菊」爲「春菊一唱」，大作其詩鐘，我則抓牢這個機會向前輩們請教詩法，他們看我年輕，也極樂意傾囊相授，使我們獲益匪淺。坐在我近旁的萬古愚前輩說，詩當先求平穩，再求變化，繼則奇特而終歸平淡，他又告訴一些應題的手法，並舉其〈迎難胞〉的擬作詩爲例：

不道生能聚，焉知死未成。故山牽別恨，滄海度懽聲。
幕任千重密，航仍一葦輕。何時登彼岸，直指石頭城。

萬前輩繼續分析說：首句起勢用生、死破題，句法是由杜工部「不謂生戎馬，焉知聚酒杯」蛻變而來，故山滄海聯分承一、二句，因「死未成」乃有故山之憶，因「生能聚」始有滄海之懽，腹聯「幕任千重密」遠追「故山」，「航仍一葦輕」則緊扣「滄海」，最後直道難胞心聲，以期望返鄉作結，又遙應詩題。這段話對我啟示很大，至少使我窺到了一點作詩的門徑。此刻另一邊進行的詩鐘似乎已達高潮，彼此輪選高吟，與致勃勃。佳作如「春歸有意探須早，菊插盈頭醉不知」。「菊淚却傷今日雨，春情猶意去年雙」。「春無綠葉難言蔭，菊有黃花可作餐」等，俱能浸人詩脾。

晚上七時左右開始唱詩，按照七絕「春菊」右詞宗、左詞宗所選，七律「雙園堤晚步」右詞宗、左詞宗所評的秩序，從第五十名起，逐漸向上唱，唱詩多半是用閩南語，所以許多外省籍詩人又公推張白翎先生來擔任翻譯，每首入選的詩均由唱詩者高聲朗誦最後兩句，入選者起立報名，由服務小姐將獎品送過去，唱到各位詞宗所圈定的元、眼、花（前三名）時，唱詩者即將詩逐句唱出，此刻全場俱凝神欣賞，繼之報以熱烈的鼓掌，我的詩被右詞宗張鶴年先生評爲第十六名，對我也算是一種鼓勵。詩會到九時才完畢，大家始盡興而返。最後我願抄錄首、次唱四首掄元之作來結束全文：

雙園堤晚步　左元張鶴年

疑是隋堤十里長，泥沾蠟屐已斜陽。尋幽未許嵇康懶，訪勝偏知杜牧狂。隔水樓臺通指顧，籠烟梅柳吐芬芳。鵑啼江翠情何限，歲歲花朝滯異鄉。

右元傅秋鏞

徙倚雙園引興長，水分兩岸蘸街坊。圓通寺遠疏鐘落，中正橋昏過客忙。德政防洪歌載道，遊蹤絡繹逐斜陽。新堤我亦徘徊久，竹杖時挑皓月光。

春菊　左元林玉山

耐冷黃花愁寂寞，欣迎青帝逐寒流。陶家別有回春術，一股〔一〕幽香勝九秋。

〔一〕維案：原刊作「般」，依格律與詩意或當作「股」。

右元杜宴

淡容勁節異凡流，傲骨生來天欲留。偶憶珠江三月暮，黃花佳節自千秋。

張夢機，〈癸卯花朝詩會〉，《雙紅豆簃詩存》（高雄：自印本，一九六四年六月），頁四三～五十。

從「一三五不論」說起

詩有聲律，學詩者也必從聲律開始，在一首中，用字如果應平而仄，宜仄而平，以致使音節失諧，平仄不協，這種詩自然算不得佳構，此所謂「聲不諧，律斯舛矣」！也有的詩能夠明瞭救轉之法，或因拗而轉諧，或反諧以取勢，誠如神龍變化，難詩首尾，此之謂「精能」，然而時下一般人多誤於「一三五不論」的說法，所以詩中常有失諧的弊端，實際上，舊詩律的一三五字的平仄有時是必須置論的，即使偶有不論，也必須以拗句救轉，否則稱爲失黏，這種詩例，徵諸唐宋詩，眞是屢見不鮮，在下面我們可以舉些極爲淺顯而通俗的詩例來作一番商権。

古人七言律絕的第一句凡以「仄仄平平仄仄平」爲格律者，第一字俱可不論，然第三字必用平聲（第三字既平，則第五字平仄可不論，如張繼「月落烏啼霜滿天」），否則失黏，如賀知章「少小離（平）家老大回」、劉禹錫「朱雀橋（平）邊野草花」、杜牧「銀燭秋（平）光冷畫屏」、李義山「君問歸期未有期」、陸放翁「衣上征塵雜酒痕」等，都是第三字必論的詩例。如果此處第三字因求意境之美而改用仄聲，那麼必須在原句第五字以平聲救轉，如占城貢使的「青嶂俯（仄）樓樓（平）俯波」，杜甫的「眼見客（仄）愁愁（平）不醒」。

五言律詩的第七句，如屬於「平平平仄仄」者，則其第三、四字平仄可以倒置（即平平仄平仄），不算失黏，唯第一字必平（七言不過於五言上加平平仄仄耳，拗處總在第五、第六字上，七言之五、六字，即五言之三、四字，可以類推），自家名家也多用此格，如李商隱〈落花詩〉的落句：「芳（平）心向（此字可仄。第三字仄上二字必平，若第一字仄，則落調矣）春（應仄而平拗救向字）盡，所得是沾衣」。其他像杜牧「秋山念君別，惆悵桂花時」、杜甫「何時倚虛幌，雙照淚痕乾」、裴說「煙雲與塵土，寸步不相關」、杜甫「天寒出巫峽，醉別仲宣樓」等，也都是第一字平仄必論的詩例。

律詩中的頸聯腹聯，第五字的平仄不容不論（五言則爲第三字），如果上句失黏，下句必以拗句救轉，以暢其音，如杜甫「苦遭白髮不（應平而仄）相放，羞見黃花無（應仄而平，拗救）數新」。蘇東坡「客行萬里半（應平而仄）天下，僧臥一庵初白頭」、杜甫「映階碧草自春色，隔葉黃鸝空好音」、吳融「柳花無賴苦多暇，蛺蝶有情長自忙」，上句第五字既已用仄，則下句第五字也改用平以救之，如未解此，而輕言一三五不論者，必動成牴牾。

古來對於論平仄的專藉甚夥，如翁覃谿的〈平仄舉隅〉、趙秋谷的〈聲調譜〉，俱能鉤玄提要，抉幽闡微，於一字一句之間，反覆論證，朗若列眉，而我以上所舉的詩例，僅爲一般詩人所通曉者，因窘於篇幅，也只能略述一二，除了與愛好舊詩的同學相互磋磨淬礪外，兼用以證明「一三五不論」之不足置信。

張夢機，〈從「一三五不論」說起〉，《雙紅豆箧詩存》（高雄：自印本，一九六四年六月），頁五一～五四。

試論詩的新舊融合

文學的形式和使命，雖異常繁複，然究其目的，最重要的不過兩方面：一是反映時代，即對現實社會作深刻的描繪，知微必彰，有轉移人心，整頓風俗的力量。二是表現自我，將個人心靈情愫反覆闡幽，任其流露。詩是文學部門中的一種，自然不能踰此範疇，中外古今的詩人對於這種原則都持有同一概念，並不相悖。《詩・大序》說：「詩者志之所之也，在心爲志，發言爲詩」，又說：「治世之音安以樂，其政和。亂世之音怨以怒，其政乖。亡國之音哀以思，其民困。故正得失，動天地，感鬼神，莫近於詩」。雪爾勃對於詩下定義時也曾說：「詩是偉大的心靈，藉美的形式和音樂的言語，在現實生活中所領悟的最微妙和最高尚的情感表現。」可見詩的內涵是注重表現自我，反映現實，這一點，當不容有異議。然而目前有許多人及詩評家。偏偏作形式上的爭辯與維護，新詩人對舊詩的平反叶韻及對仗，語含誚訕。舊人對於新詩的晦澀朦朧，標新立異，也多所詆訶。實際上，詩最重內涵，內涵充實豐腴，自然韻遠格高，意味深長，若能在表達技巧上再下點功夫，自然很易完成一首佳作。從文學史上「有曲不摒詞，有詞不廢詩」的事實看來，舊詩確有存在的價值。我們從文學窮則變，變則通的原則來看，新詩更有茁壯的必要，但我們都不能否認「萬物並育而不相害，道並行而不相悖」的道理，一味棄故謀新或一味泥古不化，同樣是不智之舉。

有一點我們當警悟：新舊詩並育不悖，斷非現階段詩人追求的終極鵠的，更進一步，我們必須促使新舊詩內涵的鎔鑄匯合。在舊詩中，我們不一定要去拾人牙慧，濫用「羯鼓」、「舳艫」，強詞合古，更不可剽竊纂抄，以古人之情抒自己之懷，相反地，鎔冶新思想新詩彙於舊詩，才是當今舊詩人無可推卸的責任。在新詩中，我們不必把西洋已用濫了的「維納斯」、「邱比德」等恭維成新腔，反而忽視了我國古代的「嫦娥」、「鳩媒」等爲陳言，這是不公平的，新詩應該把舊文章的表現技巧以及典故像「水中滲鹽，無痕而有味」地溶解於詩中，這樣共鳴的效果或許會較高一些，因爲中國人領受古典的程度畢竟優於洋典。我總覺得，能夠吸舊吮新的詩人才配稱爲健全。杜甫主張「不薄今人愛古人，清詞麗句必爲鄰」，所以他的詩，風格高騫，而意境拔新，這種圓通博大，「博益多師是吾師」，融合古今的精神，正是他所以名垂千古成爲詩聖的要素。我極願意在下面摘錄一些詩句，對新舊融合略作闡述，雖是一鱗一爪，但亦可見新詞入舊詩，並無礙詩之古雅性，而舊典入新詩，也絕不貶低詩的時代性。

先談舊詩。舊詩是我國文學領域中經過了千錘百煉所留下來的珍貴遺產，她能歷年而不廢，顯然有其存在的價值（關於這點，早經前人闡述，固毋待贅言），然而進入二十世紀以後，國際交往頻繁，事物日新月異，新的詞藻字彙源源增加，一切舊有的古代的詞藻，似已不足應付這個新時代，即使在詩中硬性穿插進去，教人讀後終有欠眞實的感覺。顧翊雄先生在「論中國詩的將來」中曾提到「詩的題材用字用典，似可擴大範圍，不拘新舊，例如詠史不必一定要說莽操，而也可議論希特勒與史達林，前人可用儒道佛字句典故，今人也可用現代宗教之詞句與故事入詩，現代之史地科學哲學名詞均可入詩」，這的確是精闢洞澈的見識！我們如果視詩中的需要，偶然巧妙地運用兩個新詞彙，注入新思想，則不僅難見斧鑿的痕跡，且絲毫不嫌它有不調和的感覺。如易大德〈悼美故國務卿杜勒斯〉：

億兆生命淪浩劫，滔滔紅浪何時滅。憑誰雙手挽狂瀾，天以杜卿資艾克。艾克平生意氣豪。白宮入主抒長策。贊襄思有股肱臣，能夢終由渭水得。赫赫杜卿命世才，目光如炬腕如鐵。折衝尊俎導群倫。熠熠眾星皆拱北。作相不須六國印。諦盟不費諸侯舌。七年九合去兵車，蘇管復生應失色。救世長懷基督心，非攻屢被魯股黜。馳驅歌亞日棲皇，龍馬精神無休歇。上策伐謀下伐兵，公才遠邁俾斯麥。前倡解放後包圍，公計終勝赫魯雪……

我今酹酒奠公靈，半為盟邦並為國。但願世界自由人，毋因公死空悲切。乾坤再造待時賢，共掃群魔前煎。〔一〕更望自由中國人，毋予公死存畏懾。河山重振仗吾曹，好佐元戎匡大業。

〔一〕維案：此句原刊漏一字，尚待查考。

再如狄平子〈雜詩〉第五首：

忽然思想徧諸天，摘其奇情萬古傳。吾舌當存何所用，有權世界創公言。

鄭玉波〈火箭射月〉：

推行衹合燃原子。命中何須借羽翎。〔二〕登陸蟾宮飛電影。凱旋安坐太空舲。

〔二〕維案：此句原刊「命中何順借羽翊」，依意當作「命中何須借羽翎」。

這些都是用舊瓶裝新酒的方法，把新生命灌注於古體詩中，由於新名詞純熟的運用，以致使人衹覺其新而不覺其礙眼。這雖是大膽的嘗試，卻也可是領嘗了詩的眞諦，《文心雕龍》〈物色篇〉「因方以借巧，即勢以會奇，善於適要，則雖舊彌新矣」！正說明了這種脫化作用，如果舊詩依然深入迷途而不知返，像黃公度所說的那樣：「俗儒好尊古，日日故紙研。六經所無字，不敢入詩篇。古人棄糟粕，見之口流涎」，那麼舊詩終究會被時代所遺棄的。

現在再看新詩。新詩自五四文化運動後，迭有更變，最近幾年，由於歐美現代主義理論的頻頻影響，青年作者創作力業已獲得相當的啟發，益之不斷自省，不斷修正，創新的勇氣亦日趨強旺，然而潮流易逝，礎石難摧，在滋潤新文體的時候，對傳統作一番巡禮，並不算復古，況且咀嚼舊文學而加以消化，可能更有新穎的創作。我們知道，劉長卿「秋草獨尋人去後，寒林空見日斜時」，正是運用賈生〈鵩鳥賦〉中「野鳥入室，主人將去」及「庚子日斜兮，鵩集予舍」的典故，杜甫「江上形容吾獨老，天邊風俗自相親」是由「枯桑知天風，海水知天寒，入門各自媚，誰肯相爲言」脫化而來。新詩人葉珊的「紫了葡萄，憂鬱了黃昏」也是承蔣捷「紅了櫻桃，綠了芭蕉」的句法而蛻變。只要運用巧妙，若隱若現，不失掉自我的個性，依然是上乘的作品，對於新詩用舊典，我們應該作如是觀，目前有少許新詩人也確能沿著這條路徑邁進，他們用典入化，使人讀了絕不覺得陳言濫套，像余光中在〈碧潭〉詩中：

如果碧潭再玻璃些
就可以照我憂傷的側影
如果舴艋舟再舴艋些
我的憂鬱就滅頂

他藉李易安「只恐雙溪舴艋舟，載不動許多愁」的境界，完全不落痕跡地抒寫出當時的情景，卻使讀者心靈裡漾起漣漪，往復生姿。

再如江聰平在他的〈夏末〉詩中：

僅在日前，猶如僅在鶯囀之後
一隊蛺蝶曳帶一段消息，遽越短牆

這兩句詩雖然是王駕「蜂蝶紛紛過牆去，卻疑春色在鄰家」的巧妙蛻化，但比原詩多了一層意思，即所謂時空的壓縮，由春色在隔牆的聯想，突然轉到夏的將逝，以表達自己對季候的感慨。餘如：

如一個流浪人彳亍于陽光外的古城
而濃霧四起，銅山崩裂了（吳望堯）

如：

不折柳枝，勞勞亭的春風已遠
不歌渭城，渭城的風沙黃濁
橋的彼端將有六月的蟬聲相送（江聰平，方向）

如：

向若周郎笑我，我必笑周郎。
——赤壁的妙計原得自落日靈感（吳望堯，落日）

如：

遠遠的
荒涼的小水湄

北斗星伸著杓子汲水（瘂絃，土地祠）

如：

守住緘默
廊外的風雨以鳴響的竹葉緊喚
喚我同返杜牧的杏花村裡
嘗一勺綠酒，淋一陣粉雨
且跨垂髫的犁牛代步
而這是夾竹桃淡妝的七月，小街上
不聞牧笛，不見斷魂趨步的行人（江聰平，廊外）

他們在風格上都依稀受了中國舊文學的薰染，但卻絲毫沒有掩去他們詩境中所表現的美和他們在藝術的獨特個性，做一首新詩雖然不一定要涉及舊典，但是對舊典卻不必作有意的隱諱，或務去之而後快。其實無論在哪一個國家的詩中，唯有帶其民族社會的色彩，才更顯得出它眞實可愛的面貌，一味製造洋貨的贗品來充斥市場，或許能瞞過中國人，但終會罹洋人的嘲笑和唾棄。

要促進詩的新舊融合，現代的詩人，必順擴大自己對文學欣賞的畛域，能夠瞭解新詩的理論，對於舊詩的欣賞程度必隨之提高，例如余光中即能指出「松下問童子，言師採藥去，只在此山中，雲深不知處」。這首詩的好處，是有時空變化的戲劇感。類此的欣賞，斷非一般舊詩人所能夢想的。如果能體認舊詩中寫作的技巧而表現於新詩，那麼欲達到具有風神、氣骨、情韻、意境、體性、格調、色彩的理想境界，也不是難事。要言之，詩無論新舊，悉有存在發揚的價值，不該因爲外貌的差異而一概抹殺了內在的精神，我們應知融匯新舊，在舊詩中灌注新的生命，在新詩中融入固有的文化遺產，一味強人行己之道，甚至相互攻伐，這都是不必要的爭執。

張夢機，〈試論詩的新舊融合〉，《雙紅豆箧詩存》（高雄：自印本，一九六四年六月），頁五五～六四。

詩法舉隅

作詩到底需不需要講究表達的技巧，這似乎是一個頗難置答的問題，有些人認爲作詩不必顧及方法，因爲「佳句本天成，妙手偶得之」，神來之筆，可臻高境，技巧只是人工雕琢，根本沒有靈性可言，有部分人則認爲作詩需要技巧的靈活運用，如果運用得妙，足能使詩意潤色，增加美感！以前的人論詩大半注重境界的探討，對於詩中所謂的風神、氣骨、情韻、意境、體性、色彩及格調的追求，眞是不遺餘力（如王漁洋主神韻，袁子才尚性靈皆是），述作也很多，唯獨對技巧的運用，似乎很少論及。實際上，賦詩運用方法，猶如籃球比賽運用戰術一樣，戰術的終極鵠的是希望贏得一場俐落漂亮的球賽，如果徒有戰術而不能獲勝，也是枉然。作詩的道理也正復相同，技巧只是手段，使詩能臻高境才是目的，技巧僅是補助表達的方法而已，所以有時候作詩是需要講求技巧的。我對舊詩可說尚未入門，自然不夠資格來談論詩法，以下僅是自己平常看詩話及讀詩時的一些箚記，不敢藏私，特就粗淺的見解，公諸於愛好舊詩的同學，以期互勉淬礪。

（甲）對仗

對仗即是對偶，在律詩中占著極重要的地位，往往一首律詩因對仗的疏忽而使境界頓失，所以欲使全律生色，唯有講求對仗的技巧！翻閱唐宋律詩，大抵能把對仗分爲五類：一、陰陽，二、晦明，三、虛實，四、鉅細，五、流水，試分述如後：

一、陰陽：陰是陰柔，陽是陽剛，所謂「文者天地之精英，而陰陽剛柔之發也」，然而，陰陽之美如何判別呢？姚鼐在〈復魯絜非書〉中說得很清楚：「……其得於陽與剛之美者：則其文如霆，如電，如長風之出谷，如崇山峻崖，如決大川，如奔騏驥……其於人也：如馮高視遠，如君而朝萬眾，如鼓萬勇士而戰之。其得於陰與柔之美者：則其文如升初日……如幽林曲澗……如珠玉之輝，如鴻鵠之鳴而入寥廓。其於人也：漻乎其如嘆，邈乎其如有思，暖乎其如喜，愀乎其如悲……」，文章的道理如此，詩自然也不能踰其範疇，所以詩中氣勢浩瀚者爲陽剛，韻味深美者爲陰柔。

陰陽的判別在人的感官上甚爲明顯，用入對仗，頗能新人耳目，杜工部「江間波浪兼天湧，塞上風雲接地陰」，殆爲一範例。上句江間波浪拍天，頗有「驚濤裂岸」的雄偉氣勢，是動態的美，下句塞上風雲著一「陰」字又突使境界轉爲柔弱無比，這是靜態的美，這種動靜的參差變化，即使在音節上也教人發生美感。杜工部還有一首「無邊落木蕭蕭下，不盡長江滾滾來」，蕭蕭狀落木，滾滾狀長江，剛柔之美活現，餘如許渾的「溪雲初起日沈閣，山雨欲來風滿樓」、崔曙的「三晉雲山皆北向，二陵風雨自東來」、漁叔師的「百年松檜鳴柯葉，五夜雷霆撼布衾」，及今人歐陽晉的「風號虛壑驚鵬翼，雪擁荒蹊滯馬蹄」，俱能深得此中三昧。

二、晦明：明朗晦暗有異於陰柔陽剛，前者是指光線強弱的變化，後者則是景致和音節的起伏，晦明對仗的兩句，可能同屬陰柔，也可能同屬陽剛。如杜甫「野徑雲俱黑，江船火獨明」，野徑句混濁，使人有沉悶壓人的感覺，江船句則清淨，使人生舒暢神怡的心情，諷咏之下，感覺也隨之起伏，心情也爲之神往。又如宋之問的「江靜潮初落，林昏瘴不開」，上句一片寧靜，下句如同煙霧瀰漫，其他像杜甫的「遠水兼天淨，孤城隱霧深」、王維的「海暗三山雨，花明五嶺春」、孟浩然的「氣蒸雲夢澤，波撼岳陽城」，都是用這種晦明的手法。

三、虛實：所謂虛實者乃是指句法而言，凡是摻有自己思想感情的想像爲虛，如高啟送沈司徒詩：「函關月落聽雞度，華岳雲開立馬看」。純屬寫實際情景者爲實，如陳孚「雕影遠盤青海月，雁聲斜送黑山秋」，虛實爲一般詩人慣用的手法，但運用的方法則不同，有的是在一聯中變化虛實，有的則在頸聯中全用虛句而在腹聯中全用實句，或反之，也有的半虛半實的錯綜運用，至爲靈活巧妙，如果兩聯俱實或俱虛，則可能對韻味有損，將上列三種方法舉例說明如下：

（1）一聯中同含虛實者：漁叔師〈送壯爲領書道團訪日本〉詩云：「纔記湖邊吟晚色，更從江戶寫秋光」，前句爲送別的實情實景，而後句則是虛想了，宋代陸游的「小樓一夜聽春雨，深巷明朝賣杏花」，和「近傳下詔通言路，已卜餘年見太平」等，也都屬於這一類。

（2）兩聯虛實交替者：孟浩然〈宿桐廬江寄廣陵舊遊〉的中間兩聯：「風鳴兩岸葉，月照一孤舟。建德非吾土，維揚憶舊遊」，頸聯爲實寫景色，腹聯則是虛寫的感慨了。杜甫的「……三峽樓臺淹日月，五溪衣服共雲山。羯胡事主終無賴，詞客哀時且未還。……」、劉長卿的「……江上月明胡雁過，淮南木落楚山多，寄身且喜滄洲近，顧影無如白髮何……」也屬於此類。

（3）半虛半實錯綜運用者：杜甫〈別房太尉墓〉「他鄉復行役，駐馬別孤墳。近淚無乾土，低空有斷雲。對棋陪謝傅，把劍覓徐君。惟見林花落，鶯啼送客聞」，頸聯的對仗，近淚句是說自己在墳邊悲傷的哭泣，流的淚已使墳邊的土地都浸濕了，這是實寫，低空句本也屬實，但是「斷雲」卻隱含有「生死長別離」的意味，多少又有些虛寫的手法在裡面，所以這句是半實半虛。腹聯的對仗，對棋句是藉謝玄謝安下棋的典故來憑吊往事，當年對棋，如今別墳，這又是半虛半實的手法。把劍句以季札拿劍拜徐君墓的故事來說明作者與房太尉相知之深，全句緊扣實情實景，此也爲實。全詩對仗的變化爲實——半實半虛——半虛半實——實。

以上所舉虛實的變化，僅是一般原則，斷非呆板得一成不變的，「運用之妙，存乎一心」，或反虛而實，或藉實導虛，使兩組節奏有往復迴還的作用，這樣才不致板滯，才能和上下打成一片，其間奧妙當由諸位同學自家去揣摩追求。

四、鉅細：鉅細的變化有點像攝影鏡頭的推動，鏡頭取得遠，能攝出一幅廣大而美麗的畫面，鏡面取得近，就變成特寫，日本的俳句和西洋詩中常能描寫一個極小動物的細微動作，而中國詩動輒千里雲山，如李白「朝辭白帝彩雲間，千里江陵一日還」，不過，過分偏重一端，倒不如博大精微互相更換來得動人，猶如攝影時，有適度的推送與角度的選擇，就更能增進畫面的美一樣！

鉅細多半表現在描寫景致上，（有一點應說明：凡屬寫景的一聯中，兩句所描寫的景色絕不會完全相同的，總有些微大小之分，此處所說的鉅細乃是指兩句在比較下有開闊與狹窄的強烈對比者），但是在古來律詩詩例中，這種手法卻並不多見，不過杜甫〈咏懷古蹟〉中的：「一去紫臺連朔漠，獨留青塚向黃昏」，可能是一個範例，「一去紫台連朔漠」所予人的感覺是黃雲邊塞，一望無垠，若海外雲天，若蒼穹星辰，氣勢空闊之極了！而「獨留青塚向黃昏」所予人的感覺則適得其反，青草迴墳，黃土一坯，僅此而已，可是兩相對照之下，餘韻頓生，令人低迴不盡！錢起的「浮天滄海遠，去世法舟輕」，也屬這種空間壓縮的手法。

另外，對仗中鉅細的技巧在絕句中也可以運用，像唐賈島的〈尋隱者不遇〉：「松下問童子，言師採藥去。只在此山中，雲深不知處」和王安石的〈書湖陰先生壁〉：「茅簷長掃淨無苔，花木成畦手自栽。一水護田將綠繞，兩山排闥送青來」，這幾首詩的畫面都是由小漸大，用的是空間推展的手法，不過這些都是題外話，在此不作說明。

五、流水：以我個人粗淺的看法，我認爲流水對是對仗中最靈活暢明的技巧，使全聯一氣呵成，讀來暢快流利，像流水一樣！前面所舉的陰陽、鉅細、虛實、晦明等技巧，無論寫景述情，每句似乎都有獨之性，句法是平列的，如蘇東坡「人未放歸江北路，天教看盡浙西山」，謝宗可的「金屋晝長隨蝶化，雕梁春盡怕鶯啼」，每句都可獨立存在而不害詩意。而流水對的特色則是兩句氣勢連貫，一脈相承，如果缺少一句，意義可能就不會完整，如杜甫「遙憐小兒女，未解憶長安」，文森「何期今日酒，忽對故園花」，徐安貞「忽聞畫閣秦箏逸，知是鄰家趙女彈」，兩句必順連讀，始生一意，其他像張巡「不辨風塵色，安知天地心」、劉昚虛「時有落花至，遠隨流水香」，韋應物「聊隨碧溪轉，忽與白鷗逢」、白居易「野火燒不盡，春風吹又生」、楊萬里「天寒一雁叫，夜半幾人聞」、殷遙「莫將和氏淚，滴著老萊衣」等等，都是流水對的詩例，至於李義山的「玉璽不緣歸日角，錦帆應是到天涯」，不但是流水對，並且已是開因果對仗的先河了。

律詩的對仗法除上列的五種外，尚有許多其他的變化，譬如有以一聯中一句寫見一句寫聞的，如杜甫「五更鼓角聲悲壯（聞），三峽星河影動搖（見）」，錢起：「長樂鐘聲花外盡（聞），龍池柳色雨中深（見）」，李欣「鴻雁不堪愁裡聽（聞），雲山況是客中過（見）」等，有以句法的結構取勝者，如「永夜角聲悲自語，中天月色好誰看」（杜甫〈宿府〉），句法上五下二），「香稻啄餘鸚鵡粒，碧梧棲老鳳凰枝」（杜甫〈秋興〉），句法倒裝，本應爲「鸚鵡啄餘香稻粒，鳳凰棲老碧梧枝」），不過這些技巧，在舊詩中已司空見慣，簡直沒有提出說明的必要，倒是巴壺天教授在去年壽張默老七十九詩中有一聯頗值得欣賞玩味，那一聯是：「其字其詩其節概，若崖若海若龍蛇」，自注云：「默老少時綵筆開國，中歲正氣呼天，介然之植峭若霜厓，詩才思雄奇，如韓潮蘇海，書法章草，有鸞舞蛇驚之態」。此聯一脈相承，造語奇古，一波三折，饒有頓挫跌宕之致，這種句法當眞要妙手偶得，絕難刻意效仿得來的。

（乙）發端

詩的起句只要能夠破題切題，都是正格，並沒有什麼技巧可言，但是有些詩人工於發端，起勢尤其異於常格，這種奇特的手法是值得一提的。下面僅舉兩種平常罕見的發端：

一、倒置

起處句法倒置，能生雄渾之氣，能增崚嶒之勢，如王維「風勁角弓鳴，將軍獵渭城」，其句法本應爲「將軍獵渭城，風勁角弓鳴」，但是這樣讀來就平淡得多了，而王維的高明處則在於起聯二句倒置，以風勁句突起，倒戟而入，筆勢軒昂，使人讀來直疑高山墜石，不知其來。杜甫的「花近高樓傷客心，萬方多難此登臨」，也是如此，起得沉厚突兀，設若倒裝一轉，便淪平調了。

二、對起

所謂對起，是指詩的首二句以對仗發端，古人律詩中用對起的詩例很多，如杜甫的「細草微風岸，危檣獨夜舟」，劉昚虛的「道由白雲盡，春與青溪長」，王灣的「客路青山外，行舟綠水前」，王維的「渭水自縈秦塞曲，黃山舊繞漢宮斜」等，都是對起，翻閱唐詩，不勝枚舉，實在算不得什麼稀奇的手法，不過以上詩例只是仄韻對起，這裡所要介紹的是七言律詩的平韻對起，如杜甫的「風急天高猿嘯哀，渚清沙白鳥飛迴」（哀迴同屬十灰韻），岑參的「雞鳴紫陌曙光寒，鶯囀皇州春色闌」（寒闌同屬十四寒韻），閎壯婉約，音節鏗鏘，實爲妙絕，這就是所謂的平韻對起，七律如用仄韻，則無風味，不足多效，因爲仄起只宜用而於五言不宜於七言。

（丙）落句

詩的起勢要突兀，才能引人入勝，收處要餘韻雋永，才能使人有反覆咏吟的興趣，落句苟能盡善，或可收畫龍點睛，全篇俱活的功效，通常說來，落句自然要以遙應詩題爲主旨，但在不妨礙此種原則的情形下，最好是以景作結，（尤其是全首每句都言情的詩，更須如此），讀來才覺神遙意遠，頗能沁人詩脾。如錢起〈湘靈鼓瑟〉的結句「曲終人不見，江上數峰青」，眞個有餘音繞樑，三日不絕的感覺，又如李白的「孤帆遠影碧空盡，唯見長江天際流」，別後依依不捨的情緒，盡在落句中流露無遺！有的詩像高適「聖代即今多雨露，暫時分手莫躊躇」，王維「爲乘陽氣行時令，不是宸游玩物華」，近人曾今可「去年受訓余忘老，況汝少年休畏難」，簡直嚴肅得像論文的結論，吟來味同嚼蠟！所謂好詩不厭百回看，就是因爲它們言淺旨遠，語近情遙，能激起讀者的共鳴，結句好的詩常常能夠達到此一目的，我可以舉出一首詩作爲證明，王維〈觀獵〉：「風勁角弓鳴，將軍獵渭城。草枯鷹眼疾，雪盡馬蹄輕。忽過新豐市，還歸細柳營。迴看射鵰處，千里暮雲平」，起處說將軍在渭城這個地方狩獵，頸聯是描寫當時狩獵情形，三聯描寫獵罷返回，詩至「還歸細柳營」可說是已盡意了，不料王維迴看句一轉，「千里暮雲平」又生無限餘韻，我們讀這一句時，必也會跟著作者目凝神馳。腦海中對當時愉快的狩獵似乎猶有未盡之興，他如李白「揮手自茲去，蕭蕭班馬鳴」、「明朝掛帆席，楓葉落紛紛」，于石「層崖峭壁疑無路，忽有鐘聲出翠微」，韋應物「聞道欲來相問訊，西樓望月幾回圓」，盧綸「舊業已隨征戰盡，更堪江上鼓鼙聲」，崔顥「日暮鄉關何處是，煙波江上使人愁」等，都是以景相收，而餘韻無窮的。

（丁）比興

「詩有三義焉：一曰興，二曰比，三曰賦，文已盡而意有餘，興也。因物喻志，比也。直書其事，寓言寫物，賦也」。（鍾嶸，〈詩品序〉）

比是心有所言，爲要表達出來，但又恐怕別人不瞭解，於是以同樣的事物來幫助說明，即俗謂的「比喻」。興是隱藏在心中的感覺還沒有流露，忽然看到一件與「心有戚戚焉」的事情，引起感受而寫了出來，即俗謂的「觸景生情」。比興在詩中是一種極高級的手法，但是要用得好卻不很容易，唐朝張籍的〈節婦吟〉就是一首佳構，全詩俱用比興，含蓄婉約，已臻絕詣！但是我以爲在一首詩中最好不要專用比興，因爲「專用比興，患在意深，意深則詞躓」（〈詩品序〉），所以有些詩人在律詩偶爾用二句比興，頂多也只四句，這樣才容易使讀者一目瞭然你所隱指的是什麼，像孟浩然〈臨洞上張丞相〉詩：「八月湖水平，涵虛混太清。氣蒸雲夢澤，波撼岳陽城。欲濟無舟楫，端居恥聖明。坐觀垂釣者，徒有羨魚情」，此前四句及端居爲賦體，其餘都用比興，欲濟無舟楫是說自己欲用世而苦無引進的人，意旨是希望張丞相援手，最後二句的喻體是羨人出仕而得行道，自己無釣具，只好羨人家釣的魚，自己不得仕，只好羨人家行道了。又如巴壺天教授〈壽于院長八十〉詩：「少年開國于廷尉，八十能當百萬兵。髯佛故肥知道勝，草書入聖挾詩名。拏雲西嶽群山伏，迴瀾東溟半壁撐。生意要令天下滿，著花老樹冠春榮」，這首詩也是前四句用賦體，後四句連用比興，氣象闊大，迴乎常格，其他如柳宗元「驚風亂颭芙蓉水，密雨斜侵薜荔牆」喻自己謫宦，王維以「草色全經細雨濕，花枝欲動春風寒」喻君子的恩澤與小人的陰邪等，都是用言在此而意在彼的比興手法。以上所談到的比興只是一個極粗淺而簡略的說法，若眞要分析起來，恐怕數千言仍不足盡其意，日後有空當特別撰文闡述，此處不待贅言。

（戊）律詩法

前面所舉的對仗、發端、落句、比興等詩法，都僅限於詩中片斷的技巧，然而要眞正作一首好詩，必須前後銜接，首尾呼應，起承轉合，層次分明，否則即使起勢突兀，對仗精嚴，結有遠神，但眾人誦來終覺全詩支離破碎，有蕪漫之累，猶如一篇小說，儘管取材新穎，辭藻優美，但終因結構不夠謹嚴，讀來就不知所云！因此之故，我將在下面寫出三種詩格（體裁摘錄自歷代詩話杜甫律詩法），如果同學們眞能用心體認，觸類旁通，舉一隅而以三隅反，深信當有所悟。

一、〈吹笛〉（應句格）（正中之變）

吹笛秋山風月清，誰家巧作斷腸聲。（王氏曰。此二句一篇之主。明出風月二字，以貫二聯，誰家二字以貫三聯，正局也。）風飄律呂相和切，月傍關山幾處明。（此應起聯第一句也。）胡騎中宵堪北走，武陵一曲想南征。（此應起聯第二句也。）故園楊柳今搖落。何得愁中卻盡生。（此總結上六句。曲名折楊柳。）

二、〈秋夜客設〉（連珠格）

露下天高秋氣清，空山獨夜旅魂驚。（吳氏曰。此詩前後四句各意。然細看之。則空山秋氣獨宿。實行乎其中。）疏燈自照孤帆宿，新月猶懸雙杵鳴。（上句見獨宿。下句見秋氣。）南菊再逢人臥病，北書不至雁無情。（上句甫自嘆之意。猶見獨宿。下句結憶舊之意。猶見秋天。）步蟾倚杖看牛斗，銀漢遙應接鳳城。（上句接自嘆。下句結憶舊。）

三、〈閣夜〉（前實後虛格）

歲暮陰陽催短景，天涯霜雪霽寒宵。（此言實景，以起第二聯也。）五更鼓角聲悲壯，三峽星河影動搖。（雪霽則鼓角聲悲壯。三峽星河。應寒宵。此四句言景。）野哭幾家聞戰伐，夷歌數處起漁樵。（此以歲暮人事言之。）臥龍躍馬終黃土。人事音書久寂寥。（因歲暮而感臥龍躍馬。富貴皆空。歎己之不遇。證末聯謂人事音書久寂寥也。）

我始終認爲詩法對於目前一個學習作詩的人是很重要的，唐朝詩人作詩無須什麼技巧，那是因爲他們浸潤在詩的黃金時代，舉國皆詩，蔚爲風氣，加之他們學術風氣鼎盛，自然作起詩來就得心應手了，洎乎宋代以後就漸漸講求詩法。杜甫、王維的詩在當時可能是信手拈來而自臻高格，後人所以舉其詩爲範例，並且歸納成法，那是爲方便後世初學操觚者所作的工夫，其用意在使人感到學詩時可以依徑相尋，不致有被拒於象牙塔之外的感覺。尤其是在當今中國，國文程度如此低落，青年們想作一首舊詩是極感困難的事，在這種情況下，有志於舊詩的青年在初學時就必須講求詩法，因爲有詩法則有軌可循，才不致盲人瞎馬，胡亂揣摩，漫無準則，它並且還可以剷除一般人畏難的心理，使人敢於嘗試。但是有一點必須再三強調：詩法僅是一種作詩的工具，藉這些工具而作出一首引人共鳴，洞澈肺腑的詩，那才是作詩的眞正鵠的，技巧要靈活運用，千萬不可被技巧束縛，甚至限制了自己的思想。

這篇文章寫到這裡，總算暫時告一段落，拉雜塗來，蕪亂無章，其中欠缺之處，尚祈高明不吝斧正爲盼！

張夢機，〈詩法舉隅〉，《雙紅豆箧詩存》（高雄：自印本，一九六四年六月），頁六五～八三。

何序

客歲余編《瀛洲詩選》。全稿古近體詩九百六十九首。作者百有二人。張君宓白年最少。君弱冠肄業師大。其詩已能掃卻陳言。自出機杼。藻思綺合。力爭上游。此蓋天授英才。他日成就偉大。可斷言也。又復風度翩翩，器局雋逸。求之流輩。實罕其儔。余退休後。僑居北市。與師大毗鄰。君課餘輒相過從。雖一語之細必秉義理。而世俗之疵累不足以沾染之。所爲詩。筆力圓潤。腴味中涵。不師而自與古合。其天性然也。方今士習頹靡。詆舊體詩爲不足學。以自飾其淺陋。君獨於課業之暇。盡力以赴。今茲之造詣豈偶然哉。君近輯歷年之作得詩八十首。文若干篇。將付剞劂。公諸同好。問序於余。余與君有相知之雅。何敢以不文辭。爰述其崖略於簡端。中華民國五十三年二月武公何揚烈序。

何武公，〈序〉，收於張夢機，《雙紅豆箧詩存》（高雄：自印本，一九六四年六月），頁一。

鄒序

同學張君廷能示其子《夢機詩鈔》一卷。受而讀之。驚其藻思清新。才氣橫溢。求之於大專國文系中。亦不多得。方今競尚西學。詩詞一道。久被屏棄。數十年後。勢將絕響。張生習體育於師大。鍛鍊餘暇。復鑽研經史。旁及吟咏。造詣之深。出人意表。長此孜孜不倦。日進無疆。則起衰繼絕。非斯人而誰將以遠大之聲。鳴國家之盛。此冊之行。殆其發軔耳。張生勉乎哉。甲辰孟春鄒滌暄謹識。

鄒滌暄，〈序〉，收於張夢機，《雙紅豆箧詩存》（高雄：自印本，一九六四年六月），頁二。

莊序

文學的發展是從簡到繁的，上古之時，文字極為簡陋，只能表達簡單的意念。後來社會的進步，生活的需要，文學也就孳乳寖多了。像韓昌黎說：「周誥殷盤，詰屈聱牙」，這是時代背景和古今語音的歧異。同時，劉海峰說：「上古文字初開，實字多，虛字少，典謨訓誥，何等簡奧，然文法自是未備，至孔子之時，虛字詳備，作者神態畢出。」這說明古代文學的發展，深受字彙詞藻不足的限制。

文學是發抒性靈的，其形態都是心語的直接表現，白話的詩經，即是這樣的作品。在春秋時，各國大夫還時時引用，可見白話能行於廣大的民間，也能行於公朝，不能說是不雅。

所以字彙詞藻的增加是發抒感想的工具完備的現象，言文一致是發抒感情最自由的方式，這二者是文學發展的要件，也合符全體人類進化的原則。

然而戰國以後，士人一味以擬古為貴，言文遂分道而馳，使文學脫離了人民的語音，即劉子玄所謂：「怯書今語，勇效昔言」。這無異把感情放在冰箱冷凍然後取出一般，怎不失眞失味呢。二千多年的文學，只是士大夫階級的玩具，雖然從宋代起就有民間白話小說的興起，但是白話終不可用於廊廟。一直到十九、二十世紀之交，西方文化東入，白話文學才又告崛起，我們確信從此白話將替代過去文言的地位，而且將會有高度的發展。

從以上知道人類的感情和語音支配著文學；同時，文學也隨著時代的不同而變遷。王靜安稱：「四言敝而有《楚辭》，楚辭敝而有五言，五言敝而有七言，古詩敝而有律絕，律絕敝而有詞。」這乃是各個時代有各個時代的《文體》和風格，若但知抱殘守缺，眞是滑天下之大稽。

當然歷代文體的相嬗，不是無中生有，有中化無的，必是經過創造、全盛、衰微三個時期，可是在全盛之後，若不能另起爐竈，而一心守舊，雖風格變化，在文學上仍然是毫無意義的。

詩是純文學的主流，自不能背離這個原則。近體詩到盛唐已臻巔峰，詩的神理韻律，粲然大備，宋人不得不另闢蹊徑，以議論和意境取勝，張敦復說：「唐詩如緞如錦，質厚而體重，文麗而絲密，溫醇爾雅；……宋詩如紗如葛，輕疏纖朗，便娟適體。」便是說唐宋詩風格的不同，然而宋詩究竟是聲聞辟支果的第三義，李東陽說：「宋人於詩無所得」是正確的。到了明清二代，詩幾走投無路，清詩雖能拾唐宋之牙慧，終是到了山窮水盡的地步。於是黃公度等不得不另倡：「我手寫我口」，把舊詩的格律，逐漸的廢棄，這是文學發展的必然性，凡是不能跟上時代的就得被淘汰。

今天的新詩，從五四提倡以來，許多人以爲是失敗，但殊不知從南北朝新體詩的創造期到盛唐李杜，就達二百五十年，即就初唐四傑起也要一百年才到新體詩的全盛時代，而我們的新詩卻只有五十年的歷史，如今，寫新詩的人既比舊詩多，而且一直都在澎湃的進展，無論格律有否定規，我們以爲新詩是成功的。

問題是新詩漫無邊際，使不少人走入外道。我們一定要開闢一條合理而可以承舊詩的新途徑，文學和歷史一樣，是有橫的取捨工作，也有縱的承啟工作，如果作新詩而未知舊詩，那是很危險的。

無可諱言，新詩是要以中詩靈魂，以西詩爲骨架，新詩畢竟是中國詩，要創作新詩，必須從舊詩入手，陳廷焯說得好：「不知古者，必不能變古」，舊詩的許多神妙的理論是千古不變的，中國未來能開新風氣的大詩人，將有待於能出入舊詩的人。

夢機正是致力於這個方向的佼佼者，他的才華橫溢，文思敏捷，幾年來他對舊詩不斷的寫作，而有「雙紅豆簃詩存」的產生，姜白石說：「自然高妙」最能代表這本詩存的境界，這正和他翩翩的風儀一樣使人敬愛，尤其律詩格調更高，嚴滄浪說的：「如空中之音，相中之色，水中之月，鏡中之象，言有盡而意無窮。」讀他的律詩，每每可以領悟。

他舊詩的創作成就如此，在建設性的理論上，他提出「新舊詩的融合」，他說：「能夠吸舊吮新的詩人才配稱爲健全」，這是他努力以赴的鵠的，他對舊詩的造詣，就是創作新詩的無窮資本。

我學詩已有七、八年了，工夫既然十分淺薄，又未見愛詩的年輕同伴，未免常有空虛的感覺，自從三年前與夢機兄相識以來，使我充滿著信心和希望，這一位青年詩人，將照亮中國未來的詩壇，我們拭目以待吧！

一九六四年五月廿四日　莊萬壽

莊萬壽，〈序〉，收於張夢機，《雙紅豆簃詩存》（高雄：自印本，一九六四年六月），頁三～七。

二　報刊雜文與詩文賞析

讀詩偶摭

體物深思

詩重音律，且貴深思體物，否則，咏梅類竹，吟雲似雪，縱清新俊逸，又何足焉！雖然，古人對此亦稍有疏忽，如海棠本無香，故劉兼有詩云：「低傍繡簾人易折，密藏香蕊蝶難尋」。良宵更有多情處，月下芬芳伴醉吟」。又如菊能抗寒傲霜，縱有披離之態，絕無落瓣之實。王荊公罔克細察，故和咏菊：「黃昏風雨過園林，吹得黃花滿地金」，終贏得蘇東坡「秋花不比春花落，爲報詩人仔細吟」之譏！余所謂體物而咏，乃指專咏某物而言，至若「西風斜日鱸魚香」、「依微香雨青氛氲」，非爲專咏魚雨，且加諸情性，輒不必以辭害意矣！

詩之景象

詩中有飄忽之象，有永固之境。飄忽者思力譎陋，厥風花雪月，倏來旋滅。永固者取象深遠，厥山川草木，神韻罔絕。大抵信手拈來而不默會潛理者，所賦之象胥飄忽靡定，如雲烟然。苟致力釐用情摯，其詩必聲韻清越屬詞澹遠，渾然天成者，此即永固之境也。故劉勰云「積學以儲寶，酌理以富才，研閱以窮照，馴致以懌辭」（〈神思篇〉），足資為吾初學操觚者銘之座右也。

詩無體別

竊嘗以為詩即咏吟情性，當無新舊之別，不寧唯是，更應新舊交融，切忌一味泥古、崇今，故曰詩無新舊，唯求其美，若西施國色，淡妝艷扮，均不失傾國之姿。近世新辭彙劇增，一切政治經濟之術話，悉可入詩，固不必強詞合古，削足適履也，今人狄平子〈雜詩〉：「忽然思想偏諸天，摘取奇情歷歷傳。吾舌當存何所用，有權世界創公言」。陳散原詩：「今代汽船輿，訝亦格沙礫。又議敷鐵路，橫縱貫閩鄂」。俱舊瓶新裝，但見其眞，斯與禪語入唐詩，而唐詩依然光大，厥理一也。至若新詩崛起，亦不可以舊體為寇讎，蓋文相行不悖，自古已然，元有曲而不廢詞，宋有詞而不摒詩，況舊文學之餘跡，必經千錘百鍊，新舊思想之融滙，更克相得益彰。故云：詩無體別，但求其美而已矣！

張夢機（體二），〈讀詩偶摭〉，出處日期未詳。（或出《人文學報》）。

不是問題的問題

探討目前我國青年學生國文程度普遍低落的嚴重性，報章雜誌，已迭有載刊，並不是什麼新鮮的問題，如一般學人發出的呼籲，國文教師發出的慨嘆！最近孫克寬、程發軔、許世瑛諸位先生也都曾撰文評述，確也有精闢洞澈的見解，可見學生國文程度低落，正是社會公認的事實。本刊四十四期載有江際雲先生「談提高學生國文程度問題」一文，對於學生程度低落的原因以及教材教法優劣的取捨，均有清晰的分析與闡述，堪謂究其癥結，痛下鍼砭，頗具閎遠的眼光，猶之樹木養材，著眼於十年以後的繁榮壯偉，不意竟招致自人先生一些非議，說什麼「國文程度低落不是問題」，筆者站在一個讀者的立場，深願就此問題，略抒管蠡之見，期與自人先生作一番商榷。

毋庸諱言，中國的自然科學較諸外國實在望塵莫及，當今青年學生猶水趨壑的嚮往數理知識的追求摸索，不能不說是一個值得欣慰的現象；然而我們永遠不可忽略，文化是屬於整體性的，經常牽一髮而動全身，所以除了自然科學外，尚應著重人文科學與社會科學的推進，三者齊頭並馳，才可能有較佳的遠景。質言之，我們必須承受我國固有文化，同時旁擷歐美菁華，鎔鑄現代思想，而匯成一股以中國爲本位的獨立文化的洪流。可是回顧我國現階段的文化，的確處處隱伏危機，這話絕非危言聳聽，驚世駭俗，事實也確是如此，學生國文程度普遍低落即其一端。

我們知道國文是我國數千年來文化的結晶，是我國歷代聖哲心血所陶鑄的珍貴遺產，如果一個黃帝後裔猶不能善加珍視，去學習去發揚，簡直愧爲中國的知識分子。發揚中國固有文化並非「敝帚自珍」，往古來今，許多取義成仁的事蹟，忠貞愛國的思想，悉賴古人文筆的闡發而流傳綦久，屹立於強凌弱眾暴寡險象環生的寰宇中，接受聖哲烈士金科玉律的薰陶，祇能激增民族意識，倒看不出有絲毫貽害國家的地方。況且目前歐美諸國中文研究之被重視，更是早已存在的事實。而國文卻在自己的國度裡慘遭冷落和漠視，豈不是滑天下之大稽？固然這是由於青年過分著重現實所致，然而此類錯誤心理的鑄成，實較諸國文程度低落更爲令人寒心！讀書的終極鵠的，除了研究學術，啟迪新知，更重要的是培育國家觀念，灌輸民族意識，否則，儘管我們一再標榜李政道、楊振寧是中國的光榮，但他們申請入美國籍卻是舉世有目共睹的事實。自人先生公然懽欣於學生英文程度的提高，反而說國文程度低落是必然現象，不是問題，揆其用心，倒有點像《顏氏家訓》中那位齊朝士大夫。

至於青年學生國文程度應該提高到什麼標準，仁智互見，不盡相同，但僅祇希冀青年能讀普通白話文，那顯然有所欠缺。取法於上，僅得乎中，自人先生取法於下，其後果恐怕很難設想了。我總覺得，目下青年學子除了能寫通順流暢的白話文外，最起碼也該具備有閱讀淺近古籍的能力。欣賞古籍，斷非可恥的事情，現代旅美學人楊錫恩和瑞典漢學家高本漢都承認若欲瞭解中國文化，必須從古籍入門，胡適博士也曾自選部分古籍精華，認爲是中國知識分子所必讀，唯獨當今青年學生竟棄舊文學如敝屣，國文程度低落，其來也有自！實際上，欣賞閱讀古籍，不僅使自己思想開闊，見識超越，更能促進白話文流暢，胡適、朱自清即如此，我們並不要求國文程度恢復到清朝以前，努力鑽研於三墳五典、周誥殷盤之間，但是最基礎的四書，以及〈陳情表〉、〈出師表〉等古文，我們應該有接受的能力，如果只一味讓青年學生的國文程度停滯在「閱讀普通白話文」的階段，那麼試問一般學人與作家（偏偏他們的創作並不只限於「寫普通白話文」的程度），他們的言論與作品是否也要因爲遷就讀者的低落水準，而自貶價值，否則，就絕難引起共鳴！我們應該承認，提高國文程度與造就大文豪，顯然不容混淆，這與一個國家提倡體育普及，其宗旨在促進全國國民身心健康，而不是專門期望選拔國手的意義，正復相同。我極願意重複一遍：青年學生除了能藉一流利的白話文來表達思想感情而外，必須還要有能力去涉獵閱讀一般有價值的古籍，倘教育部眞能通過一種對教材教法嚴正而公平的選擇，深信不是徒託空言，立竿見影，無須俟十年、二十年，即可以獲得令人欣慰鼓舞的效果了。

張夢機，〈不是問題的問題〉，《中國世紀》第五十五期（一九六二年九月十五日），頁八。

舊詩應存不廢說

自從「五四」開始提倡新文學運動以後，在中國的文藝界和一般知識分子之中，產生許多對新舊文學的歧見，尤其對新舊詩的歧見，此種爭論至今仍然無法消弭的原因，實乃由於新舊詩評家缺乏相互鑽研體認所致，因而演成盲目攻伐的弊端。我對新詩的學養頗淺，自然不敢班門弄斧，故對某些人一味攻擊舊詩是抱殘守缺，迷戀骸骨，卻感到非常遺憾。

歷來舊詩最受挑剔的莫甚於「一、違背文學進化史。二、受格律的束縛」。這種似是而非的理論，恆予人以錯誤的感覺，今願分別澄清之。

誰都不必否認文學是在不斷演變中，但卻萬萬不能以此而厚誣不類該時代作品的作品（指形式言）即為時代逆流，實際上，各類文學是並育不悖的，文學史上的例子很多，固毋待贅言。現在我想單藉舊詩為例，略加闡述：詩在唐朝堪謂雲蒸霞蔚，炳耀寰宇，極一朝之盛，初唐的表現寬和，盛唐的渾雄變化，中唐的生新平易，晚唐的細美幽約，都能自見風氣。唐代詩家輩出，杜甫風格高騫，李白造境清新，高、岑悲壯蒼涼，孟、賈古奧瑰綺，膾炙人口的作品，不勝枚舉。宋是詞的時代，然而詩一入宋，不特絲毫沒有泯滅的跡象，且更有光大的徵兆，北宋如蘇梅（蘇舜欽、梅堯臣）的師尚古澹，不事浮華；歐陽修的俊逸雋絕、石曼卿的逸放磊落、王安石的體裁精峻，均推名家，尤其是東坡的新大，山谷的精奇，竟蔚爲江西大宗，影響後世至鉅。南宋有陸游、范成大、楊萬里、尤袤，號稱南宋四大家。陸詩清新圓潤，刻露豪石，范詩婉峭有致，楊詩奇特粗放，尤詩婉轉清揚，悉自另有風味。到了晚宋，嚴羽的拔俗，姜夔的清麗，周必大的雅淡，均非凡響，餘如文天祥、謝翱的作品，亦頗能振其餘緒。詩到了金、元、明，並沒有受到擯斥，金詩首推党懷英，最有名的還是元好問，爲西北大宗，冠冕一代，金人之作頗多，中州集中已載有二百二十四人，文風渏盛，宛然可想。元朝詩壇，亦曾一度呈現蓬勃的氣象。有名的詩人如虞集、楊載、范梈、揭傒斯、宋旡、貫小雲、薩都剌、楊維楨等，工力境界均高，造詣亦宏。到了明初，以高啟、劉基爲冠，尚有吳中四傑、北部十友、嶺南五先生，閩中十子，諸家各吐才華，開山聯軫，興盛當時，永和迄成化八十餘年，有三楊（楊寓、楊榮、楊溥）「臺閣體」的風行，景泰間王越的才力宏肆，郭登的性情流露，趙文的奇太有致，曾棨的蘊藉，均著時譽，後有前七子、後七子、嘉靖八才子、嘉定四先生，或相與羽翼，或矯弊復古，推波助瀾，蔚然成風氣。有清一朝可謂集詩之大成，沉雄博麗的錢牧齋，蒼邃綿綺的吳梅村及華逸纖巧的龔鼎孳，合稱江左三大家，餘如南施（施潤章）北宋（宋琬），自相抗衡，王士禎被尊爲宇內詩壇圭臬，燕臺七子亦能並著聲華，尚有格高氣蒼的朱彝尊，俊偉騰踔的程可則，以及顧炎武、陳維崧、沈德潛、蔣士銓、袁枚、黃仲則、洪亮吉、何紹基、李慈銘、黃遵憲、龔自珍等名家，均具純詣，清詩包羅萬象，無所不備，由始至終，渏歟盛哉！

從上面舊詩演變大致的情形看來，可以知道詩能歷宋、金、元、明、清而自有其領域，與各朝的代表文學並育不悖，儘管宋詞元曲在當時光芒萬丈，但幾曾聽說要摒棄其他文體而獨尊？況且像陸放翁、蘇東坡、溫飛卿等都是詩詞兼擅的文人。我始終認爲，體有古今，詩無新舊，新舊的取捨，惟視內涵的良窳，詩發乎情，而藉文字表達之，情感是本體，文字是附著，所以凡涵蘊時代精神、反映現實的詩都是新，並無礙於形式的古今，持新論者不必一味強詞詆毀，蓋無謂的攻伐只能導致偏激，絕不能探討眞理，這是値得警惕的。

其次談格律束縛的問題。舊詩中所謂格律乃指平仄、叶韻、對仗而言，對仗與叶韻最能表現我國文字的特色及優美，平仄的排列，最近經左煥源先生用實驗美學來研究，已證明其能使讀者產生鏗鏘與抑揚頓挫的美感。實際上，用功者絕不爲格律所限，「能者以是益見工巧」，況且舊詩的形式很多，如五古、七古、五律、七律、五絕、七絕等，運用至爲便利，只要有情思、有意境、有高明的技巧，則無論肥瘦豐瘠，陰陽剛柔，姹紫嫣紅，都能任意表現創作，以臻盡美盡善，歷代詩人恰能嚴守格律，縱橫開闔，渾灑自如，創作佳構，而且我們不必擔心束縛，作詩到底不是人人的事！再則，信手可成的詩未必就有較高的價値，「五四」時代口語成詩，畢竟媸多於妍，描寫也欠深刻，反觀近年崛起的現代詩，他們業已否定白話詩的價値，而且也脫離不開意象、形象、節奏、象徵等無形的格律，嚴格說來，新舊詩的達思想，殊途同歸，用任何事物，任何意境，那盡可因人而異其趣。

或許有人懷疑，現階段的舊詩是否有存在的價値？我們且看目下舊詩的趨勢：詩至民國，雖受前清道光以來急激變化之影響，略呈複雜，但大體而言，可分兩條主流，一爲開國革命的詩人，擅以新名辭入詩，多開闔動盪之氣。一爲承同光體之遺緒，鍊字用意，精嚴蒼峭，到了臺灣，詩社林立，如臺北的瀛社、瀛洲詩社、春人詩社，臺南的延平詩社，臺中的芸香、中州吟社，高雄的旗峰詩社，臺東的寶桑吟社，豐原的蘆墩吟社，淡水的淡北吟社，鹿港的半閒吟社，桃園的以文吟社以及花蓮蓮社等，全省約百餘所，出版的詩刊如瀛洲詩集、鯤南詩苑、中華藝苑、臺灣詩壇、詩文之友、亞洲詩壇等凡十餘種，全臺詩人也不下數萬，每逢重九、端陽、花朝都有詩人集會，擊鉢聯吟，分題賦詩，盛況空前。至若創作的內涵，並非一般人所誤認的「泥古守舊」，仍涵蘊有新時代的精神。事實上，詩的內容永遠是隨著時代思想而變遷趨新的，所以像杜少陵、陸放翁也都有他們的新詩，近人黃公度的〈以蓮菊桃雜供一瓶作歌〉，一半取佛理，又摻以西人植物學、化學、生理學諸說，尤爲近數十年來顯著的名詩。陶潛寫田園，高適寫邊塞，也不能說沒有受到時代的影響，現階段的舊詩正復如是，處於目前震盪性情，驚心動魄的時代，誅伐暴殘，誘導和平，當爲作詩的中心思想，而近代詩人如于右任、何武公、易大德、曾今可諸前輩即能遵循這種思想作詩，斷未與時代脫節，常讀目前舊詩的人，當證我言之不誣，是以舊詩應存不廢，其理昭然。

張夢機（體育系三年級），〈舊詩應存不廢說〉，《人文學報》新二十九期（一九六三年一月一日），第三版。

春燕零拾：談春聯

年光水逝，海角春回。偶經通衢，見人家門首，多懸掛紅箋短聯。其中所書，無非是些吉利的話，至於著語高華、上下勻稱的，卻不多見。

春聯始於何時，尚無詳確的考證。紀曉嵐說：「楹帖始於桃符，蜀孟昶餘慶長春一聯最古」。相傳南唐時代，蜀王孟昶在新春時，想作二語題門，召學士輩製詞，多不愜意，於是自撰一聯：「新年納餘慶」；「佳節號長春」。後世遂以這兩句爲春聯的肇始。

目前一段市肆用的春聯，多半是爲了應景，不免傖俗。我認爲撰寫春聯，最好能自抒心意。記得民初有位方地山先生，素工製聯，袁世凱對他非常禮遇。有一年歲闌，袁氏派人攜金相贈，並問他：「聽說明春先生要南返，不知是不是眞的？」方氏笑著說：「明天您來看我的春聯好了。」到了元旦，果見他在門口張貼一聯：「出有車，食有魚，當世孟嘗能客我」；「裘未弊，金未盡，今年季子不還鄉」。明白如話，直抒胸臆，因此傳誦一時。其他像左宗棠的「身無半畝，心憂天下」；「讀破萬卷，神交古人」。黃興的「大澤龍方蟄」；「中原鹿正肥」。寥寥數語，涵意極深，都是不可多得的名聯。

今年歲次辛亥，教育部文化局特以慶祝中華民國開國六十年爲題，廣徵春聯。入選作品，除了要切合時令外，並且還要能夠道出時代革命。甄選結果，不乏佳作。短聯如：「重逢辛亥」；「再造乾坤」。長聯如：「緬懷辛亥武昌城，義氣撼堯封，血染大江紅，國魂是江聲喚起」；「終是羽干文德事，謳歌同禹甸，梅先南海白，天心看海色昭回。」一片中興氣象，至於筆勢的軒昂，意境的高騫，更非街坊那些天增歲月、財源茂盛的應景春聯所可比擬的了。

宓，〈春蕪零拾：談春聯〉，《海外學人》第九期（一九七一年二月），頁五三。

維案：此文後改作《鯤天外集・春聯憶往》，內有刪減，可相互參看。

春蕪零拾：繁櫻照海

在春寒料峭，香雨氛氳中，又到了陽明山的櫻花季節了。

按櫻是薔薇科植物的落葉喬木，葉深綠，微露鋸齒，春末開花，五瓣淡紅，非常艷麗。櫻花花而不實。會結實的稱爲櫻桃，不過我國古代詩人詠櫻，多半尚果而不尚花，如杜少陵的詩：「西蜀櫻桃也自紅，野人相贈滿筠籠」。韓退之的：「香隨翠籠擎初到，色映銀盤寫未停」。王士騏詩：「小鳥枝頭啄欲殘，美人珍惜捲簾看」，都是明證。

陽明山的櫻花，是由東瀛移植過來的，花柄長而樹高，婀娜娉婷，別饒風韻。到了花季，繁櫻獻萼，如霧如煙，妝點在玉笛樓閣，春雨池塘之間，煞是好看。每逢例假，仕女們競相賞花，前歌後應，絡繹於途，自相至暮，流連忘返，沉醉在一片花海中，所欠的只是故國囀舌的黃鸝與矯翼的紫燕了。

時人李漁叔先生曾作賞櫻詩：「漫山香霧噀行衣，萬轂看花見亦稀。長怪流人添白髮，但歌緩緩不言歸」。吳萬谷先生也有詩：「唧尾車多緩緩前，傾城來趁看花天。頓教仙闕山成市，那得人間海不田。」「萬轂看花」、「唧尾車多」，都能寫生當時看花的盛況。

對棲遲海外的朋友，不知能不能寄上一枝春色或一瓣春香，聊慰相思。但賞櫻的人，卻都不免有一份「重來崔護，去年人面」的惆悵。

宓，〈春燕零拾：繁櫻照海〉，《海外學人》第十一期（一九七一年四月），頁一五。

春燕零拾：凝碧池詩

萬戶傷心生野煙，百官何日更朝天。秋槐花落空宮裡，凝碧池頭奏管絃。——王維王維，字摩詰，是唐朝著名的詩人。他才華蘊藉，天機清妙，精通佛理，雅擅繪事，又妙解琵琶，名盛於開元天寶之間。他的詩脫棄凡近，韻味疏澹，詞秀調雅，自然而幽深，所以有人說他的作品，出語高妙，可與造物相表裡。

前面所引的〈凝碧池〉詩，雖不算他集中的「絕唱」，卻是一首至情的作品。原來天寶末年，安祿山作亂，攻陷兩都，玄宗幸蜀，王維來不及扈從，爲賊所得。安祿山素知其才，脅迫他擔任僞職，他只好服藥下痢，佯稱瘖疾，因此被囚拘在菩提寺。群賊攻下兩京後，就在凝碧池大宴僞臣，並召梨園伶工，合樂助興，伶工們念舊，相對流淚。王維從裴迪口中知道這件事，也不覺泣下，遂作了這首詩以寄心中哀痛。

這詩第一句寫劫後風物，與杜甫「國破山河在，城春草木深」，同是傷心人語。次句感慨江山淪亡，眞不知哪一天才能瞻拜天子的神儀了。秋槐句寫宮中的蕭瑟氣象，有惓惓不忘君父之思，非常淒惋！末句以凝碧池邊，笙管雜奏的喧嘩，來襯托上句花落空宮的清冷，使無限酸楚，盡在言外。

賊平之後，王維竟獲寬典，這固然是由於他弟弟王縉（時官刑部侍郎）自請削官，爲他贖罪的關係，同時，也是因爲這首〈凝碧池〉詩感動了肅宗。詩能賈禍，也能活人，這就是一個很著名的例子。

宓，〈春燕零拾：凝碧池詩〉，《海外學人》第十二期（一九七一年五月），頁一八。

論邊緣戰

最近一連幾星期，在「華副」先後拜讀邢光祖、于大成、左海倫諸位先生討論有關中國文學的文章，的確大開眼界，增長不少見識。

細味邢、左二先生所言，固自有其高調，然不免掛一漏萬，只見樹木不見森林。邢先生兩度撰文，洋洋灑灑，都萬餘言，其中不乏引證失據，前後矛盾，互為鑿枘的地方。左女士的文章較短，筆鋒犀利，潑勁十足，但也有措辭欠當之處，「一經說破」，也眞能叫人「笑得露出扁桃腺來。」茲借「華副」一角，提出幾個小問題，以見斑豹之窺。

一

邢先生在「文學文評及其他」一文中，說：「我國聲韻學，導源於古韻詩韻的研究；而韻的分部，自顧野王以至黃季剛，從十部演為二十八部，愈分愈密。」這一錯可錯到印度洋去了。按研究古韻，分古韻為十部的是顧炎武，而非顧野王。顧炎武是明末清初崑山人，在歷史上赫赫有名，不必贅述。顧野王是南北朝梁人，著有〈玉篇〉，與炎武之生，前後相距一千餘年，絕不能混為一譚，這個常識，就是國文系大一學生都能熟知的，而位居中文系文藝創作主任的邢先生怎會不知？

前此邢先生曾武斷《論語》「思無邪」三字，歷來註疏家包括朱晦庵，都未能一查這三個字是出於《詩經．魯頌．駉篇》，雖然後來邢先生有所答辯，但理由很牽強。這次居然又誤顧炎武為顧野王，可謂「聯璧成雙」，皆足以騰笑中外。邢先生一味地揚棄舊學，要別闢新蹊，如照閣下譏嘲于先生由外文系轉中文系的邏輯，想必邢先生也是「知難而退，擇易而行，」去學外文吧。

二

邢先生在「當前我國文學的危機」一文中，曾說：「我眞不知好的詞章怎樣會從義理考據而來？王船山在《薑齋詩話》，內指出『長河落日圓，初無定景；隔水問樵夫，初非想得』；詞章何貴乎義理？任何稍懂文學的人，必能瞭解此中道理？」這段話恐怕太主觀了點，邢先生的斷章取義引喻是否恰當，站不站得住腳，暫且不論，依個人的淺見，義理與詞章有時是互為表裡的。而邢先生在後文就不經意的露了馬腳：「我們所說的孝，祇是一個空洞的名詞，到了詩人手裡就是『誰言寸草心，報答（當爲「得」字）三春暉』？這便落實。我們所說的仁，也是一個空洞的名詞，到了詩家手裡就是『爲鼠常留飯，憐蛾不點燈』，這便落實。」那麼，試想詩家能寫出爲鼠憐蛾這一聯，必然此刻心中有「仁」。孟郊如無「孝」的意念，又如何作得出「誰言寸草心，報得三春暉」這種感人肺腑的名句？而仁與孝都是儒家的思想，正包括在〈姚姬傳〉所謂的「義理」之內。

事實上，想創作好的文學作品，沉潛義理是必要的。王維的詩，具有清逸曠澹的風格，這不得不歸之於他受佛教禪宗思想的影響。禪宗的思想使王維無世俗之病，以成其詩風的清逸。禪宗的禪定，著相不著相，使王維的詩風曠淡。禪宗的超脫世俗，明心見性，更使王維的詩意遠味長，我想凡讀過王維詩的人，大概都會同意這個見解的。

我們再看古今隱逸之宗的陶淵明。淵明是魏晉思想的淨化者，他具有律己嚴正的儒家精神，也愛慕道家清淨逍遙的境界，同時又有佛教的空觀與慈愛，他的詩之所以能質而實綺，癯而實腴，跌宕昭彰，獨超眾類，就是憑藉這些豐富的思想——義理。其他像杜甫的詩，有儒家思想爲其根柢。卡繆的異鄉人，是在表現存在主義，故皆能成爲傳世的名著。由上面的例子來看，我們還能說：「詞章何貴乎義理」嗎？

張夢機，〈論邊緣戰〉，《中華日報》，一九七二年十二月十八日，副刊。

論邊緣戰（下）

三

邢先生在文章中，不客氣的指出于先生的論辯乖謬離奇，不合邏輯，並不滿他聲東擊西，炫人耳目，抑人揚己、自吹法螺的態度。不幸的是：人皆蔽於自見，當他在指責別人時，常常也犯著同樣的錯誤。

譬如邢文說：「梁啟超曾經論過『中國的美文學』，曾經寫過『小說與群治之關係』，于先生談文學不加引證，偏偏引據梁氏整理國故的意見。」個人以爲，在論辯中，彼此引述前賢不同的理論，來支持自己的觀點，正表示彼此觀念與看法的差異，也正是彼此需要討論溝通的地方，豈可斥爲「炫人耳目」？邢先生可能忘記尊作曾引述過梁章鉅《退庵筆記》的話：「余嘗考古官制，檢搜群書，不過兩日之久，偶作一詩，覺神思滯塞，亦欲於故紙堆中求之，方悟著作與考訂兩家鴻溝界限，非親歷不知。」用以證明閣下「考據安能有益於詞章」的說法。我當時就奇怪，邢先生爲什麼不舉王靜安爲例？王靜安是近世中國學術史上的奇才，生平治經史、古文字之學，均有極高的成就，而其詩詞散文，也無不精工，如以王氏爲例，豈不考據顯然是無礙於詞章的嗎？邢先生只許自己放火，不許人家點燈，這算哪門子邏輯？

其次，邢文指責于先生自吹法螺，抑人揚己，把「左海倫說是他負責的中文系裡的講師，以自抬身價」，同時又對于先生在行文時，說到有位執教史丹佛大學的博士，是他美國門人的事情，語含訕訕的說：「眞是漪歟盛哉」，一派自命清高的嘴臉。可是下文突接驚人之筆：「筆者過去與現在雖也在教美國的大學，但是對於于先生，殊有有眼不識泰山之憾」，很顯然的，上句「自抬身價」，下句則「抑人揚己」，與前文對看，可發一粲。再者，討論問題，作人身貶謫，又算哪一國的邏輯？

四

最後，我想談談好幾次出現在左文中的「遺少」一詞。所謂「遺少」，恐怕是從「遺老」聯想而杜撰的一個新名詞，初看很俏皮，細看則不通。

按「遺老」有三種解釋：甲、謂勝朝舊臣。晉書徐廣傳：「君爲宋朝佐命，吾乃晉時遺老。」乙、指先帝的舊臣。《漢書・劉向傳》：「身爲宗室遺老，歷事三主。」丙、指野老而言，因其更歷世，爲僅存的老成，故稱野老。《史記・樊酈傳贊》：「吾適豐沛，問其遺老。」

如果說「遺少」一詞是由乙丙兩解演繹而來，語意根本扞格不通，如說與甲解有關，那就更成問題了。通常我們稱遺老，是指那些國家覆亡後，不仕異代的前朝藎臣，如明末清初的顧炎武、王船山、黃梨洲、顏習齋等是，我們景仰其高風，尊之爲遺老，絕無絲毫不敬的意思。而今國勢鼎盛，于先生又生於民國，左女士口口聲聲稱他為「遺少」，不知究竟暗示些什麼？

如果左女士所謂的「遺少」，是就學術是非的觀點而言，指那些你所不齒，而全心維護固有道德，提倡固有文化的青年學人，那麼，左女士取了一個漂亮的洋名，又喜在文中夾雜英文，以炫耀西學知識的豐富，我們是否也可以稱您一聲「幫辦的餘孽」呢？

張夢機，〈論邊緣戰（下）〉，《中華日報》，一九七二年十二月十九日，副刊。

硯裡乾坤：文藝系的悲哀

最近幾星期，正當報上熱烈討論毛豬電宰問題的時候，文化學院文藝組主任邢光祖先生，也在呼朋引類，針對中文系的課程，大張撻伐，此舉的成功與否，將對固有文化有莫大的影響。

中文系與文藝組論辯中的重要問題之一是討論舊學的存廢。這問題非同小可，如果舊學不幸遭到揚棄，五年後，你在各大學文藝系的教授休息室中，將隨時可能聽到如下的談話。

「哈囉，彼得，聽說昨晚你又約女學生到森林公園尋找靈感，還愉快吧？」

「謝謝你，梅峰度先生。唉，我在野人咖啡屋聽見一件可笑的事，這件事真教人笑掉大牙。有些愛開玩笑的人，說你把分古韻為十部的顧炎武說成顧野王，你說這種謠言可不可笑？」

「彼得，那不可笑，那是真的。可笑的是那些泥古不化的遺少。顧炎武與顧野王，用我們浙江話唸，是一聲之轉，可以通假的，他們那裡知道。」

「要不要我再挑起一場筆戰，以正視聽。」

「用不著，反正想兼課的朋友很多，閒話一句，就把事情擺平了。唉，不談這些，彼得，最近除了打牌，你還忙些什麼？」

「我在研究宋詞與存在主義的關係。」

「研究詞我最有心得，你先買本《白香山詞譜》看看。」

「以前我就聽你說過，可是坊間只有《白香詞譜》，沒有《白香山詞譜》。」

「那恐怕是遺少在考訂時脫漏了一個字，他們一向如此，譬如他們只知道王維的詩高妙，其實王維的兒子王摩詰的詩也了得，你看：大漠孤煙直，長河落日圓。氣勢多雄渾，就是放在他老子王維的集中，也難辨眞僞。」

「啊，快上課了，梅教授，我還有幾個字想請教。」

「不客氣。」

彼得翻開書，指著別墅的墅字：「這怎麼唸？」

「唸野。」

「還有這裡，草什麼人命？」

「草管人命。」

橋堂，〈文藝系的悲哀〉，《中國學府》，一九七二年十二月二十三日，「硯裡乾坤」。

硯裡乾坤：老輩風流

在我所認識的老輩中，有不少恃才傲物、目空一切的名士，他們佯狂罵座的狂態，妙趣橫生的談吐，常使人忍俊不住。

某大學婁史僊教授，性情爽朗，精通甲骨文，對於自己所作的文章，也從不作第二人想，他常常操著寧鄉口音說：「全中華民國能作文章的人只有二個，一個是我婁先生就不必說了，還有一個陷在大陸，沒有出來。」其自負如此。

如果有人在他面前談到《史記》，他更是狂態畢露：「《史記》，誰配談《史記》？告訴你，有史以來眞懂《史記》的，只有一個半人，那半個就是我，一個是司馬遷（《史記》作者）。」說完還哈哈大笑，這正是他可愛的地方。

詞壇祭酒江絜生先生，少負才名，晚歲潛心詞學，所作已上追北宋。絜老性詼諧，有捷才，好作打油詩。記得去年重九，正是聯合國通過排我納匪案的第二天，詩學研究所的委員們假華崗雅集，席間約以「不驚」一唱爲題，作詩鐘助興。沒過多久，許多委員都紛紛起座，吟誦自己的鐘聯，湘潭許君武先生，患重聽，聽不清楚，因此不得不周旋於詩人之間，借看聯稿，同座後，又忙於撰聯，結果連一盤上好的羊肉也錯過了，懊悔不已！絜老與他鄰座，看在眼裡，作了一聯，幽他一默：「不盡詩聲猶繚繚，驚看羊肉已光光。」不但對仗工整，而且趣味雋永，同時，這一聯才眞正稱得上「不驚」。

橘堂，〈老輩風流〉，《中國學府》，一九七二年十二月三十日，「硯裡乾坤」。

維案：此前半改為《碧潭煙雨・老輩風流》，後半論及江絜生、許君武執事，改寫入《思齋說詩・思齋雜稿》。

硯裡乾坤：記煤山逸士

在朋儔中，我對煤山逸士最爲心折，這與他國（鍋）色天香、嬌（焦）媚（霉）無比的造形無關，最重要的是：他那種絕不服輸的「鴨子嘴」（死而猶硬）精神，足資爲聞過則怒者的楷模。

逸士才高八斗半，於學無所不窺，少即以俊才知名上庠，今垂垂老矣，而思力不衰。平生工艷體詩，雖乏驚彩絕艷之辭，卻多輕浮側艷之聲，嘗以「夙昔因緣應勉修，紅粉佳人君子逑」的警句，名震臺陽，聲譽鵲起，被尊爲指南（宮）派大師。後生呈藝請益，必爲欣然瀏覽，多所稱許，而一般女學生，也都以能得其片語品第爲榮。

逸士既具溫八叉（溫飛卿，唐朝名詩人，曾八次叉手即賦八韻，故號爲溫八叉）之才，復具溫八叉之貌，不過遺憾的是：飛卿雖然貌寢（寢者貌不揚也），但還寢之有道，逸士則寢之無道，因此至今仍是一條光棍起平空，寫艷詩的機會自然也不多，無怪他常搶天呼地的喊道：「煤山逸士，煤山逸士啊——沒啥意思。」

逸士的文章，秀掩庾信，潤逼韓愈，這恐怕與「窮而後工」有點關係。說到逸士的「窮」，是眾所周知的，對此我常寄予深切的同情，這在我與朋輩的談話中，可以得到證明：

——橘老，逸士最近斷炊了，你知道不？

——唉，說也可憐，他早已不食人間煙火了，每餐僅以韓國啤酒佐食，哪來飯吃？

——可是怎麼也好久沒見他乘公車上班呢？

——哪有錢？他現在必須連一塊五也得省，否則就沒錢爲他的偉士牌機車買汽油了。

——我們是不是該發動一次募捐，聊盡道義？

——這個建議很好，朋友有通財之誼，只不知他本人肯不肯接受，待會我打個電話約他談談。

當我在他那幢三房一廳的寓廬中，將這個好消息告訴他時，他非常興奮，立即從冰箱裡搬出烤鴨和啤酒享客，大快朵頤之餘，還請我到「遠東」看了一場大野兩條龍，眞夠意思。

橘堂，〈記煤山逸士〉，《中國學府》，一九七三年一月六日，「硯裡乾坤」。

林卓祺個展觀後

世間一切藝術都是在描寫與人相關的生命，西方繪畫利用線面形色的組合，表現生命的境象，中國繪畫則藉線形物態，表現一種自然的靈氣。雖然同時在敘述生命的生態，但西方較重筆觸與顏色的運用，講求的是眞實、質感、量感、空間等問題，而我國則以筆力爲主，以墨色代萬色，寫山水必是作者心目中的山水，寫一兩枝花，不但能表現所有花的生態，同時也正見姹紫嫣紅之無限在。這是東西方在繪畫基本精神上的不同。

可是，西畫之傳入中國已數百年，普及中國也已六十多年了，在文化相互交流下，勢必彼此影響而有所改變，如西方的表現派就是接受東方影響下的產物。另西方人認爲抽象畫僅是一種自然連貫連續不斷的運動，不刻意求表現的動作，這正是我國文人畫的基本精神。所以畫不必分東方西方，好的作品，無論從哪個角度看都應該完美。這是林君在此次個展中所表現的基本觀念，也是他畢生希望追求的目標。

林君在師大就讀藝術系時，就有意將中西畫的優點鎔冶於一爐，因此在大學四年中，對國畫與西畫方面，都已盡了最大的努力，從線條的獨立構成，到色彩的開闢天地，都認眞虛心的學習。七年前他與我在陽明山同事，即已嘗試利用西畫的器材來表現東方精神，今觀其展出的近作，確能得心應手，已達到他自己的理想，眞爲之欣喜無盡。

綜觀林君作品，可見其中西根基甚厚，用筆有氣有韻，在畫的組織上，雖然揉合西方的抽象特質，但仍保持了東方的意象神韻。畫中善用墨色，以空白表現靈氣，也能恰到好處，大部分作品都能呈現出自然流露的氣息。小畫稍嫌零亂，但組織用筆均有獨到之處。大畫筆力雄厚，氣勢不凡。以黑爲主調的作品極爲成功，以色代墨者，則小部分略見鬆弛。從一幅以「萬紫千紅」爲題的作品來看，似乎林君有意將西方印象時期的色彩筆觸，與東方的墨色筆意相揉合，其精神與用心極佳，可惜兩者銜接，稍露痕跡。倒是有一幅頗具中國傳統特質的墨色畫，其間似又隱現西方水彩的趣味，個人覺得這是不可多得的佳作。

目下我國畫壇都在求變，但細觀所謂的新水墨畫，僅不過是將舊國畫的水墨用放大鏡放大而已，部分標新立異之士，也不免因襲故法，很難別闢新蹊，因此我不認爲這是眞變。而林君企圖將完全沒有關聯的東西特質鎔爲一體，確是一種創新的嘗試，可謂之眞變。我深信林君所走的道路是正確的，倘若能竿頭更進，精益求精，我可以肯定他將來在畫壇上必有更大的成就。

張夢機，〈林卓祺個展觀後〉，《暢流雜誌》第四十六卷第十期（一九七三年一月一日），頁二七。

硯裡乾坤：電影廣告戰

這一陣子，電影本身暫且不談，電影廣告卻是大有看頭。譬如由李小龍主演的「唐山大兄」與「猛龍過江」兩部影片，同時在春節推出，兩片的格調雖然不同，但所標榜的武打動作型態，則初無二致，因此兩條院線爲了爭取觀眾，不得不藉廣告大別苗頭。起先還算客氣，「唐」片舉《讀者文摘》爲證，「猛」片挾香港捷報自重，各自宣傳，相讓相安，到了除夕，漸覺短兵相接，茲迻錄兩片廣告辭如左：

「猛」片：李小龍自編自導自演，新片才有新招，舊片何堪比擬。（首先發難，聲勢逼人）。

「唐」片：李小龍加羅維相得益彰，李小龍無羅維，顯得孤單。獨木難支大廈，獨腳難唱好戲。（針鋒相對，開始反擊，但顯然已落後手）。

「猛」片：香港破五百卅萬港元，比第一部多兩百多萬。（按第一部即「唐山大兄」，此處已指名晰陣矣）。

「唐」片：唐山大兄只有一部，以後李小龍的片子最少還有幾百部，所以要瞭解李小龍非看「唐山大兄」不可（近乎強詞奪理）。

進入春節期間，廣告戰更加白熱化，除了各自公布賣座記錄外，並有許多誇張的辭彙：

「猛」片：如此盛況破天荒，如此口碑未曾有。（儼然七古之作）。
「唐」片：兩部李小龍，大家排長龍。究竟哪部好，比較知不同（居然還押韻哩！）。
「猛」片：是否排長龍，請到戲院看，到底誰片好，問看過觀眾。（釜底抽薪）。
「唐」片：大爆滿，水洩不通。（前後對看，總有一個撒謊）。

戰至二月九日，勝負已判，「猛」片：「紀錄越離越遠，優劣益見分明」，愈戰愈勇，銳不可當。「唐」片：「凡事萬般起頭難，處女向來最可貴。迎春接福，大家發財。」詞竭氣衰，無可爲矣。這段期間票房受影響的是「四騎士」及「晚秋」，「四騎士」尚能默默耕耘，不計成果，「晚秋」則有點沉不住氣。先說：「謝謝大家捧場，排除長龍七轉八彎等候」，有點自我陶醉。又說：「兩個李小龍加上四個打仔（指四騎士）圍攻『晚秋』，不但沒有把『晚秋』擺平，而且把『晚秋』擠得從早到晚『客滿』高掛」，這種廣告辭除了湊興之外，恐怕只能產生「欲蓋彌彰」的反效果了。

橘堂，〈電影廣告戰〉，《中國學府》，一九七三年三月三日，「硯裡乾坤」。

談讀書與治學——訪林景伊先生

十一月初，一個響晴的早晨，我們一行三人，輕按林老師家的門鈴。我個人對林老師早年轟轟烈烈的生活充滿好奇——他在民國廿七年，擔任漢口特別市黨部主任委員，曾經追隨總統　蔣公從事抗日地下工作，還曾經被僞軍持下獄——這些事跡起碼可以寫成一部長篇小說。

抗戰勝利後，林老師功成不居，放棄可以騰達一生的機會，回到教育界，過著「讀書、教書、著書」的日子。這其間，曾出掌師大國文研究所十四年。他教學生，不止是「傳道、授業、解惑」，同時還指引做人處事之道。因此，今天無數遍布在海內外的學生們，除了承繼老師治學的方法外，同時也得到老師做人處事的經驗，因而在教育界學術界都能卓然有成。

在不甚寬敞的客廳中，牆上，掛著故總統　蔣公親筆題贈的玉照，及于右任先生的墨寶：「蟠胸萬卷，在手一杯。」在古典的氛圍裡，開始傾聽侃侃回憶的聲音：

問：請問老師是怎麼走上研究國學的道路的？

答：我從小就喜歡讀書，這固然是自己興趣使然。但更重要的是受了家庭及地方學風的影響，很早便給我極好的讀書環境。曾祖父、祖父藏書極多，家父及家叔都在北大中文系教書。再者，瑞安縣學風一向很盛，素有東南鄒魯之稱，出過不少進士舉人。一般士人見面言談，非詩即文。普通人都有起碼的文學修養。當有人結婚鬧房，新娘子如果沒有一些詩文基礎，鬧洞房一關，是很難過的，有這麼好的環境，所以小時候雖然父親、叔父都遠在北京，但我自己在縣城裡卻仍喜歡在書房翻書。更愛背書，十四歲時，便自己背了全本《老子》、《莊子》、《詩經》及三分之二的《荀子》、《文選》。這時打下的底子，對我以後潛心研究國學，不無影響。

問：我們都知道老師十六歲就以第一名考入大學，十九歲就教授大學了。是否能把這一段奇異的經歷告訴我們？

答：當時教育制度跟現在不一樣，大學預科念兩年，再念大學本科四年。如果程度好是可以越級的。我在十五歲時到北京，十六歲考中國大學本科二年級插班，十八歲入北京大學研究所國學門，十九歲時得同門師兄駱鴻凱的邀聘到保定河北大學爲教授。

問：老師是黃季剛先生的及門弟子，親炙最久，您能否把這一段因緣告訴我們？

答：在我十六歲時，黃先生到北平中國大學教授《說文》、《文選》、唐宋詩。他教詩的第一天便要每個同學當堂賦詩。詩題是「秋夜感懷」，限作七律一首。記得我作的那首末聯是：「百年身世千年慮，幾度寒窗夜不眠。」竟獨得先生青睞。把我叫起來一看，大爲驚訝，以爲是旁聽的中學生。接著問我籍貫，答說「浙江瑞安」。先生立刻又問可認得瑞安林公鐸、林次公？我答說正是家叔與家父。先生歎說：「眞是故人之子。」於是携我返家，仔細盤問我讀書的情形。我則據實以告。於是當堂試背《莊子・齊物論》。我朗朗背完後自覺還乾淨俐落。不料先生竟問：「是誰教你的？」我答說沒有人教，自己讀的。先生立刻說：「怪不得不通，句讀都背錯了。我還以爲是你父親叔父教的呢！不過底子已夠厚了，可以開始做學問了。」從此我便跟隨先生腳踏實地的學習。先生且命我搬到他家住下。先從小學入手，治《說文》、《廣韻》，塡許多表格，做分析歸納的工作，再圈點《十三經注疏》、《資治通鑑》等書。

問：老師奠定做學問的基礎，可以說是住在季剛先生家這一段時間了？

答：對。做學問，定要經歷一段終日伏案吃苦的階段，根基才厚實。當時我住在季剛先生家約一年半。先生每天要我圈點《十三經》、《資治通鑑》。每晚先生夜讀到一點才就寢，在這之前，我不能離開書桌。清晨先生慣於早起看書，我必須在他之前起床。偶爾，先生會說：你可以輕鬆點，看看電影了。所謂看電影，就是讀十八家詩鈔之類輕鬆些的詩文。回想起來，以前在家鄉背下的書都是死的學問。在季剛先生陶冶下，才把它們融會貫通，作成活的材料。

問：老師在中國大學求學時，受過哪些師長的教導？是否在學問上也有所啟發？

答：有的。當時中國大學中文系的老師中，吳承仕先生教經學、錢玄同先生教聲韻學、邵瑞彭先生教詞、黃晦聞先生教詩。當時各大學都很開放，學風又盛，學生可以到各校去聽課。我也常去北大聽課。自覺受益最多的，在創作詩詞、老莊義理及文學理論上是受家叔公鐸先生影響較大。公鐸先生講詩很科學，精於分析。詞受惠於邵瑞彭先生也很多。沈尹默先生的書法影響也不小。當時大學三年級讀完可以考研究所，所以我便考入北大研究所國學門。

問：季剛先生在小學方面給老師的提示，能否請您具體說明一二？

答：季剛先生教小學有他自己一套的見解，他認爲中國文字都由形音義三方面構成，其中音最重要。能瞭解音，形義就容易掌握了。他曾有個很好的譬喻：裁布製衣，裁布就好比「形」，以線縫成衣，可以穿著就好像「義」，縫線所用的針就是「音」了。當衣裁好可穿著時，我們所見只有布及線，不見針。文字是根據語言而來，但當書寫成文字後，我們所見也只是字形，所體會的只是字義，不見字音，其實它是隱藏在內的。先生認爲研究文字要從先字音著手，給我很大的影響。另外，季剛先生根據多年研究《說文》的經驗而發明研究《說文》的條例，經過口授，由我根據他的意思整理出二十一條條例，價值也很高。在我所教過的學生裡都能熟練運用。有些學生還以其中某一條例做出很有價值的論文，像周何的「《說文解字》讀若文字通假考」、黃永武的「形聲多兼會意考」、張文彬的「《說文》無聲字衍聲考」、許錟輝的「《說文解字》重文諧聲考」等等便是。我曾經根據這些條例教導外國學生認識中國文字，收穫也頗豐。例如十五年前西德一位文化參事嵇穆，研究漢學，來師大要跟我學文字聲韻。我教他先讀《說文》四百多個初文，之後再教他季剛先生的二十一條條例，告訴他形聲字聲母相同的必同音，且形聲字必兼會意。不久之後，他幾乎能認清大部分中國文字。這是因爲文字古簡今繁，所以我們研究文字要先求其語根，才能以簡馭繁。因此要先研究初文。又，中國文字形聲字占百分之八十以上，我們如瞭解形聲字構造的原理，自然能大致瞭解所有的中國文字了。這是我從季剛先生處學到的，對於教授學生也有很大用處。

問：在師承方面，老師好像也曾受教於章太炎先生？能否請您大略說明一下？

答：那是住在南京時。季剛先生常帶我去太炎先生家。老人家很照顧我，總是留我吃飯。他老人家對我有三方面的啟示：一、文章是用來闡明學術的工具；學術是經世致用的根本。三者須一以貫之，不可偏廢。二、文字之學，以聲韻爲本，能明聲韻以貫通文字，則假借之理得，轉注之道通，而訓詁之用宏。三、太炎先生晚年特別重視史學，講究義法。教我治史方法。凡所請益的問題如果涉及諸史，則必娓娓長談，毫無倦容。民國二十四年秋天，季剛先生病逝於南京，老人家當時已七十二歲，痛失愛徒，對他打擊實在很大，後哀傷致疾，幾個月後也歸道山了。

（老師說罷起身入書房，不久拿出一卷仔細包裝的立軸，小心翼翼的打開，是季剛先生親筆所書「九日登高詩」。上端有太炎先生題字。）老師以傷感的聲音說：這是季剛先生臨終前夕，親筆寫給我的墨寶。太炎先生慟弟子之早逝，命我呈上此卷，在左上端題了兩行字：「此季剛絕筆也。意興未衰，而詩句已成豫讖，眞不知所以至此。觀其筆勢灑落，猶未有病氣也。景伊其善藏之。乙亥大雪後一日，章炳麟記。」這一幅墨寶有兩位老師的心血與感情，面對它總使人無限感慨。所以我既捨不得，也不敢掛起來。

問：在做學問上，您除了有過紮實讀書的功夫、良好業師的指導外，是否還醞釀出自己治學的心得來？

答：就我個人求學的經驗來說，我認爲讀書必要先懂得小學。每部書先要瞭解每篇的意義，每篇之中要先瞭解每章的內涵，同樣，每章之中要先解決每句的意思。每一個字都弄清楚，才能窺見全書義理所在。如果一篇文章中有一字不清楚，那麼這一句可能就意義曖昧，而這一句可能就是全章關鍵之處，那又如何能把握全篇精義呢？我教學生，要求他們熟讀深思，徹底瞭解，絕不「不求甚解」。熟讀便是要背誦，深思便是徹底解決。大體而言，小學、詞章、義理不可偏廢。文字、聲韻、訓詁是吸收的工具，義理須自己體會的心得，詞章是表達意思的工具。沒有小學的基礎，連書都看不懂，怎能接受前人的東西。但如只以小學爲鑽研目標，便會泥滯不通。在求學過程中，突破了文字障礙後，便可以吸收前人的精華，醞釀自己的思維，發展而成義理。如果自己有了高深的瞭解及見識，又有詞章的基礎，才能下筆表達而成文學作品。至於考證工作，不應放在不相干的事情上，要用在幫助瞭解、追求義理上面。文學追求到最後的目的，一是表達自己融會貫通的義理，一是表達一己之性情，即創作詞章。所以我最反對鑽牛角尖的考據。例如古詩十九首或李陵蘇武的贈答詩作者究竟爲誰，考證出來後，無益於原詩的價值。文學應以作品本身的價值爲主，而考據家往往考證出作者一大堆事情，最後卻捨作品而不談。已失研究作品的初衷了。所以研究文學的人立場要把持穩固。文學作品所以有價值，在於作品本身，作者是誰實是次要的，千萬不能捨本逐末。無意義的考證工作是不值得提倡的。我姑且舉陳立夫先生任教育部長的一件妙事爲例子：《古史辨》的作者顧頡剛先生考證出大禹是一條蟲，學術界一時嘩然，引起劇烈討論。陳立夫先生是工程師，便以部長身分邀請顧頡剛考出我國最偉大的工程師大禹的生日是何年何月何日？以備提中國工程師各學會聯合年會，預備以這個日子作爲工程師節。過些時，顧頡剛居然考據出某年六月六日是大禹的生日。大禹原來是蟲，居然也有生日，大禹既有生日，足見大禹非蟲。以顧頡剛一個人，而考證出自相矛盾的事情，足見考證是值得檢討的。

問：方才老師提到應熟讀深思的書，是否有個範圍？能否舉一些書目供入門學生參考？同時，這些書的讀法，是由現代人研究過的現成資料入手呢？還是由原文入手？

答：入門熟讀的書應以第一手資料爲主。例如：先讀《老子》，弄清字句意義再熟讀背誦，則義理可控制自如。再讀《莊子》、《淮南子》就方便多了。這之後再讀其他子書多提到老莊，使你有溫故知新、左右逢源的機會。例如：先讀《詩經》，才三百零五篇。先讀論語，不過一萬三千七百字，《孟子》，不過三萬四千六百八十五字，都是很容易讀完、讀熟的，這些書讀熟了而能瞭解，再看到其他書籍引詩的、引《論語》的、引《孟子》的，就如舊友重逢，更容易明白了。

問：老師在詩壇久負盛名，七律佳處，往往直逼遺山。您能否談談當初是從哪一家入手的？對於詩文的創作您認爲應注意哪些地方？

答：我個人讀詩是先從漢魏五古入手，接著沉潛在蘇軾、陸游諸大家之中，對元遺山也下過很深功夫。對於詩文我個人是主性靈，以暢達爲主，不必過於雕飾。古代所謂的至文絕詣，都是辭達理舉，情文並茂的。大體而言，明其至理，發於性情，再組而成章、麗以翰藻，總要言天下人所欲言而不能言的，才能傳之久遠。

問：老師在學術上一直著述不輟，能否舉出一些您認爲較重要的著作？

答：像《中國聲韻學通論》（世界）、《文字學概說》（正中）、《訓詁學概要》（正中）、《中國學術思想大綱》、《周禮今註今譯》（商務）、景伊詩鈔。另外編了《兩漢文彙》（教育部）、《中文大辭典》（中國文化研究所）、《國民詞典》、《大學字典》（華岡）。單篇文章如〈章太炎傳〉、〈切韻韻類考正〉（師大學報二期）、〈顧炎武之學術思想〉（師大學報第二十期）、訓詁與治經（孔孟月刊第十二卷十二期）……等，記不得許多了。

問：老師獻身教育，至今已四十多年了，桃李滿天下是不在話下了。您記憶中，哪些學生在學術研究及教育工作上表現比較特出？

答：目前學有所成的，在國外，像西德漢學研究院院長嵇穆、韓國的張基槿、成元慶、丁範鎭、李炳漢、許世旭、許壁、李慧淳、柳明奎、陳泰夏等人。在國內如陳新雄的聲韻學，周何的禮學、黃永武的經學、文學，于大成的淮南子，黃慶萱、徐芹庭的易學、修辭學，羅錦堂、李殿魁的詞曲學，王熙元的文學，張仁青的駢文等都各有成就。在教育工作上如黃永武、李鍌、羅宗濤、胡自逢、吳璵、林耀曾、劉兆祐、李殿魁、李威熊等，目前都在各大專院校擔任中文系主任，或研究所所長或文學院長。

擁有這樣豐碩的成果，老師也許已心滿意足，但從那矍鑠的眼睛及奕奕的神采中，可以看出老師不是個喜歡耽於停滯的人。多少默默無名的學子從他溫暖而厚實的手下脫穎而出。即使今已過了退休之齡，仍然執著著學不厭，教不倦。

像是一下子裝進了不少學問，跨出院門，迎頭，好一個冬日之日！

張夢機，〈談讀書與治學——訪林景伊先生〉，

《幼獅月刊》第四十六卷第六期（一九七七年十二月），頁六五～六七。

高山齊仰止，明月麗中天——高明教授訪問記

高明教授，江蘇省高郵縣人。字仲華，一字聞。從事教育四十餘年，歷任國內外各大學教授、系主任、教務長等職。《中國一周》八二〇期曾特別介紹高教授云：「性情豁達，思想開明，貫通古今，執其中道；『不薄今人愛古人』正其中道思想的寫照。」陳鐵凡教授贈高教授的詩，起句說：「高山齊仰止，明月麗中天。」皆可見高教授受人推重的一斑。因此，我們於「高明文輯」三巨冊出版後，特走訪高教授，探詢他所以有此成就的由來。茲將訪問經過筆記於次：

研究學術的宗旨、志趣與信條

問：先恭喜您「高明文輯」在今年出版了。這三大冊書可以說是把您幾十年來發表過的文章做個選擇性的總集。就其中篇目看來，您的確是博古通今，綜貫百家。這種成就是一般學者很難企及的，您能否把您的成就大略介紹一下？

答：我從來沒有覺得自己研究學術有何「成就」，我永遠沒有滿足過自己研究的成果，我把過去發表

過的一些學術文字輯集起來，成「高明文輯」，只不過是把我研究學術的宗旨、志趣、信條、歷程、方法……等略作一些透露，請求世人的指教，也爲這一輩子研究生活稍留一些蹤跡，以作紀念。若說有何成就，則吾豈敢！

問：您太客氣了。方才您提到研究學術的宗旨、志趣、信條、歷程、方法等等，在「文輯」中略作透露。的確，從文輯中的師大國文研究所創刊號引言裡可見到您研究學術的信條；從自述中可見到您研究國學的歷程，在國學研究法一文中可窺見您研究學術的方法，在「復興中華文化之路」一文中也可略見您對學術研究的期望，不過這些都分散在各篇文章內，同時談宗旨和志趣二項的文章比較少，您能否把這幾項做一較完整的敘述？能否先談談您研究學術的宗旨？

答：我研究學術的宗旨，歸納起來，只有一句話：「爲復興中華文化而努力。」如果要詳細的說，可以三句話來說明：（一）發揚中國文化的精神。（二）闡述中國文化的菁華。（三）傳布中國文化的種子。發揚中國文化的精神就是把中國文化的人文精神發揚出來，挽救現在世界上流行的唯物思想的弊害。當然，中國文化中也不免有糟粕，但須知中國文化中的菁華更多，我們應該設法闡述菁華，才足以培養我們的民族自信心，中國文化才足以引起世人的注意。我寫的這些文章，可以說都是爲要傳播中國文化的種子，種子傳播下去，我相信將來總有發芽、茁壯的時候。中國文化總有復興的一天。所以我研究學術的宗旨，就是爲了復興中華文化。這一宗旨，在我的「高明文輯」裡是隨處可以發現的。

問：您能否接著談一談您研究學術的志趣所在？

答：荀子在「儒效」篇中會把「儒」——即今所謂「學者」，分爲三類：（一）俗儒，（二）雅儒，

（三）大儒。現在我可以把學者分爲八種：第一種是賊儒，這種學者存心傳播不正確的思想、企圖破壞中國文化、危害中華民族的生存，甚至想把世界人類帶上一條禍難重重的道路。第二種是盲儒，研究學術無目的、無方向，糊里糊塗的，不知道爲什麼要研究學術；也許被人利用，危害國家世界，自己還不知道，自己還自稱「爲學術而學術」；第三種是賤儒，這種學者隨俗浮沉，自己無主見、無立場，只爲著名利權位，跟著別人跑，沒有中心思想，只知道迎合權威或世俗的愛好，然以媚於世，甚至作賤自己也在所不惜。第四種是狷儒，這種學者能有所不爲，有自己的見解，可惜這種人眼光較短淺，胸襟嫌狹隘，或墨守一個老師的學問，而不能發揚光大，或拘執一個學派的成見而不能容納衆流。因此，造成學術界許多的紛爭。第五種是狂儒，這種人喜創造，好新奇，處處想不同於人，但常常不顧他們的新見解是否正確、有無價值、能否被人接受，只想以新奇取勝。這種學者進取有餘，而不夠踏實。有時可能會有些成就，但也很容易引人走向偏邪的小徑。第六種是雅儒，這種學者平平正正，切切實實，得乎其中，但他們卻中心有主，能做到富貴不能淫，貧賤不能移，威武不能屈，而時時在弘道正道。第七種是通儒，要貫通古今中外，認清各種學術發展的途程，並能辨別其是非得失，於通盤透徹瞭解古今中外學術之後，又能指出未來研究的方向，這種人可稱爲通儒。第八種是大儒，中國人說通天地人之謂儒，但「通」還不夠，並要天地萬物與我爲一，即如創作文學時，或欣賞文學時，須情景交融，物我交融，主客交融，作者與讀者交融；從修己與安人說，更要內聖與外王合一，進入天地萬物與我爲一，一切即一，一即一切超越自我的絕對境界，這種學者是更難企及的了。

問：您把學者依層次分爲八種，其中通而能大，是爲極致。從您的著作中，單以文學類詩歌一項抽樣來看：既有「論中國的詩」、「中國的詩歌概述」，又有「談新詩」、「外國詩歌概述」以縱橫綰合古今中外之詩學，復又有「詩歌創作的一些問題」指導學者應走的路徑，足見您研究學術的志趣是在「通而能大」的階段了。

答：我不敢說自己是雅儒、通儒、大儒。不過我一直希望自己立志欲致其「大」，我也鼓勵學生們這樣，要先取法乎上，才可以得乎其中。如果一開始便取法乎下，做出來的學問怎有可觀的？我自己一直朝著這個方向走，只可惜未能達到最高境界，假使能達到通儒、雅儒就很知足了。

問：您在師大國文研究所集刊創刊號引言中提到過：一般探研中國文化的人，專門從事考據的，不免於支離破碎，而不識學問的本原；專門侈言義理的，又常易陷於玄虛窈眇，而無補於治平之實際；全力託意於詞章的，又止於吟風弄月，無益民生。至於寄情經世者，又只作急功好利之文；缺乏根基的，又妄建空中樓閣；不講方法的，又奢望探驪得珠。對一般研究中國文化學術的缺失，眞是鞭辟入裡。在您看來研究學術，應該有怎樣的「信條」呢？

答：我在師大國文研究所集刊創刊號「引言」曾提出八項目，可以說是我研究學術的信條；這八大信條是：（一）識本原：要認識中國學術的大本大原之所在，不能執持一些枝枝節節而自滿自足。（二）培根柢：做學問而無根柢，就如建屋於砂灘上，不牢靠，只是空中樓閣。所以做學問要先立下深厚的根柢，必須先精讀一些基本的書籍，作爲基礎。（三）求博雅：做學問最忌偏狹。讀了古代的書，再讀現代的書；讀了中國的書，再讀外國的書，眼界自然大開，胸襟自然寬闊。再加之以雅正平實，就不會偏狹了。（四）務通貫：博雅而不通貫，學問不免流於駁雜，只是堆積智識的「雜貨鋪」而已。孔子說：「博學於文，約之以禮」，顏淵也說孔子對他的循循善誘是

「博我以文，約我以禮」，他們說的「博」、「約」便是我們所說的「博雅」和「通貫」。

（五）貴專精：學問的成就，一定是由博而返約之後，再深一層的鑽研某一門學問，而求其專精。一個博學者，要求樣樣精通是很難的，最低限度也要有一兩門專精的看家本領，由這一兩門專精的學問再觸類引申，而漸精其他學問，最後是希望門門精通，雖然這個希望並不易達到。

（六）尚篤實：做學問最忌浮誇；沒有根據的話不講，沒有根據的文章不寫。篤是篤厚；實即實在，學問是要篤厚而實在的。（七）重創獲：做學問還要有自己的創獲，成一家之言才行。可是又不能像狂儒那樣只有浮誇的見解，必須使人信服才可貴。所謂創獲，不止在訓詁或思想上有所發明，如能將學問構造成一種新的體系，尋找出各種學問的條理，也是創獲，方面很廣，只要能言人之所未言又是人之所欲言的，便是。（八）去成見：做學問的人若堅持著一己的私見，或囿限於一己的派別，是不能進入學術堂奧的，所以虛心非常重要。一發現自己見解欠妥，就立刻放棄成見；當然，這先決條件是自己先要具有眞知灼見的本領和容納寬大的胸懷。以上八點是我一直堅守的信條，也是我常常告訴學生要學生堅守的信條。

研究學術的歷程與方法

問：您在民國六十四年曾應邀撰寫「自述」一篇，內中提到四歲便入私塾，且很早便讀四書五經，直探國學之門。在您研究國學的過程中，曾經哪些明師指引？在國學的各門各類中，您的興趣與功力曾經有過怎樣的轉移？在您研究學術的歷程中，是否能分出幾個階段敘說一下？

答：好的。我研究學術的歷程約可分六個階段：第一個階段是從四歲到十七歲；是奠立基礎的階段。我四歲入私塾，跟隨茅鍾麒先生讀方塊字，大約讀了一年多，認識一、兩千個字。五歲誦四書。六歲時，改從謝韞山先生習古文辭，讀五經。先父則親自課授算術。謝先生教書極嚴，脾氣極壞，學生都怕他，不過我卻因此打下了學問的底子。從四歲至九歲，可以說是我奠立國學基礎的時期。九歲時考入高郵縣立第一高級小學校，接受新式學校教育。從沈仞千先生習英文、從孫仰蘧先生習史地、從譚丕烈先生習國文。由九歲到十二歲，可以說是我奠立常識基礎的時期。十二歲畢業後，入揚州聖公會所設的美漢中學專習英文一年。十三歲入南京鍾英中學正式讀中學，經朱竹溪先生授國文、俞釆丞先生授代數及化學、余介侯先生授幾何、三角、大代數及解析幾何。我受益於余先生極多，所以當時除理化外，幾何、代數、三角成績最好，興趣也高。由十二歲到十七歲，可以說是我奠立科學基礎的時期。

問：我在您「自述」上看到，您報考大學時，本想報考數學系的，必然跟當時興趣有關？

答：是的。我十七歲畢業後，投考國立東南大學（後更名中央大學），本想念數學系，因先父之命而入中文系。但因曾受嚴格的科學基礎訓練，使我培養了分析綜合的能力，和具有尋求條理、解決難題的頭腦。我在小時候不知國家大事，直到民國十四年（那時我十七歲）國父逝世，南京各界開追悼會，我才知民生疾苦，國步艱難，於是加入國民黨，從事地下革命工作。歷經憂患，感憤時事，所以我始終沒有成爲「象牙之塔」裡的學者。

十七到二十一歲是我接受傳統的第二階段。北伐成功後，回到學校復學。在東南大學時，從姚孟塤先生治《易經》、從王伯沆先生治理學、從李審言先生治駢文、從姚仲實先生治古文。十九歲時，東南大學改名中央大學，入黃季剛先生門下，治經學、小學。

問：黃季剛先生不輕易收弟子，您卻能立於門牆之內，能否略述經過情形？當時黃先生還收了哪些弟子？

答：我是因寫學期報告，評黃先生的「音學通論目錄」而受賞識，才收為弟子的。當時他勉勵我說：「我從學於餘杭章先生，章先生從學於德清俞樾，俞先生則私淑高郵王氏父子。追溯我們學統，實出於高郵。你是高郵人，現在既從學於我，就要以發揚高郵之學為志，不可辜負你的鄉先輩！」先生根據東坡送秦少游的詩：「淮海少年天下士」，送我一個「淮海少年」的別號，實以「天下士」期勉於我，使我益加發憤求學。讀王氏（念孫）、戴氏（東原）的書，才悟出做學問的方法。當時同門尚有潘重規先生。

在這一段時期，我還從吳瞿安先生習詞、曲，從汪辟疆先生習目錄版本，從胡小石先生習金石、甲骨，從汪旭初先生習文字，又從伯沆先生習詩、古文，這時我已深受中國文化傳統的影響，從而確定了我一生工作的方向。

二十一歲至三十歲，是我擴大眼界的階段。這時除了國學外，又旁涉其他學問。民國十九年夏，大學畢業後，先任教於江蘇省立松江中學。第二年春天，應黨人梅公任曹重三之邀赴東北任教，同時視察邊陲虛實。不料遇上九一八事變。倉皇脫身，行李盡失，經三天三夜才逃到天津。而日本飛機追逐不息，狼狽不已。到此，我才深感國防問題的迫切，於是發憤研究。蔣百里的「國防論」便是最先啟示我的。接著我遍讀中外兵書，上自孫子、吳子、六韜、三略……，中歷陰符、虎鈐……下至練兵實紀、洴澼百金方……，又旁涉克勞塞維茨的戰爭原理、魯登道夫的全體戰爭論等書。至於像中國的戰爭歷史、兵要地理，如讀史兵略、讀史方輿紀要之類，凡有助於當時國防設計的，無不搜求細讀。當時融會貫通後，有了心得，便寫成文章發表。沒想到竟因此受知於江蘇省政府主席陳果夫先生、保安處長項致莊先生，立刻任我做保安處主任秘書。當時是二十六歲。在我研究國防問題的同時，又發現國防實不止於軍事而已，跟政治、經濟、文化、社會，無不關涉，而國防心理跟國防哲學的建設更是當務之急。於是又廣覽政治、文化、社會、心理、哲學、文學藝術諸書，眼界大為開闊。民國二十六年，日軍進攻上海，從金山衛、瀏河登陸，夾攻我軍後路，以至我軍先潰敗於上海，南京相繼陷落，我在《江蘇國防問題》一書中預測日軍進攻的路線，竟不幸而言中！

在我三十歲時，受果夫先生之命，前往西康省黨部任書記長，又奉命創辦《國民日報》，任社長，與共黨短兵相接，奮鬥不懈。康藏一帶人多信佛，為了經營邊疆，深入社會，所以又發憤讀佛學書籍。恰巧同鄉碧松法師去西藏求法，經過西康首府康定，便把所帶佛書悉數相贈。我在西康兩年的精神食糧便是這些佛書。也因此，我還能略通佛學。民國二十八年底奉調至中央訓練團黨政幹部訓練班第五期受訓，二十九年請辭。後又應果夫先生之召，到重慶小溫泉中央政治學校任秘書，才一個月，便遭日機轟炸，宿舍被燬，行李、衣服及在西康搜集的資料與佛書盡付一炬。一年後，張道藩先生接任政校教育長，說我兼通新舊文學，聘我教授國文。從此之後，我便專任教職，致力學術，一直到今天。

問：您在「擴大眼界」階段中的生活可謂波瀾迭起。您的從政生活，是否影響到國學研究？在這個階段中，您對於國學書籍的涉獵情況如何？

答：當初季剛先生聽說我要從政，非常不高興，等到我呈上幾篇論《易》文章，他才莞爾而笑，知道我並未因此而荒廢國學。在這個階段中，我個人倒深深體會出「讀萬卷書，行萬里路」的眞義。那時候我讀國學書籍，多偏重於禮學以及一些經世之學。

問：您能否再敘述往後的杏壇生涯？是否更方便於學術研究？

答：從我三十歲到五十歲，可說是思造精微的階段。一直身任教職，自然使我更密切地接近學術。在我三十歲以前，專精於易，這時我更勤力治禮。同時對文字、聲韻、訓詁及文學諸端，包括古文、駢文、詩、詞、曲跟新文藝等，都殫精竭力地深入研究。在這個階段，我是力求由博返約。在我三十六歲時，劉季洪學長出任國立西北大學校長，延我任教，不久又兼中國文學系主任。當時西京圖書館遷至陝南，因近在咫尺，我才得恣意閱覽藏書，尤其所藏禮書，無不摩挲細研。後來參與制禮工作時，能跟禮學家們上下議論，實得力於這時下的功夫。抗戰勝利後，應國立禮樂館館長汪旭初先生之召赴京，跟李證剛、殷孟倫等人共纂中華民國通禮草案。稿成之後，轉而任教於國立政治大學中國文學系。民國三十七年，匪焰正熾，於是由湖南衡山國立師範學院，經廣州輾轉來到臺灣。民國四十五年，張曉峰先生任教育部長，改師範學院爲大學，要我創辦國文研究所。同年，因陳百年先生禮聘，兼任國立政治大學中文系主任。四十八年，季洪先生繼任政大校長，轉任教務長一年。這時，香港政府創設中文大學，其中聯合書院聘我前掌系務。後因曉峰先生創辦中國文化學院及中華學術院，聘我爲中華學術院哲士，同時中文系主任及中國文學研究所所長都等著要我接掌，於是又返回臺灣。這時又兼代師大的文學院長和國文研究所主任。恰好政大也成立中文研究所，季洪先生殷殷相邀，在曉峰先生諒解下，我便返回政大。我這一生，主持過三個大學的研究所，四個大學的中文系。任教過的國內外大學更不止此數，我都是本著我研究學術一貫的宗旨來教導學生的。

民國六十一年春，應韓國建國大學之邀訪韓，受贈以榮譽文學博士學位。同年夏，向政大請假一年，赴新加坡南洋大學任客座教授一年。在國外宣揚中國文化，也交到不少國際學術上的朋友。

我五十歲以後，一直到今天，在學術研究的歷程上，可以算是構造體系的階段。我想把各種學問都求出條理、構成體系，積之漸久，才結成自我的學術思想體系。我不敢說自己目前已完成了這個目標，但我一直是朝著這個目標努力的。

問：您歷經抗日、北伐、勘亂及匪禍，您是否覺得動亂的時局，曾影響到自己的學術研究？

答：從我十七歲開始，一直到今天，都處在國家動亂之中。我原只是一個書生，但在國民革命的號召下，也曾慨然請纓，略盡一己棉薄之力。後來回到學術界，我並未鑽入學術的象牙之塔。國勢的杌隉使我深深體會到學術應與現實配合。我認爲中國所以淪到今天這個地步，是因中國文化被破壞盡淨、民族精神喪失無餘之故。唯有以我們的人文精神才能挽救中國、救人類。我因時事的影響，所以特別注意經世致用；不論在那個研究階段，都不忘記現實本身。

問：您剛才談的奠立基礎、接受傳統、擴大眼界、思造精微、構造體系等五大階段，可以說是您研究學術的歷程；您能否再談談您研究學術的方法？

答：過去我上「治學方法」課時，也談過一些，不過因時間太少，都不能做完整的介紹。我研究學術的方法，歸納起來約有二十種：第一種是立根基法；可分兩方面說，一要「研文字」，二要「讀要籍」。進入學問之門，首先要識字，研文字便是識字功夫，把字的形、音、義弄清楚，然後書才能眞正地讀得懂，讀得通。讀要籍，是要背誦、圈點、甚至抄寫一些國學基本書籍。第二種是識途徑法；這又可分三點，首先要「明體系」，要先大體認識中國學問的體系。其次是「治目錄」，從種種目錄及研究目錄的書裡可以曉得學術的源流與門類、書籍的存亡與得失；再其次是「悉倫類」，比方說研究經學，要先懂得家法；研究諸子，要先知其流別，研究史學，要能明其因果。要做哪一種學問，先要把握住那種學問的倫類。第三種是覓資料法；這也可以分三點。先要「蒐群書」，從群書中搜尋所需的資料，其次是「訪文獻」，比方地下出土的文獻，或志書上的文獻等，皆要搜訪。其次是「考器物」，有所謂古器物之學，在古器物上有許多資料可尋覓。資料要上天下地，盡量搜尋。第四種是辨眞僞法；覓到資料之後便要辨別其眞僞，像假器物便多得很，連甲骨都有假的，書籍裡假的更多，根據假的資料來研究，結果是不可靠的，所以辨眞僞很重要。第五種是校謬誤法；即是校勘法，古書裡有錯亂、衍羨、闕脫、譌誤的地方都要校勘出來，才不至於根據誤書來作研究。第六種是輯遺佚法；將亡佚的書文輯集起來，或輯一書的佚文，或輯一書的佚注，或輯一人的佚書，或輯一派的佚書，或輯一類的佚書，或輯群書之佚文等等，才能使許多沈霾的學術和學人重見於世。以上六種是我在「治學方法」課堂上慣常講授的，因爲它是做學問最基本、最必須的方法。至於第七種是知人物法；學問都是人造出來的，對造書的人便不能不有所認識。比方「修傳記」、「編年譜」、「作學案」等都是。第八種是論時世法，跟「知人物」合起來，便是孟子所說的「知人論世」。任何事都有它的背景，做學問的人亦然：有政治背景、經濟背景、歷史背景、社會背景以及家世、遭遇等等，背景了然之後才能知人。第九種是究事理法；比方說，如何來「發掘問題」，有了問題後如何「擬定假設」來解決問題，再如何「搜尋證據」來肯定假設，證據成立之後，還要「試爲駁議」，看看能否駁倒假設，如果駁不倒，然後才「愼下結論」。第十種是求義例法；主要是用歸納法，文章有文例，思想有義例，要探求出來。第十一是提綱領法；主要是用綜合法。把紛亂的學問智識求出綱領和條理。第十二種是闡精微法；主要用分析法，分析越細，精微念出。第十三種是別同異法；主要是用比較的方法，比較出學術的種種派別、同異。第十四種是探因果法；是用歷史的方法求出其因果。第十五是助點化法；把別人不瞭解的，一點化便豁然貫通，這種方法多半用譬喻法。第十六種是開境界法；多用演繹法，由已知開向未知，境界才能日漸擴大。第十七種是尋悟解法；有的用漸悟，有的用頓悟，總要達到圓融的境界。第十八種是謀體驗法；無論做哪一方面學問都要實際體驗。這可分幾階段：先要「嘗試」，而後「實踐」，實踐之後發現錯誤，再行「匡謬」，最後探到眞理便是「證道」的階段了。第十九種是陶情性法；讀書定可陶冶情性，讀書滿腹而性情古怪的，不是眞讀書的人。尤其研究文學、哲學的人更是要能陶情性。第二十種是通天人法；莊子所謂坐忘，佛家所謂去執，都是貫通天人時所應注意到的。即如文學創作要做到情景交融，人我溝通，就須用到這方法。至於研究內聖外王之道，要做到天地萬物與我爲一，那境界就更高了，是很不容易達到的。

問：您上邊提到的二十種方法，可謂面面俱到，這一定是您綜合平常自己所用的方法歸納出來的？

答：我自己研究學術，一直是想用這二十種方法來做，但我並不認爲這二十種方法已經把治學方法說得完備。這些只是治學方法中，我所常用的罷了。

對研究學術的企盼與計畫

問：您幾十年來浸潤於學術界，對於過去、現在的學術狀況定然瞭如指掌。就整個中國的學術命脈而言，您認爲學術路線應朝哪個方向走？能否說說您心中的期盼？

答：我對於中華文化具有很高的信心，認爲復興中華文化不但可救中國，還可救世界人類。所以我對研究學術的方向有三點企盼：

（一）發揮中華文化的凝固力、堅韌力，以鞏固中華民族的根本，喚回中華民族的靈魂。

（二）發揮中華文化的吸收力，移植力，以充實中國學術的內容，持展中國學術的影響。

（三）發揮中華文化的創造力、建設力，以領導現代的世界，邁向未來的理想。

這三點，不但期盼於我自己，也寄望於學術界的朋友，及我的學生們。中華文化本極具有包容力，如印度文化輸入後而形成佛學鼎盛期，對目前歐美文化也應該取其菁華而適度吸收。同時我們也要推廣中國文化，如過去移植於日本、韓國、南洋等，以擴展中國學術的影響。最終極的目標自然是在第三點上，希望中華文化能領導世界文化。我們應該有這樣的理想，並努力以赴才是。

問：您在學術研究上的造詣，一般公認您的特色是博大精深，請問您在研究的歷程中，是否曾經努力建立跟一般學者較不同的特色？

答：說特色倒是不敢。不過，剛才提到我研究歷程的最後一個階段中，我是很用心的想把每一種學問都要尋出一個完整的條理體系出來。至於屬於我自己的見解、學問，我也努力達成一個完整的體系。不過我不敢說我所構成的體系是百分之百正確的，這要待時間來判斷了。

問：從您的著作、演講而言，無不綱舉目張，眉目清楚，面面俱到。這特色應是您獨創的？

答：獨創是不敢。我其實只是在發揚傳統。我是從王念孫父子那兒得到啟示的。王氏父子最先找出校勘的條理，後來俞曲園先生也跟著求校勘的條理，但他們只在訓詁校勘上找出條理，而我則努力擴大範圍，無論是議理、考據、詞章各方面，我都希望能出條理。在見解上，我也努力建立自己的心得，但是我的心得都是從尋覓條理中得來的。「高明文輯」三冊，上冊多是義理一類的文章，中冊多是考據與經世一類的文章，下冊多是文學一類的文章，其中著重條理則是一律，這也算不得是什麼大特色。

問：我記得張道藩先生在《回憶錄》中曾提到您，說：「高明眞正高明！」是指您新舊文學皆通。您能否談一談您何以從舊學中走進新文學，後來怎麼又回到舊學中？

答：我所以走上新文學，也是環境造成的。民國二十年左右，魯迅和他的徒黨正以左傾的普羅文藝思想蠱惑青年。而我認爲文藝的產生，本在適應人民生存與生活的需要，在日人正威脅我全民族人民生存與生活的關頭，最迫切需要的應是民族文藝跟國防文藝，實不應倡導普羅文學，宣揚階級鬥爭思想，而破壞我全民族的團結。因此便跟易君左先生等人組織江蘇文藝協會，創刊《天風》

及文藝青年雜誌，跟魯迅大打筆戰。當時爲了打筆戰，所以便廣讀新文學書籍。至於後來，因爲我接掌大學中文系主任、所主任，工作又回到學術界，便較少注意新文學了。

問：您在新文學方面的著作似乎並未收成專書？您當初也曾創作新小說的，「身分證的秘密」一文便收在《百家文》一書內。請問您還有哪些創作？

答：在大陸上寫的東西都沒帶出來。來臺後有關新文藝的論文多發表在文藝創作、《幼獅文藝》等刊物中。我曾經以報導文學體裁寫了篇「我逃出了赤色家庭」，又寫了一篇「身分證的秘密」的小說，都發表在「自由中國」雜誌，這似乎是我們臺灣最早的反共文藝作品，不過我認爲後出的作家們的作品，都比我寫的好多了！

問：最後想請教您的是，您曾經說：「高明文輯」的刊行，絕不是您研究生活和寫作生活的結束。您能否把今後的研究計畫略作透露？

答：我還許多沒有寫定的手稿，在去年大水時被淹，而經內人救起來的，約有一百萬字，今後我將陸續整理發表。還有和正中書局、中華文化復興運動委員會訂過約尚未完成的書，也將於最近趕寫交卷，我想在未來的十年中，我的寫作生活恐怕還是很熱鬧的，或者不至於十分地寂寞！

附錄：高明教授來臺後著作表

（一）已出版

專著：（1）高明文輯（上中下三冊，民國六十七年、黎明文化公司），（2）中華民族之奮鬥

（民國四十年、復興書局），（3）詩歌概論（民國四十三年、康樂月刊社），（4）中國文學（民國四十五年、復興書局），（5）禮學新探（民國五十二年、香港中文大學聯合書院中文系），（6）孔學管窺（民國六十一年、廣文書局），（7）大戴禮記今註今譯（民國六十四年、商務印書館）。

主編：（1）中華文彙（民國四十八年中華叢書委員會凡八冊），（2）中文大辭典（民國五十一——五十七年、中國文化研究所凡四十冊），（3）二十世紀之文學（民國五十五年、正中書局凡五冊）

單篇論文：（未收入高明文輯者）如：文章作法（軍事文藝函授學校講義）、戰國策中的情報戰（民國四十年左右為國防部總政治部寫）等等尚多未收入。

（二）積稿未刊者

已脫稿者：（1）通志七音略研究，（2）珠湖詩錄，（3）珠湖詞錄，（4）珠湖文錄。

尚未脫稿者：（1）治學方法，（2）中國文獻學研究，（3）周易研究，（4）尚書研究，（5）理學研究，（6）中國文學理論研究，（7）毛詩新箋，（8）文選新箋等。

張夢機、鄭明娳，〈高山齊仰止，明月麗中天——高明教授訪問記〉，《幼獅月刊》第四十八卷第三期（一九七八年九月）。頁六六～七一。

六十燭光：濫竽詩人

聽說我國參加第五屆世界詩人大會的代表團，上個月已自舊金山載譽歸國。不過最近的報導顯示，在他們的行囊中，似乎除了榮譽之外，還攜帶了不少風風雨雨。到了最近，甚至他們的創作能力，也逐漸受到懷疑。

本月十日，《民生報》記者鐘麗惠，特別邀請了國內兩位從事詩學研究的學者，對他們所發表的作品作了一次評析，學者們的看法是：「大部分古典詩在基本格律上都有錯誤；現代詩的水準仍停留在二、三十年前。」當然，該報爲示公允起見，同時也請原作者提出辯解，可惜辯辭都顯得薄弱乏力，因此，最後記者說了一句含蓄的話：「評論者和作者的論見是否中肯正確，學術界人士心中自有論斷。」

我不是「學術界人士」，但看完作者們似是而非的「論見」後，忍不住想在這裡表示點個人「心中」的「論斷」。

依照常理判斷，凡代表國家的詩人，一定是詩壇中的上上之選，他們的詩作，也應該是具有代表性的精品，但事實不然。我們從《民生報》所引述的詩句看，如「弘道力行蒞事公」、「樹上鳥聲入耳還」、「卡特毀盟舉世驚」等，的確令人失望，詩意之庸俗流滑固不待言，就以基本聲調而論，也都犯了「孤平」（即句中第三第五字悉用仄聲）的忌諱。關於這點，詩人異口同聲說：「根據『一三五不論』的原則，近體詩中第三字的聲調可以變通，不會有問題。」這個理由，拿來搪塞初習操觚者倒也管用，作爲公開辯解的說辭，就顯得膚淺不堪。事實上，近體詩第一三五字的平仄，有時是必須置論的，即使偶有不論，也必須以拗句救轉。即以上述三句爲例：格律是「仄仄平平仄仄平」，第一字平仄不拘，然第三字以用平聲爲佳，如果此字因求意境完美，不得已而改仄聲，那麼原句第五字就必須以平聲救轉，才算諧律。換句話說，在這種聲調中，第三字第五字必須有一平聲，否則謂之「孤平」。這種說法，只要翻檢一下杜甫以後的詩篇，就可得到證明。奇怪的是：一般中文系學生都瞭解的基本常識，爲什麼代表國家的詩人反而懵然不知？眞令人費解。

我不太明瞭出席世界詩人大會的代表團是怎樣產生的，但從上述情況看，其甄選的方式顯然值得檢討。旅居海外的華僑，盡多知詩能詩之士，我們隨意選派某些濫竽詩人出國獻醜，對國家聲譽多少總是有影響的，因此，我們深切盼望有關單位以後能夠正視這個問題，千萬不要掉以輕心。

張曄，〈濫竽詩人〉，《臺灣日報》，一九八一年九月三十日，第八版，「60燭光」。

小故事大啓示　抱怨無用

漫長的暑假，許多在學學生都趁此機會在外打工賺錢，各行各業都似乎增加了不少幫手。

我在學校的分派下，進入一家公家機關，做整理檔案和抄寫的工作。原本還抱著好玩的心理，後來越做越覺得無聊，外加又獲知在某某餐廳做事的同學待遇奇高，使我工作的熱忱完全喪失，度日如年。

某天中午休息時間和一位負責清潔的工友聊天，抱怨找錯了工作，誰知道他卻拍拍我的肩膀說：「老弟，我在這裡已經幹了二十多年了，每個月薪水比你還少，還不是過得好好的。」我聽了之後，頓然覺悟，因爲只有知足才能常樂。

維案：一九八一年十月張夢機專任高師，故事主人翁可能為陳文華，非張夢機。據張富鈞回憶陳文華自述：陳於學生時期，有一年暑假在鐵路局打工，每天就只有抄錄公文，非常無聊。直到有一天在辦公室抽屜裡找到一疊詩刊《鐵路吟社》，不知主人，可能是原位置退休之老職員所屬。打工結束後，陳文華不好意思占有詩刊，仍將其歸回原位。陳文華可能將此事告訴張夢機，而後張夢機撰此小文。

張曄，〈小故事大啟示 抱怨無用〉，《聯合報》，一九八一年十月十二日，第十二版。

六十燭光：郭丑愚妄卑陋

一九六二年，文丑郭沫若力捧杜甫爲「人民詩人」。一九七一年，郭丑出版「李白與杜甫」，卻又從極端的階級論的偏見出發，極力詆訶杜甫。前後不過十年，何以立論竟如此反覆矛盾？這當然與當時中共內部的派系鬥爭有關，顯然，郭丑批評杜詩，是以政治利益爲依據的。

郭丑爲了醜化杜甫的人格，有時竟不惜抹殺杜詩裡深刻的現實性，以及關心民瘼的崇高情懷。試看他對杜詩〈新婚別〉所作的指摘：「把新娘子寫得十分慷慨、很識大體、很有丈夫氣，但無疑是經過詩人的理想化……顯然是詩人的階級意識在說話。」不錯，在這首詩裡，詩人通過暮婚晨別的典型事件，凸顯新娘子那種偉大的人格，的確是經過「理想化」的。但如果我們肯作深一層瞭解，便知道老杜對新娘子加以「理想化」，只是藝術表現的手段，其目的則在說明自己對當時戰爭的看法。一般說來，杜甫對戰爭的看法，全視其性質而定，他在〈兵車行〉中，說到「邊庭流血成海水，武皇開邊意未已。」顯示他對玄宗開疆拓土的戰爭，充滿厭惡與諷刺。但在〈三吏〉、〈三別〉中，卻有諷刺也有期待，有同情也有鼓舞，態度與前面不同。因爲杜甫寫這些詩時，安史之亂已發生五年，河山千瘡百孔，天下靡亂，非藉戰爭不足以止暴亂，非藉武力不足以登衽席，戰爭的性質是安內，而不是侵略，所以在〈三吏〉〈三別〉中，杜甫固然也寫民情的哀怨，對民瘼表示同情，但字裡行間，卻又時常流露勸勉和鼓舞的意味。如「勿爲新婚念，努力事戎行」（〈新婚別〉）、「何鄉爲樂土，安敢尚盤桓」（〈垂老別〉）等，都在寬慰百姓，鼓勵他們安心地去應役，他說這些話，都是由人民的生活上著眼的，我們如果不理會老杜由人民願望出發而考慮成熟的創作動機，反而一味的胡亂指摘，就會貶損了原詩的價值。這樣看來，老杜在〈新婚別〉中，生動地、「理想化」地塑造了一個勉夫從軍，具「有丈夫氣」的婦女形象，其實只是想藉以表達他對這個時期戰爭的觀念，也可以說，對通過戰爭才能達到的中興大業，他這時是期待著的。

至於郭丑所謂的「階級意識」云云，說穿了也只是他企圖否定杜詩價值的假借之辭，理由十分牽強。何況討論一篇作品的現實精神，根本不必從階級意識出發，而應該由作品本身所反映的一切加以透視，這樣才能對當時的現實及作者的思想，得出公平合理的結論。

郭丑批杜，適見其愚妄卑陋而已，對杜詩的崇高價值，是不會有絲毫貶損的。

張瞱，〈郭丑愚妄卑陋〉，《臺灣日報》，
一九八一年十二月二十一日，第八版，「60燭光」。

維案：本文內容後改寫入《鷗波詩話》〈駁郭沫若對杜詩的曲解〉。

六十燭光：蚍蜉撼大樹

十二月二十一日筆者在「六十燭光」中，曾以「郭丑愚妄卑陋」為題，指出文丑郭沫若批評杜詩，完全以政治利益爲依據，從極端的階級論的偏見出發，對杜詩刻意曲解，片面地否定了杜甫那種崇高的人道主義精神。郭某這種作法，自然是站不住腳的。下面我想就此問題，更作演繹。

我們知道，批判文學作品，應該從文學的意境上討論，而非僅從文學的素材上推敲，文學素材，不過是表現文學意境的手段而已。一位作家在文學作品中選用什麼素材，並不十分要緊，只要他所達到的意境是感人的，的確是個眞理就好了。如果從這裡講，文學原就允許就近取譬，選擇自己身邊的素材來寫，問題的關鍵，只在作家能不能透過這些素材，提煉出一個完美的意境，或者表現出崇高的襟抱以及動人的情懷。可是郭某論詩，似乎刻意不從這種角度看，試以杜詩：「安得廣廈千萬間，大庇天下寒士俱歡顏」（〈茅屋爲秋風所破歌〉）爲例，郭某便認爲「寒士」沒有包括「農民」，於是大加挑剔，指摘老杜有「階級意識」，這是非常荒唐的。即以郭某所謂的「階級意識」而論，「寒士」固然沒有涉及「農民」，但他的確通過有限的素材，表現了一種民胞物與的普遍情懷，這樣就夠了。除非老杜在詩中明顯地漠視「農民」，或者積極地攻擊某個「階級」，才可說他偏窄，可是老杜沒有，老杜只說「庇寒士」，對於其他問題並未作積極性處理，郭某一定要從戔戔一二字上小題大作，便是深文周納。

何況，要討論一個詩人的觀念思想，必須要從他整部著作中作全面觀察，才會得到正確的結論，否則便容易流於武斷。而事實上，在老杜的許多詩篇中，詩人的眼光都關注在廣大的百姓身上，譬如在〈自京赴奉先縣詠懷〉詩中，說他剛一到家，就聽到一片號啕大哭之聲，原來他最小的兒子活生生的餓死了，他在哀慟慚愧之餘，不免由自身坎坷辛酸的遭遇，想到比他更苦難的「失業徒」與「遠戍卒」，想到這些，他「憂端齊終南，澒洞不可掇。」心上無邊的憂思漸漸增長，幾乎高過了終南山；激動而紛亂的情緒在心中衝擊，再也拾掇不起一個端緒來了。他的「憂」正是爲百姓而發，有廣袤無際的視野。從這裡可以證明，前人讚許老杜〈茅屋爲秋風所破歌〉「大有民胞物與之意」（仇兆鰲語），並不是毫無根據的。

韓愈詩：「批蜉撼大樹，可笑不自量。」郭某詆訶杜甫的行爲與心態，正像那撼大樹的蚍蜉。

張曄，〈蚍蜉撼大樹〉，《臺灣日報》，一九八二年一月九日，第八版，「60燭光」。

維案：本文內容後改寫入《鷗波詩話》〈駁郭沫若對杜詩的曲解〉。

索氏的諍言

廿三日下午，諾貝爾文學獎得主索忍尼辛在一場題爲「給自由中國」的講演中，以誠摯的態度、鏗鏘的語調、冷靜的分析，表達了他對自由中國的讚許與關懷，以及他對西方姑息逆流的不滿與譴責。同時，在這篇將近五千字的講辭中，他也提出了若干值得我們深思的諍言。

索忍尼辛通過自己親身經歷的苦痛，本著對共黨禍害深刻的體認，他曾明確的指出：「共產制度不能容忍有一點點的偏差，與其說它所需要的是富足的寶島，毋寧說它需要抑制脫離它制度的偏差。中共所不能容忍的是你們經濟和社會的優勢，因爲讓其他中國人知道沒有共產主義可能會生活得更好，那是不可以的。」這的確是一針見血之論。洞澈了這一點，我們就知道中共一再高唱「經濟學臺灣，政治學臺北」的口號，不過是在搞它那套統戰的老把戲，我們不必沾沾自喜，更不必會錯了意，誤認中共在作改弦易轍的打算。我們應該更清楚地瞭解到：中共假造所謂「和談」「修正」等名詞，事實上是用來騙取自由世界對共產主義幻想的陰謀，他們希望利用這個陰謀，把自己塑造成一個本質善良的和平締造者，而他們的基本用心，則在摧毀自由民主，瓦解臺灣的民心士氣，進而破壞海峽的均勢，以遂其入侵臺灣的野心。索氏以其眞知灼見，剴切警告我們認清共產主義的邪惡本質，不要爲和解妥協的假象所迷惑，不要爲虛妄甜美的語言所欺誑，這番話，很値得國人警惕。

此外，索氏在講演中，一再語重心長地忠告我們要保持對危機的警覺，他提醒我們：西方流行一種潮流，即向站在反共前線的國家，要求廣泛的民主，不只是普通的民主，而是絕對的放任，以及背叛國家和任意破壞國家的權利。他又呼籲我們：不要沉湎於今日富裕的生活，而喪失了抗敵的意志；不要在物質生活有成就時，讓青年們懦弱到寧願做敵人的俘虜和奴隸，也不願戰鬥。然後他強調：「你們不是生活在一個無憂無慮的寶島上，你們應該全國皆兵，因爲你們不斷地受著戰爭的威脅」。

毋庸諱言，近年來的確有些標榜「民主運動」的人士，不以國家社會安全爲前提；而另一些人，罔顧今日處境的安危，鎭日紙醉金迷，耽於逸樂，全無半點憂患意識。對於這些人，我想索氏的一席話，無疑是發人猛省的暮鼓晨鐘。我們不能否認，一個現代化的國家，需要繁榮，但絕不能浮花浪蕊似的繁榮，需要自由民主，但絕不能因爲濫用自由民主而破壞國家的安全。索氏充滿睿智的話語，正是舉世滔滔之中最佳的諍言。

（作者現任國立高雄師範學院副教授）

六十燭光：散發古典的芬芳

張夢機，〈索髯的評言〉，《臺灣日報》，一九八二年十月二十五日，第八版。

一個學術團體的生存與發展，必須先具有高遠的文化理想，正確的工作目標，然後再以推陳出新的文學活動，朝向此理想目標邁進，這樣它的生命才能像曹溪活水，源源不斷；像蓬萊花木，生生不息。據我的觀察，中國古典文學研究會正是這樣地一個學術團體。

如所周知，一項成功的文學活動，當有助於學術的交流，以及研究水準的提高，是很有意義的。中國古典文學研究會創立迄今，已辦過五屆全國性的古典文學研討會，都相當成功，獲得學界文壇一致好評。從這一點看，即可證明該會的確具有充沛的活力與盎然的生機，是一個發展潛力極大的學會。

第六屆古典文學會議，已定於十二月八、九兩天，假臺中市國光路國立中興大學舉行，在這次研討會中，除了由興大前文學院長黃永武教授主講「旅美所見的新資料」外，與會的學者專家們，將提出十一篇論文，作公開討論。這些論文的作者、篇目與講評，依發表的順序是：1.中興董崇選／從陶淵明嗜酒談一個浪漫傾向與一個創作問題（臺大齊益壽講評）；2.靜宜王文顏／樂府詩中的歌辭成分（師大邱變友講評）；3.師大莊耀郎，曹丕典論論文「氣」義探微（中興杜松柏講評）；4.清華蔡英俊／論杜甫「戲爲六絕句」在中國文學批評史上的理論意義（東海楊承祖講評）；5.東吳簡恩定／船山論杜雜議（高師院曾昭旭講評）；6.北師魏子／金瓶梅的新史料探索（靜宜胡萬川講評）；7.臺大周鳳五／太公家教研究（文化李殿魁講評）；8.政大李豐楙／郭璞遊仙詩變創說之提出及其意義（文化洪順隆講評）；9.淡江龔鵬程／技進於道的宋代詩學（師大李鍌講評）；10.淡江林玫儀／李清照「詞論」評析（輔大包根弟講評）；11.中興陳器文／此身歸處，獨立蒼茫自詠詩——論古典詩人之生命情調與美感（東海蔣勳講評）。這些論文，從內容上看，詩詞小說文學理論，繽紛滿目；從作者講評所屬學校看，包括師大、臺大、政大、中興等十二校，涵蓋面相當廣泛而平均。另外，特別值得一提的是：過去五屆文學研討會都在臺北各大學舉行，這次該會爲了擴大學術交流的層面，竟捨棄在臺北舉辦的便利，而將會場南移臺中，其目的是希望中部愛好古典文學的同道，能有機會相聚一堂，切磋心得，這種安排與用心，是非常值得讚許的。

據古典文學會理事長王熙元教授表示：等這次研討會閉幕後，該會將積極籌備「中國古典文學第一屆國際會議」，國際會議預定明年四月假國立師範大學舉行，目前海外學者接受邀請，決定與會者約四十人，包括歐美亞三大洲，十個國家和地區的代表參加。這次國際會議的舉辦，無疑是該會學術活動向前邁前的一個重要里程。在科技掛帥、文學遭到漠視的今天，我們殷切寄盼該會繼續努力，勇往直前，以開拓民族文學的寶藏爲職責，我們深信只要假以時日，他們必能爲逐漸沉寂的學海，掀起壯闊的波瀾；爲逐漸荒蕪的文苑，散發古典的芬芳。

張曄，〈散發古典的芬芳〉，《臺灣日報》，一九八四年十二月九日，第八版，「60燭光」。

博愛萬物

慣看燕去燕來，居處能安，斯為美土；
不管雲開雲闔，世間同樂，便是長春。

「孝」在中華文化中，原本是道德修養的總根源，其初義雖只是善事父母，但是擴而言之，則治國平天下的大事，亦莫不由此發端，有子曰：「君子務本，本立而道生，孝悌也者，其爲仁之本與?」人之所以能仁民愛物，推原其故，必因其能親親，換言之，他是以親親的心推而廣之，然後才能去仁民愛物的，所以說孝悌是仁心呈現發露的最原初的表現，如果在這裡啟迪培養，便可達之於四海，兼善於天下。

不過，談到推親親之心以仁民愛物，我們又應有進一步的釐清，就是在這裡所推擴的並不是一種基於感官情緒的私情，而是本質上屬於普遍無私的道德感情，因爲只有普遍之情，才足以眞的去仁民愛物，而不會流於戕害萬物以遂其私。這種普遍的道德感情，便特稱爲「敬」。就事親來說，能敬，是其根本態度。所謂敬，一言以蔽之，即「體察親情而豫悅之」。孝原本屬心靈上、精神上乃至道德上的層次，單在物質層面供養父母，只能算盡到了人子的義務，也只能愉悅了父母的生理感官，還談不上孝。因此孝不僅是養親之口體，更重要還在養親之心志，而這所謂心志，就是指人人本有，因此也具存於父母身上的道德之心、理想之志，也就是那份關懷他人、博愛大眾的眞感情。因此當你在對待父母的時候，必須在供養的行爲上，再加進一份「敬」——如誠懇、關懷、尊重等，讓雙親的眞心也因此受到感發，而感到一種超於口體之悅的眞滿足，才算是眞孝。

再進一步說，如果我們能從事親的態度上培養出這份博愛萬物的「敬」，自然就推擴到治事治國等人生諸事上去，而也能以眞誠懇切之心任事了。當然，這樣說並不意味懂得事親就能成功的治事治國，此外當然還要加上許多技術層面的知識經驗、制度組織的幫助；而是從基本態度上說，治事治國的忠敬其實和事親的孝敬，在本質上是同一的，一個人能敬於親，才能推此同一仁敬之心去忠於事、忠於國。我們常聽人說：「求忠臣於孝子之門。」這正是事親的孝敬態度外推於人生諸事以成其政治意義的證明。

近年聞報，時見忤逆之行，瀆職之事，不勝感慨，故特爲拈出孝敬二字，略爲闡釋，期與世人共勉。

張夢機，〈博愛萬物〉，《國文天地》第二卷第九期（一九八七年二月），頁一〇。

杜甫「涉筆成誤」？

中壢李文問：

最近因爲讀浦起龍的《讀杜心解》，發現浦氏的評注有些地方令人疑惑，譬如杜甫〈北征詩〉：「不聞夏殷衰，中自誅褒妲。」浦起龍說：「（下句）本應作妹妲，夏妹喜、殷妲己也。痛快疾書，涉筆成誤。」這裡有兩個問題：第一，下句褒姒、妲己屬殷周，與上文之「夏殷」無法應合，是否老杜用事失檢？其次浦氏解釋這種情況是「痛快疾書，涉筆成誤」，是否合理？以上兩點，希望請研究杜詩的學者作一簡單的說明，以釋心中疑惑。

中央大學教授張夢機解答：

我們先談第二個問題。不可否認前人箋注杜詩，有時因爲震於詩聖的盛名，雖然見到缺點，也往往曲爲迴護。例子很多，如〈飲中八仙歌〉，通篇無起無收，全無章法，而且在用韻上，眼字天字兩押，前字三押，一再重韻，可是沈確士偏說：「格法古未曾有。」又如〈寄高詹事詩〉：「天上多鴻雁，池中足鯉魚。」鴻雁爲二物，鯉魚爲魚之一種，分明不可設對，可是葉夢得偏說：「子美豈不知對屬之偏正邪？蓋其縱橫出入，無不合耳。」另外像方回《瀛奎律髓》引杜詩〈曲江〉：「一片花飛減卻春，花飄萬點正愁人。且看欲盡花經眼，莫厭傷多酒入脣……」並說：「詩三用花字，老杜則可，在他人則不可。」都是基於這種迴護的心態。其實就批評的態度來說，假如沒有合理的解釋，不可就不可，不應該有任何例外。如果說詩中某些瑕疵，在老杜獨可，在他人則不可，那是英雄欺人之談。上引〈北征〉兩句，事實上浦起龍已經承認了老杜用事失檢，可是他卻偏要曲爲之辭，硬將「涉筆成誤」的原因，解釋爲「痛快疾書」，理由相當牽強，說穿了，也是出於迴護的心態。

現在，我們再回過頭來討論第一個問題：究竟老杜這兩句有沒有「涉筆成誤」，用事失檢？過去胡仔、葉燮、李子德等人，均對此一問題表示過意見，正反兩面的看法都有，我個人認爲李氏的解釋比較合理，他說：「不聞夏殷衰，中自誅褒妲。不言周。」所謂互文，是指詩中上下兩句的意義容許互通互補，這是詩家慣用的手法。如杜詩〈潼關吏〉：「大城鐵不如，小城萬丈餘。」朱鶴齡說：「城在山上，故曰萬丈餘。上語言堅，下語言高，其義互見。」又如王昌齡〈出塞〉：「秦時明月漢時關，萬里長征人未還。」沈歸愚說：「防邊築城起於秦漢，明月屬秦關屬漢，詩中互文。」都是詩中互文見義的著例。〈北征〉這兩句如果根據「互文」的說法，下句言褒姒、妲己，而上句言夏，則妹喜自在其中；上句言夏殷，而下句言褒姒，則周自在其中。兩句括三朝三事，正見互文之妙。這是古人行文之法，似乎不必視作誤筆。

〈杜甫「涉筆成誤」？〉，《中央日報》，一九八八年一月一日，第十四版，「文化諮詢」。

維案：此文後收錄於《藥樓文稾・詩阡拾穗》，本書復錄，以見源流。

師橘堂詩

過昭旭觀生堂茗茶話四首

挈月來尋盧玉川，拚將釅茗答遲眠。剡藤秀墨斜飛雁，越灶新壺細瀉泉。無欲則剛吾豈敢，不疑何卜子當然。風吹萬竅秋燈外，聽解南華第二篇（是夕昭旭為述莊子精義）。

倦旅長安莫問棋，且澆茗椀話襟期。晴川漸許知魚樂，曉夢猶慚化蝶遲。坐接清懷端自喜，彌醇古誼在相知。論交慢詡青矜始，彈指俄驚鬢已絲。

舉扇多君蔽庾塵，遊從鵬鷃道彌深。早諳陸羽烹茶訣，不負袁安臥雪心。叢桂自經霜露馥，異材何畏斧斤尋。陽春一曲高天下，遂遣蛾眉盡解音。

指顧樓臺喚可麐，通家子弟往來頻。暈秋燈火初爭月，擢秀盆栽兩過春。夢繞洞庭憐楚竹，茶來普洱帶滇塵。不辭水厄貪歡笑，直恐夜深花亦嗔。

昭旭與我交誼甚篤，我們同窗十年，同事十年，最近兩年更毗鄰而居，課餘清暇，常品茗論學，偶爾亦月旦人物，實人生一大快事。昭旭精於儒道之學，敏於思辨，爲人中正平和，可謂恂恂君子。以上四詩不過略述服膺之意，亦兼及彼此交情。回想結識之初，少年如春，才思飆舉，何意彈指之間，都已步入中年，兩鬢俱斑，歲月如流，思之慨然。

蟋蟀

涼螢秋生野，得寒乃鳴堂。曾不解繅絲，而恤征夫裳。吟月本無恨，聒階亦尋常。祇緣愁人聽，一夕鬢成霜。

此題爲停雲詩社社課。

孟襄陽詩：「坐聽閑猿啼，彌清塵外心。」杜少陵詩：「聽猿實下三聲淚。」又說：「風急天高猿嘯哀。」同樣是聞猿啼，一則清淨；一則悲愴。可見非物外有哀樂，而人心實自有哀樂也。劉禹錫詩：「巫峽蒼蒼煙雨時，清猿啼在最高枝。箇裡愁人腸自斷，由來不是此聲悲。」便是最好的注腳。拙詩〈蟋蟀〉正是本此意而發。

巨龍山莊茗飲

偶同謝屐到巖扃，溪壑飛光入檻青。數弄風篁添晝靜，一樓春茗泛花馨。不隨熱客分殘醉，且豁吟眸詡獨醒。喚起竟陵陸鴻漸，共參餘馥補茶經。

七十四年春天，應詩人瘂弦、洛夫的邀約，前往烏來巨龍山莊飲茶。古人飲茶，常好選在清幽的寺觀裡，說是有情致。這裡雖不是什麼寺觀，卻有那份清幽。那天選飲的是凍頂烏龍春茶，這種茶有一股說不出的清馨。喝到嘴裡，喉潤極佳，剛開始還感覺有些許苦澀，但餘韻回甘，舌齒間縈迴著一片清香，眞能沁人詩脾。佳會不可無詩，那晚回到書齋，撿拾衣衫上殘留的茶香，作了此詩，詩不算好，不過聊誌鴻爪而已。

張夢機，〈師橋堂詩〉，《國文天地》第三卷第十二期（一九八八年五月），頁六一。

無可奈何孤臣意

丘逢甲・離臺詩其一

宰相有權能割地，孤臣無力可回天。扁舟去作鴟夷子，回首河山意黯然。

丘逢甲是臺灣數一數二的詩人。他一生費心經營，努力創作，他的作品充滿了對瀛洲的熱忱與懷想，雖不見得每首詩都字字珠璣，但其佳處，確足以雄視鯤島，抗手中原了。

這首詩的寫作背景，是在中日甲午戰役之後，清廷慘遭敗績，與日本簽訂了喪權辱國的「馬關條約」，割讓臺澎諸島。消息傳來，全臺百姓無不哀痛逾恆，丘逢甲也悲憤塡膺，一面上書反對廷議；一面率義軍捍衛疆土。新竹一役，殺得風雲變色，最後乃因餉絕彈盡而告失敗，丘逢甲也抱恨離臺內渡。

這是一首七絕，屬於前對後散格：前面兩句對偶；後面兩句散行。起承兩句寫離臺的主因，全意是：朝廷顯宦可以有權割棄土地；而孤臣孽子卻沒有能力扭轉乾坤。上句有諷刺的意味，下句則充滿無奈的心情。轉合兩句承上得意，一氣流轉，第三句側寫離臺，謂舉事既已失敗，只好去作范蠡泛舟五湖了。鴟夷子一語出《史記・越世家》：「范蠡浮海出齊，變姓名，自號鴟夷子皮。」第四句寫對臺的眷戀，隱含有不忍、自責的意思，所以說回首河山，無限黯然，而依依不捨了。

張夢機，〈無可奈何孤臣意〉，《中央日報》，一九九四年五月十二日，第十七版，「長河・近代詩人看甲午戰爭」。

三　夢機序跋

李國勝《王昌齡詩校注》序

夫日月迭代，亙百世以下，物之損益存絕者，其變亦大矣。故典籍三千，而散佚訛誤者非一，天祿石渠，不能免竹素於斷爛，蘭臺金匱，何足傳簡編於不朽。則郭公夏五，別風淮雨，其闕謬者必待考信而後正也。而人文興革，代有好尚，語言遷異，文字遞更，時地既殊，其不可即目而知者，亦多矣。矧先哲述作，或徵典按故，或蓄情晦意，幽微起伏，輒不可解，是則非注疏無以通其旨也。故秦火以後，而漢訓詁之學興，匡字正句，審篇較牘，必精爲校注而後舊籍乃得以確存焉，厥功蓋亦偉矣。

顧校注之業，信非易舉，蓋年代悠遠，轉手抄傳，鋟版散失，或零語殘句，漫無可徵，則考校之事難矣。而以今稽古，殊費斷決。鄭箋不作，則風人之意晦，故注疏之事亦難矣。今吾友李君國勝詳爲王昌齡詩校注，吾知其必有難爲者。

詩歌萌發於風騷，漢魏以還，諸體漸備，逮李唐繼作，乃造巔極。而其間詩家雲起，振藻揚聲，漱喉競唱，止有唐數百年間，殆人人並有佳構傳焉。而龍標之作，則其中之犖犖尤著者也。其人豪宕有節俠之氣，不護細行，雖舉進士，而位不過郎尉。然詩則緒密思清，風骨頗類曹劉，古體多雄直，與東川並爲時傑，至其七絕，則足與太白差肩也。金殿奉帚，風雅之旨微；漢關秦月，邊塞之怨深。其語清超，其韻天成，王漁洋譽之爲神品，不亦宜乎。

李君於龍標詩，非唯好之者，抑亦研之者也。抱牘詠歎，咀嚼其華，每推究其人之意，無不深得焉。今爲之校注，宜乎其綽有餘裕也。況李君謙俊好學，旁通博涉，本末精粗，無不該備，兼又能詩，以詩人而會詩人之意，固當得其神情而合其莫也。君丐序於余，余觀其書，知其人，故樂爲之序。

中華民國六十二年歲次癸丑孟夏
張夢機序於師橋堂

張夢機，〈王昌齡詩校注序〉，收於李國勝，《王昌齡詩校注》（臺北：文史哲出版社，一九七三年），頁一～二。

李漁叔《三臺詩傳》跋

在昔甲午之役。清師敗績。廷議割臺。縱極倉葛之呼。莫挽虞淵之恨。雖然。可變者滄桑。不移者志節也。爾時臺人昧卵石之勢。蹈鋒鏑之危。冒死與倭虜周旋者。不知凡幾。橫飛碧血。凌厲壯氣。撼山嶽。泣風濤。逮乎回天之力既殫。乃寄情嘯詠。相率結社。宣哀楮墨。託恨蘭蓀。以寓其宗邦之思。五十年間。倉海澐舫掞藻於前。痴仙雅堂揚徽於後。藝苑從風。聲光彌懋。或嗚咽其句。或叱咤其篇。播清芬於塵閈。振國魂於鯤嶠。雒誦篇章。莫非血淚之沾濡。正氣之凝聚也。先師湘潭李漁叔先生。以鳴鳳之才。當蹇晦之世。懍黃魂之寖墮。廣徵耆舊之遺。品賞論贊。抉幽表微。裒爲三臺詩傳。欲使沉淵玄珠。騰於赤水。埋幽雙劍。煥於豐城。故墨瀋之間。所殷殷推許者。不僅歌詩之優美。率爲諸賢之堂堂志業。然則先生宏揚民族正氣之功。顧不偉歟。是書嘗經中華藝苑陸續刊布。其中文句。視手稿略有增損。今取手稿影印者。欲存其眞耳。茲稿自丁未寫定迄今。置囊笥者九載。頃承汪師雨盦之助。始得流布於世。距先生之捐館。亦且四稔矣。墓草漸合。遺墨猶新。風簷展讀。緬想音徽。又豈止淚墮西州。哀動羊生已耶。　中華民國六十五年歲次丙辰夏孟之月門人張夢機謹跋

張夢機，〈三臺詩傳跋〉，收於李漁叔，《三臺詩傳》（臺北：學海出版社，一九七六年）。

《詩與詩人叢刊》弁語

面對那樣豐厚的中國傳統詩歌遺產，想要運用有限的文字，將它最精彩的部分，完整、鮮明而普遍地袒現給中國傳統詩歌的同愛者，的確不是一件很容易的工作。

我曾涉獵過目前坊間一般唐詩的選本，以戔戔的篇幅，概括一代的詩歌，所選既多，每家被選入的作品便非常之少。所見既僅一鱗半爪，又缺乏對詩人生平及詩風的分析評介，如果想藉這樣的選本以見各家詩人的眞貌，自然是很困難的。另外，雖然目前坊間也不乏專家的選本，但能以清暢的文筆、創新的見解，將詩人的生平與作品精要深入地介紹給讀者，而又能普遍地讓所有的讀者都有興

趣，且引起深刻的共鳴的那種著作，卻還不多見。因此，使我產生了一個理想——愼選唐代幾位最具代表性的詩人，運用高度可讀性的語言，站在精確而創新的角度上，將這些詩人的生平、詩風及佳作，介紹給愛好傳統詩的讀者。基於這個理想，去年秋杪，我便與偉文圖書公司洪經理清泉、吳哲夫兄商議，承蒙他們的同意與支持，於是邀約了幾位學識豐富、眼光精銳、文筆清妙的年輕朋友，就他們素所專研的詩家，撰寫五部最能符合上述理想的著作，以提供讀者正確的欣賞傳統詩的途徑。這五部書的書名及作者分別是：

與爾同銷萬古愁（李白詩賞析）　李正治撰
不廢江河萬古流（杜甫詩賞析）　陳文華撰
一曲琵琶說到今（白居易詩賞析）　李瑞騰撰
古錦囊與白玉樓（李賀詩賞析）　蔡英俊撰
滄海月明珠有淚（李商隱詩賞析）　顏崑陽撰

目前這五部書業已陸續脫稿，初讀一過，深覺都能不負初衷，這是很可喜的。下面將依次對這幾本書及其作者，作一個概略的介紹。

詩仙李白，是中國詩壇上千古不磨的偶像，他以自己所有的生命與感情，爲唐詩撞激出最壯闊的波濤。倘若說，在杜甫詩裡所表現的是爲社會人性而奮鬥，在李商隱詩裡所表現的是爲愛爲美而奮鬥，那麼，在李白詩裡所要爲之而奮鬥的，便是生命和生活。從藝術的角度看，他的詩，以豪宕飄逸為主，以自然高暢為貴，其高處殆如劉安雞犬，遺響白雲，但是要想覈其歸存，卻又恍無定所。故而，研讀李白的詩，首先要叩求他安身立命之處，才能識見其妙。李君正治，近年來鑽研李詩，用功頗深，夙具心得，自然深諳這層道理，所以在賞析之時，一方面能以精細的辨析力，透過多重的欣賞角度，把握詩人在藝術上表現的高度美感及特殊技巧。一方面又能憑藉細膩的筆觸，揭陳李白的生命內涵，顯示了詩人對人生世相的沉思默念。由於兩者的相互佐證，李白獨特的藝術形象——人格與文體，便被具體的呈現出來，這是非常難能可貴的。

在中國詩史上，與李白並峙方駕，光燄萬丈的，便是詩聖杜甫。杜甫是一位窮於當時、達於千秋的詩人，也是一位為人生而藝術的詩人。他以一片悲天憫人、憂君愛國的仁心，凝鑄成千餘首有血有淚的不朽詩篇。杜甫一生，可以說始終輾轉於困躓流離的生活裡，而這種辛酸的經驗，配合他細密的觀察力，與豐富的同情心，遂成為他寫實主義的社會詩的重要基礎。因此，杜甫摹寫他那個時代的風雨，往往一字一淚，令人歔欷不已。陳君文華，從汪師雨盦研習杜詩多年，頗具心得，對於杜甫詩律的研究，尤擅勝場。因此，賞析杜詩，常能博引旁徵，縱橫曼衍，語語核其指歸，字字抉其幽微，將杜詩外在的頓挫變化，內在的沉鬱情緒，都作了適當的展現，足以引領讀者進入老杜深廣的詩境。

杜甫歿後二十餘年，白居易承襲了他寫實的詩風，擴大描寫的範圍，建立文學的理論，使寫實主義的社會文學，達到了極高度的發展，在中唐詩壇，成就了非凡的異彩。白居易是一個平易寫實的社會詩人，在他「文章合為時而著，歌詩合為事而作。」的宣言下，他的作品幾乎成為一面反映民間疾苦的明鏡，詩歌的社會功用在他手上已作了充分的發揮。不過，白詩雖然以通曉易解的字句，反映社會現實，但並不卑視詩歌的藝術價值，這是我們讀《長慶集》時應有的體認。李君瑞騰，傳統文學與現代文學，素養均佳，於新舊詩的批評分析，獨具慧眼，他站在一個新的角度，對白居易的詩加以評估，使讀者瞭解到，白詩一面洩導人情，補察時政，不違棄文學的社會使命，同時也兼顧到了文學的藝術價值，而這一點，恰是被前人所忽視的。

與白居易同時，而風格迥異的詩人，是被宋景文譽爲「鬼才」的李賀（見《文獻通考》）。李賀是中國文學史上一顆殞星，他以二十七歲的短暫生命，爲晚唐詩壇碰擊出絢爛的火花。他以瑰麗的辭采，詼詭的想像力，爲唐詩開闢出另一層幽怪凄美的境界。一般說來，李賀歌詩的特殊風格是構思縝密，窮極幽微，冶情景於一爐，攝豪芒於萬象。尤其語言方面，確是盡其雕飾的能事。在中國唯美詩歌的領域裡，占著極重要的地位。蔡君英俊，多年來一直沉潛於現代的文學批評理論中，對李賀歌詩的象徵結構，尤其素有研究。這次撰寫本書，首先從象徵與神話基型的觀點，探討李賀的生平與作品的特色，其次就詩的分類與賞析，區爲李賀個人生命的象徵、挫折感與孤寂、時間的無常感、死亡的恐懼與神仙的憧憬等八個單元，透過系統的介紹，讓讀者眞正瞭解這位一代鬼才。

李商隱較李賀稍晚出，是晚唐唯美文學的健將，也是中國詩史上最是唯情的詩人，因爲他唯情，不能理性地去處理人生，所以就注定他悲劇性的一生。但同時也因爲他的唯情，才造就了他那些令人低徊再三的詩篇。他的詩往往是自己內在心靈情感經驗的提昇，通過高度的藝術技巧，將那種抽象的感受直接渲染到讀者心中。他大部分作品，愛用冷僻的故實，含蓄的語言，去襯寫凄豔的情感，使人只覺其文字之凝鍊，音調之優美，而不明其所詠何事，但儘管如此，讀者僅憑直覺，也可感受到他詩中所呈現的那種凄美之境，這就是李商隱詩獨有的魅力，千百年來一直爲讀者所偏嗜。顏君崑陽，原是一個如李商隱一般感性的詩人，對於傳統文學的理論，也有極深的造詣，憑藉他對文學敏銳的感悟力，以及對詩歌創作的經驗，自可描繪出李商隱詩的眞貌。同時他意識到李商隱有些詩固然有事可循，但有些詩在絢爛又朦朧的色調中，所含蘊的卻是大我的世界，以及對個我生命的感受，這些感受最先或因某事而發，但這些事經過詩人內在心靈的觀照，早已從有象可循的事蹟，提升爲一種全心靈、全生命、全情感的抽象世界，絕非固定的一事一物所能範概。因此，他欣賞李詩，有時只呈露得「意」忘「象」的感悟，而不作拘泥事蹟的知解。這樣作，一方面提供了讀者欣賞李商隱詩的一個新方向，另方面也足以引領讀者，深入到李詩淒迷的意象世界中。

最後，我要特別說明：這部叢刊的撰寫，僅是一個開端，以後還有許多作品將陸續呈獻給讀者。我既從事傳統詩的創作，也偏好傳統詩歌理論的研究，多年來在各大學中文系講授詩詞，面對這些浩瀚的文學遺產，不能不有些理想。此次主編詩與詩人叢刊，也是希望能藉此機會，爲這些在現代思潮中逐漸被斑剝浸蝕的文化遺產，聊盡一份揭揚的責任。同時，我也深信，愛好傳統詩歌的讀者，讀過這幾本書以後，對唐代這五位著名的詩人及其作品，也必會有更深一層的認識。

張夢機，〈詩與詩人叢刊弁語〉，收於《詩與詩人叢刊》（臺北：偉文圖書公司，一九七八年），頁二～六。

吳榮富《青衿詩集》序

張序

曩者陳含老論詩。特拈才情二字。謂詩之本曰情。致其情者曰才。又謂才將情副。則兩驂效如舞之能。情以才彰。則一顧傾城之價。是知無才者固不足以語詩。然才優而情寡。亦猶夫空花之無實。必也二者交具。始臻妙詣。吳君榮富頃示其《青衿詩稿》一卷。讀而驚其屬句秀拔。腴味中涵。平澹中有飛動。抒寫處見襟期。才情兼俱。詠歎獨絕。求之流輩。實罕其儔。宜夫顯之所作。已震驚其長老矣。君方適弱冠。造詣已不凡乃爾。儻長此孳孳不倦。淵贍其學殖。增廣其見聞。益以十數年精思默運之功。則他日自造邪廓。爭勝千古。可斷言也。此冊之行。殆其發軔耳。　辛酉春張夢機謹識。

張夢機，〈張序〉，收於吳榮富《青衿詩集》（臺南：自印本，一九八一年）。

維案：此文復收錄於吳榮富，《袖海集》（臺南：臺南市政府文化局，二〇一七年二月），頁三二。本文補遺有賴黃宗義先生、吳東晟先生協助。謹致謝忱。

初安民《愁心先醉》序

新詩在臺灣發展的過程中，曾有一股力量來自海外華人，而這股力量對臺灣新詩的發展，頗發揮了推動、擴散的作用。其中最可以作爲代表的，是包括翱翱（張錯）、陳慧樺、王潤華、林綠等人在內的「星座詩刊」（民國五十三年四月創刊），這些詩人當時都是來臺深造的僑生，其後有的遠赴美洲，有的返歸僑居地，也有的留在臺灣定居。他們大都在學院裡任教，而且仍默默地在爲新詩努力。和「星座」那些詩人比較起來，初安民當然算是晚輩。他來自韓國，如果早生個十幾年，因緣際會，他很可能也是民國五十年代的星座之一，可惜其生也晚，因此註定要孤單地在臺灣詩壇奮鬥。

「星座」的詩人大體皆外文系出身，而初安民則專攻中國文學，他或許因此而更有資格成爲一個進出傳統的詩人吧！所以，當他描寫所愛的那個女子，竟以「一冊詩經」作爲譬喻（〈撲火〉）；所以，當杜甫寫了「江南逢李龜年」之後的千餘年，初安民竟用迥異於杜詩的體裁寫下「江南逢杜甫」，在揶揄、質疑的筆調中，他寫少陵的飢寒潦倒，用的正是少陵「詠懷古跡」中託古興懷的筆法。

據我的體會，初安民有一大部分作品是相當自傳式的，譬如寫僑生、寫離家、寫母親、寫廿九歲生日、寫北上南下等等；這些詩都那麼具體而深刻地表現出他內心的愁情與愛戀。他生活在自己的母土之上，卻又時時顯露出徬徨無依的流浪心境，當他面對殘酷的現實時，心中始終揮不去那份落魄與無奈，有時甚至不惜白描，赤裸裸地說：「固定不移地籍貫裡／到處登記著流浪的住址」（〈霜深楚水寒〉）。「那生活浸蝕過底臉／也要負荷這心靈煎熬的告白」（〈無題〉）。

這點讓我感到不安。細讀他的作品，我感覺到他面對生活之際，時而懷抱著挫敗之感，卻又不那麼悲傷，有時彷彿用三兩句自諷的語句就化解了心中那巨大的痛苦，例如在一首摹擬失業者心情的詩中，他在寫了許多失業的苦楚之後，說：「失業也有一種好處／誰的臉色也不要看」（〈失業者的告白〉）。

然而，初安民有時也表現出一種昂揚的生命意志：

樹
我只是棵卑微的樹
筆直的堅持在這裡
任憑狂風鞭打
任憑暴雨猛襲
從未曾想過
要逃
要跑
我拒絕任何形式底搬家

「卑微」是客觀環境所促成的，主觀上卻要「筆直的堅持」，於是在異鄉酒醒的早上，初安民曾體認出「一朵不知名的小花／微笑著開在我底眼前」（〈酒醒的早上〉）；寫滿天星斗時，他會認爲那「一朵一朵／零星底小花」，可以「占領全部的天空」（〈滿天星〉）。凡此，皆顯示出初安民對生命有深切的感悟，這時已是了無怨艾，我想，這應該才是眞正的初安民。

就全部作品的表現來看，初安民也並非只會寫些小我的情懷，素描「磨刀的老人」時，就流露無限的關愛與同情；悼念朴正熙的死亡時，他悲憫著整個大韓民國（〈只一聲槍聲〉）；寫一九八四年的黎巴嫩，他幾乎是用控訴的語調訴說著這個被撕裂的土地（〈黎巴嫩，一九八四〉）。

在當今詩壇，初安民可說是一位極具發展潛力的新人，總結他五、六年來的詩藝表現，前後有很大的不同。我們發現他不斷的在擴大關心的層面，而且詩思也不斷的在轉深，這逐漸擺脫小我框框的寫作路向，顯示初安民將從這本處女詩集開始，走向更寬廣、更深厚的詩境。作爲他的老師，我的確有這樣的期待。

張夢機，〈真正的初安民〉，收於初安民，《愁心先醉》（臺中：晨星出版社，一九八五年）。

散播詩的種子——紀念特刊序

陳逢源先生不但是本省光復以來，一位實際從事財經建設的銀行家與企業家，也是日治時代一位惓懷故國的愛國詩人，更是當年臺灣一位抗日民族運動的先驅，他一生對財經事業的貢獻，對古典文學的倡導、對民族精神的鼓舞，都令人深深敬仰與懷念。

民國七十二年十二月二十六日，正值逢老九秩晉一冥誕紀念日，他的兩位女公子：郭陳璧月女士、林陳秀蓉女士，共同捐獻出新臺幣一千萬元作爲基金，成立「陳逢源先生文教基金會」，並與「中國古典文學研究會」聯合舉辦「中華民國大專青年第一屆聯吟大會」，吸引了全國十幾所大學中文系學生二百餘人參加聯吟，盛況空前。

此後每年十二月下旬，基金會都與古典文學會合辦一次聯吟大會，參與的青年朋友一年比一年增多，情況一年比一年熱烈。七十二年第一屆在臺北市僑光堂舉行，以後輪流在各大學舉辦，如第二屆在師範大學，第三屆在臺灣大學，第四屆在政治大學，第五屆在淡江大學，今年已進入第六屆，將在輔仁大學舉辦。

詩是中國古典文學的精華，也是中華民族歷代詩人吟詠一己懷抱，歌詠民族心聲最精粹的文字藝術。幾千年來，沁人心脾，撼人心弦的詩篇，層見迭出，讀之無不令人心醉神馳，振奮鼓舞。因此，古典詩歌可以說是中華民族代代綿延的心靈樂章。

基金會爲紀念逢老生前愛好創作古典詩的熱忱，每年舉辦一次大規模的聯吟活動，藉著鼓勵的方式以提倡詩教，正是逢老維護民族文化、弘揚民族精神的遺志，讓這一代中國青年，在他們純潔的心靈中，播下詩的種子，種下愛國的幼苗，將來不但能成爲詩人，更能成爲像逢老一樣的愛國詩人。

每年舉行聯吟大會時，基金會將前一年比賽入選優勝的作品，輯成一本紀念特刊，一方面作爲歷年聯吟大會的歷史性文獻，一方面作爲後續參加同學吟詠斟酌的借鏡，由上屆優異作品，看出他們取勝的佳處何在？從而得到啟發激勵，以磨練創作的技巧。

基金會除了每年冬季，陸續舉辦全國性青年聯吟，等於是古典詩創作比賽之外，從七十四年夏季開始，又與「中國古典文學研究會」合作，舉辦以中學教師爲參與主體的「古典詩學研修會」，四年以來，成果也相當豐碩，這本特刊內，也收錄了研修會學員的作品。這些青年與教師們的詩作，不管是春林初試的啼聲，或者是已有相當基礎者的詩筆，都已爲今後的詩壇，建立了厚實的根基，因爲參與既多而又熱烈，則未來中華詩運之恢弘昌盛是可以預期的。

張夢機（時任中國古典文學研究會理事長），〈散播詩的種子——紀念特刊序〉，收於《中華民國大專青年第五屆聯吟大會第四屆古典詩研習會紀念特刊》（淡江大學、陳逢源文教基金會主辦，一九八七年十二月十九～二十日）。

龔鵬程《雲起樓詩》序

昔人論琴，謂初下指一聲不合，便終身無復合理。余謂論詩亦然，苟冠齡尚不能詞意英發、擢秀上庠，恐終其生亦難有可觀。南華龔鵬程弟，少日既沈潛經史，好古敏求，下筆輒數十萬言。詩則逸藻清源、英華吞吐，求諸流輩，實罕其儔。及壯，學益博洽，淹貫今古。而詩則刊其浮彩、雅見才情，與中山簡錦松弟，春色平分，堪稱「瀛涯雙璧」，他日方駕前修，同領風騷，可斷言也。回思蓬嶠三十年前，名家似雨，佳製如雲，石鼎聯吟、月泉分課，極一時之盛。而今詩苑已蕪，詞林寖荒，無復當年光景，故亟待後進培灌，裨重現萬木爭榮之象。余嘗云：詩自初階至歸墟，約可區爲四層：一曰格律生硬；二曰平衍甜熟；三曰奇趣紛呈；四曰俊逸清新。鄙意以爲目下臺澎作手，達第三層者，亦僅戔戔之數，更遑論「俊逸清新」之境。鵬程近體律例精嚴、裁章跌宕，古體亦波瀾起伏、揮灑合度。所作大皆奇趣紛呈，殆非流俗可窺其涯際也。頃者，君輯其鼂作，都爲一集，將付剞劂，而囊底之智、雲端之才猶未竭也。他年高臻「俊逸清新」之境，或將挽狂瀾於既例，余當拭目待之。

張夢機，〈雲起樓詩序〉，收於龔鵬程，《雲起樓詩》（臺北：臺灣學生書局，二〇〇〇年），頁一五～一六。

蔡秋金《醉佛詩稿》序

吾聞詩之爲道，必才情學力交具，而尤以才情爲詩作之礎石。苟無才情而徒具學識，則不啻押韻之散文耳！語木聲稀，味同嚼蠟，豈復有絲毫詩意耶？吾又聞有眞才者必不可掩抑，如荊山之璞，雖屢失遇於庸眼，終必出其光澤以驚世；如豐城之劍，雖久沉埋於塵壤，終必煥其精芒而駭俗。鹿港醉佛蔡秋金君，殆即有眞才者歟！其人始則託跡市廛，貿布爲生。嗜酒，非千杯不歡。然詩才敏捷，運典如飛，較諸曹植之舉步成詩，秦觀之對客揮毫，不遑多讓。情動於中，乃發爲吟詠，卓爾成家，而終以詩人名焉。嘗記去歲孟冬，君過寒舍來共壺觴，三巡之後，不彈指間，已當筵賦得七律二首。其才之捷，殊令人嘆服。吾觀所作，句律謹嚴，烹字精絜，幾疑宿構，非但能驚四筵，亦足以適獨坐，誠作手也。至其平昔所爲詩，或事賡酬、或寫谿壑、或懷親朋、或慨古今，莫不格清調切，情眞意新。用一事如軍前號令，遣一詞如門上關鈕。胸中有萬卷書帙，筆下無一點俗氣，可以動心，可以擊節。今出其琬琰，裒集爲「醉佛詩稿」，將以付梓。吾誦其詩，知其人，乃爲綴數語如上，亦聊表服膺之意也。

張夢機，〈醉佛詩稿序〉，收於蔡秋金，《醉佛詩稿》，自印本，應印於二〇〇三年以後，頁三。

維案：本文另有手稿作「嘯月軒詩鈔序」，蓋原集題作「嘯月軒詩」，後定稿作《醉佛詩稿》。

劉治慶《瀛海吟草集》序

劉公治慶，字祥華，湘人也。少壯從戎，曾隨軍轉戰大江南北。垂老卷甲歸田。暇常以吟詠自娛。游衍林泉，行吟溪壑，晏如也。頃輯其鄒所作諸篇章，裒集爲「瀛海吟草集」，欲付剞劂，而索余一言以爲序，余雖才疏學譾，然曷敢以不文辭。蓋詩縱小道，然別有一好縈之，亦不能工。公寢饋於茲，心無旁騖，沉潛古籍，規摹前修，其詩所以能脫棄凡近，運筆清啚，豈偶然哉！

比來披讀公詩，驚其佳製如雲，譬猶：「登嵩一眺黃河勝，天上飛來九曲龍」、「黃鸝飛去尋幽夢，紫燕歸來戀舊窠」、「新燕堂前呼老主，老妻灶下煮新茶」、「聽雨偏宜春夢後，觀潮最是夕陽餘」等，皆水流花放，自然可喜，已臻「通俗」境界。余所謂通俗者，蓋指語近情遙、句澹味永而言。然世俗所論，多誤調滑易解爲通俗，而忘卻「情遙」、「味永」爲其必要條件，故連篇累牘，不過傖父面目耳。反之，如上引諸例，面貌淡雅，情味雋永，全避生疏字，盡刊冷僻典，言澹而有味，語淺而有致，且無含意不能畢吐之弊。較諸目下騷壇，其詩能方駕雄傑，並軌英彥，可斷言也。

論語云：「知之者不如好之者，好之者不如樂之者」，孔子之言，雖非爲詩而設，然學詩固若是也。公於此道沉浸頗深，用力亦勤，當是樂之者，自堪騰踔騷壇，擢秀吟苑。余浣讀公詩之餘，爰略綴數言，以表服膺之意焉。

張夢機，〈「瀛海吟草集」序〉，收於劉治慶，《瀛海吟草八十續集》（桃園：自印本，二〇〇三年十一月）。

網路古典詩詞雅集《網川漱玉》序

「網路古典詩詞雅集」，顧名思義，蓋流傳網路，相互閒詠、鳴酬之什也。以積稿漸豐，將匯輯成冊，付諸剞劂，而乞余一言以爲敘。余觀雅集諸弟，皆少年如春，才思飆舉，蘊含無窮創作潛力。所爲絕句，貌澹神遙，律詩則聲切字穩，詞亦醰醰有味，擢秀流輩。七絕雋句如：「山青未見秋霜至，不道紛飛入鬢中」（〈孟秋〉）、「庭柯不意何時綠，已換新妝褪舊塵」（〈春日雜書〉）、「漫吟散髮盤磯上，閒釣一竿秋水來」（〈秋溪夜釣〉）、「何如一樹天然色，便是粗枝也有情」（〈粗枝〉）、「葉殘更見崚嶒骨，不爲東君綠一分」（〈春菊〉）、「清江瀲灩凡塵遠、直向天河釣月鈎」（〈漁子〉）等，莫不吐屬雅馴，各見才情，殊非一般語木聲稀者所可企及。集中佳製，大抵如此。

余浣讀該集四過，欣喜無既！然芻蕘之見，約有三端，茲繫諸左方，或可供雅集諸弟參鏡焉：

（一）詩貴各體悉備，不可偏嗜。是以規摹律絕之餘，亦宜多誦習古風，深信沉潛日久，裁章時必能收開闔盡變、波瀾壯闊之功。

（二）以新詞彙入詩，最忌貪使濫用，流於俚俗。反之，須熟諳截搭之法，令古今遞用，巧取平衡，賦古典以新貌，而不覺其突兀礙眼。苟如此，詩作必既具時代感，亦免淪於傖父面目。

（三）詞之爲體，蘊藉空靈，能言詩文之所不能言。故素重文小質輕，婉曲迴環，縱作豪宕語，亦當盡量避免粗獷叫囂，鱗爪畢現。雄豪中帶婉約，矜嚴中有嫵媚，始不悖詞體之美。

余青衿而還，搜句自娛，惟當年賡吟者不過一、二人而已，其孤獨寂寥可知。而今者吟詠日眾，網路詩社林立，桴鼓相應，篇什相酬，何缽友鷗朋之盛耶！茲集之刊布，殆其發軔耳，期以三、五載，必更有可觀，余且拭目俟之。

張夢機，〈張夢機先生序〉，收於李德儒等著，《網川漱玉：網路古典詩詞雅集週年紀念詩集》（臺北：萬卷樓圖書公司，二〇〇三年）。

毛谷風《當代百家詩詞鈔》序

吾華素爲詩之民族。若總述詩體遞嬗之軌轍：以時代言之，則自周秦漢晉，而南北朝，下逮李唐趙宋，以至朱明遜清；以詞章言之，則自三百篇而楚辭樂府，而詩詞戲曲。雖眾類紛披，群品雜呈，然詩運之隆替，均可於此覘之，而其間作品，佳製如雲，陵轢一代，沾溉後世，靡有紀極。洎乎鼎革以還，新潮陵蕩，文苑蒙塵。所幸詩運不衰，作手輩出。猶目之於物也，松杉菊萍齊焉；耳之於聲也，鐘唄絲篁備焉！一時英彥薈萃，彬彬稱盛。

詩自初唐以降，鄙意七古宜規摹杜韓：蓋少陵古體，開闔盡變，波瀾老成；昌黎則崛奇駿爽，盤空排奡。二公之作，俱格老境深，才大氣雄，端合吾人細參。近體當定軌三唐，旁涉兩宋；絕句如盛唐之青蓮、龍標，最擅勝場；中唐之君虞、夢得，差可肩隨；晚唐之牧之、義山，猶堪繼踵。數子之作，骨重情遙，用意精深，皆足取法。律詩五言如摩詰、襄陽之貌秀神邃、太白之飄逸不群、荊公之工整矜鍊。七言如子美之沉鬱頓挫、玉谿之情辭雙美、山谷之奪換生新、放翁之豪放雄秀，悉能以雋思警句，啟迪後人。外如字句之烹鍊，章脈之跌宕，聲調之鏗鏘，對偶之虛實，亦須熟諳其法，以助吟詠。至詞體之興，沿波討源，隋唐燕樂殆其濫觴。而詞之爲體，藴藉空靈，能言詩文之所不能言，故素重文小質輕（註一），婉曲迴環。縱作豪宏語，亦當斂剛爲柔，避免粗獷叫囂，始不悖詞體之美。以上芻蕘之見，或亦可資參酌耳。

杭州毛君谷風，今之詩人也。其作風骨遒上，貌澹神清，藴含前修，別裁僞體，一切語木聲稀者，悉删除之，讀之令人嘆服。而創作之餘，毛君亦勤於撰述，曾爬梳陳編，醉心傳統，董理歷代律、絕精華，可謂功在騷壇。頃復彙輯近代詩什倚聲之精品，裒集爲《當代百家詩詞鈔》。作品無論甲乙，以齒次第，全書區爲四卷：卷一前五十家；卷二後五十家；卷三、卷四爲集外精品録。臚列清晰，頗便披閲。余觀書中諸篇，耋耄者結體沉雄，製句高古，宏才雋旨，學殖淵贍；韶齡者年少如春，才思飆舉，造語秀拔，吐屬雅馴。如游衍乎閒適之境，花鳥邱壑，無不娛人心目。所作多能文而不縟，質而不俚，非一般流俗者所能企及。吟詠之餘，爰綴數言，以弁其端，亦聊表欽慕之忱云爾。

張夢機，〈《當代百家詩詞鈔》序〉，毛谷風選編，《當代百家詩詞鈔序》（北京：新華出版社，二〇〇四年），頁三～四。

註一：文小質輕，見繆鉞教授《詩詞散論．論詞》。

羅尚《戎庵詩存》序

羅尚，字戎庵，祖籍四川宜賓，乃臺澎之名詩人也。今春董理其一生詩作，嚴加甄選，得古近體三千餘首，擬裒集以付梓。余近得其手稿，浣讀三過，欽遲無既。初，公以弱冠，效終軍之請纓，與槍旄爲伍，轉戰滇南一帶。後避秦火，隨廊廟東遷，蹈海來臺，影靜東墩，始專一爲詩。除役後曾任職考試院多年，曹官餘暇，寢饋於四史、杜詩、李義山集等。復從潭州李漁叔教授游，乃飫聞高論，盡得心法。近世作者，或以藻彩爲工，或以杈材爲孅，公則氣勢排奡，硬語盤空，直吐胸中之蘊，極富時代精神。觀其長篇，五古溯源選體，思深才大，渾厚動人；七古規摹杜韓，筆力健崛駿爽，最擅勝場，時人譽之爲「天骨開張」；近體定軌三唐兩宋，蘊含前人，別裁僞體，寓詞託諷，雅見才情，誠無所施而不可者也，七律警句如：「午枕看山聽秋雨，晚鐘回夢送殘陽」（〈午枕〉）、「已付全誅憐岸竹，猶堪一割臆江雲」（〈川端感舊〉）、「入夜京華絲竹肉、乘時人物眼眉腰」（〈苦雨〉）、「中夜一星飛碧落，半生孤夢搗黃龍」（〈七七〉）、「二月觀花啟玄圃，三更縱飲吸星河」（〈碧山〉）、「世道只今誰老馬，人生從古似飛鴻」（〈酬道瞻〉）、「毋勞畏虎盲添阱，未識饑鷹肯下韝」（〈秋懷〉）等，嘗鼎一臠，足概其餘。並以所著《龍定室詩》，榮獲六十年度中山文藝獎，洵殊譽也。公長余十數歲，四十年前初識於臺北圓山，以意氣相得，遂訂爲忘年交，其後同客新店，過從漸宏，情誼益篤。偶亦邀遊碧潭，啜茶賡詠，放懷山水。公性耿介，以氣節自高，傲時迕俗，不屑逢迎，世固不能用其材，公亦不屈己求合。自總統府參議致仕後，息影林泉，流連溪壑，尋春吟秋，頗以自適。公律詩森律，功力渾厚，信筆揮灑，自然合度。余每有近作，必央其商度聲調，斟酌句法，始敢定稿。今重觀其念世紀總集，乃細參古近體之章脈，揣摩頷腹聯之琢對，令拙詩受益匪淺，故略綴數言，以弁其端，聊表服膺之忱云爾！

張夢機，〈戎庵詩存序〉，收於羅尚，《戎庵詩存》（高雄：宏文館圖書出版，二〇〇五年）。

維案：此序初稿為「跋《戎庵選集》」，可參看本書「手稿、未刊稿、出處未詳稿件」部分。

徐世澤《健遊詠懷》序

徐世澤先生，祖籍江蘇東臺，一九二九年生，爲避秦火隨廊廟東遷，旅臺迄今。退休前臺北榮總主秘，退休後任《乾坤詩刊》社副社長。平生雅嗜吟詠，創作無慮千首，著有《養生吟》、《擁抱地球》、《翡翠詩帖》、《思邈詩草》等書，並榮獲教育部詩教獎。蓋懸壺濟世之餘，復能裁箋賦詩之賢者也。

昔南宋陸游，才氣縱橫，詩亦清新圓潤，自成馨逸，以愛蜀中風土故，乃輯其集曰《劍南詩稿》，中多遊歷之作。又明代徐宏祖，少負奇氣，壯歲足跡遍堯封，其所經歷，山川形勝，靡不一一詳記，故其書曰《徐霞客遊記》，紙貴洛陽，騰喧眾口。而今人徐世老，捫參歷井，遊跡遍六十四國，舉凡各處之奇觀異景，民風物產，亦繫之以詩，隨地附見，其履跡之廣，識見之豐，非但前述二子難以望其項背，即古今中外，殆亦無人能出其右。

綜觀徐世老之詩，既摹寫新時代，復擅用新詞彙，可謂賦古典以新貌，釀陳熟而生新。茲迻錄其詩題若干於後，以供觀覽。如：〈南極夜光雲〉、〈人妖秀〉、〈午夜太陽〉、〈莫斯科紅場〉、〈紐約世貿大廈驚爆〉、〈舊金山金門大橋〉、〈北極看極光〉、〈新加坡市容〉、〈包二奶〉、〈電子郵件〉、〈八掌溪事件〉、〈檳榔西施〉、〈外籍女傭〉等，皆反映現實之作。以新詞彙入詩，雖非自今日始，前清陳散原、黃遵憲均已行之有年，然皆不如徐詩運用之廣泛也。如其詩：

盧森湖（瑞士）

盧森湖水平疑鏡，畫舫揚帆盡興遊。草綠山明飛薄霧，恍如西子到歐洲。

手機

欲覓親朋無定蹤，衛星傳達若相逢。天涯對話如鄰桌，握入掌中意更濃。

網路援交

援助思春慰寂寥，無聊伴侶耍花招。兩情交往多欺誑，網路文明種禍苗。

窺豹一斑，足概其餘，可知徐氏之作，既富於現代感，又保有吐屬清新之特質，對新詞彙之選用，亦極妥適，殊無礙眼之病。

頃者，世老董理舊稿，稍作裁汰，裒集爲《健遊詠懷》，囑余稍綴數言，余雖學疏才淺，然曷敢以不文辭？爰敘其崖略如上，以聊表服膺之意耳。

二〇〇七年元月二十日於臺北

國立中央大學中文系所

張夢機，〈徐著《健遊詠懷》序〉，收於徐世澤，《健遊詠懷》（臺北：萬卷樓圖書公司，二〇〇七年），頁一～四。

賴欣陽《「作者」觀念之探索與建構》序

諺云：「鐵杵磨成繡花針」，意謂凡事憑藉堅毅，努力不懈，終必有成也。惟其資質須爲「鐵杵」始可，苟爲木棍，則如何勤奮，不過磨成牙籤，而終與繡針無涉焉。賴生欣陽，東墩人，少年如春，資質穎異。既具「鐵杵」之質，復又奮力向學，孜孜不倦；平素沉潛經史，雅詞章，故能跨越流輩，擢秀上庠，誠藝林之奇葩也。頃董理其博士論文，欲付剞劂，余一言以爲敘，余謂：劉勰，南朝梁人，字彥和，篤志好學，博通經論，嘗撰《文心雕龍》五十篇，抉幽闡微，騰喧眾口，爲吾國第一部體系整密之文論專書。按賴文尋繹軌則，批導窾郤，詳敘該書作者論述；首在鴻視中國儒經與文章傳統中之作者觀，以爲立論之基。次則分述作者應具備之主觀條件，約有七端：如「才」、「氣」、「學」、「習」、「思」、「情」、「志」等，並逐條加以析論；復次環境因素與作者之關係；四言理想之寫作；末以「可藉《文心雕龍》爲理論分析之參考架構，建構起屬於文學範疇之作者理論。」作結。全書用筆清囪，立論中肯而新穎。其分章論述，鈎深探微，條剖縷析，推演謹嚴。而史料翔實，廣徵博引，按之悉在指掌，非游談之空言，蓋善乎說理者也。欣陽間亦從余游，携酒問字，商略詩法，玄思勝解處，輒能妙契於言詮之表，洵篤學穎悟士也。欣陽此書既竟，而囊底之智未竭，他日倘另擇詩文理論而詳述之，當有助益於文苑，既以屬望於欣陽，且冀其繼今更奮力爲學，而毋以此自限也。

張夢機　民國九十六年四月二日於藥樓

張夢機，〈賴著「作者觀念的探索與建構以《文心雕龍》為中心的研究」序〉，收於賴欣陽，《「作者」觀念之探索與建構：以《文心雕龍》為中心的研究》（臺北：學生書局，二〇〇七年）。

網路古典詩詞雅集《網雅吟懷》序

綜觀瀛洲詩風，實有無限棖觸：想三十年前，名家如雨，彬彬稱盛；擊缽聯吟，隨處可見；各地詩社林立，高卓吟旌，更不計其數。而三十年後，老成凋謝，鷗朋星散；舉目所見，儘多語木聲稀之徒，而善於裁章者僂指可數。古典詩風已大不如前。人海滄桑，蓋動變如此。

唯目下詩壇雖略顯沉寂，然網路青年卻雲生鼇起，左旗右鼓，聲光彌懋。猶憶余爲青衿學子之時，負笈上庠，雅愛吟哦，然尋常論詩賡酬者，惟仁青、崑陽等二三莫逆耳。無論晝吟春雨，夜詠秋燈，皆孤獨爲之，無人可助推敲，何落莫之甚邪！五年前，余始初識網路諸弟，此十數人，因同好風雅而結社，彼此相互切磋，灌溉詩心，其作亦常能盪摩篇什，揚芬楮墨，確乎令人羡慕不已！回溯當年，無此結合，獨學而無友，詩藝之難以精進者，豈偶然哉？

余細讀諸弟之作，深覺才華洋溢，吐屬雅馴，秀拔者，如拏雲呼月，翻空逞奇；馨逸者，如水流花放，純出自然。古風多通體清잘，律詩多穩妥厚實，絕句則輕倩流便，語淺意深，多清順之作。而烹字練意，靡不費心斟酌，章脈結構，全然用力經營，至句間之疵累，亦洗伐殆盡。雖云集中偶有對仗欠工整處，然大醇小疵，固無足損其聲價也。

頃者，網路諸弟各輯其所作若干首，都爲一集，顏曰「網雅吟懷」，將付剞劂，並索余一言以爲敘，余雖學譾才陋，然曷敢推辭，爰綴數言，聊表鼓勵之忱。諸弟年少如春，前程實未可限量，倘更加沉潛經史，披讀詞章，他日必能爲臺澎詩敲金戛玉，發光發熱，重使古典詩歌振興於蓬嶠，雅騷之風吹拂於瀛涯也。

張夢機，〈序〉，收於李德儒等著，《網雅吟懷》（臺北：萬卷樓圖書公司，二〇〇七年）。

毛谷風《歷代七絕精華》序

七絕之嚆矢，歷來眾說紛紜，論斷非一。備略言之，七絕乃蛻變於六朝七言小詩，劉宋湯惠休「秋思引」已具雛型，惟聲律未協耳。洎乎梁代，作者寖多，詩法益密。此種小詩率皆爲樂府歌謠，而唐七絕殆即據此以嚴其格律而成。或謂絕句者，截句也，或前對，或後對，總是截律之四句，此范梈之說也。然若就絕律之濫觴言之，其說實謬，遺害七絕詩體甚大，豈宜輕信？

歷朝七言絕句，佳製如雲。大抵七絕本以言近旨遠，餘味雋永爲主。蓋此體篇幅短小，文約意廣。情枯窘則韻盡，語蹈實則味短。必也婉約含蓄，令人低徊，斯爲佳構。唐代七絕，多可入樂，王驥德曰：「唐人絕句，唐之曲也。」王漁洋亦曰：「唐三百年以絕句擅場，即唐三百年之樂府也。」皆可謂知言。觀乎李唐之世，七絕規模已具。其間英彥輩起，雄傑特出，所作無古詩繁冗晦塞之病，而輕倩流便，易入絲篁。當時詞客之作，或寫閨閣怨愁，或記入宮見妒，或發邊塞凄苦之音，盪摩篇翰；或抒朋友別離之意，凌紙生秋。盛唐如王龍標詩，託旨遙深，意緒微茫；李供奉詩，風格飄逸，音留絃外。中唐如李君虞、劉賓客，晚唐如杜牧之、李義山等輩，亦差堪肩隨。至杜少陵，則往往遁爲瘦硬杈枒，而別饒風致，開宋人七絕先河。

趙宋一代，雖以詞體名世，然詩亦不遑多讓。故一時作手蠭起，並軌前修，方駕勝彥。如蘇東坡、王荊公、秦少游、姜白石、楊誠齋、陸放翁等，莫不擅長此體，詞警意深。蒙元朱明，七絕作者難僂指數，所作氣韻亦佳，無煩喋喋，茲置不贅。降及遜清，餘緒未墜，清初如王漁洋之貌淡神邃，沈歸愚之平正典雅，二者並轡聯鑣，俱臻佳境。繼如袁子才之性靈，厲樊榭之澹靖、龔定盦之奇特、黃公度之新警等，并爲七絕之晚景斷霞，餘暉燦目。

七絕之所以爲人寶愛、流傳不廢者，攷其緣由，約有三端：一、通篇用韻極少；二、詩短易於誦習；三、不必琢對運典。吾輩只須多讀名篇佳什，熟諳裁章之道，則稍具才情，便優爲之。又楊載詩法家數論絕句之法甚詳，大可細參，其言曰：「絕句之法，要婉曲迴環，刪蕪就簡，句絕而意不絕。」又曰：「大抵起承二句固難，然不過平直敘起爲佳，從容承之爲是，至於宛轉變化工夫，全在第三句，若於此轉變得好，則第四句如順流之舟矣。」此說具體可法，如以金針度人，必能鴛鴦繡出。

杭州毛谷風先生，篤學士也。穎悟多才，沉潛群籍。平昔講貫餘暇，對古風近體尤所偏嗜。近歲有感於歷代七絕，散見書帙，且過於龐雜，搜羅匪易，乃公務之處，運其閒暇，耗神翻檢，汰蕪存菁，輯爲八卷，迻錄詩作凡二千餘首，裒集爲《歷代七絕精華》，以饗吟朋。前周嘗以手泐寄余，囑爲一序，以弁其端。余雖才疏學謭，然曷敢以不文辭，爰略綴數言，聊充喤引。

二〇〇〇年四月二十一日於臺北縣新店市

張夢機，〈《歷代七絕精華》序〉，毛谷風，《歷代七絕精華》（北京：新華出版社，二〇〇八年），頁三～四。

吳榮富《心墨集》序

章脈跌宕，矩度森嚴

方余在成功大學講授詩選時，曾評審該校鳳凰樹文學獎，始見吳生榮富之作，其詩章脈跌宕，矩度森嚴，烹字精鍊，吐屬雅馴，心賞異之，當即拔擢為首選。其後屢相約晤，詳述詩中利弊，商略少陵句法，由是過從漸密。

吳生資稟穎異，雅愛吟哦，少從崁城延平詩社諸老宿請益，以是幸聆麈譚，沃聞法度，間亦從余討論約句準篇之法，抉蘊闡微處，每能沉潛於心，繼以慎思明辨，恆舉一隅而以三隅反，誠好學善悟之士也。

竊思古之工詩者，必才學交具，不使偏廢，少陵退之、山谷放翁，靡不如此。蓋古體苟無才無學，則俚語滿紙，氣脈不鬯；律詩若有學無才，必故實推砌，終成押韻之散文；置於絕句，若無書卷而徒有才華，則如水面落紅，雖彩色絢麗，然飄浮失根，了無深意，此皆才學偏廢之失也，豈可忽哉？榮富今既為博士，又雅富詩才，望他日能繼續窮經披史，兼涉名理，勤讀楚騷漢賦，唐宋詩文，以攝取養分，萬勿以鄙之所學自囿，如此持才重學，眞積力久，詩藝之更臻佳境，當可期也。

榮富頃彙集其曩昔所爲之作，成爲《心墨集》一冊，欲交書肆刊布。余略綴數語，聊表慶賀之意，並盼榮富日後創作，能以學力運其精思，以才情成其馨逸，再繼以覃思默運之功，將必爲臺澎詩壇放一異彩，余且拭目俟之。

張夢機，〈章脈跌宕，矩度森嚴〉，收於吳榮富，《心墨集》（臺南：開朗雜誌，二〇〇八年五月），頁四～五。

維案：此文復收錄於吳榮富，《袖海集》（臺南：臺南市政府文化局，二〇一七年二月），頁四～五。並本文補遺承蒙楊竣富先生協助。謹致謝忱。

洪嘉惠主編《臺灣千家詩》序

諸羅洪君嘉惠，穎悟士也。平素雅嗜吟詠，構思無滯，詞情英邁。近歲復以瀛州形勝、風土爲題，徵詩千餘首，稍作裁汰，裒集爲「臺灣千家詩」。書成，索言於余，竊不辭而爲之序。

余謂近十數年以還，賦詩者日趨淺薄之途，撰文者多宗鄙陋之辭。人爭偏好新知，唾棄故籍。幸賴有識之士如洪君者，振臂一呼，各方紛紛響應。諸詩勾勒蓬嶠佳景，大如阿里山，小至碧潭，莫不山巔水涯，奔赴筆端；淳風厚俗，歸於楮墨。令人一讀，不惟得識臺員風物之美，同時亦了然於當地習俗，頗收增廣見聞之效。

夫詩，文之精者也。文貴敷暢，詩主婉曲。詩固不能盡言文之所能言，然卻能言文之所不能言，二者體裁雖異，寫作法度，則可以互參。如詩之章脈，講究起結合度，此與古文之起承轉合，其法一也；又如「詩眼」之運用，亦可供撰文者鍊辭鍛句時之參鏡。是以深諳詩法，實堪爲操觚者之一助。

要之，本書所輯錄之詩作，頗值細參，讀者得茲而頷誦之，一則可臥遊勝境，宜增廣其聞見；再則可略窺詩法，或有助於撰文。他日苟同嗜者眾，瀏覽者夥，則洪君此邊之出，亦有功於騷壇也。

張夢機，〈張序〉，洪嘉惠主編，《臺灣千家詩》（臺北：萬卷樓圖書公司，二〇一三年），頁三。

四　會議座談記錄、評審意見

詩的命題與章法——甲寅四月初四在師大南廬吟社詩學座談會講詞

各位同學：

平時因爲彼此課業繁忙，一直沒有機會見面，最近承蒙南廬吟社的幾位負責同學，謬採虛聲，邀請我到這裡和諸君聚晤一堂，研討有關詩學的問題，感到非常快慰。早幾天，我重閱了幾部論詩的書籍，覺得其中有些地方，値得引述，所以今天特以「詩的命題與章法」爲題，作一專題講述，希望自己的一得之愚，能對諸位研討詩學，有所助益。

談到詩的作法，可說異常繁複，頭緒亦太多，這裡只能就習作方面，提出許多例證，和一些基本法式，供大家參考。一般說來，作詩的方法，可類別爲：

1.立意 2.命題 3.章法 4.造句 5.鍊字 6.對仗 7.用典 8.聲調 9.押韻

九項之中，自然以立意爲首要，其他各項，不過是達意的手段而已。我們看古往今來卓越的詩人，所作的詩，莫不以立意爲主，即以唐代詩聖杜甫而論，王世貞《藝苑卮言》說：「子美以意爲主，以獨造爲宗，以奇拔沉雄爲貴。」他之所以能「獨造」，能做到「奇拔沉雄」的境界，還是得到「以意爲主」的好處。我們作詩，首先要懂得這個道理，如果忽略了這點，只專在文字上斟酌推敲，以雕琢爲尚，以典實逞能，任你技巧如何高明、手法如何熟練，結果仍是落於下乘。今天由於時間的關係，我們僅能就其中命題與章法兩部分，試加探索，故在進入討論本題之前，特爲拈出此點，告誡同學，希望將來在作詩的時候，不要以意從法，而要以意運法，如一味地拘泥章脈，墨守町畦，就不免天機盡失，爲法所窘了。總之，詩法只是達意的工具，譬如道家築竈鍊丹，得訣者服食還僊，愚懵者中毒戕命，所以不可不慎。下面即歸於本題。

顧亭林《日知錄》說：「古人之詩，有詩而後有題，其詩本乎情。今人之詩，有題而後有詩，其詩徇乎物。」這番話自然可以用來鍼砭某些專事拈韻擊缽，以題自囿的詩人，但事實上，詩是隨感隨興而作，而詩題也是由感慨興致生出，二者同出一源。詩題可以說是感興的中心，沒有詩題，詩思必然支離瑣屑，漫衍無歸，所以，詩之有題，原就無礙於性情的吟咏。

古人對於擇題，非常慎重，往往悉心斟酌，務使歸於至當。犅略來說，詩的題目，應該力求精絜，而避免瑣碎冗長，兩者的差異，一如絕色佳麗臉上的美人痣與市井屠夫鼻端的贅疣，它們給人的觀感是全然不同的。如果不得已而作長題，也須留意洗鍊句間的疵累，使題文有疏宕之致，如蘇東坡「江城地瘴蕃草木，只有名花苦幽獨」七古一首，題爲：「寓居定惠院之東，雜花滿山，有海棠一株，士人不知貴也。」雖較一般詩題爲長，但是要言不煩，看來並不覺得礙眼。至於他的七絕：

佛燈漸暗饑鼠出，山雨忽來修竹鳴。知是何人舊詩句，已應知我此時情。

這首詩的題目是：「少年時嘗過一村院，見壁上有詩云：『夜深疑有雨，院靜似無僧。』不知何人作也。宿黃州禪智寺，寺僧皆不在，夜半雨作，尚記此詩，故作一絕。」詩僅二十八字，題目卻有五十三字，雖然是坡公一時興會，但不別爲小序，而逕作詩題，終讓人有蕪雜的感覺，況且以詩句入題，也不無可議之處，這些地方，總以避免爲是。近來偶見有些詩人，命題動輒數十言，細審其意，不過說他有幸參與某會，並串列同座名流的姓氏，以自高身價，這種挾題自壯的心理，是可鄙的，我們萬萬不可效仿。

上面談到詩題以精絜爲貴，可是有時候情事宛曲，而短題又不足以盡意，這時寧可別爲小序，不宜濫入題中，同時，題下既有小序，那麼詩中興會，也不可與序文冗複，以免疊床架屋，徒滋蔓衍。試以韓愈詩爲例：

孟東野失子并序

東野連產三子，不數日，輒失之，幾老，念無後以悲。其友人昌黎韓愈，懼其傷也，惟天假其命以喻之。

失子將何尤，吾將上尤天。女實主下人，與奪一何偏。彼於女何有，乃令蕃且延。此獨何罪辜，生死旬日間。上呼無時聞，滴地淚到泉。地祇為之悲，瑟縮久不安。乃呼大靈龜，騎雲款天門。問天主下人，薄厚胡不均。天曰天地人，由來不相關。吾懸日與月，吾繫星與辰。日月相噬齧，星辰踣而顛。吾不女之罪，知非女由因。且物各有分，孰能使之然。有子與無子，禍福未可原。魚子滿母腹，一一欲誰憐。細腰不自乳，舉族常孤鰥。鴟梟啄母腦，母死子始翻。蝮蛇生子時，坼裂腸與肝。好子雖云好，未還恩與勤。惡子不可說，鴟梟蝮蛇然。有子且勿喜，無子固勿歎。上聖不待教，賢聞語而遷。下愚聞語惑，雖教無由悛。大靈頓頭受，即日以命還。地祇謂大靈，女往告其人。東野夜得夢，有夫玄衣巾。闖然入其戶，三稱天之言。再拜謝玄夫，收悲以歡忻。

這首詩以「孟東野失子」爲題，又在題下以小序補完未足的意思，而詩中但作寬慰語，不再重複序所言。令詩除首尾四章（此詩每四韻爲一章）敘事外，中間三章，先說天地人各不相關，所以無子不當埋怨於天。次說物各有分，有子無子，皆莫原其故。最後舉惡子爲喻，勸慰東野不必悲傷（說本王元啟《讀韓記疑》），通篇對序中東野連喪三子的事情，不作嫗煦喋囁之語，因此題、序、詩三者，各有所明，秩然不紊，收到相得益彰的效果。

另外，附帶談作者在詩中夾註的問題。何遯翁在《益智仁室論詩隨筆》中指出：

至詩自為注，則有兩端：一或注於題下，用同小序。一則注於句下，功在引證。然必因詞須徵驗，或事異尋常，乃能有畫龍點睛之妙。

又說：

（杜甫）奉和賈至舍人早朝大明宮，題下注：舍人先世掌絲綸。則以詩中有欲知世掌絲綸美，池上於今有鳳毛之句也。白傅詩，觀刈麥，注：時為盩厔縣尉，則以詩中有吏祿三百石，歲晏有餘糧，念此私自愧，盡日不能忘之句也云云。茲即詞須徵驗，以注代序之類也。如東坡〈石鼓歌〉，強尋偏旁推點畫，時得一二遺八九；我車既同馬亦攻，其魚維鱮貫之柳。句下注，其詩曰：我車既攻，我馬亦同。又云：其魚維何，維鱮與鯉；何以貫之，維楊與柳。惟此六句可讀，餘多不可通。此注以明僅得一二遺八九之言也。如常潤道中，有懷錢塘寄述古：去年柳絮飛時節，記得金籠放雪衣。注：杭人以放鴿為太守壽，則當時杭州特有之風俗，非注不明者也。茲即事異尋常，用資申引之類也。

何氏這兩段話，已將題下或句下作注的問題，說得很清楚了。古人詩中，正不乏此例，如白樂天「編集拙詩成一十五卷因題卷末戲贈元九李二十」詩的頷聯：

每被老元偷格律。苦教短李伏歌行。

上句樂天自注：「元九向江陵日，嘗以拙詩一軸贈行，自後格變。」下句自注：「李二十嘗自負歌行，近見予樂府五十首，默然心伏。」這原是朋間的私事，若非作者加注，讀者很難探索本意。當然，我們不能忘記，詩中夾注的原則，是語無虛發，言必有中，否則妄添蛇足，就弄巧翻拙了。

次談章法。按說五七言古近體詩，都須講究章法，但今天囿於時間，我們縮小範圍，只討論七律的章法。

文之精者爲詩，詩之精者爲律，律詩是繼五七言古詩後起的一種詩體，除排律外，正規的律詩都是八句。講到律詩，不要以爲是一種「薄物小篇」，這裡面實包含無窮法門，古往今來，不知多少才學淵博之士，浪拋心力，窮詰詩法，結果還是不能達到最高境界，王元美說：「七字爲句，字皆調美，八句爲篇，句皆穩暢，雖復盛唐，殆不數人，人不數首。」劉體仁也說：「七律如開七札強弓，古今來能開之至滿者，恰無幾人。」實在不是虛語，即論章法一項，其中起結轉折，縱橫奇恣，就不是淺人所能妄測的。

照理說詩是用來抒情詠懷的，也是一時的感觸所發，興之所至，命筆裁篇，有時是行乎其不得不行，止乎其不得不止，應該沒有什麼一定的成法。可是我覺得初習作詩的人，最好還是先要懂得起承轉合的基本章法，把根基紮穩，日後循序漸進，才能臻於飛騰變化的境地，甚至於不假安排，隨意揮灑，也能夠自然合度。

律詩全首八句，正格是以首二句爲起，頷聯（三、四兩句）爲承，腹聯（五、六兩句）爲轉，末二句爲合，熟練後，即可任意變化，然總不離此原則。詩法家數言起承轉合之法如下：

1. 起要如開門見山，突兀崢嶸，或如閒雲出岫，輕逸自在。
2. 承要如驪龍之珠，抱而不脫。又如草蛇灰線，不即不離。
3. 轉要如洪波萬頃，必有高原。

4.合要如風迴氣聚，淵永含蓄。

其中雖不乏故神其辭之處，但細味此言，又覺得十分有道理，值得我們參鏡。其實所謂章法，簡單的說，就是作詩的法則，亦即詩思進展的必然程序，這種程序，就是習稱的「起承轉合」。「起」是破題，破題時可以一語破的，如奇峰突兀，振起全題。也可以幽閒自得，如流雲出岫，全不經意。「承」是根據「起」而發展，但無論其爲強調或反駁，補充或引申，都要緊接前意，氣脈不斷，如淵驪護珠，抱而不脫。「轉」是別出新意或新境，使局勢警動，所以說必有高原。「合」是結束，但結束並不意味是結論，或許是反詰之辭，或許是題外之言，總要含蓄不盡，一結悠然，才是高格。

詩思進展的程序，往往是隨題輻湊，才能不蔓不支，如杜甫〈對雨書懷走邀許主簿詩〉：

東岳雲峰起，溶溶滿太虛。震雷翻幕燕，驟雨落河魚。座對賢人酒，門聽長者車。相邀愧泥濘，騎馬到階除。

這首詩前四句從雲起說到震雷，說到驟雨，正扣合題上「對雨」二字，同時，由雲而雷而雨，層次也不亂。腹聯寫雨中情懷雖由景入情，而氣脈相貫。七八點「走邀許主簿」，補完題意，章法井然有序，非常清楚。又如他的〈將赴荊南寄別李劍州〉詩：

使君高義驅今古，寥落三年坐劍州。但見文翁能化俗，焉知李廣未封侯。路經灩澦雙蓬鬢，天入滄浪一釣舟。戎馬相逢更何日，春風迴首仲宣樓。

此詩先從李劍州說起，第三句「能化俗」承首句「高義」而來，第四句「未封侯」承次句「寥落」而來。同時，第三句的文翁，又切劍州，與次句緊銜。第四句的李廣，又切其姓，與首句使君遙應，可說回互相生，組織工密。後四句寫將赴荊南寄別之意，腹聯上句自嘆老經險地，下句自嘆孤客無依，落句將故人遠別的惆悵，與遊子何依的感慨，一齊歸到仲宣樓頭，含蓄深沉的用意，足可將腹聯撐托住，律法精嚴極了。以上所述，屬於正規的章法，但運用之妙，存乎一心，不是一成不變的，譬如劉融齋《藝概》曾經標舉一法，他說：「律有似乎無起無收者，要知無起者後必補起，無收者前必豫收。」這就是變化，試引兩首杜詩為例，略加說明：

聞官軍收河南河北

劍外忽傳收薊北，初聞涕淚滿衣裳。卻看妻子愁何在，漫卷詩書喜欲狂。白日放歌須縱酒，青春作伴好還鄉。即從巴峽穿巫峽，便下襄陽向洛陽。

客至

舍南舍北皆春水，但見群鷗日日來。花徑不曾緣客掃，蓬門今始為君開。盤餐市遠無兼味，樽酒家貧只舊醅。肯與鄰翁相對飲，隔籬呼取盡餘杯。

前一首詩，一氣呵成，第一句開門見山，直接破題，頷聯兩句承次句喜極而泣寫來，腹聯放歌縱酒又承第四句喜欲狂作一宕折，再轉出第六句「好還鄉」，方不逕直，青春作伴是加一倍寫法，更見喜躍的心情。末二句預計歸程，從巴峽穿巫峽，下襄陽向洛陽；是私忖回家的路線，兩句以串對瀉下，如三峽飛艭，看來不像收句，事實上第六句「好還鄉」三字已經豫收，落句不過補足餘意而已，這便是「無收者前必豫收。」後一首詩，題為「客至」，但發端寫春水群鷗，與詩題毫無干涉，第三句也只是襯筆，第四句才到題。他的另一首〈賓至〉「幽棲地僻經過少，老病人扶再拜難。豈有文章驚海內，漫勞車馬駐江干……」，也是如此，這便是「無起者後必補起」。

律詩章法中另有腹聯大轉的手法，也流宕可喜，值得一提。如李義山的〈宿晉昌亭聞驚禽〉詩：

羈緒鰥鰥夜景侵，高窗不掩見驚禽。飛來曲渚煙方合，過盡南塘樹更深。胡馬嘶和榆塞笛，楚猿吟雜橘村砧。失群掛木知何限，遠隔天涯共此心。

晉昌亭在長安，據《長安圖經》記載：「自京啟夏門北入東街第二坊曰進昌坊」。義山當時羈旅長安，即住在此處。這晚他睡不著，聽到驚禽飛鳴，心有所感，作了這首詩。發端二句說他客居在外，羈緒縈心，不能入寐，於是隔著高窗，看到棲息不定，飛來飛去的驚禽，兩句正扣合題意。頷聯曲渚、南塘，想是在晉昌亭的附近，飛來過盡云云，正承驚禽而寫，即所謂的抱而不脫。腹聯大轉，宕出題外，忽寫北方的胡馬、塞笛和南方的楚猿、村砧，雖說這些聲音都能觸人愁緒，可是究竟與題上驚禽，沒有多大關係，這裡忽然跳起，別生新境新意，筆力與思力，都很驚人，假使結句不能設法兜轉，便同郊原良驥，一奔千里，收煞不住了。果然，第七句「失群掛木」，雙收胡馬楚猿，八句「遠隔天涯共此心」，以彼此相同的心境，綰合住胡馬、楚猿、驚禽甚至作者。作者聽驚禽而生出感慨，又由這種感慨，想到北方失群的胡馬，與南方掛木的楚猿，雖然相隔天涯，但是愁緒是相同的，回顧一筆，兜裹全篇，也收住本題，在章法上，是極周密的。與這首詩章法相似的是他詠蟬的五律：「本以高難飽，徒勞恨費聲。五更疏欲斷，一樹碧無情。薄宦梗猶泛，故園蕪已平。煩君最相警，我亦舉家清。」這詩起始四句，人蟬雙寫，但作者懷抱，尚只能見於言外。腹聯忽然宕開，直抒作者胸臆，由暗寫的筆法，轉作正面的表出，可是與題無涉，因此在七、八兩句，以「警」字承結蟬聲，以「清」字承結薄宦，並以「君」、「我」相對牽合，用雙結的手法，收住全篇，由於章法與前詩相似，所以連類及之。

最後，關於詩法，我想重複的說：法者，筏也。筏，只是渡江的工具，既登彼岸，就應該捨筏，試想在登岸之後，誰會負筏前行呢？王概之論畫時說：「或貴有法，或貴無法，無法，非也，終於有法，更非也。惟先矩度森嚴，而復超神盡變，有法之極，歸於無法。」我們對於詩法的認識和運用，也應該如此。

張夢機，〈詩的命題與章法——甲寅四月初四在師大南廬吟社詩學座談會講詞〉，《文風》第二十五期（一九七四年十二月），頁二二～二五。

維案：本講前半部分，復以〈詩題小序與夾註〉收於張夢機，〈師橋堂詩話（二）〉，《學粹雜誌》第二十卷第三期（一九七八年六月），頁二三～二六。頁二三～二六。後半部改寫入《思齋說詩・兩種流宕的律詩章法》、《詩學論叢・律詩章法的常與變》。

詩的形式與內涵——藝文座談會記錄之一

論詩，自然是內容重於形式。自古迄今，詩體固然在不斷的演變，但這種演變，只能視之為形式上的因革損益，可是詩之所以為詩，原不取決於形式，而在於「詩質」本身。

一首詩是否能引起共鳴，甚至流傳不廢，內容的良窳是重要的因素，與形式的新舊本無干涉。指南宮的神籤，協聲押韻，同於傳統詩的形式，但不是詩。「天空漆黑，像個大鍋底」，固已解脫了形式的桎梏，合乎新詩的要求，但也算不得詩。這好有一比：倪來客棧以老瓦盆盛茅台酒，試問誰不聞香下馬？五福樓如以夜光盃貯太白酒，恐怕連景伊師都引不起酒興，何況你我？這原是「老嫗能解」的道理，何待多費唇舌？可是鼎革以還，國人生活發生急遽變化，五四諸公認為複雜的感情與新奇的事物，已非固定的形式所能容納，故而反叛傳統，力倡變革，而當時管領風騷的諸老，則群起衛道，固守藩籬，彼此磨刀霍霍，分外眼紅。六十年來，這些事，早已成為過眼雲煙，但問題依然存在。

當然，就詩的創作而言，現代人寫詩，應該具有其現代內容，在這個時代，仍然去寫「假唐詩」，無論在精神上或筆墨上，都是一種浪費。但是否眞像五四諸公說的那樣，固有形式已經僵化？答案如果是肯定的，傳統詩就該棄甲息鼓，豎起石頭降旛，然而事實不然，這裡牽涉到「形式影響內容」的問題，也正是新舊詩人爭辯的焦點。

我們暫且拋開「詩歌是否必須萬能」這點不談，單就「舊瓶裝新酒」的道理來看，形式本身是不足以拘限內容的，這正如同任何舊瓶可以注入任何新酒一樣。而眞正的顧慮是：這樣作，醇酒是否會變味？詩質是否會落俗？我想，只要包裝技術精良，表達手法高妙，這些困難並非不能克服或突破的。

一般說來，詩的內容，不外抒情寫景、論事詠物四端。情景的表現，在新舊詩之間，尚無大異，舉凡山水林泉、哀樂笑啼，往往新詩能窮盡其妙的，舊詩也能曲筆達意，例子倒是現成的：大約四十年前，胡適與友人登西湖南高峰看日出，歸後二日，寫成「南高峰看日出」的長詩，賈韜園看了之後，用他原來的詩意演爲七古，序中並說：「非與競巧，亦使知舊體無不宜之意，顧下筆如何耳。」兩詩原文太長，不便迻錄，僅節引其中摹寫日出的一段，用以說明詩無新舊，佳者自佳，劣者自劣的道理，同時也可證明，至少在寫景上，形式是不足以侷限內容的。

胡詩

那白光的月輪裡忽然湧出無數青蓮色的光粉，
神速地射向人間來，神速的飛向天空中去。
一霎時，滿空中都是青色的光輪了，
一霎時，山前的樹上草上都停著青蓮色的光輪了。
我們再抬起頭時，日輪又射出金碧色的光輪來了，一樣神速地射向天空去，一樣神速地飛到人間來！
一樣神妙的飛集在山前的樹葉上和草葉上，
日輪裡的奇景又幻變了，
金碧的光輪過去了，艷黃的的光輪接著飛射出來。
艷黃的光飛盡了，玫瑰紅的光輪又接著湧出來，
一樣神速地散向天空去，一樣神速地飛到人間來，
一樣奇妙地飛在樹葉和草葉上和我們的白衣裳上。
玫瑰紅的光輪湧射的最長久，
滿空中正飛著紅輪時，
忽然那白光的日輪裡什麼都沒有了。
那平和溫柔的朝日忽然變嚴厲了，
積成的光針輻射出來，我們不自由的低下頭去，
只見一江的江水都變成燦爛的金波了
朝日已升的很高了。

賈詩

白雲忽湧無數青蓮色。散徧人世穿林叢。
山前草樹畫變色。枝葉一霎紛青葱。

舉頭忽又炫金碧。神速滿布遙天空。
光采四射更奇妙。閃閃一樣磨青銅。
須臾景色復幻化。更有艷黃為托烘。
黯黃飛盡變玫瑰。縞衣礫礫盤長虹。
乾坤頃刻四易態。神妙不測如鬼工。
紅光蕩漾最長久。異采瞬成亡是公。
溫柔色相突嚴厲。積威光線何熊熊。
收視俯瞰一江水。金波燦爛無微風。
卻看錦雲反在下。杲杲三丈懸蒼穹。

至於表現新事物、新思想，對一般作者來說，在固有的格律形式之下，自然難於全盤適應，但對眞正的「高段」而言，只要善於運用「新名詞」，精心截搭，刻意經營，困難必可突破，同時還不會斲傷詩的古雅性。如陳散原〈過陳善餘編譯局詩〉頷聯：

世變已成三等國。吾儕猶癖一家言。

又如王陸一〈法蘭西哀歌〉：

我為君歌法蘭西。哀哉亡國如柔荑。春風忽斷花三色。黃金鼻息沉巴黎。
警鐘未絕香霧烈。大軍百萬成降兒。低空鐵翼驅之走。劍鞘猶懸金線衣。
森河黯盡胭脂水。但有月色無寒澌。宮闕晶瑩過騎士。伏街那有公卿尸。
馬賽曲沉鼓手絕。綠茵軟藉柏林蹄。含笑竚立看破國。紅唇掩抑歸來旗。
哲人往矣聲警滅。火炬銷歇玻璃巵。豈無文藝照世界。謂他人母空爾為。
斜陽冉冉海波外。欲戰不戰愁者誰。防線蜿蜒亦何有。馬基諾死無餘吹。
當國纍囚已難復。生春野草何離離。哀哉盟國使汝戰。汝何為者天之湄。
凱旋凱旋誰之子。健兒健兒胡不歸。

詩中如「三等國」、「法蘭西」、「巴黎」、「馬賽曲」、「柏林」、「馬基諾防線」等，都是新名詞，王詩甚至表現了時代精神，讀來何曾礙眼？諸位仔細品嘗，覺得這酒味如何？

視「新名詞」爲蛇蝎，固然是無謂的恐懼，但濫用「新名詞」，也是不必要的炫耀。作爲一個現代人，寫詩當然應該表現新時代，造句當然應該不拒新名詞，不過，在「當然應該」之外，還必顧及所寫的是「詩」，不是蓮花落。譬如：「機車撲撲滿街跑」、「打開電視有冰箱」，這兩句之糟，是糟在太俗，人境廬、飲冰室之所以爲人詬病，原因在此。因此運用新名詞入詩，尙須留意上下文的搭配與結構，經營得法，便能不悖「雅馴」的原則，試看寶相莊嚴的古寺，在法鼓梵磬，經典木魚之間，略置幾盞日光燈，幾對電蠟燭，何嘗有絲毫不調和的迹象?前面所舉的詩例，莫不如此。賈煜老說得好：「舊體無不宣之意，顧下筆如何耳。」只要巧於安排，匠心獨運，形式是不足以拘束內容的。

張夢機，〈詩的形式與內涵——藝文座談會記錄之一〉，《學粹雜誌》第十七卷第二期（一九七五年六月），頁二六～二七。

維案：此文內容，復宣讀於張夢機，〈古典詩的創作問題（中國文學研討會續稿之一）〉，《臺灣時報》，一九七九年四月二十六日，第十二版。後改寫入《鷗波詩話・新詞彙入詩》）。前半內容則改寫入《藥樓文稾・詩阡拾穗》「論詩」條。

如何欣賞研究古典文學？

寒山詩的義理很深　其成就在另一方面

問：張夢機教授，您對寒山詩的評價如何？

張夢機教授答：我想要談寒山詩的問題，應該由黃永武院長來講，因爲他對寒山詩有專門的研究。談到寒山詩這又牽涉到詩的義理的問題，而這又是曾教授的專長。

寒山詩早幾年在國外很受重視，所以引起大家對寒山詩的推崇，就我個人的觀點，我認爲創作一首詩，無論你要表現一個什麼樣的哲學的意義，都要透過文學的手法來表現。對於寒山詩，如以純文學欣賞的角度來看，他有不少作品，的確饒有「拙趣」，但一般而論，他的詩，語言粗糙，缺乏美感，似乎不能達到文學上很高的水平。我總認爲，詩是文學的菁華，也是精緻的藝術品，一首詩不論其中表現了多深的哲理禪意，但它首先必須要是一首詩，也就是說，必須透過文學的手法來表現，否則不過是語錄講義之押韻，與廟籤偈語何異？因此，宋明理學家的哲理詩道學詩，都不被後來文學家所重視，原因在此。寒山詩之所以被外國人推崇，我個人有個很膚淺的想法，我想寒山在中國詩史上的評價遠不及外國人對他的評價高，這是否與翻譯有關呢？我總覺得像「春眠不覺曉」這樣的詩句翻譯成英文，它原來的韻味就消失了，它必須要經由中國文字的組合才能成造成某種耐人尋味的意象。這樣的詩不要說翻成英文，就是翻成語體文，詩本身的韻味恐怕都不能完全保存，而寒山的詩因其本身的哲理性高，所以譯成英文給外國人欣賞起來，感覺自然新奇。就詩而論，寒山詩意勝於語，拙多於巧，固然高出一般詩人，然而眞要爲大作者，如杜甫，而不爲小家數，則必須「語意俱到，拙巧相參」才行。當然這只是我個人粗淺的看法，下面我想請黃院長就這個問題再加以說明。

問：詩要如何吟唱？

張夢機教授答：中國的文學與音樂都有著很密切的關係，從《詩經》開始，兩漢的民間樂府，南北朝的吳歌西曲，以至唐人絕句、宋詞、元曲等在當時都是可以唱的，只可惜當時人如何的唱法，沒有流傳下來，我們只能從文字資料上證明它是可以唱的。在我的經驗裡，一般老輩的詩人多半是吟詩，根據自己對詩意的體會來吟，我想吟與唱之間，可能還是有點區別的。

師大的邱燮友教授曾經有意整理古詩的吟唱，而且也付諸實施了，他遍訪全省各地甚至大陸來臺的一些老詩人們，根據他們自己的地方方言，來吟唱唐詩，而且還灌製成唱片，由三民書局發行。我認爲這件工作是很有意義的，它的意義不在於是否還原了古代的唱法，而在於幾十年後，讓人知道臺灣的詩人是如何唱詩的。至於詩如何唱？我想最好請人當場示範，比較容易瞭解，剛才我與黃院長情商，座談結束前請他爲大家唱一首小詩。

欣賞詩應具感悟力　博覽群書增廣閱歷

問：欣賞詩應具備哪些條件？

張夢機教授主答：欣賞詩所應具備的條件，我想最重要的是感悟力，感悟力一方面出自先天的稟賦，一方面也出自後天對詩的深厚涵養，感悟力不夠的人，再易懂的詩，對他來講，都難解，含蓄婉約的詩，自然更不必談了。其次，豐富學識對古典詩的欣賞也很重要，剛才我講過一般人喜歡看唐詩三百首，是因爲那些作品是特別選擇的，都是費些比較通俗讓人容易領會的詩，但事實上你打開，那些作者的全集看看，恐怕有很多作品都不是我們一看就能瞭解的，比如說杜甫的詩，你看「落花時節又逢君」當然沒有問題，但你讀他的〈北征〉、〈諸將〉，就必須要通過箋註才能瞭解。因爲這些作品本身運用了很多的典故。因此你要瞭解古典文學作品，最好多讀點書，如果說古人讀破萬卷書，而你卻胸無點墨，別說欣賞一首詩，就是要瞭解詩的最基本的意義，恐怕都不是容易的，所以充實學識對古典詩的欣賞也是很重要的。

此外，就是閱歷的問題，閱歷可以增長見聞，可以體認事物，欣賞詩時，可以設身處地去領會。

閱歷是隨著歲日的增加，而慢慢增添的，這對欣賞古典詩有很大的幫助，所以往往一首詩在你年輕時代看與年紀大時再看，常常有不同的感受。

最後就是詩法，也就是大家所強調的創作技巧。對詩法的瞭解，正是欣賞詩的基礎條件。這也是大學中文系詩選課所討論的主題，因爲前面談到的感悟力，學識、閱歷三方面，在課堂上是無法教授的。

總之，欣賞詩是有條件的，條件愈具備，也就愈能進入深廣的詩境。

〈如何欣賞研究古典文學？〉，《台灣新聞報》，一九八〇年六月十日，第十二版。

教授與作家　看電影．談電影

編劇者搞圈子主義　低級趣味迎合觀眾

高雄師院張夢機教授接著說：

剛才諸位先生對電影藝術廣泛的談話中，也曾談到武俠動作片，就讓我以武俠片來探討有關的電影問題。不可否認，當今我國的武俠片，在國際電影市場可謂一枝獨秀，不僅發行量大，擁有的觀眾多，更且爲我們賺進鉅額的外匯。武俠電影與武俠小說的流行，是有著同樣的社會背景，第一不外是人類體能自卑的補償；第二是人們對現實生活不滿的發洩。基於上項的因素，雖然武俠片所表現的時代與現代的生活形態有著相當的距離，但，依然深受觀眾的喜愛。

我國的武俠片從早期到現在，據個人粗淺的看法，可分成四個階段。第一階段，以余素秋、曹達華所主演的「七傳十三俠」爲代表，這階段的電影，多半是根據小說改編的，往往一演就是七、八集，而動作招式脫離不了平劇的模式，一切都顯得很貧乏。第二階段，以胡金銓導演的「大醉俠」、「俠女」爲代表，動作乾淨俐落，對於全劇氣氛的釀造也煞費心機，比較第一階段的武俠電影，有顯著的進步。第三階段，也就是楚原導演，由古龍原著改編的如「流星蝴蝶劍」、「天涯明月刀」這類的作品，這些電影的劇情比較懸疑曲折，構成強烈的戲劇張力，很能引人入勝。第四階段以成龍主演的「蛇形刁手」、「醉拳」爲代表，這些電影的節奏明快，招式更是花樣翻新，其中穿插的笑料非常之多，雖然娛樂性增高，但是格調低俗。

武俠電影的發展，多依據窮則變，變則通的原則演變。「大醉俠」以後的武俠片，我們得要特別感謝武術指導，因爲武術指導的賣力，我國的「武術」國粹輸往國外，而武俠片之所以行銷國際市場，這也是主要的原因。儘管如此，這些功夫片本身具有什麼樣的文化使命？而其內涵精神又是什麼呢？一般說來，武俠片的缺點，最主要的當然是編劇不瞭解傳統的價值觀念，也難掌握眞正的俠義精神。而導演對於人物性格的刻劃，也僅只表面的造形，偶爾帶點細膩的感性，結果也被連場的打殺場面所抵銷。

武俠片只一味打殺　未曾發揚俠義精神

基本上，我國的武俠片、日本的「武士」片，以及美國的西部片，都是屬於同一類型的電影。而我們所拍的武俠片，卻無法到達他們的水準。到目前爲止，「俠女」一片是被認爲不錯的電影，然而也不過是屬於氣氛的醞造，以及中間穿插點「禪」機，但仍不夠深刻。其餘的武俠電影，不是故事的懸疑、詭譎，就是打鬥招式的翻新而已。至於日本的「武士」片，它能表示日本「武士」的精神，而在「切腹」一片中，更表現武士沒落後的悲情。說到美國的西部片，更多是表現早期西部拓荒者的精神。

那麼！今後我們武俠電影長期發展的途徑是什麼呢？假如依照目前一味的打殺，結果只有自絕之途，而國際市場也將丟失。當然我們也很難要求電影從業人員應該如何，但對於發揚傳統的道德觀念，以及眞正中國的俠義精神是什麼，則應由編劇撰寫入劇本，使武俠片文藝化，如此或許可以使我們的武俠電影邁入新的里程。關於這點，如果時間許可，我想請曾昭旭先生，以他研究哲學的觀念來做分析，或更清楚。

影評是對影片反省　引導電影製作方向

張夢機：據我瞭解，早期的武俠小說就如顏先生說的只供消遣之用，作者隨故事的發展，一寫就是二、三十本，其目的在於連載在報章雜誌上，領取稿費，談不上結構，也沒有想到要改編成電影劇本。據我看武俠小說的作者，有意將其小說改編成劇本的，只有古龍一人，自從以他的小說改編成的電影大行其道以後，他更寫了很多武俠小說，其實是爲電影而寫的。事實上，古龍小說改拍的電影，剛開始確實不錯，給人耳目一新的感受，後來這類題材用得太多了，再有古龍的電影，懸疑性就沒有了，完全是在亂套，結果不得不擠出「成龍」這麼一個角色來。

要發展新的武俠文藝片，就必須要朝魏副總編輯所說的「文藝與電影相結合」，以及顏先生說的「藝術修養」的方向來發展。由文藝作家來參與武俠電影劇本的寫作，絕對比武俠小說改編成的劇本夠水準。當然要求編、導具有的藝術修養，怕也不是短時間可以達成的，所以我認爲影劇學會如有這樣的反省認知，實在可以成立一個編劇小組，邀請文藝作家，參與編劇的工作，另外由學者們成立一個諮詢小組，幫助電影從業人員，解決一些諸如文化意識、思想體驗、歷史考據方面的問題。如此，可以使電影與文學相結合，進而補足編導藝術修養之不足，這樣對電影事業的發展都會有很大的幫助。

現在請各位先生談談如何建立健康而有影響力的影評，藉以幫助觀眾們對電影的瞭解，進而作為電影製作的指導。

張夢機：關於影評的問題，據個人的瞭解，魏主編所說的影評，這類的影評，多半是刊載在報紙上影劇版的影評，這類的影評報上天天都登，而這些作者多半用的是招待券，所寫的等於是種宣傳廣告。當然，並非我們的社會沒有公正的影評家，而他們多發表影評於影劇雜誌。曾經我看了本「眞、善、美」的電影雜誌，有幾篇寫得很短而且公正。客觀的影評，好壞全評，並不是一味的捧場。

影評制度的不健全，問題出在哪裡，即使有人寫了些公正的影評，又能在什麼地方發表呢？因爲一般人看的影評都是報紙影劇版的宣傳廣告，而電影雜誌又不普遍，如果要建立影評的權威，除非報紙的副刊願以文章的方式來刊登，如此不但可以幫助讀者對電影更進一步的瞭解，而且也可以建立客觀、公正的影評尺度。

「老沙顧影」算得上是較公正的影評，但也僅限於較含蓄的筆法，讀者還得要經過一番推敲，才會瞭解其中的含意，而一般的影評更是等而下之了。

有很多大學畢業的年輕朋友們在從事影評的寫作，因其不屬於商業行爲，也不與電影圈的任何人有關係，完全秉著對電影的喜好，既不怕得罪人，態度上自然公正，事實上這類的影評，多刊於電影雜誌，以致未能普及。

〈教授與作家　看電影・談電影〉，《台灣新聞報》，一九八一年三月二十四日，第十二版。

如何奠定現代文學在中國文學史上承先啓後的地位

我很後悔讓何寄澎講掉我想講的。現代文學既然包括很廣，我僅就現代詩部分，表示點個人的淺見。在沒有討論主題之前，我們不妨先大略回顧一下新詩發展的情況：民國六年，胡適發表了「文學改良芻議」，正式揭開了「文學革命」運動。「文學革命」的成功，對中國詩歌的影響，約有三點：第一，突破傳統格律的束縛，採取自由活潑的表現形式；第二，開始接受西方詩歌技巧與形式的影響。第三，西洋近代的個人主義精神，取代了我國詩中傳統的人文主義精神。

早期的新詩，風格是多樣的，一般說來，一部分仍不免有中國舊詩詞、古樂府的影子，大部分則接受西方浪漫、唯美和象徵詩派的滋潤，稍後在抗戰時期，由於客觀環境的影響，也有不少洋溢時代意識的戰鬥詩篇。三十八年，政府播遷來臺，一時詩社林立，作者輩出，再度呈現蓬勃的氣象，但作品風格，仍然不脫「五四」以來詩風的籠罩。直到紀弦提倡現代主義，強調橫的移植，講究豐饒的意象，詩風才爲之一變，可說完全脫離了「五四」以來所樹立的藩籬。後期的「創世紀」詩社、「藍星」詩社，以及強調鄉土精神的「笠」詩社，都或多或少受到影響，至於更晚的「後浪」、「大地」、「龍族」、「主流」等詩社，當然亦不能例外。因此，現代詩已儼然爲當今新詩壇的主流了。

不過，據個人瞭解，臺灣的現代詩一開始就走向一條崎嶇的道路，紀弦就曾經承認他極力推動現代詩運動，對於臺灣的現代詩產生「誤導」的不良作用。這原因我想第一，它與中國的傳統文化精神沒有銜接，這是歷史的疏離。第二，它與社會的現實層面沒有接合，這是空間的疏離。基於以上兩點原因，以至於產生了大量缺乏現實感的舶來品，實驗性的作品滿天飛，自動地揚棄了一般讀者，而這樣的情況一直持續了很長的一段時間，有關現代詩的大部分爭議，都是因此而起。

從這幾年新詩的發展來看，現代詩走了一大段崎嶇的道路之後，它終於在一連串的刺激之下，產生了質變，這些刺激，一方面來自外在，包括批評家的指責，鄉土精神的認同，以及新生代的反響。另一方面，則來自詩人本身的自省與感知。因此，我也想趁這個時機，表示點個人對現代詩的看法。我認爲如果要討論如何奠定現代詩在中國文學史上承先啟後的地位，或許應該注意到下面幾點：

一　現代詩人對傳統文化的再認與吸收

對傳統文化的再認識，並不是要從形式上回歸到古典詩的格律去，而是指從精神上回歸到民族文化的軌道上去。對傳統文化的吸收，並不是教我們被窒息在故紙堆中，而是要我們從傳統文化中去吸取養分，去修習作爲文學工作者應有的文化涵養。有了豐厚的文化涵養，所創作出來的作品，才能承繼傳統，繼而將傳統文化向前再推進一步。

二　現代詩人應多去關心社會

凡被傳諸久遠而受人們普遍傳頌的文學作品，必然具有濃厚的社會性。即使是以抒情爲主的文學作品，也必然能寫出大家共同的心聲、共同的經驗。《詩・大序》說：「一國之事繫一人之本謂之風。」孔穎達《詩經正義》解釋這句話說：「詩人覽一國之意以爲己心。」所以詩的社會性，詩能表現眾人共同的喜怒哀樂，本是中國詩歌很優良的傳統精神，起碼這是使詩歌得以永恆，得以普受喜愛的條件之一。現代詩久已脫離古典詩歌這個優良的傳統，它脫離了廣大的社會，在一個自我構築的虛無縹緲的世界，已被幽禁了許多年。所以，現代詩要能承先啟後，只有從詩自我構築的象牙塔中走出來，走向社會，走向人們的共感經驗，以繼承中國詩歌「覽一國之意以爲己心」的優良傳統。

三　現代詩人應該認清自己的民族性

所謂民族性，就是指一個民族統一的意志及恆久的行爲，一個民族在成長的過程中，因應著他特有的環境，由歷史時間漸進的累積，和地理空間無形的陶鑄，乃逐漸形成這個民族獨有的性格，和他們共同的價值觀念，而這些獨特的民族性便在這一民族的文學中被無形的表露出來。這種涵攝了民族性的文學，自然能形成一種有別於其他民族文學的風格來。現代詩長久以來受到西方文化的衝激，輸入西洋詩的技巧，除輸入西洋民族的價值觀念，甚至過分強調詩的世界性，而把自己的民族性丟棄了！現代詩的斷絕傳統，其實並不在形式上的革新，詩歌的形式代有改易，這是文學演進必有的現象，絕對不會影響一個民族文學的傳承。但把自己的民族性丟棄了，則民族文學的傳承也必爲之斷絕，所以現代詩之無法「承先」，原因在此。因此，要求現代詩奠定承先啟後的地位，現代詩人應該瞭解，只有涵融了中國民族性的詩歌，才可能形成中國詩獨特的風格，而能在世界詩壇中，占有一席之地。

〈如何奠定現代文學在中國文學史上承先啟後的地位〉，

《臺灣日報》，一九八一年五月四日，第八版。

「傳統詩與現代之結合」座談

新名詞搭配典雅的辭彙

關於如何使傳統詩與現代結合這個問題，各位前輩先生已經提供了許多精實的見解，在這裡，我僅就詩的創作方面，表示點個人的淺見。

就詩的創作而言，作爲一個現代人，即使是做傳統詩也應該表現新的思想、新的內容，因此就不能避免用新詞彙，這話原則上不錯，不過我想補充說明一點，即運用新詞彙並不如想像中那樣容易，因爲新詞彙固然可以加強詩的時代性、現代感，但也容易斲傷詩的古雅性。譬如：「機車撲撲滿街跑」、「打開電視有冰箱」，這兩句之壞是壞在太俗，而造成太俗的原因，即在於不能恰如其分的運用新詞彙，這樣看來，視新詞彙爲蛇蠍固然是無謂的恐懼，但濫用新詞彙也是不必要的炫耀。現在眞正的問題是新詞彙入詩如何才能不悖傳統詩雅馴的原則？要達到這個目的，在運用新詞彙的同時，必須留意上下文的搭配與結構，更清楚點說，用了一個新名詞之後，必須在上下文中搭配一些典雅的詞彙或經史的故實，只要經營得法，相信一定能造成雅俗之間的平衡。如今人郭樹芬的詩：「何止前途窺鄴架，須防左翼即秦阬。」鄴架見韓愈詩：「鄴侯家多書，插架三萬軸。」秦阬顯然用秦始皇咸陽阬殺諸生事。在這兩句詩中，作者刻意經營，將新詞彙「左翼」安置在「鄴架」與「秦阬」之間，讓人讀來，祇覺其新，而絲毫沒有突兀的感覺。

〈淨化心靈，美化人生「傳統詩與現代之結合」座談〉，《台灣新聞報》，一九八二年十月二十五日，第十二版。

維案：張夢機論新詞彙入詩，已見〈試論詩的新舊融合〉、〈詩的形式與內涵〉、〈古典詩的創作問題（中國文學研討會續稿之一）〉，後改寫入《鷗波詩話・新詞彙入詩》。本書重複收錄意在點出：「新詞彙入詩」議題每隔一段時間反覆提及，揭示六、七〇年代臺灣古典詩壇處於新舊之間的省思與叩問。

傳統詩社的現況與發展

各位前輩，今天討論的主題是傳統詩社的現況與發展，我以引言人的身分，首先就臺灣的傳統詩社作一個說明。

我們都知道，臺灣詩社的濫觴，應該遠溯明朝末年由沈斯庵所創立的東吟社，這個詩社雖然僅以詠物遣懷爲主，但對於臺灣傳統詩歌的發展，卻有啟蒙之功。到了清末，唐景崧主政臺灣，時常邀集詩人屬僚做文酒之會，並且組牡丹詩社，一時文人蔚起，詩風大盛。中日甲午戰爭後，日人盤據臺灣五十年，實施殖民同化政策。但日據時代，詩禁不嚴，因此一般文士既抱覆巢之痛，於是結社聯吟，借詩篇宣洩滿懷忠悃。這時臺中櫟社、臺南南社、臺北瀛社，紛紛成立，這種現象，與其說是鄉愁文學的萌芽，不如說是民族精神的孳乳，尤其在日人政治的壓迫下，對保有國粹、堅持民族氣節，有不可磨滅的功勞。同時，由於這些詩人們不遺餘力的宏揚詩教，因此影響到其他各地區的詩人，也相繼組社，藝苑從風，其流益大。根據連橫「臺灣詩社記」的記載，民國十三年全省詩社有六十六社，又據《臺灣省通志稿》的統計，民國廿五、六年間，全省詩社已高達一百八十四社以上。某些有心人士，更鳩資創辦有關詩學的雜誌，如《臺灣時報》、《臺灣詩薈》、《鯤洋文藝》、《藻香文藝》、《詩報》等刊物，與詩社的活動互爲表裡，鼓吹詩學，並灌輸民族思想，流風餘韻，至今猶存。民國三十八年，內陸詩人紛紛隨政府渡海來臺，與海邦詩人結合。在以後的二十年中，于右老、賈煜老、張莼老及臺灣的一些老輩詩人，對臺灣詩運的開拓，都貢獻了相當大的力量。當時依然詩社林立，詩刊方面，除了見於報章的《中華詩壇》、《瀛海同聲》、《南雅》、《自立》詩壇外，尚有《中華藝苑》、《臺灣詩壇》、《亞洲詩壇》、《詩文之友》、《鯤南詩苑》、《中國詩季刊》及《中華詩學》等雜誌的發行，彼時，臺灣詩社之多，詩風之盛，在全國可說是首屈一指。可惜近十幾年來，傳統詩不斷受到新文學潮流的衝激，詩風明顯的已大不如前，雖說現存的傳統詩社仍有六十餘社，但詩社的成員以老輩居多，少有年輕人參與。今天，如果不想讓傳統詩自生自滅，如果仍然關懷傳統詩未來的發展，我們就應該正視這個問題。非常感謝《文訊》月刊主動召開這次座談會，讓我們有機會對傳統詩及傳統詩社的現況與發展，作全面性的探討，盼望各位前輩能夠針對這個主題，提出寶貴意見。

結論

謝謝各位與會先生所提出的寶貴意見，也謝謝《文訊》月刊社的安排與招待。現在謹歸納各位發言的內容，簡要地提舉以下九點，作爲這次座談會的結論。

一、目前臺灣的古典詩，從創作態度上看，可分別爲擊鉢詩與閒吟詩兩種，擊鉢詩自有其流行的背景，但由於限體限韻，窒礙性靈，容易阻礙詩的正常發展，因此，目前各詩社應努力提倡閒吟詩，才是正道。

二、目前臺灣仍在活動的詩社約有二十餘社。詩社雖少，但只要有信心、肯團結，有共同的認識，就可以突破一切困境。中國詩自古講究溫柔敦厚，興觀群怨，因此，我們可以肯定詩在今天社會中的確有其重要意義，也的確值得鼓吹提倡。

三、各種詩刊應多刊載有關詩學研究的論文，因爲這類性質的論文可以提升詩人的創作水準。同時，討論詩的未來發展，應該從大學中文系教育著手，最好能在各大學中成立詩社。

四、詩社應與大眾傳播媒體結合，俾便發表作品；詩社應與學校文學社團結合，以帶動學生的創作興趣；地方詩社應與全國性詩社結合，以促進團結；同時，應該多設置古典詩的大獎，鼓勵創作。

五、發展古典詩，一方面與學院結合，一方面還應該運用詩歌朗誦的方式，往下紮根，引發國小、國中學生對詩歌的興趣。

六、詩可以移風易俗，推動文教，因此詩人應有負時代使命的自覺，但目前古典詩粗製濫造者太多，這是使詩不能發展的主因，值得警惕，當務之急，是重新建立詩人的形象，提升詩人的品格，嚴格限制詩人的資格，這樣社會自然會視詩人爲清流，進而重視詩人。

七、推展詩運，應當多舉辦詩學講座，發行詩刊，舉辦詩書畫聯展。

八、每個縣市鄉鎮應該允許自由成立詩社，不必加以限制。最好各地能設立中國詩教基金會，另外請政府補助全國性的聯吟大會，以資鼓勵。

九、詩社應該年輕化、制度化；結社應該民主化、公開化。詩的創作應該以藝術爲標準。

張夢機，何芸記錄，〈傳統詩社的現況與發展〉，《文訊》第十八期（一九八五年六月），頁一一～三一。

從三一九看當前文風

提倡文風不能徒拖空言 要有好作品支持與帶動

我覺得長久以來，知識分子多少有一種反傳統的情結，因而造成對傳統文化的疏離。而新文學的發展，也在這種歷史斷層的情況下，和傳統文學連接不上，從語言形式到繫於主體思想學養的內容意義，產生整體的大變革。某些文學作家因缺乏歷史意識與文化思想，無法從根本上建立生命的普通價值共識，知變而不知常，因此便從歷史文化的縱深中漂浮出來，只在橫面上追求個別的差異，其結果便形成下列幾種文風：

一、比較重視個人才性情緒的表現，缺乏文化內涵，因此，雖然個人風格鮮明，但多少顯得有些單薄、不夠醇厚。

二、除了上述一部分遁入個人的抒情風格之外，六十年代以來盛行一時的所謂「現實文學」，雖然超越個人而關心到整個時代社會，但某些作家因缺乏從文化思想提煉出來的普通價值觀，因此一旦批判社會，也常出自個人情緒的價值觀念，有時不免流於偏激。

三、爲了追求個人的風格，必然盡力在語言上求奇求變，在技巧上求新求巧，很難開展大局面。

剛才馮院長提到，當代的文風顯得比較輕靡缺乏軒昂的氣魄，如果這樣，那麼提倡雄偉的文風，以作調適，也確有必要，但這裡面須有兩點認識：

一、提倡雄偉文風，依然不能忽略藝術的生命與美的價值，畢竟雄偉的風格是需要通過文學的方式來展現的，否則便容易流於粗獷或叫囂。

二、提倡雄偉文風不能只是徒拖空言，尤其要有大作家、好作品支持與帶動。這些作家除了具有高度的創作技巧外，他們還需能夠從生命中熨貼的掌握住傳統的文化精神，同時對時代社會有熱切的關懷，豐富的同情以及深刻的透視，當然，更重要的，他們必須創作出高明的作品，爲當代作者所信服、所認同，並且加以模仿學習，這樣才能蔚爲風氣。

〈從三二九看當前文風〉，《臺灣日報》，一九八七年三月二十九日，第十四、五版。

回歸傳統　擁抱現代

張夢機（以下簡稱張）：首先，我向洛夫先生請教一個問題：當五十年代，西方現代主義在臺灣風行時，現代詩人曾一窩蜂的反文學上的傳統，到了最近，似乎詩人又回過頭來重估傳統的價值，請問此種回歸傳統的轉變，有何文學史上的意義。

洛夫（以下簡稱洛）：的確如張教授所說，在五十年代，現代主義風行一時。所謂現代主義，也就是西方現代派的各個流派的觀念和表現的技巧。

現代詩在臺灣的啟蒙時期，是在四十二年由紀弦所創的現代派，當時很多有才華的詩人，都加入了這個陣線。

紀弦在現代派的宣言中，有六項信條：

一、我們是有所揚棄並發揚光大地包含了自波特萊爾以降一切新興詩派之精神與要素的現代派之一群。

二、我們認爲新詩乃是橫的移植，而非縱的繼承。這是一個總的看法，一個基本的出發點，無論是理論的建立或創作的實踐。

三、詩的新大陸之探險，詩的處女地之開拓。新的內容之表現，新的形式之創造，新的工具之發現，新的手法之發明。

四、知性之強調。

五、追求詩的純粹性。

六、愛國。反共。擁護自由與民主。

這六大信條中，以前二條最爲重要。

反傳統指反舊詩的時空背景

（民國）四十三年，創世紀詩社成立，由我、瘂弦、張默三人發起成立的。在現代派成立後，我們也呼應它，很有系統的介紹了西方的現代主義的各個流派。我本人和瘂弦，特別注重於超現實主義的研究，也引介了這一方面的理論和創作，並寫了一些論文。五十到六十年代這一段期間，使整個現代詩呈現了一個新的局面，像紀弦所提的理論：「新詩乃是橫的移植，而非縱的繼承」，顯然就是反傳統的。

我覺得反傳統有正面及反面的意義：消極來說，爲了要接受新的東西，它自然而然的要推翻、否定舊的東西。另一方面，它反傳統，並不像五四時代那樣在整個文化層面反傳統，而僅是就舊詩而言。而且反傳統的時空背景，是因爲現代詩人覺得，政府遷臺以後，現代詩人在逐漸接觸了西方現代主義的影響後，對於五四時代新詩粗糙的語言非常不滿，而企圖找尋一種新的東西來代替，這個代替的東西就是現代主義。

不過，西方的現代主義，因爲沒有經過批判而全盤的加以接受，因此到了七十年代初期，西方現代主義或西化現代詩受到了強烈而普遍的批判，這是現代詩的低潮時期，許多詩人放棄詩，另一些堅持者，雖多少受到外界的影響，但也自覺地瞭解到，未經消化和批判的西方現代主義已不是長久之計，於是回過頭來接受老祖宗的遺產，他們一方面對現代主義存疑，自我檢討；一方面以重估傳統的價值，回歸傳統來彌補藝術心靈上的空虛。

最終的目的是現代化的中國詩

譬如說，甫開始我和瘂弦對於超現實主義非常熱衷，但於認識超現實主義的本質後，發現它有很多缺點並不是我們能接受的，如超現實主義強調的自動語言，我們覺得這不是寫詩所需要的表現方式，不是很好的語言，遂重新加以評估，將之變成了修正的超現實主義。

不過，今天回過頭來看，縱然從西方回到民族與傳統的本位，似乎走了不少冤枉路，但仍有代價，即當年反傳統，如今天仍創作不輟，而又有不斷的新的創作，證明他在橫的移植和縱的繼承都得到好處。

故當年的現代主義的接受和回歸傳統，對中國新詩的發展有極大的意義：

第一：年輕詩人產生警惕作用，即凡任何外來的東西，必須經過檢查與批判後，再作選擇性地接受，不應盲目地反什麼或擁護什麼。

第二：新文學的成長，必然會受到外來的與傳統的雙重影響。詩與科學不同，詩必須植根於民族的、文化的土壤中，但如要發展得好，外來的肥料和栽培方法也不可缺少。如當年沒有西方現代詩各種流派的輸入，臺灣現代詩絕不可能達到今天這種成熟的階段。

余光中早年有段話說得好：「西化不是我們最終的目的，我們最終的目的是中國化的現代詩。這種詩是中國的，但不是古董，我們志在役古，不在復古，同時他是現代的，但不應是洋貨，我們志在現代化，不在西化。」

不過，我覺得前面這一段話可以稍爲修改：我們最終的目的，是現代化的中國詩，這樣說也許比較周延一些。

以目前來看，當年的西化正是通向現代化的一個手段，一個必經的過程，而當年的反傳統與後來的回歸傳統也可做如是觀。

現代詩應回歸傳統文化的軌道

張：我想一個詩風的轉變，有時候的確和當時的環境和詩潮有關，所以五十年代西方現代主義在臺灣風行時，現代詩人曾經一窩蜂的反傳統，恐怕也是必然的現象。

我就以漢魏兩晉的詩為例來加以說明。漢魏的詩，主於造意，用情渾厚；兩晉的詩，重在造詞，注重精巧。那是因為漢魏的詩多起於患難流離之時，而兩晉以後，則偏重逸樂傾向，可見風氣之所趨，足以影響文章的升降，雖豪傑之士，也無可奈何。

近幾年來，現代詩產生回歸傳統這樣的質變，其原因，我認為：一方面來自詩人本身的自省，另方面則來自外在，包括批評家的指責，鄉土精神的認同，以及新生代的反響。不知道我這樣說，洛夫先生同不同意。

（洛夫先生頻頻點頭）

過去，我總覺得，現代詩與中國傳統精神文化沒有銜接，是一種遺憾，因為就東方文化精神的特質看文化的傳承，原就應該是綿延不絕、承先啟後的，而不是斷裂的。現代詩人能重估傳統的價值，確是一可喜的現象。

我所說的重估傳統，絕對不是要求現代詩從形式上回歸到古典詩的格律裡面去，而是希望從精神上回歸到文化的軌道上去。

一個現代詩人，有了豐富的文化涵養，掌握文化的理想，進而通古今之變，那麼所創作出來的作品，才能上接中國詩的正統，確立它在文學史上承先啟後的地位。

張夢機、洛夫，蔡鵬輝記錄，〈回歸傳統擁抱現代（上）〉，《中央日報》，一九八七年五月三十日，第十版。

張：據我所知，許多現代詩人，對於古典詩有相當程度的涉獵與認識，像洛夫先生，對於王維詩即有很深的研究，請問，依你個人的看法，古典詩對現代詩的實際創作有何影響，現代詩可向古典詩攝取何種養分？

洛：就我自己的創作經驗，以及閱讀年輕一代的作品，我發現，古典詩對於現代詩的創作確實有相當大的影響，其影響可分爲好的及壞的兩方面。

中文系出身的年輕詩人，長期浸淫於古典詩詞中，寫詩都含典雅的氣質，習慣於精練簡潔的語言，但有時也襲用舊詩中的陳腔濫調，缺乏生活性與創造性，前人的遺產反而成了包袱，成了情感自然流露的障礙。

然而一位自覺性高的詩人，他能進入古典世界，又能跳出前人的窠臼，而將古典詩中的優點當作珍貴的營養來吸收。

向古典詩人學習接近自然、學習靜觀

現代詩人究竟向古典詩學到些什麼呢？

據我的觀察，臺灣現代詩人向古典傳統借火，近三十年來已有很明顯的趨向和成績。鄭明娳授在「鍛接的鋼——論現代詩中古典素材的運用」（文訊二十五期）已說得很詳細，我要補充的是觀念和技巧的兩個層面。

由於科技文明加重了對自然的污染，人與自然的關係不但日漸疏離，而且產生矛盾衝突。古人在詩中不論抒情或說理，都要透過自然主義觀點來表達，古典詩大多能爲我們提供一個寧靜的境界，使人心有一個安頓休息之處。「我看青山多嫵媚，青山看我亦如是」，在今天，這種人與自然「相看兩不厭」的心情已漸漸失落了，淡薄了。

我想現代詩人除了反映和抗議人為的自然污染之外，更應向古人學習接近自然，透過詩的藝術，重建人與自然的和諧關係。在這方面，現代詩人葉維廉有不錯的表現，他在創作中呼應了老、莊的自然主義和王維的詩觀。

其次，在觀念上應向古典詩人學習「靜觀」的方法。

現代詩強調知性，而知性注重二分法的對待和分析，因此今天有些詩寫來像散文。古典詩人的「靜觀」，就是一種超知性與感性的直觀法。他們把宇宙萬物視為一體，無你我，無主客之分，故詩中有時看不出主詞，情感普遍性，在時間上無過去、現在、未來之分，故詩的世界有永恆性。

同時，古典詩中不重視量詞和數據，「月出驚山鳥」，譯成英文就得考慮鳥用單數或複數，但對中國古典詩人來說，多少鳥並不重要，重要的是詩人以「靜觀」的方法來看月看鳥，然後透過「月出驚山鳥」這個意象來表達詩人心境與自然景象的契合。

第三點涉及技巧的層面，也就是詩中意象的經營了。

現代詩人都很重視詩的意象，而古人論詩，除了提到王維「詩中有畫」外，很少談到意象這個名詞，事實上，古典詩發展到律詩、絕句的形式，意象已成為一個必要條件。

如杜甫七律〈登高〉：「風急天高猿嘯哀，渚清沙白鳥飛回。無邊落木蕭蕭下，不盡長江滾滾來」，這是律詩中的兩聯，也是相當具體生動的意象，不僅是寫當前之景，且也烘托了詩人的情感，可以說沒有意象就沒有聯，沒有聯就不能構成律絕。

現代詩的意象，最早是從西方學來，很新奇詭異，有創意，但缺乏準確性，不易做到情景交融。早年，我實驗超現實主義手法就是如此，現在我寫詩特別重視意象的鮮活性和準確性，這是受到律詩的影響。

現代詩缺乏磅礴氣象及樸拙之美

張：談到古典詩及現代詩的契合，我想作一些補充。就古典詩的立場上，似乎還可以提供一些淺見：

一、在內容的表現上，古典詩，尤其是唐詩，比較強調人們的共感經驗，我們甚至可以說，詩之能表現眾人共同的喜、怒、哀、樂、共同的價值觀念，應該是中國古典詩歌很優良的傳統精神，比較起來，現代詩似乎過於強調自我內在經驗的表現，所以我特別提出此點供現代詩人參考。

二、在風格的呈現上，古典詩比較推崇「拙」與「渾」，樸拙的詩，有詩人淳厚的性情，有眞實的血肉，因此具有相當的感染力。至於「渾」，可以指性情的渾厚，可以指境界的雄渾，剛才洛夫所舉「無邊落木蕭蕭下，不盡長江滾滾來」二句，便是雄渾之境。它整個句子很均衡，沒有奇巧的字，給人一種平衡、自然、寬敞的感覺。

在我閱讀現代詩的經驗裡，現代詩的風格是多樣化的，但似乎比較缺乏古人那種渾涵汪洋的磅礴氣象，以及率眞醇善的樸拙之美。

這兩種風格應是現代詩人值得嘗試的方向。

洛：古典詩目前在臺灣還有很多人在寫，我本人也很欣賞古典詩，據我所讀到的印象，我發現「傳統詩人」他們所寫的都是律詩，以七律為主。

律詩是中國文學中最精緻的形式，有非常嚴謹的格律，就因為太嚴謹，表現的東西就有限。處於今日的社會，生活、經驗、心理都是非常複雜，富於變化，在這樣的社會環境下，七言律詩是否能完全勝任去呈現這樣複雜的感情？

張：洛夫先生的眼光實在銳利，一語中的。

目前，臺灣詩壇最流行的詩體就是七言律詩、七言絕句，五言律絕創作比較少，古詩只能偶爾一見。我這種說法，可以在各晚報所刊載的傳統詩中及聯吟大會的作品中得到證明。

七言律詩，初創於初唐，至盛唐杜甫始發揚光大，晚唐的李商隱、韓冬郎，宋朝黃山谷、陳後山、元遺山、陸放翁等名家，相繼有作，影響所及，至今不衰。

但律例嚴謹，又講究對偶，句式固定，篇幅有限，過去的叶韻系統，已不能照顧到實際的語音，要想表示新思想、新時代，以及多元化的新社會，而又不斲傷傳統詩的古典性，的確有些困難。

這恐怕還不僅是律詩的問題。其實整個古典詩都面臨這個困境。

以高度自由性的雜言詩，取代古典詩形式結構的禁錮

我想要突破此一困境，先突破古典詩既有的形式結構，恐怕是一個值得嘗試的方法。

我有一個不太成熟的構想，簡單的說，在句法上，容許使用在中國文學史上曾經出現過的各種句

式，換言之，在詩經、楚辭、唐詩、宋詞，甚至散文、駢文中曾經出現過的各種句式，在創作中都可以任意使用，形成自由性極高的雜言詩。

句中講究語言的節奏，但不強調固定的平仄，用韻宜採中華新韻，以照顧到實際的語音，且是不必限制一定要隔句押韻，這種自由性高、限制少的雜言詩，可以開拓寫作的領域，容納更豐富的內容。

由於語言使用自由，在運用新辭彙時，也容易照顧到上下文，雅馴辭彙的搭配，以造成雅俗之間的平衡，如能精心結構，必定使這首詩既富於時代感，同時也保存古雅性，而且在感覺上，這種詩體，也能上承中國詩的傳統。這只是一個粗淺的構想，提供給傳統詩人參考。

洛：這種轉變是否會變成另外一種新的新詩？

張：對。其實這種雜言的作品，在過去也有。像李白的〈蜀道難〉，基本上也是用雜言詩來做的。

我認爲，還可以摻雜進散文、駢文的句法，凡是中國文學史上出現的文體都可以包含進去，使形式更自由一點。

我現在也想就這個機會向洛夫請教一個問題，這個問題不僅出現於現代詩，古典詩也有同樣的情況，那就是：在臺灣，現代詩已有三十多年的歷史，詩的讀者也日益增多，但據一般反應，欣賞現代詩的人仍然有限，主要是有些詩讀不懂，而讀得懂的又嫌藝術性不夠，請問現代詩人如何突破這個困境？

實驗性詩作及抒情詩同樣尊重

洛：現代詩的創作，有兩類風格，一是實驗性創作，是詩中之詩，創作者是詩人中的詩人，寫給詩人看，它的讀者是「小眾讀者」；另一類是一般抒情詩，廣義的抒情詩而非濫情詩，此類詩，往往會引起更多讀者的共鳴，具有普遍的情感，大家都能接受，它的讀者是大眾讀者。

我覺得這兩種創作的方向都可以尊重。

實驗性的創作，可以使新詩得到自由的開放，盡量發揮詩人的創作力，雖然大部分讀者讀不懂，沒關係，那就不要去讀它。這類詩大部分出現於同仁詩刊上。至於要寫一首讓更多人能接受的詩，我的意見是：作者要盡量避免特殊的經驗，要表達普遍的感情，更重要的，在處理意象的時候，不僅僅要講究意象的新奇性、鮮活性，還要講究意象的準確性；若引喻失當，讀者就無法進入你原來創作的世界中去，無法分享作者詩中的世界，情感上也不容易引起共鳴。

張：我們發現古典詩的抒情性在現代詩中仍占有很大的分量，一般讀者，尤其喜愛那種古典的、浪漫的、軟性的抒情詩，但現代詩的另一項功能是反映現實，當今天臺灣面臨政治與經濟的轉型期，一個詩人應如何調適他的詩觀和表達方法，以期有效的反映新社會各個層面？

洛：詩的反映現實是一個很重要的功能。

詩的反映現實有二個情況：一是對社會反面現象作新聞式的描述、作雜文式的批判，這就是所謂

「有話要說」，說完就算，既搔不到現實的癢處，有時還會扭曲現實，談不上詩的藝術性，最常見的就是社會寫實詩。

詩反映現實的另一個面貌，另一種趨勢是近兩年逐漸流行的所謂「後現代詩」，臺灣的後現代主義可能就是臺灣政治、經濟、社會等結構轉型的產物，照理它應能反映現實的某部分本質和現象，但實際上，後現代主義剛萌芽，能夠發展到什麼程度，目前不能預料，它對這個轉型期新社會能作如何有效的反映，反映到什麼程度，值得懷疑。

同時，因爲後現代詩主張形式的開放，否定現代主義，甚至否定傳統的美學觀點與規範，而喜歡用後設的語言作即興式的創作，在文體上強調「諧擬」、懷疑或否定以往詩的統一結構，因而變成了一種語言遊戲，在詩中說一些不痛不癢的風涼話，也許能發生一點諷刺效果，但總覺得缺乏一種探索現實本質，從人性和精神層面發掘問題的嚴肅性。

形式的開放是好的，可以突破現況，開拓新的生機，但形式的漫無節制，再加上虛浮內容，缺乏理想色彩（化腐朽爲神奇），結果不但不能反映現實，詩的藝術感染力也沒有了。

新社會的詩人，須兼備「探索精神」及「介入心態」

現代詩人應如何調整詩觀和表達方式，來反映今天的新社會？我認爲這個問題，發表於《文訊》二十八期李正治的一篇「新詩未來開展的根源問題」，值得參考。

這篇文章的主要觀點是：新詩未來的發展應落在一種「探討心態」以取代中國歷來的「抒情心

態」。

所謂「探討心態」，本質上是知性的，在觀念上乃訴諸「存在的焦慮」，而就內在生命和外在世界兩方面作深層的剖析與探討；在方法上，主張以分析探究的方式，深入社會、文化及精神世界，甚至要探討終極歸趨的普遍問題。

我覺得這些觀念，雖然在現代詩的發展過程中曾討論過，但仍能適於新社會的詩的發展。不過，我不認爲這種「探討心態」可以完全取代「抒情心態」，他否定的應是「濫情心態」而不是「抒情心態」。

譬如寫一首「都市詩」，如果僅知性地分析探討都市一些事件或現象的糾葛和影響，而忽視了一個詩人對都市的情感的表達，這一定是一首難以卒讀的社會研究報告。

詩永遠是詩，詩的力量就在於它的情的感染力和藝術的感染力，因此一個新社會的詩人，既要培養一種「探索精神」，也要具有一種「介入心態」。

張夢機、洛夫，蔡鵬輝記錄，〈回歸傳統擁抱現代（下）〉，《中央日報》，一九八七年五月三十一日，第十版。

鍊字與鍊意

今天我主要是談鍊字跟鍊意的問題。雖然分成二部分，其實鍊字還包括了鍊句，因爲集字才能成句，集句才能成篇。鍊字本身在傳統詩的創作中間是枝微末節，是最小的一個部分，最小的一個單位，但是我們作詩又不能忽略這點。很多人以爲作詩只要有眞實的感情，有很深的感慨自然是好的作品，這個話當然也不錯，事實上要作好詩也就需要有前面講的這些條件，但是問題是我們有了這樣的一種感情，很深的一種感慨的時候，我們怎樣把它表達出來？這裡面就牽涉到創作的技巧。當然至情至性也可以生文，我有至情至性，我不需要技巧，下筆自然就是一篇很好的文章，或是一首很好的詩，這也是非常可能的。但是對一個作者來講，他恐怕在表現過程中，不一定能寫出至情至性的詞，就是說他也必須有一些人爲的創作，追求他的藝術性，所以牽涉到技巧的問題，要通過技巧來表達。

鍊字包含有技巧的部分，因爲文字語言的運用是一個傳達我們感情，傳達我們意念的媒介，所以你要把它做好，才能完整地充分地表達你想表達的感情。

我們今天講鍊詞鍊字鍊句的部分，我們不講究高層次的，譬如作詩要講感情講生活經驗等等，這些問題不在我們今天的討論範圍之內。當然我們要作好一首詩，光是憑鍊字是不夠的，光是字面的好並沒有用處，還需要其他的條件，但是鍊字也不能廢掉，所以需要加以說明。

我們看到很多人討論鍊字的時候，討論詩中間用字，或是文章中運用辭彙的方式，提出了很多的名詞，譬如說用疊字就可以留神，可以把物的神態表現出來，他們常常舉王維的詩「漠漠水田飛白鷺，陰陰夏木囀黃鸝」中的「漠漠」跟「陰陰」作爲例子。我們也常常講到虛字可以行氣，我們要是善於利用詩中的虛字的話，可以使詩的氣勢非常流暢，而不滯礙、不呆板。也常常講到實字可以健句，我們如果常常用名詞字，在詩中間可以使句子顯得非常斗健。我們也說到要用重出字，重出字用得巧妙的話，通常可以達到非常特殊的修辭效果。所謂重出字，不同於疊字，疊字是兩個字連在一起，多半是當形容詞用，重出字則不一定如此，譬如這句詩：「行盡深山又是山」，我走過深山，看到前面還有山，形容山的深遠，這重出二個「山」字可以把意思表現出來，這個叫重出字。

這些不是我今天要講的，因爲這些東西在我個人感覺，不過是字用得好所呈現的現象。是不是一定就完全如此呢？這得要看用得好不好，不好就不能如此，至於疊字運用成功的例子，我們可以舉出很多古人的詩來看，但這並不表示我們去用也用得好，可見它的好與壞還是要看運用的這個人是不是能夠達到好的境界。但是我認爲這是詩中的一種現象，因此我今天不討論這個問題，何況這在很多詩中間可以看見這種例子。

我今天要討論的是對各位在實際創作上可以提供出來作爲參考的，就是我們如何來鍊字而達到非常好的效果，這是今天要討論的重點。

我首先舉例來說明：「一庭疏雨濕□□」，這是歐陽烱的詞（維案：原文作歐陽烱，當是孫光憲〈浣溪紗〉）。按照這句的格律，如果作成七言的句子，空的這二個字要用平聲。我們現在要假設，一庭疏雨濕什麼？這個景象很清楚地就是假設有一個場景，這個場景就是今天在暮春三月，我站在庭臺邊看到了一地的落花，這時候正好是黃昏，天空中下著小小的雨，我帶著一懷的惆悵。我面對這個景象，我今天想用七個字來表現，而且我已經完成了五個字「一庭疏雨濕口口」，這下面有很多字可以填，就根據我上面所形容的景象，可以寫到裡面去的素材很多，我們需要選擇，選擇一個什麼樣的東西放進去讓這一庭的疏雨把它沾濕了呢？

剛才說到落花，我們可以造成「一庭疏雨濕殘紅」，殘紅就是殘花，用殘花也可以。已經飄落在滿地的花，現在庭院中下著小小的雨，把那些花都沾濕了，那這句子好不好呢？我個人認爲這句子還不錯，至少可以當得起「清雅」這二個字，秀麗而不庸俗，比「一庭疏雨濕泥巴」要好。你或許要問我：今天你是假設裡面有殘花，假如我家的院子沒有落花，都是黃土地的話，一庭疏雨不是濕泥巴是濕什麼？我怎麼能造假說是殘花呢？這就牽涉到另一個鍊字的問題，就是說對字意的修飾上，假如說你庭院中只有泥巴沒有花，而你又要寫實的話，所謂寫實就是寫實在的景象，一庭疏雨濕什麼？你當然不能用濕泥巴，你應該用「濕春泥」，春泥這二個字就漂亮了，辭彙就美了。一庭疏雨「濕春泥」跟「濕殘花」呈現的境界是一樣的，而且辭彙也漂亮多了，濕泥巴的話就太俗了。這是鍊字的另外一種意義，不是我今天討論的重點。

「濕殘花」這句子雖然造得還不錯，尤其初學的人一起筆就能造出這種句子，可想而知這作者將來一定能作很好的詩。但是這句子不算最好，什麼道理？這個景象，我僅就這單獨的句子來講。一首詩不是靠一句來完成的，一首七絕要靠四句所呈現的意象、感情來完成。我今天只舉這一句詩，我只就這一句詩來講，不牽涉其他的句子，我覺得「一庭疏雨濕殘花」不算很好，這是人人可到之境，這個景象只要是有點功力的詩人坐在庭院裡，就在我剛才講的場景中間，他看到這個景象他就寫得出來，並不困難。所以這就趕不上下面這個句子——「一庭疏雨濕黃昏」。

這個雨透過黃昏的空間下到你的庭院裡，把花都沾濕了，那是你看得見的，黃昏是你感覺得到而觸摸不到的，而雨則從這個空間下下來，黃昏也被它濕了。這是把具象用抽象來表示，修辭學上有一個名詞叫「擬虛為實」（虛就是抽象就是空的）把虛的變成實在的。雨是不可能濕黃昏的，任何雨下下來要沾濕什麼東西，這個東西必須是一個實在的東西，雨打濕了我的衣服，雨打濕了我的頭髮，雨打濕了房上的瓦「一春夢雨常飄瓦」，它一定是有個實在的東西。你現在給他一個抽象，把他當成具象來用，一庭疏雨要濕黃昏，在感覺上就比「濕殘紅」在造句上顯得有點聯想。

這個句子的原句是「濕春愁」，一庭疏雨下下來，把我的春愁沾濕了，這個春愁為什麼能沾濕呢？往往我們在雨中，在過去的經驗中間，可能是一種愉快的經驗，而如今物是人非了，現在我不看到雨則已，一看到雨以後，我內心的惆悵，過去的歡愉就變成現在的惆悵，重新被引發，所以我重新被引發的春愁就是被雨勾起的，因此它濕了我的春愁。單就這個句子來講是情景交融，所以這原句是最好的。

第二個例子「大瓢貯月歸春甕」是蘇東坡煮茶的一首作品。東坡喜歡喝茶，我們要知道懂得喝茶的人對水質非常講究，所以喝茶的水最好是山間的泉水，是活水。其次是江水，再其次是井水，而且是常常被人家拿桶去汲的井水。東坡喝茶很講究，所以他就用江水，他現在到江邊去把水弄回來，他就帶著一個大甕，是一種小口大壺的罈子，把甕帶到江邊，然後拿個瓢舀水，把水舀起來以後倒到甕裡，把甕帶回來用這個水，那天晚上江上有月亮。這個句子你看怎麼寫？「大瓢貯月歸春甕」，他拿個大瓢去，其實不是貯月是貯水，他把水舀起來，瓢裡面貯有水，然後把水歸到甕裡來，現在是春天用春甕，但是「大瓢貯月」，江水可以倒映天上的明月，我今天拿著瓢舀水的時候，瓢中有水，瓢中就有月亮，把瓢中的水倒進甕裡，甕裡就有月亮，所以他這裡不說「大瓢貯水歸春甕」，而說「大瓢貯月歸春甕」。

下面我介紹這二種創作的修辭方式，前面這種屬於轉化，也就是「擬虛爲實」就是把一個抽象當成具象來用。第二種在一般修辭學中不常見，因爲沒有特別強調出來講，這基本上來講應該說是「化無關爲有關」，它本來沒有關係的，我使它有關係。這種化無關爲有關本來應該是跟「化無情爲有情」對舉的，因爲詩中間還有一種作法，就是把無情的變成有情，修辭學叫「擬人格」，本來無情使他有情，有人的一種感情，或者屬於一種移情作用，人把感情附在物的身上叫移情，在欣賞的時候可以造成美感的距離。但是因爲擬人的手法在欣賞文學作品的時候常常可以看到，所以我現在不討論這個問題，我現在要談的是「化無關爲有關」。

所謂化無關爲有關就是本來他是沒有關係的，月亮跟瓢有什麼關係？拿瓢去貯水是當然的事情，拿瓢去貯月是不可能的事情，但是我使不可能變成可能，使本來無關變成有關，用這種修辭的方式可以造成詩中的聯想。

我特別提出這二種方式來的目的就是，如果用同樣的一個景，請各位寫這個景，假設有五十人，五十人會造成五十個不同的句子來，雖然一句只有七個字，不太可能有兩個人造出同樣的句子出來。因此面對同樣的這個景，每個人用一個句子去刻劃它表現它的時候，卻會產生若干不同的句子出來，這不同的句子有高下之別，那就得看你刻劃的功夫，看你表達的功夫，我現在提供你一個方式，就是告訴你用這個方式來表達的話，它的效果會比不用這種方式來得警策、來得高明。

這種方式怎麼運用，假如我們從鍊字的角度來看，當然是指它動詞字的運用，譬如「濕春愁」的「濕」字，濕什麼東西，它所濕的東西應該怎麼想像它，如果從這個角度來看，我們可以說：以後你用動詞字下面有一個名詞的時候，這個名詞必須突破語言習慣的連結，在語言上，很多話講出來是習慣，就是習慣的連結。譬如用「釣」字，拿個魚竿去釣什麼，當然是釣魚，這個是習慣的連結，但是我們在作詩的時候你要注意：當你要用動詞的時候，你盡量不要用習慣的連結，要突破語言上習慣的連結。

假如今天你要作一首詩，你要用釣魚的「釣」，你的確到鄉間釣魚去了，你已經造出了五個字出來，譬如說「一竿風月釣□□」，我在一個風月的晚上，我拿著魚竿在釣，一竿風月釣什麼？那我告訴你，除了魚不可以釣以外，其他都可以。「一竿風月釣魷魚」、「一竿風月釣黃魚」都不可以釣，「釣鱸魚」比較好一點，「鱸魚堪鱠」，鱸魚是詩中比較雅一點的魚。我跟你特別說明，我是單就這一句講，沒有牽涉到其他句子，和其他句子配合，你要釣什麼魚都可以，因爲你要呈現的意象不是這樣，講鍊字的話，你就要注意。

不釣魚要釣什麼？你可以釣煙波，釣蘆花，如果在秋天的話，你在岸邊釣，可以感覺像釣蘆花或者釣煙波，「一竿風月釣煙波」的感覺很好。

但是你要注意，這中間在想像上還應該有變通，你說我除了魚不能釣以外，其他都可以釣，那我「一竿風月釣飛機」行不行啊？必須在想像上有變通，在觀念上有連絡才可以。「釣煙波」是合理的，你今天拿一個魚竿也是透過江面，然後把餌送到江中去釣魚，所以感覺上像釣江面的煙波，這是合理存在的。像這種情況的表現在我們詩詞中間稱「無理而妙」，沒有道理但是很妙，或者稱爲「反常而合道」，雖然反常但最後還是合於道。所以無理而妙並不是橫蠻不講理，橫蠻不講理是很討厭的，無理而妙是看起來無理，事實上是就「理」字多了一層曲折，其實還是很有理。「一竿風月釣黃魚」、「一竿風月釣魷魚」才是眞正合理，但是作詩實在不要這麼老實，我們做人要老實，作詩一定要調皮。作詩老老實實地作就很難見精彩，所以必須這樣表現，這就突破了語言習慣的連結。

同樣的道理，很多字都這樣用，譬如「載」，你今天在江中用船去載東西，只能載二種東西，一個是魚，一個是人，你還能載什麼東西？但是你作詩不必這麼老實，你要是這麼老實地作詩，不管是「小舟載滿魚歸去」或者「小舟載滿人歸去」，都不如「小舟載滿詩歸去」來得好。我今天到日月潭泛舟，我坐在小船上，一邊泛舟一邊作詩，作了很多的詩我很高興，小舟載滿一船的詩回去。或者說「小舟載滿夕陽去」，有夕陽的時候，夕陽照在我船上，我載了一船的夕陽回去，不要載滿魚歸去，因爲那是語言習慣的連結，應該要避免。

當一個樵夫從山上下來的時候，他挑著一擔柴下來，就不如挑著兩肩的夕陽下來好，所以你要用這樣的運用方式，這詩才顯得好像很有才氣，你看古人很多的好句子基本上都是這樣作的。「只恐雙溪舴艋舟，載不動許多愁。」船載不動許多的愁，愁太重了船太小，愁有什麼載不動的？雙溪舴艋舟只怕載不動許多肉，怎麼會載不動愁呢？

柳宗元的詩「千山鳥飛絕，萬徑人蹤滅。孤舟簑笠翁，獨釣寒江雪。」獨釣寒江雪有什麼意思，他眞的會來釣雪嗎？當然是釣魚嘛！他當時的情況就是在雪中釣魚。所以「孤舟蓑笠翁，獨釣寒江雪。」跟前面李清照的詞「只恐雙溪舴艋舟，載不動許多愁。」這個例子，基本上講同樣是「擬虛爲實」的例子，愁是抽象，她把它當成具象的東西來運用。「孤舟簑笠翁，獨釣寒江雪。」釣的是雪，雪不是虛，雪是實在的東西，不是抽象的東西，所以這是「化無關爲有關」，釣本來是釣魚，他拿來釣雪，本來無關變爲有關。

「煮」字在詩中間通常用來煮茶，如果我們作這樣的句子「風鐺煮茗自生香」，鐺是煮茶用的器具。這個句子用在整首詩中間的第一句第二句也沒有什麼不好，我現在就鍊句來講，「風鐺煮茗自生香」、「茶鐺細煮流離夢」、「茶鐺影裡煮春燈」這三句都用煮字，「風鐺煮茗自生香」只是普通的敘述，本來鐺就是用來煮茶的嘛！你不過是對這個事實做個陳述而已。所以它趕不上「茶鐺細煮流離夢」，這中間是有感情的。我曾經到福建喝過什麼茶，我曾經到湖南喝過什麼茶，我現在又到臺灣來喝茶，我少年到那裡喝茶，壯年在那裡喝茶，老年現在又到臺灣來喝茶，我面對茶鐺煮茶的時候，我內心想到過去的經驗。比較之下，這個「煮」字就用得好。

下面這個句子「茶鐺影裡煮春燈」，茶鐺在煮的時候，上面一個燈，燈映在水裡，所以它煮的不只是茶，它連燈一起煮了。春燈是一個名詞，是一個實物，所以我們可以說它「化無關為有關」。夢是抽象的，但它居然也能煮，這是「擬虛為實」，我們看到很多古人的句子，作得好的看起來就很有才氣，而苦思不得的，往往用這個手段得來。你瞭解這個道理，當然不一定能做得到，這就要鍛鍊，平常在作的時候要想一想，但是非常重要的一點，就是說什麼東西可以這樣子用，什麼不能這樣用，有的時候你需要斟酌，剛剛我講的，在觀念上一定是要有連絡處，在想像上應該有變通處，你才可以把它併在一起說。

我到現在為止還有一個問題搞不清楚，我們作詩在擬人的時候，在觀念上有沒有覺得應該有連絡的地方？我覺得應該有。你說流水在唱歌也好，你說流水在哭泣也好，至少它哭跟唱歌代表一個聲音。流水有聲音的話，我心情高興，我聽到流水在唱歌，我內心不高興，我聽到他是在哭泣，基本上是不是應該這樣？我說打火機很憤怒，你看它火在燃燒，這話可以通。請同學看香煙在笑，就很難說它合不合理，這裡面應該有點關聯。我今天把皮球一拍說：皮球在跳舞，這話可以通，至少是動態。

你說香煙在笑，人家就很難理會，很難理解它是不是在笑！

今天我們在做這種擬喻的時候你要特別注意，它基本上還是應該有點相關性。你看「銅鼓夜敲溪上月」，銅鼓在夜晚敲，敲的是溪上的月亮，這敲基本上可以通，月代表月光，月光照在鼓上，我打鼓好像打月光，這話是合理的，看起來無理，但是仔細想想還合理，叫「無理而妙」。但是「疏影橫斜暗上書窗敲」，這敲就有問題了，因爲這個影只能映在窗上，沒辦法敲。你說落葉隨著風向書窗敲，這可以通，所以這裡面我們要注意。當然原則上是這樣，但是希望在想像中間還是合理，所以我們運用這種字的時候，我們都可以往這個方向去想。

假如我們看到滿山都是紅葉，我們可以作成「一山霜葉紅如火」。葉子的紅用火來形容它，這當然是可以的，但是它實在趕不上下面這句「一山紅葉欲燒天」，他把紅字根本當成火來用，他用燃燒的燒字來燒這個天。這個句子是比前面好，不過這個句子並沒有感情，只是造景還不錯，你要加上感情還趕不上這個句子「收殘紅葉怕山燒」，所以我們面對這個景來造景的時候，可以造成不同的句子出來，你往我剛才建議這個方向去思考的話，你可能會作出一些不錯的句子，不過剛開始如果硬把無關聯都化成有關聯，當然也可能變成「一竿風月釣飛機」釣得不合理了，也有釣得很俗的，所以雅俗之別還是要注意一下。

剛才我提到除了「化無關爲有關」以外，還有「化無情爲有情」，這所謂「化無情爲有情」就是我們講的「擬人」，把原來沒有生命或沒有感情的物，賦予它人的生命跟感情。最簡單的作法就是把本來形容人的形容詞去形容它就可以了。我看到楊柳，我說「顚狂楊柳隨風舞」，看到桃花說「輕薄桃花逐水流」，本來顚狂輕薄是形容人的行爲拿來形容它，這是最簡單擬人的手法。

其次是我賦予它人的感情世界，譬如說「庭草無人隨意綠」，庭院的草沒有人去管它，隨它的意思愛怎麼綠就怎麼綠，它綠得稱心，綠得如意了，愛怎麼長就怎麼長。在人的眼中看草長成這樣叫「荒涼」，沒人管嘛！但是在草的立場來講，它是綠得非常自由自在。「隨意」是我的心態，是我賦予它的。

最後一種是根本把人的心態、行爲、動作通通給它，幾乎把它當成人看，辛稼軒的詞裡面講「是他春帶愁來」，是他春天把我的愁帶來的，春天一來觸景傷情，我的愁緒也跟著春天來了，「春歸何處」，現在春天走了，他到哪兒去了我也不知道，「卻不解帶將愁去」他忘了把愁一起帶走，把愁留給我，自己卻跑了。這種行爲他完全用擬人的手法來表示。

我們說這種手法用得太通常，現在我舉二個例子給各位看看，一個是鄭孝胥的詩：「亂峰出沒爭初日，殘雪高低帶數州」，「爭」是人的行爲，而他把它賦予給亂峰。假如今天在東邊有一群山，太陽剛剛從那邊出來，就這個景請大家造一個句子，你可能會造出這樣的句子：「朝陽冉冉自東升」，這和「亂峰出沒爭初日」的意思差不多，可是鄭孝胥不這樣寫，他用「亂峰出沒」，他不用起伏，用「出沒」二個字就顯得很活，能表現出山的陡峭和生氣，出沒的亂峰要來爭奪剛剛出來的太陽。「亂峰出沒爭初日」這句子造得很奇警，而且還有別的一層意思——「初日」可能象徵榮華富貴的開始，很多人都想爭奪這樣東西，因爲事業達到高峰叫「如日中天」，所以太陽一出來，大家就開始爭奪。這種情形在天下一望皆是，所以下面這句「殘雪高低帶數州」是有比喻性的，這個詩實在作得很好。

「一水護田將綠繞，兩山排闥送青來。」護是保護的意思，排闥是推門的意思。「兩山排闥送青來」這個句子作得很好，你要是很老實地去作的話，就會作成「開門見兩山」，這個句子明明是你把門打開，看見兩座山，但是你這樣作就沒有味道。「開門只見兩峰青」這句子也差不多，他不要這麼說，他說是山把門推開了，把青色送到我房裡，所以「兩山排闥送青來」，這是用擬人的方式來寫，很簡單的一句話，經過他造句的一種方式表達以後，就使句子由死的變活了，他能化腐朽爲神奇。所以很普通的情由於你造句沒有造好，鍊字沒有鍊好，你可能得到的結果是不一樣的。同樣一個景，你造跟他造，造出來句子的好壞差得很遠，這就牽涉到技巧的運用，當然需要鍛鍊。這是屬於鍊字的部分，大致講到這裡。

關於鍊句的部分，黃永武曾經提到密度的問題，所謂密度是物理學的名詞，就是在同一個體積中間，它所含的質量愈多，它的密度就愈大，照物理學的解釋是這樣。就詩來說就是在同樣的字句中間，它表現的意思愈多就表示密度愈大。

我們知道詩是精鍊的語言，它的字數太少、篇幅太短，所以你愈能做到「文約意廣」，它的密度就愈高就愈好。有時候我們看電影，像外國影集一個小時從頭看到尾，你覺得裡面的劇情變化複雜，非常曲折，表現了很多的內涵。有時候看中國的連續劇看了一個小時以後，發現它沒講什麼東西，濃縮起來不過五句話，三言兩語就沒有了，這個情況就是它密度不夠，太稀鬆了。傳統詩是精鍊語言必須要強調詩的密度，但是我強調詩的密度本身要求好，不是說本來七個字表現一句，我五個字就表現了，我比你好，那不見得。那還要看你表達的結果好不好，你本來二句十個字的，我只要用五個字就把它表現了，我密度比你大，密度大是可以的，但是不一定好，我只能說你五個字，他十個字，你密度比他大，但不一定你比他好，還要看表現的結果。

詩要剪裁，愈剪裁密度愈大，但是剪裁中間是經過剪裁而原意並不消失，才算是好的作品，就是說在密度大以後，並沒有損失原來的意思，那才算是成功的作品。

有一個例子，以前有人說杜牧有一首〈清明〉詩：「清明時節雨紛紛，路上行人欲斷魂。借問酒家何處有？牧童遙指杏花村。」有人說這個詩作得太浪費了，每一句五個字就能表現，很多人贊成這個說法，甚至舉這個例子作爲鍊字的範例。題目叫清明，你爲什麼要「清明時節雨紛紛」啊？你就「時節雨紛紛」就好了。行人一定走在路上，就「行人欲斷魂」嘛！「酒家何處有」就是在問，何必借問？然後「遙指杏花村」。本來七言的絕句，他把它濃縮成「時節雨紛紛，行人欲斷魂，酒家何處有？遙指杏花村。」很清楚，但是我覺得不好，中間少了一個牧童，韻味差很多。「牧童遙指杏花村」跟其他的人來指，情況不一樣，韻味不同。

假如你說只要表達的句子差不多就可以了，省略一個牧童也無所謂的話，那這首詩還不只減成五個字，三個字就可以了。「雨紛紛，欲斷魂。何處有？杏花村。」甚至二個字「雨紛，斷魂，何處？杏村。」那不更簡單嗎？這不是說我密度比他大，我二個字就可以表示，他要用七個字！

那要什麼樣的例子，我們覺得比較好？譬如白居易的詩「離離原上草，一歲一枯榮。野火燒不盡，春風吹又生。」劉禹錫只用了五個字，叫「春入燒痕青」。燒當動詞唸ㄕㄠ，是平聲，「野火燒不盡」仄仄平仄仄，應是仄仄平平仄，他不合律，這時候下一句的第三個字一定要放平聲救，所以吹當動詞時是平聲，拗救的問題一定要弄清楚，這樣整個詩聲調的變化才明白清楚。「春入燒痕青」的燒是當名詞，要唸ㄕㄠˋ，燒痕是燃燒過的痕跡。整句的意思是說，春天進入草被燃燒過的痕跡以後，青青的草又發芽了，他這意思一點都沒有遺漏白居易「野火燒不盡，春風吹又生」的意思，這我們在詩中稱「縮影」，但是就密度來講，你十個字表現的，我五個字表現，我還可以用另外五個字表現別的意思，我的二句比你的二句的意思要豐富，他的密度就大。

我下面舉個例子：李商隱的詩「一春夢雨常飄瓦」，如果把這七個字改成「春雨常飄瓦」你想是什麼意思？黃永武在談詩的密度時提到，在句中造成逆折的現象，這點是特別値得提出來談的，因爲一逆折，詩就產生跳動、產生多義就造成詩的密度，比你平順地講下來要有味道。「春雨常飄瓦」猛一看，和「一春夢雨常飄瓦」的意思也差不多，但是少了個「一」跟「夢」字就不行，「春雨常飄瓦」是單一的意象，加上「一」字就把春天延長了，暗示有整個春季的意思，整個春天都是春雨綿綿不絕。然後在「雨」的單一意象上，加上「夢」的概略語言，放上去以後就變成較複雜的意象，而「夢雨」又會讓人聯想到宋玉〈高唐賦〉上面「巫山雲雨」的意思，因爲「巫山雲雨」的意思，又會讓你想到有夢想好合的這一層意思，這就越來越曲折了。假如因爲夢想好合而不得，把它關聯到李商隱跟令狐綯的關係上去，希望得到幫忙而不可得的話，又可深入一層更曲折。

再看「風柳誇腰住水村」這個例子，這是李商隱送朋友的一首作品，〈沭上送李郢之蘇州〉。楊柳常常用來形容腰肢，「櫻桃樊素口，楊柳小蠻腰」，「楊柳恰似十五女兒腰」，但是楊柳沒有風不能展現它搖曳的姿態，所以風來了以後，楊柳誇它的腰肢很美，婀娜多姿，這是很美的意象。但是你看下面三個字一轉「住水村」，表面上看好像是寫蘇州江邊的風景，暗示的意思是對李郢來說，形容才氣很大就像女子很美，但是得不到皇帝的賞識。楊柳生在一般江村的邊上就跟生在宮庭的庭院中間是不一樣的，生在宮廷中間的楊柳長得美，皇帝還會誇獎一下這楊柳的姿態非常漂亮。生在河邊鄉村的楊柳，生得再美皇帝看不見，所以一個女孩子長得很美像西施，如果她在溪邊浣紗浣一輩子沒人曉得，她必須讓皇帝看到。

古代講男才女貌，女孩子漂亮，男孩子有才，女孩子美而得不到皇帝的寵愛，就像男孩子有才而得不到皇帝的賞識，是一樣可悲的事情。所以他用「風柳誇腰」代表一種美的姿態，但是很可惜你是住在水村的，雖然你再誇腰再表現得美，皇帝看不見，這同時在惋惜他的朋友。「風柳誇腰」這四個字是一節，「住水村」突然一轉折把意思翻過來，這就是逆折，可以造成詩的密度，使意思豐富起來。你說「風柳誇腰在宮殿」那就沒意思了，意思是單一的，「風柳誇腰住水村」意思就繁複的。

下面我再舉二個例子：「留滯才難盡，艱危氣益增」和「留滯常思動，艱危卻悔來」，前面這句子是杜甫的，後面這句子是陳後山的，詩話中間批評老杜的句子「老健」，而陳後山的句子是「衰颯」，看起來好像沒有力量。這原因出在那裡呢？老杜的句子當句有抑揚。留滯是停留在這裡不動，如果照陳後山的做法就常思動了，這二個意思很自然地連在一起，我留在這裡我就常常想離開這裡，停留在一個位置就常常想升遷，所以「留滯常思動」，這個是自然的。「艱危卻悔來」面對的環境是艱危的，我後悔到這裡來，這是必然的，平順下來的。

但是老杜的句子不然，他同樣用「留滯」、「艱危」二個詞，留滯但是才難盡，我留滯在這兒，但是為什麼我的才還用不盡？還準備奮發表現？前面兩個字抑，下面三個字揚起來，當句就有抑揚。「艱危氣益增」雖然碰到的是艱危的環境，但是我的氣更加地雄壯，更加要奮鬥。仔細比較這二個句法就知道，就在第二跟第三個字中間他做了一種矛盾、逆折、翻騰的筆法的運用。這樣的作法顯得意思就豐富了。

同樣是陳後山的詩：「書當快意讀易盡，客有可人期不來。」書你唸得非常愉快，唸得很有興趣的時候，常常一讀就讀完了，書不快意的時候就讀不完，像讀教科書老看不完，看武俠小說、言情小說一下就讀完了。而客人當中有非常可愛的、談笑風生非常幽默的、常識豐富的老是不來，來的都是你不喜歡的，就句法來看，這兩句當中都有矛盾逆折的意象。

鍊句的句法要作得好有很多的方式，因爲時間的關係，我只能就這方面來提。

以下講鍊意的部分。詩中要鍊意，其實鍊意的牽涉很廣泛，你要把句子作好，應該和書卷有關係，人生的閱歷有關係，感慨的深淺有關係等等，這些問題沒辦法談。我們現在講的鍊意只能就技巧性來講，就人家已經鍊好的意我們拿出來看，然後來分析它是屬於什麼的意，我們只能講這個。其實古人到底怎麼鍛鍊的，他的過程怎樣，我們都不知道，今天所能看到的是古人的結果。我們看到「牀前明月光，疑是地上霜」是他作成以後的結果，他開始作到完成，他中間的過程我們不清楚，只能推想。

那麼因此我們根據他所表現的技巧性、藝術表達來加以說明，因爲技巧性可以幫助我們在創作的時候來運用，所以我們不必求鍊很高的意思，我們不談那個，因爲那不容易做到。

就技巧性來說，我以下的幾個例子有曲意，曲本來是曲折，當然也有委婉含蓄的意思，假如單就講曲折的意思的話，就是他不直接說明，好像彎曲了一下，跟我要講的含蓄的意思又不太一樣。含蓄的意思是要說的不直接說，不說的就在言外，這樣來分辨它。譬如清王仔園的作品，其實這個作者在清朝也不是什麼有名的詩人，這首詩是引自袁枚的《隨園詩話》，我們作爲一個例子來用。他講他晚上去訪朋友，表現了很曲折的意思。文人常常睡覺都睡得很晚，所以很晚他去找他的朋友，他朋友也是一個文人，因此睡覺也睡得晚，你看他時間寫得很晚：「亂烏棲定自三更，樓上銀燈一點明。記得到門還不叩，花蔭悄聽讀書聲。」亂烏都棲定了，已經到了三更的時刻，所以晚上有月亮。「樓上銀燈一點明。」樓上的燈光還亮著，他的朋友還沒有睡覺，還在唸書。

你注意下面這句「記得到門還不叩」，我已經把「還不叩」寫下來了，如果不寫的話，下面可能變化的情況很多。「記得到門」，我記得到了門口，我不敲門，這個地方就是曲折，他不敲門做什麼呢？「花蔭悄聽讀書聲」，站在花蔭下面，偷偷地聽樓上朋友讀書的聲音。

七絕寫的就是短時間的感覺，我想他後來聽完讀書聲以後，他也會跑進去敲門去找他談話或是怎樣，但是他刻意曲折一筆，造成的景很美。他就寫這短暫時間所發生的這件事。

「到門應叩而不叩」，這是曲折一筆，跟我現在要談到的曲所表現的含蓄的意思是不太一樣的。「玉階生白露，夜久侵羅襪。卻下水晶簾，玲瓏望秋月。」這四個句子，各位在中學都讀過，我就不必多說。題目叫〈玉階怨〉，但是你看他這四句寫出一個「怨」字來沒有？古人說這二十個字沒有一個字及怨，但是字字怨入骨髓。你仔細地分析它，他不從正面說怨，他其實只運用了三個動作，就是三個行爲。他前二句寫房子外面的情況，後面二句寫房子裡面的情況。在房子外面是站在臺階上，在房子裡面是垂簾望月，全首詩只有三個動作：立階、垂簾、望月。但是經由這三個動作你去思考：爲什麼要站在房子外面？而且站那麼久？站了那麼久，夜深了，露水都把他的襪子弄濕了，當然是盼望。盼望不在屋裡盼望而到屋外盼望，這表示等待的迫切。

人家說這首詩是宮女望幸之情，宮女希望皇帝來看她的感情。但是望幸不在屋裡等，到屋外等，等到夜深了，露水都起來了，把襪子都弄濕了，這個是期盼的久，因爲期盼的久，等不到，然後回到房裡來，但是回到房裡來並沒有馬上睡覺，把簾子垂下來望秋月。這個動作表示她內心望幸之情還沒有絕望，還在做萬一的盼望。我要等待的人不來，我內心有怨，但是這個怨沒有說出來。

你從他整個的行爲來看，他非常客觀地敘述這個事件，但是每一個字都充滿了怨，怨入骨髓，這就是含蓄，這就是所謂「不著一字，盡得風流」。所謂「不著一字」，並不是一個字都不寫，一個字都不寫他這個詩怎麼成呢？「不著一字」就是你主要表達的感情不要直接地把它表現，你要寫情、寫愁、寫仇、寫恨、寫相思、寫寂寞不要在詩裡出現，使這個感情自然見於詩的文字之外，讓人家宛然得想，思而得之，這樣子才能達到含蓄的目的。所以作詩不要動不動就淚萬行，痛斷腸、恨無窮，不要作這樣的句子，你這樣的愁情應該見於文字之外。你說痛斷腸，讓人家感覺你自己在表現痛苦，痛苦要讓人家感覺。

很多外國電影劇情發展到高潮的時候，劇情本身曲折動人，當發生到高潮的時候，他讓男女主角的眼淚在眼眶中轉一轉不流下來，而下面的人已經泣不成聲了。很多中國電影爲了表現這種感情，劇情並不感人，見到面以後痛哭流涕，反而不足以動人。所以我們說詩「不著一字而盡得風流」，是指這個而言。

當然在詩中間我們還要有新的意思，所謂新的意思就是言人所未言，發人所未發。譬如李商隱〈寄蜀客〉「君到臨邛問酒壚，近來還有長卿無？金徽卻是無情物，不許文君憶故夫。」

另外詩要產生多義性，我以前講過李商隱的〈謁山詩〉就是，這些都是屬於絕句鍊意的部分。

另外還有就是做翻案。翻案也是詩中鍊意的方法，所謂翻案主要是避熟，大家不這麼說，我偏要這麼說。因爲很多事被運用的時候會變成習套，很多典故成爲習套，大家看了以後耳熟能詳。因此這麼熟的東西我們再運用的時候就可以翻案，使人家感覺到耳目一新。

我記得我們小時候在看電影的時候，有些片子表現小丑滑稽動作，總是喜歡在走路的時候，路上有香蕉皮讓他踩到摔一跤，剛開始看的時候，大家也覺得很新奇，很有味道，摔得很滑稽，這就變成一個典型的動作，凡是路上有香蕉皮或西瓜皮，人家走上去都要摔一跤，看多了以後，只要電影上有人在走路，前面有香蕉皮，結果不問可知，他只要走過去摔跤沒有人笑，想都想到了。所以你再演這種電影的時候你就要注意，前面有一個香蕉皮，一個人在走路，大家都想他走過去一定摔，結果走到香蕉皮上的時候，看到要踩結果沒有踩到走過去了，全場觀眾會笑，大家想他會摔結果沒摔，這叫翻案。

詩文中的翻案，我簡單地舉二個例子，譬如說王昭君的事情，所有人在詩中談到王昭君的事情，都會罵毛延壽，毛延壽是畫工，王昭君很漂亮，但是王昭君不賄賂他，漢元帝當年臨幸宮女的時候是根據畫冊，因爲人太多了，沒辦法一個一個見，就根據畫冊，畫由人物畫家毛延壽來畫。很多女孩子爲了能見到皇帝一面，希望皇帝看到圖畫來找她，就用賄賂的方式請毛延壽把自己畫漂亮一點，王昭君認爲自己已經很漂亮了，不必賄賂，所以毛延壽把她畫得很醜，結果皇帝始終沒有看到她，一直到她和番嫁給單于的時候，要出塞了皇帝才見到她，驚爲後宮佳麗第一，一怒之下就把毛延壽殺了。

因爲這個事情正史上並沒有記載，詩中間一再出現沿用這個故事，指責毛延壽。但是王安石的〈明妃曲〉說：「意態由來畫不成，當時枉殺毛延壽。」這就是翻案，其實王昭君實在太美了，不是毛延壽故意把她畫醜，美到非筆墨所能形容，事實上一個人的美不要說畫不出來，照片也照不出來，女孩子眉梢、眼角風情萬種是照不出來的。他藉這個事情故意翻案，來讀美王昭君的美，說儀態的美畫不出來，說殺毛延壽殺得冤枉。

清朝也有一首詩說：你們都怪毛延壽，其實還要怪漢元帝：「宮中多少如花女，不嫁單于君不知。」其實宮裡像王昭君這麼美的還有，因爲王昭君要嫁單于要出塞，你才知道有王昭君，那還有許多不嫁單于，在宮中漂亮得不得了的你也不知道。他諷刺一個皇帝什麼事情都必須假手於人，你要藉畫圖才識春風面，不直接去看，假手於人很多時候會出錯。所以他這個地方沒有怪毛延壽，他怪漢元帝，像這都是別出新意。

張夢機主講，日期75.4.6，〈鍊字與鍊意〉，收於財團法人王振生翁文教慈善基金會古典詩創作研習班講集《古典詩絕句入門》，（出版地未詳，自印本，一九八八年十二月），頁一三九～一五八。

維案：本文由羅健祐先生提供，謹致謝忱。又本文論點，可參看《鷗波詩話・「疏雨濕愁」與「大瓢貯月」》。

「五四文學與文化變遷」學術研討會特刊　歡迎詞

非常歡迎各位來參加由行政院文化建設委員會委託本會主辦的「五四文學與文化變遷」學術研討會。今天是民國七十八年四月二十九日，十年前（民國六十八年）的今天，「中國古典文學研究會組織章程」制訂完成，我們選擇在今天召開第十次會員大會，並舉行關於五四的文學會議，實具有非常特別而且重大的意義。

第一，慶祝中國古典文學研究會成立十周年。如各位所知，民國六十八年正好是七〇年代最後的一年。那是一個非常具有關鍵意義的年代，在臺灣，中美斷交、美麗島事件發生，在大陸，短暫的北京之春出現，魏京生、傅月華等民運分子被捕，鄧小平開始實行經改，對外試圖採取開放政策。在臺灣，由於長年致力於經濟開發，比較忽略文化建設，二者失去平衡，導致了諸多社會問題；在大陸，經過「文革」十年浩劫（一九六六～一九七六）的摧殘破壞，文化的生機奄奄一息，「文革」後可以說百廢待舉，尤其是文化問題。在這樣的一個背景之下，經由黃永武、李殿魁、于大成等三十五位中文學術界朋友的發起、推動，終於有了一次空前的結合，「中國古典文學研究會」十年來，歷經黃永武、王熙元兩位理事長積極擘畫，會務的進展非常快速，舉辦的古典文學會議都能引起學界的重視，甚至於海外漢學界也都交相讚譽。我們眞的做到了組織章程中所明訂的宗旨：研究中國古典文學，發揚其學術價值，建立現代中國文學之基礎，促進中華文化復興及推動文化建設。

第二，紀念五四運動七十周年。無庸置疑，五四運動影響現代中國至深且鉅，對於「古典文學」的生命產生極大的撞擊，「白話文」成了中國文學表現的主流媒介，但這並不意味「古典文學」已經死亡，相反的，可以說是一種再生，因爲新的研究方法賦予古典文學更豐實的內涵，在繼承與創新的文化課題上面，是值得大書特書的一章。現在由「中國古典文學研究會」來舉辦五四的文學會議，一方面肯定這新的文學傳統，一方面融會古今，把文化變遷的複雜因素一併討論，希望能出現新的詮釋體系。當然，這只是一次大膽的嘗試，需要大家繼續不斷去努力。

面對五四，面對複雜的環境變遷，中國古典文學研究會應在體質上有適度的調整，新的研究人力正不斷被開發出來，我們所期待開闊的論述空間也已經出現，誠盼古典文學研究會在這歷史長河中能扮演轉運的功能，融會古今、溝通中外，同時在海峽兩岸文化歷經長期分裂之後，能以文學爲之縫合。

非常歡迎各位的蒞臨，尤其是從海外來的朋友。感謝所有惠允擔任主席、主講、評論的各位女士、各位先生，感謝行政院文化建設委員會的鼎力贊助，感謝理監事會及秘書處工作同仁幾個月以來辛苦的籌備，也感謝中華經濟研究會在場地、餐飲上面所提供的協助，謝謝各位。

張夢機，〈「五四文學與文化變遷」學術研討會特刊　歡迎詞〉，一九八九年四月二十九～三十日。

第二屆書評委員的話　我以怎樣的態度評選好書

精緻的信賴

欣賞一部文學作品，我不贊成一開始便設法透過理性的知解去作任何價值的評斷，我比較願意先通過感性的欣賞，直接進入文學的境界，待有感於心，再藉重理論分析去檢查印證。因此，凡是讓我認為值得一讀的好書，一定要能直接感動我，或者引發我的省思。總之，我認為一本好書該像三月的春天，明媚亮麗而又生機盎然，能讓人一見傾心，同時又內涵深至，讓人讀它千遍也不厭倦。

聯副為文學書籍策劃「質的排行榜」，有效的集中專業讀書人進行精緻的選評活動，它不是以專業的分析論述去說服大眾，因為那不免會令讀者望之生畏，而是借重評書人在大眾心目中的可信賴感。很容易就讓讀者得到一個肯定的指南，我以為它有對抗書肆庸俗化的效用，對於社會質的提升也有其正面的意義。

張夢機，〈第二屆書評委員的話 我以怎樣的態度評選好書〉，《聯合報》，一九八九年五月八日，第二十一版。

成大鳳凰樹文學獎講評

一　古文部分

「讀東坡傳」在謀篇裁章方面，相當不錯，作者驅遣文字的能力也很強，可惜在立論上，有點瑕疵。粗略來說，作者對情智與爲政的關係，認識不清，故不免一面稱蘇東坡的情智，一方面又惜其不爲世用，而不知東坡的情智，實非政治家的情智，乃是文學家的情智，東坡既以其情智表現於政治上，就必然會遭到「不爲大用而屈抑以終」的命運，這是毋庸置疑的。作者在本文中雖也提到這個看法，但僅是蜻蜓掠水，旋點旋飛，並沒有作深刻的發揮，因而全篇議論遂自相牽扯，不得正解，很可惜。

「讀韓愈原道」，立說不落窠臼，是本文的優點，惟對佛老當不當斥，何以彼時當斥，今不當斥之故，未能說透，是以依違兩可，文旨因而迷失，只能徒以應世警語解之而已，這是本文的重要缺點。另外，第三段「實有鑑於文章經國治世之大業」一語，前後文皆無照應，也顯得有點突兀。

「醉漁瑣記」是篇好文章，文筆精絜清圓，當得起「芟蕪就簡，楚楚可觀」八字評語，結處尤佳，雖寥寥數語，著墨不多，卻能宕出遠神，餘味雋永。

「別淚」的作法，與江文通〈別賦〉、李義山〈淚詩〉很類似，可以看出摹擬的痕跡，文中偶然有離題的現象，譬如「桃花潭畔之謫仙」，用李青蓮贈汪倫詩，雖有「因離賦詩」之事，卻無「淚下霑襟」之實，顯然離題。又如「文通感此，而別賦生焉」一段，徒寫別情，而無別淚，也與題旨無涉，這些地方應該留意。

二　古詩部分

古詩決選作品共十二首，現在只選擇其中較好的四首，表示點個人的意見。

「答吳學長榮富」詩，很見功力，聲調也不錯（腹聯下句「鳥」疑作「烏」，恐手民誤植，否則此句孤平，聲調不協）。可惜全篇缺乏詩趣，因此不夠生動。作詩最忌理語，如果要說理，也必須融理於情，並透過文學的手法來表現，才能感人。如果瞭解這個道理，可「試聽慈母責子聲」（陳含光詩）——口裡句句說道理，聲中句句帶感情。

「從施老師遊鹿港」是首好詩，功力之深，尤勝於上篇。頷聯「二鹿文光昭海表，七鯤帆影動江城」，不愧作手，很難得。不過詩的後面四句頗有瑕疵，腹聯「泮池」、「書院」兼舉，「餘」字「賸」字並用，都顯得詞重意複。其實此聯上句既寫文開書院，下句可另寫龍山古寺，以避免合掌。「餘」字可易「空」字，情味更深。末句「和風類送管絃聲」，「頻」字如改「猶」字，則與上意縮合，尤見滄桑之情。「頻」字只寫眼前情景，意淺無味。

「秋思」從聲調上看，應該屬於平韻到底的七言古詩，作這種古詩，須先明瞭它特有的鏗鏘聲調，但作者似乎忽略了這一點。關於終篇平韻的七古聲調，王漁洋在〈古詩平仄論〉中會有提示：「七言古自有平仄，若平韻到底者，斷不可雜以律句。」他並且特別指出：出句宜以二平五仄為憑，落句宜以四仄五平、三平落腳為式，偶爾為了聲調的調節與變化，句中平仄偶不妨與上述原則不符，但也不能是近體詩的聲調。唐宋大家的詩篇莫不如此。我們試檢韓愈〈謁衡嶽廟遂宿嶽寺題門樓〉、李商隱〈韓碑〉、蘇軾〈舟中夜起〉等詩一讀便知。本詩「江楓瑟瑟月含霜」、「尚友古人誰可得」，全用律句，可能是作者一時失檢，因而造成聲調上的錯誤。

「仿無題三首」是本次決選作品中最突出的詩篇，個人將它選為元作。這三首詩句法靈動，才情並茂，其中如「彩鳳欲鳴須瑞日，靈犀不語亦生涯」、「巫山有女人何處，洛水無神夢亦空」、「花盡未堪江柳碧，燭殘忍見淚灰紅」等聯，都逼肖義山風貌，貴校有此良材，實在值得慶賀。不過，個人有點建議：學習義山詩，不要太措意於〈無題〉，應規摹〈籌筆驛〉、〈杜工部蜀中離席〉等詩，才能更上層樓。義山作詩宗法老杜，而且深得老杜神髓，《一瓢詩話》說：「有唐一代詩人，唯李玉谿直入浣花之室。」我們取義山〈籌筆驛〉與老杜〈諸將〉、〈秋興〉細讀，便知此言不虛，如果無義山之才，而只在〈無題〉上摭拾浮采，可能終不免會流於體格卑弱之弊。

三　詞曲部分

古典詞曲決選作品共十三首，個人認為水龍吟（讀史偶書）、滿庭芳（鹿耳門懷古）、沉醉東風（閑居）三首最好，望江東（暮春寄懷）、蝶戀花（慕情）、碧玉簫（悟世）、醉中天（題同學平劇排演）四首次之，其他的作品也都在水準之上。

「水龍吟」、「滿庭芳」兩詞，筆力峭健，氣格豪壯，很有《稼軒長短句》的風格，「水龍吟」一闋尤佳。以「滿庭芳」與壯詞，聲情不合，如撇開這點不談，結尾幾句：「尋鴻爪，波消海蝕，唯見水西東。」倒也餘味雋永。但上片「荷蘭鬼、魂飛膽裂」，一語顯得粗獷，有礙詞體之美。我們當知，南宋人作壯詞的雖然很多，除稼軒外，尚有張孝祥、陸游、劉克莊等人，也頗負時譽，但他們詞作的境界意味，終不如稼軒那樣耐人翫誦，原因是稼軒的詞，在豪壯之中，又能沉咽蘊藉，空靈纏綿，得此調劑，所以豪壯之情，不致流於粗獷，詞體之美，仍可以保持。近人繆鉞詩詞散論收餘一篇〈論辛稼軒詞〉的文章，便很精闢的闡發了這個道理，有意學稼軒詞的同學，可以細讀。

成功大學《文心》雜誌，第八期（一九八〇年六月十二日），頁七七～七八。

「網路古典詩詞雅集」詞宗評語

網路古典詩詞雅集壬午冬季徵詩活動（二〇〇二）

題目：車票，七絕，下平一先韻。

左詞宗：張夢機先生（中央大學中文系教授）

右詞宗：林正三先生（乾坤詩刊古典詩主編）

左詞宗張夢機教授總評：

本次徵詩題目是「車票」，這題目在我來看應屬詠物詩，詠物詩的最高境界是「物即人，人即物」，但是車票這個題目不好寫，很難達到這種境界。詠物詩除了要避免寫成猜謎語以外，最好具有複意、深意，也就是人、物雙寫，句句寫物，物物有人，言於此而意於彼，方成佳作。

這次我評選的標準，是必須句句扣題，每一句都繞著主題發展，又要合於常理而有章法，以此標準來看，此次參賽作品中僅所取第一名者完全符合，是爲佳作，其他的詩作，或多或少都有些缺失。

再就第二與第三名而言，二者的章法差異不大，內容上第三名者較有詩意，情味實在高於第二名，但是車票上一定記有起迄地點，絕不會是不知所向何處的，第四句顯然與常理不合，幾經考慮，終落於第三。

此外，其他的缺失還有：詞意表達不夠清楚，以及所用詞彙不符現代景況等。

網路古典詩詞雅集管理團隊編，《網雅吟選》（臺北：萬卷樓圖書公司，二〇〇七年），頁一六。

癸未春季徵詩（二〇〇三）

詩題：感春，七言律詩，上平十灰韻

左詞宗：羅　尚先生（詩壇耆宿）

右詞宗：張夢機先生（中央大學中文系教授）

右詞宗張夢機教授總評：

本人這次評詩的標準第一是章法，由於「感春」這個題目相當寬，所以只要寫到「春」也寫到「感」就可以，由此標準看來，這卅二首詩皆能切題。

第二個標準是形式結構，可以分為以下幾項來談：

1.用字是否精確？

2.聲調是否切合？

3.對仗是否工整？

4.句子含意是否畢吐？（意思是否能夠清楚表達？）

基於以上標準，本人總共取出十名：其中第一名到第三名可謂完全合乎以上標準；第四名到第六名的詩有些問題，但是並不嚴重，其實不修改也可以，但是這些小問題容易引起爭議或討論；第七名到第十名需要改動一兩處為宜。至於十名以外，則都有缺點，不夠完整。

網路古典詩詞雅集管理團隊編，《網雅吟選》（臺北：萬卷樓圖書公司，二〇〇七年），頁三四。

癸未秋季徵詩（二〇〇三）

詩題：台員篇，七言古詩，東韻（通冬韻）一韻到底

左詞宗：張夢機先生（中央大學中文系教授）

右詞宗：羅　尚先生（詩壇耆宿）

左詞宗張夢機先生總評：

一、七言古詩押平聲韻一韻到底者，亦須講究聲調，其聲調以避免合於律句為原則，同一聯之上下兩句最好皆不合律，若不得已有一句合律，則此聯之中另一句必不可合律。

二、七言古詩押平聲韻一韻到底者，上句以「二平五仄」為佳，即第二字最好用平聲，而第五字最好用仄聲，末三字用「仄仄仄」、「仄平仄」為佳；下句以「四仄五平」為佳，即第四字最好用仄聲，而第五字最好用平聲，末三字用「平平平」、「平仄平」為佳，尤其是下三平者，第四字必作仄聲。

三、首句以用韻為宜，上句最好以仄聲收尾。

四、建議閱讀杜甫、韓愈之七古，詳加揣摩。

五、五言古詩之聲調研究，建議研讀本人在《思齋說詩》書中〈杜甫北征與韓愈南山詩的比較〉一文。

網路古典詩詞雅集管理團隊編，《網雅吟選》（臺北：萬卷樓圖書公司，二〇〇七年），頁七〇。

乙酉夏季徵詩活動（二〇〇五）

詩題：晌午，七言絕句，限下平聲八庚韻。

左詞宗：張夢機先生（中央大學中文系教授）
右詞宗：黃鶴仁先生（基隆詩學會理事）

左詞宗張夢機先生總評：

中國古典詩詞創作，以寫春秋二季較多，其主要原因在於中國大陸四季分明，春季是由一片死寂的寒冬中萌發出來的生機，這種景象很能觸動詩人的心，而產生作品，夏季則只是春季的延長，草木更綠了、花草更茂盛了，並沒有太大的轉變，無新意自然就無法觸動人心。秋天則是盛極而衰之始，看著萬物自繁茂而凋零，容易引起悲傷的情緒，予以吟詠，這就是古典詩多寫春秋兩季的原因。

這也是本次夏季徵詩，我以晌午爲題的發想由來，因爲古人寫炎夏的詩並不多，所以希望大家能拿來練練。我私下認爲，夏季可資書寫吟詠的，應該是午後那種寂靜的景象吧！不過總結本次投稿的作品，寫到這景象的似乎不多。

談到孤雁出群或者孤雁入群格，也就是首句借韻或末句借韻這兩種格式，我的看法是古典詩首句本來就可以仄聲收尾，不用押韻，因此首句借韻是可以的，至於尾句借韻，考據古人作品，並無前例，所以我並不贊成尾句借用他韻的作法。

其次，就算首句可借用他韻，也必須以鄰韻或古體詩中可通轉者爲宜，而不是隨意用一個他韻，這次投稿的作品中就有一首犯了這個毛病。

總結來說，七絕之旨，要在輕倩流便、一氣流轉，最忌油滑，給大家作參考。

網路古典詩詞雅集管理團隊編，《網雅吟選》（臺北：萬卷樓圖書公司，二〇〇七年），頁一六六～一六七。

丁亥年夏季徵詩活動（二〇〇七）

左詞宗總評：

一、詩題「雷雨」，內容應有「雷」有「雨」，部分作品只寫金蛇閃電，有電無雷或者有電無雨，都不切題。

二、詩題「雷雨」，內容應以「雨中」爲主，有些作者所寫內容應屬「雨後」，並不切題。

李知灝、張富鈞編，《網海拾粹：網雅詩獎暨網路古典詩詞雅集十週年紀念集》（臺北：萬卷樓圖書公司，二〇一二年），頁一〇五。

戊子夏季徵詩活動（二〇〇八）

詩題：七夕，七言絕句。限上平七虞、下平七陽。詩中不可出現「七」、「夕」二字。

左詞宗：張夢機先生（中央大學中文系教授）

右詞宗：傅武光先生（臺灣師範大學國文系教授）

左詞宗總評：

七夕故事從詩經、古詩十九首以來，唐、宋、元、明、清各朝代皆有詩人以此題材作詩，然內容多屬「聚少離多」爲主題，惟宋朝秦觀「金風玉露一相逢，便勝卻人間無數」「兩情若是久長時，又豈在朝朝暮暮」能夠翻案而成千古佳句。七夕之作，歷來吟詠已多，是以今人作七夕詩，當以避開古人「會少離多」之老套爲宜。本次徵詩所選前五名，皆能跳脫窠臼，如第一名之作品「不羨女牛天上會，人間我亦勝鴛鴦」不但能夠避開「會少離多」的老路，而且能夠正面積極，故取爲第一。又例如第三名「長生殿願枝連理，一遇干戈便別圖」也能不落俗套，寫牛郎織女雖然每年僅僅會面一次，卻勝過唐玄宗和楊貴妃的愛情經不起外在的考驗。又例如第五名的作品，他除了能脫離「會少離多」的窠臼外，也能結合現代的生活時事，將現代高離婚率的情形入詩，但這畢竟較爲負面，不如第一名的作品有正面意義。至於以「會少離多」爲主題之作品，其較佳者則多置於十名以後。

李知灝、張富鈞編，《網海拾粹：網雅詩獎暨網路古典詩詞雅集十週年紀念集》（臺北：萬卷樓圖書公司，二〇一二年），頁一二六～一二七。

雅集七週年徵詩活動（二〇〇九）

詩題：照相機，七言絕句。平聲三十韻任選。

左詞宗：張夢機教授（中央大學中文系教授）

右詞宗：劉榮生先生（前新生報新生詩苑主編）

左詞宗張夢機教授總評：

限題的徵詩比賽，內容應該扣準題目，所以作者應該體認本次徵詩的題目是「照相機」，而非「照相」。大抵而言，前兩句可就照相機本身來寫，後兩句則可進一步發揮。但是只寫「照相」的作品之中，特別有味道者，也在可取之列。

李知灝、張富鈞編，《網海拾粹：網雅詩獎暨網路古典詩詞雅集十週年紀念集》（臺北：萬卷樓圖書公司，二〇一二年），頁一三七。

五　手稿、未刊稿、出處未詳稿件

雙紅豆箧詩話

古人論律詩，謂對句易工，落句難工，發端尤難工，蓋律詩首句宜突然而起，若黃河決堤，翠巘懸瀑，勢不可遏。王維「風勁角弓鳴，將軍獵渭城」，倒戟而入，筆勢軒昂。謝朓「大江流日夜，客心悲未央」，雄壓千古，氣淩百代。杜甫「花近高樓傷客心，萬方多難此登臨」，沉厚突兀，豈同凡響。設數句倒裝一轉，則淪爲平調矣！雖然，殊不知第二句佳尤難得也，蓋是句領全詩精神，盡得畫龍點睛之妙，通篇俱由此脫穎而出。杜審言〈和康五望月有懷詩〉：「明月高秋迥，愁人獨夜看。暫將弓紘曲，翻與扇俱團。露濯清輝苦，風飄素影寒。羅衣此一鑒，頓使別離難」。次聯言秋月，腹聯述悵望之情，結句望蟾懷遠，厥章法情景，與二句「愁人獨夜看」何曾須臾離也！故習律詩，必先錘鍊是句，否則全詩氣魄薄弱，罔克貫注，理趣神韻俱失，斯律詩秘訣，豈可以漠視哉？

律詩對仗雖曰易工，然欲使意境至善，必於工整之外，更求陰陽、清濁、流水、虛實、鉅細之變化，如杜工部「江開波浪兼天湧，塞上風雲接地陰」，王摩詰「草枯鷹眼疾，雪盡馬蹄輕」，陰陽之謂也。工部「野徑雲俱黑，江船火獨明」，又「遠水兼天淨，孤城隱霧深」，清濁之謂也。李義山

「玉璽不緣歸日角，錦帆應是到天涯」，徐安貞「忽聞畫閣秦箏逸，知是鄰家趙女彈」，流水之謂也。馬戴「微陽下喬木，遠色隱秋山」，杜甫「近淚無乾土，低空有斷雲」，虛實之謂也。張說「雲間東嶺千重出，樹裡南湖一片明」，子美「一去紫臺連朔漠，獨留青塚向黃昏」，鉅細之謂也。若但知平仄工整，而不審此義，畢竟難臻絕詣，「穿花蛺蝶深深見，點水蜻蜓款款飛」，終是遊戲之語也。

詩貴含蓄，不可直情徑行，倘一題在手，必瀾翻泉湧，吐之殆盡，則風趣絕無，讀之味同喫土嚼蠟。苟能藏鋒不露，則如水中滲鹽，無痕而有味，揣摩者自去擡擣，滋味全著，唐詩能達到此種「隱之爲體，義生文外，秘響旁通，伏來潛發」（《文心雕龍》）之境界，其流傳綦久，良有以也。謂余不信，請調諸唐詩：王龍標「平陽歌舞新承寵，簾外春寒賜錦袍」，言無寵者獨寒也，深情幽怨，託意悲涼。李白「玉階生白露，夜久侵羅襪。卻下水晶簾，玲瓏望秋月」，無一語著怨，而怨情隱現。杜甫「此曲只應天上有，人間能得幾回聞」，譏花敬定僭用天子禮樂，語意含蓄，音在弦外。劉禹錫「舊時王謝堂前燕，飛入尋常百姓家」，無限感慨，曲筆盡之，而餘韻繞樑，耐人尋思。餘如義山「雲母屏風燭影深」一章，自比有才，反致流落不遇。韓翃「春城無處不飛花」一首，言恩澤不及他處，胥能辭外有意，味外有味，故臻極詣！鄭善夫云：「詩之妙處，正在不必說到盡，不必寫到眞，而其欲說欲寫者，自宛然可想，雖可想而又不可道，斯得風人之義」，信哉斯言！

張夢機，〈雙紅豆篋詩話〉，此為剪報資料，出處日期未詳，頁九。

剪報背面錄有劉守本〈台灣之金〉。

近水樓讀詩劄記初稿卷一

七古聲韻必協，有所謂三平落底者。如金三叩，鼓三通，否則失板失腔矣。蘇軾〈書王定國所藏煙江疊嶂圖〉、陸游〈風雨中望峽口諸山奇甚作短歌〉諸篇，殆爲範例。有平仄韻互轉者曰馬蹄韻，如宋李彌遜〈行路難〉、賀方回〈題漢陽招眞亭〉諸篇皆是。另有所謂「仄聲可令單，平聲不可令單」之說，蓋七古詩句可六平一仄，若東坡「林深無人鳥相呼」、「何時歸耕江上田」、「江南江北青山多」。最忌七（維案，應作六，七或爲筆誤）仄一平。然古人犯者甚鮮，罕見其失黏之處，故協韻一說有徵矣。

或謂東坡襟懷豁達，謫居時猶有「報道先生春睡美，道人輕打五更鐘」之句。後以吟詩諷世，被禁於獄中自分，朝不保夕，嘗作「夢繞雲山心似鹿，魂驚湯火命如雞」自況，畏懼之情見矣。

論絕句起源有「五絕起兩京，七絕起四傑」之語。蓋兩京者，指西漢長安、東漢洛陽兩都也。四傑者，謂初唐王勃、楊炯、盧照鄰、駱賓王四才子也。

七絕自王勃後，有李白、王之渙、王維、王昌齡諸大家，其中昌齡尤爲翹楚，詩才更在三子之上，一時有詩天子之譽。自茲以還，單以七絕可以名家。唐人七絕已臻極詣矣。及有宋王荊公、陸放翁，亦稱一代高手，跨凌同儕，風韻絕佳。

絕句不宜用典，專尚白描，但抒一己之情即可。絕句首重第三句，謂之跳起，跳起得法，則自生新意，自闢新境，有畫龍點睛之妙。唐人詩「可憐無定河邊骨，猶是春閨夢裡人」、「忽見陌頭楊柳色，悔教夫婿覓封侯」、「玉顏不及寒鴉色，猶帶昭陽日影來」、「羌笛何須怨楊柳，春風不度玉門關」，俱深得跳起三昧。此法知之者或有，然能通曉而發乎文辭者，則稀如滄海之粟矣。此論日後當更爲詳書之。

七律最難工，宜察其禁忌，聲調格法稍一不愼，即入俗境。故作律詩如挽強弓，能張者古今無幾人，最善者莫若杜工部矣。（小字注：工部應稱律聖，七絕較弱）

律詩有一定格法。范成大〈鄂州南樓詩〉云：「誰將玉笛弄中秋，黃鶴飛來識舊游。漢樹有情橫北渚，蜀江無語抱南樓。燭天燈火三更市，搖月旌旗萬里舟。卻笑鱸鄉垂釣手，武昌魚好便淹留。」首次兩句以散句出之，以十一尤起韻，故全詩用韻悉依此，否則謂之出韻。中兩聯須對偶工穩，漢樹蜀江聯爲頸聯或頷聯，燭天搖月句爲腹聯。末二句亦以散句相收。此一般格法也。

律詩頸腹兩聯，宜情景錯綜運用，始覺靈活。大抵寫景之詩，以景爲實，以情爲虛。抒情之詩，以情爲實，以景爲虛。賦詩宜情景交融，虛實相生，方稱佳構。

七古或曰始於漢武帝〈柏梁臺〉詩。武帝集群臣於柏梁臺賦詩，首句爲武帝所作，然後大司馬、大將軍輪流賦之，末二句爲東方朔、郭舍人所爲，句句押韻曰柏梁體。此本爲定論，爲顧亭林持異議曰：原詩次句爲梁孝王所作，然彼時孝王身沒久矣，曷克賦詩。其次漢初無大司馬其職，故證其爲僞作。後人亦曾辯證，略謂顧亭林所見爲明版本，詩下小註爲明人所增，不足憑信，宋版恐不至如此。孰非孰是，則非末學所敢臆測也。

廣東江聰平，素與余善，數年還時相過從。所爲詩清麗可喜，不作俗塵之想。近以七律一首見示，詩云：「蘭陽幾度話昏晨，又値街西作寓鄰。剪燭今同窗上夜，賞花曾共雨中春。一杯菊酒堪忘世，五篋芸編好耐貧。獨喜此間無俗事，十分清興屬詩人。」題曰「丙午秋日喜梅山詞長卜居青田街鄰右」。聽平初習新詩已大有可觀，後以考入國研所，遂不復爲矣。前功盡棄，惜哉。詩中「窗上夜」一詞，原用以名其新詩集，蓋有以也。初聽平與巴壺天教授之幼女過往甚密，以恪於師命未果。集中有「琴音都冷了」之句，深情繾綣，徹骨淒馨，當記實也。此事知者不多，今連類書之，亦韻甚矣。

丙午夏六月，余應試師大國文研究所，同試者有張仁青、曾昭旭、莊萬壽、蔡信發、尤信雄諸人，鬱乎彬彬，盡一時之選，亦人文學社之菁英也。余方服役軍旅，鎮日與劍戟爲伍，廢讀益久而卒以三分落第，聞者莫不深致惋惜。七月南返，曾戲占四絕句誌懷。其一云「下第襟懷莫漫論，騰驤失路愧師門。炎氛卓午蒸檐角，閟使心旌悶不翻。」其二「眼簾乍捲淚闌珊，告慰星郵照怍顏。辜負窗前風日好，拋書任爾亂如山。」其三「揭來孤抱滿懷雲，細檢陳編憶昔情。時乞鄰翁分粥火，書齋枉對短燈檠。」其四「白石荊薪自煮茶，瀹愁無奈藉春芽。穿山更賺新詩料，權領雲嵐作探花。」

今歲教師節前夕，欲拜謁漁叔師，約周龍、茂雄同往之臨沂街寓廬。適逢室內竹戰方酣，遂悵然折返。周龍笑謂余曰：漁叔師昔有「人競賞花同晉壽，我除看竹更可歡」之句，今驗之矣。聞者皆不禁莞爾。

比論律詩殆分兩派，一曰西崑詩派，溫李新聲首肇其端，晚唐宋初詩人多從之流風所被，至明吳梅村猶習其體。西崑最重對仗，工穩如飛卿「數叢沙草群鷗散，萬頃江田一路飛」，義山「金蟾齧鏁燒香入，玉虎牽絲汲井迴」，無不妥貼至當。然內涵則捨酒、女人、山水無他矣，空空泛泛，了無沉思，致流於纖弱之弊。一曰江西詩派，遠祖工部，近則瓣香、山谷、後山、簡齋諸大家。詩以清微淡遠爲宗，偏重理路，不落恆蹊，避陳言俗事，至清同光體仍受其惠。佳句如山谷「桃李春風一杯酒，江湖夜雨十年燈」，後山「人事自生今日意，寒花只作去年香」，簡齋「客子光陰詩卷裡，杏花消息雨聲中」、「殊俗問津言語異，長年為客路歧難」，誦之益覺格老境深，觀其所詣則多宋之論，固非虛美耳。

清龍陽易實甫順鼎以詩名家，與樊樊山增祥並稱樊易，彼此且好雅謔。民初京都女伶鮮靈芝，本名戴修貞，每出臺，易在台下大呼「要命」；樊樊山所捧女伶則為富竹友，亦每演必到，且恆以詩句頌揚之。某次樊山作詩鐘以諧音相嘲，聯云：「使問廉頗遺矢否，妃慚楊廣帶羞蒸」，實甫難忍其譏，亦自撰一聯云：「臭十年餘夫逐有，矢三遺後飯增強」，堪謂功力悉敵也。此事見《南湖雜記》，固感前輩風趣如此，固為摘錄之。

余嘗以拙作《雙紅豆簃詩存》一冊請傅清石將軍斧正。將軍遂寄詩相謝。詩云：「細吟紅豆味清新，雙簃才思迥出塵。況是陽明風景好，一山紅葉屬詩人。」余亦次韻奉和：「詩如菡萏濯漣新，不待凌波已絕塵。愧我身貧無所報，白雲滿袖贈高人。」將軍為至交丙仁之父，余恆以伯父呼之，故拙作詞俚意淺，非所計也。

八月下旬於周龍文定日，始與南安李金昌論交，後二月，復有函札相往返，以書中有吾兄詩之俊傑格高氣逸句，睹之未免汗顏。近世以還習詩者多，瓣香黃陳，鮮有以唐音出者。金昌七古則風華獨占，律詩亦佳，惟氣未遒耳。曾寫詩若干首見示，今并錄之。七古〈感遇〉云：「空際雪花飛簇簇，九曲欄杆雕白玉。捲簾煮酒撥紅泥，獨對寒梅一枝綠。曉來夢醒聽啁啾，上有翠鳥雙棲宿。瑟縮巢中不得飛，愁見寒雲滿空谷。」此詩雖自注經漁叔師潤飾，然工力亦見乎其中矣。另有〈悲秋〉一首亦佳，詩云：「霜露飛舞長空疾，白鳥紛紛鼓垂翼。肅殺風聲臨大千，愁紅慘綠悲戚戚。夜聞華木響階除，曉來紅黃殘葉積。青天同洗如去年，年年秋季青天碧。前山才見草色衰，枯樹又聽杜鵑泣。春日花潮迎騷人，秋來楓葉送詩客。滿眼風光皆是秋，不堪郊原風蕭瑟。且向酒裡尋天地，清樽玉爵共陶醉。酣飲不辭三百杯，一曲悲秋聲聲淚。」七律如〈登阿里山〉云：「傑立楞睜駕九嶷，卿雲糺縵捲千旗。迴峰競向朝靈碧，簇錦空濛景色奇。峭嶺摩空飛秀色，瓊蟾終古浴天池。天風撼動千年檜，亂拂蔥蘢沛雨時。」五律如〈靜溪〉一首云：「雲深山路靜，村僻水流青。新柳逍遙鳥，高風展玉翎。岸崖垂瘦影，石壘列繁星。即此羨幽色，築茨講黃庭。」律詩句法或有不工，且僅限於寫景，然苟稍假以時日，必有可觀矣。

趙秋谷《聲調譜》云：兩句曰聯，四句一絕。此稱語殆自六朝始。絕句有四。曰樂府絕句。曰古絕。曰拗絕。曰今絕。

樂府包括趙代秦楚之謳，經樂官採集而成。漢揚雄、司馬相如、枚皋、枚乘俱參與其間，盡蒐集之功。樂府爲可歌之詞，如〈薤露歌〉云：「薤上露。何易晞。露晞明朝更復落，人死一去何時歸。」蓋悲田橫事也。李延年譜曲爲歌，餘如〈枯魚詩〉、〈蒿里歌〉等皆是。後世王公貴族薨，皆以〈薤露歌〉爲輓，士大夫死則以〈蒿里歌〉致哀，其來有自矣。唐人〈金縷曲〉、〈渭城曲〉、〈清平調〉爲樂府絕句，俱可歌，惟曲譜已佚矣。惜哉。略觀樂府絕句之特色有二。曰以唱爲主。曰調不統一。

古絕有別於樂府絕句。蓋古詩不可歌也。古絕不論平仄卻有絕句之態。五言如「藁砧今何在，山上復有山。何當大刀頭，破鏡飛上天。」七言則於梁簡文帝、庾信、徐陵時已有作品〈夜聞單飛雁一首〉，簡文帝、徐陵集中俱有此題。茲錄簡文之作於後：「天霜河白夜星稀，一雁聲嘶何處歸。早知半路應相失，不如從來本獨飛。」論詞采功力差唐人遠甚。彼等辭賦佳而詩拙，故見疑於後世。惟習詩體之初期，或亦有此可能。

拗絕純指絕句中之聲調而言。聲調失黏者謂之拗。此體或謂創自杜甫，實則誤矣。蓋王昌齡、李青蓮已有此例。拗絕共分五題，一曰單拗。如工部「悵望千秋一灑淚，蕭條異代不同時。」一字宜平而仄，本爲失黏，然據《聲調譜》載：下句拗上句必拗，上拗則下句可黏。詩例甚夥，此爲拗體。二曰雙拗。杜工部「映階碧草自春色，隔葉黃鸝空好音。」自空兩字拗救，謂之雙拗。三曰半首拗，即起承句拗而轉合句合調。如杜詩「孰知茅齋絕低小，江上燕子故來頻。銜泥點污琴書內，更接飛蟲打著人。」孰知、江上兩句即拗矣。四曰全首拗。《聲調譜》載：詩無八句拗，非也。唐宋詩皆有例可援。宋黃庭堅〈題落星寺〉云：「落星開士深結屋，龍閣老翁來賦詩。小雨藏山客坐久，長江接天帆到遲。燕寢清香與世隔，畫圖妙絕無人知。蜂房各自開戶牖，處處煮茶藤一枝。」全詩皆拗也。五曰一句拗。此法大抵用於絕句，非關對仗。惟詩例難尋，暫付闕如。聲調亦最忌此。嘗聞王元美以爲唐無一句拗之法，故謂唐李頎詩「遠公遯跡廬山岑，開山幽居祇樹林。」句中開山宜易爲開士，以避一句拗也。清毛大可非之，謂如改次句，則首句廬字失黏，恰爲一句拗也。且開士於此亦欠綰合。此事非關宏旨，一併書之，亦略見文人風趣也。

今絕一稱律絕，唐人多爲之，其造詣已超邁前人遠甚。宮闈、邊塞、別離諸題，已臻絕詣。宮闈爲書寫宮人怨女及思婦之情懷，或借辭以自託，固託想甚高，不乏優美之作。邊塞係寫從軍之狀況，藉以發揮懷抱，寄其豪邁之思。別離則專用於友朋間敘別寄懷之時。唐人最工諸體，後世莫及。其中尤以王昌齡所作最工妙。

比閱《中央日報》副刊見〈浣溪紗〉一闋詞云：「廿載風波劫後身，陽關歌罷最驚魂。傷心楚客作詞頻。　揭地掀天須有日，傾懷攜手共前春。明朝秋水望伊人。」上半闋驚魂傷心連用，遣辭太繁。末句作詞頻氣勢不貫，頻字有湊韻之嫌。下半闋首句尚見豪氣，次句前春一詞費解，傾懷攜手一語亦係湊字。末句復點秋色，時令不顯。余不知此詞爲何人手筆也，何其草率如此。嘗頌詞選見南唐中主〔一〕有〈浣溪紗〉詞一闋，詞云：「風壓輕雲貼水飛。乍晴池館燕爭泥。沈郎多病不勝衣。　沙上未聞鴻雁信，竹間時聽鷓鴣啼。此情惟有落花知。」風姿綽約，不愧高手之作，與前詞何只以道里計也。

〔一〕維案：後〈浣溪紗〉一闋當為蘇軾作，張夢機以為南唐中主作，或為誤記。

善作七絕者可以爲名家，但不可爲大家。近世以還，以蘇曼殊爲佳，其詩有側豔之才，譬之名伶非有丹田之眞聲，然饒韻味也，故允推名家。有清一季，龔定菴亦稱高手。才華高逸，博學強識，以工力較諸曼殊尤佳。

習絕句宜多讀詞，蓋詞中多佳境佳句，況其亦實由絕句析出也。詞中佳句如「一庭疏雨濕春愁」、「一山紅葉爲誰愁，供不盡、相思句」、「試問閒愁都幾許。一川煙草，滿城風絮。梅子黃時雨」、「風壓輕雲貼水飛」、「今宵賸把銀釭照，猶恐相逢是夢中」、「夢破五更心欲折。角聲吹落梅花月」，與七絕境界無二無別矣。

鄭海藏詩或評曰惘惘不甘。漁叔師以爲有名利味，不若易爲惆悵無名，始爲絕句高境也。

最近時往師大國研所聆漁叔師援詩學研究。前周以〈浣溪紗〉一闋命諸生習作。余亦草塡二闋，聊應師命。其一云：「一杵禪鐘品夜清，福星下飲半池明。蘋風吹老杜鵑聲。　有恨已隨春黯澹，無言惟膭淚崢嶸。相思猶自縛雲情。」其二題曰春暮，詞云：「崔護重來意久慵，亂紅飛入小簾櫳。門非無鎖野雲封。　綺夢不禁檐角雨，流鶯時惜楝花風。一枝春是一枝空。」草率為之，難登大雅。莫闋數引舊句，且檐角對楝花稍有不工，未知改後，面目如何。

李周龍，師大國文系高材生也。嘗從魯實先教授習文字聲韻之學，於詩文亦皆有可觀。近承以〈登觀音山〉一首見示，故喜為錄之。詩云：「盤盤樵徑寄遊蹤，霽後青嵐似黛濃。遠寺隱深藏亂樹，老松閱世立危峰。攀天乍喜同飛隼，臨水行看起蟄龍。回首渾迷所來處，眼中雲壑一重重。」

苗栗徐芹庭，有俠氣，重然諾，少慕朱家、郭解之為人。時人目為狂，是不眞知芹庭者也。後拜在南懷瑾先生門下，習劍悟禪，皆有所得。其為詩亦多禪意。七絕如〈懷古〉云：「朱家郭解是英豪，排難人間不憚勞。衰世不平隨處有，於今安見有同袍。」〈說相〉云：「萍寄無方瀛海間，誰能長久存千年。浮生若便能追憶，留得塵容映暮煙。」〈有寄〉云：「早知四大皆空幻，知道還猶將道迷。鬱鬱祇緣情未了，暫居塵世看煙堤。」七律如〈歧路〉一首云：「邅迴世路多他歧，策馬何年能靜馳。兼愛墨翟空掩泣，自私楊子有深悲。繁華灰夢皆銷盡，世事古今徒指麾。顧瞻浮塵多是幻，棲遲不忍作狂痴。」芹庭詩似不重音律，但以豪氣發之，是能別具一格也。

向者淩波以梁祝一曲紅遍臺瀛，詩人吟詠此事者甚眾，然盡皆講譽之詞，獨有湖南詩人何南史先生能迥乎常格，力排眾議。其詩云：「神州早隔波濤外，私愛相招戲劇才。不哭新亭哭梁祝，過江名士已堪哀。」何南史先生另有〈贈某辛亥革命趙老同志詩〉，亦甚佳。詩云：「半壁江山南渡局，四圍海水北投春。美人衾作英雄陣，猶似當年不顧身。」寓意深矣。

李金昌同學曾惠寄小詩數首，託付轉呈萬谷師斧正，略記〈冬日抒懷〉有句云：「孤樹枝頭鳥雀眠」，萬谷師易孤爲枯，改鳥爲凍，正切冬日，信爲高手矣。又近日予以〈河汊閒步偶成詩〉相示，詩曰：「蕭蕭蘆荻卷潮聲，獨此低徊作放人。看取灘頭一拳石，當年亦是骨嶙峋。」萬谷師以長易當，但易一長字，自見不同，亦足徵鍊字之難矣。

甫園《石遺室詩話》偶得句云：「攀天未有龍拏手，倒注銀河洗甲兵。」拏字失黏，意亦未工，隨興之作也。蓋成於偶然故誌之。

張夢機，《近水樓讀詩箚記初稿卷一》，手稿未刊，約作於碩士班期間（一九六七～一九六九）。

李義山的〈錦瑟〉詩

我想凡是一個愛好唐詩的人，多喜歡吟咏李義山（商隱）的詩吧！記得幼時讀詩，一讀到義山詩，必朗朗於口，當時我不解寓意，僅從用字、聲律、工整來領會它的美而已。近來雖從事摸索，也難窺得其全貌，但我仍覺著它的美。就詩論詩，他的作品是完整的，遣辭的簡潔、音律的和諧、情感的細膩、用典的深刻，均有獨特超詣的地方，又喜以比興的手法表達，含蓄幽微，所以能夠感人至深，洞澈肺腑。

毋庸諱言，李義山的詩是最難於索解，碧城、深宮、錦瑟、無題諸作，如不能明瞭他的身世、時代背景、戀愛事跡、悼亡生涯，以及與令狐父子間錯綜複雜的關係，是很難求得較完整地内容的，因之歷來研究考據的詩家也日有所增了。我們要談的〈錦瑟〉詩就是一例，「錦瑟」是義山的名作，聲調神韻極佳，索解的人也最多：

錦瑟無端五十絃，一絃一柱思華年。莊生曉夢迷蝴蝶，望帝春心託杜鵑。滄海月明珠有淚，藍田日暖玉生烟。此情可待成追憶，只是當時已惘然。

歷來箋家大都認爲這首詩是悼亡之作，馮浩就曾指出：「此悼亡詩，定論也，以首二字爲題，集中甚多，何足泥也？」繼後他又解釋說：「下半重致其撫今追昔之痛，五句美其明眸，六句美其容色，乃所謂追憶也。……惘然緊接無端二字，無端者，不意得此佳耦也，當時睹此美色，只覺如夢如迷，早知好物必不堅牢耳」！實際上，他也只解了下半首，對於義山引用莊蝶的旁射絲毫沒有說明，並且若說滄海藍田句僅隱喻明眸容色，也未免顯得太粗淺，像這樣的追憶，絕不會教人感動的。何義門則說：「首借素女鼓瑟事以發端，言悲思之情有不可得而止者，次聯悲其遽化異物，腹聯又悲其不能復起之九原也」，何解似乎比較近情些，但仍使人有籠統牽強的感覺。又有人相信李義山愛了飛鸞和輕鳳兩位宮嬪，後來她們死了，義山很難過，於是用婉約的筆法來弔念她們，這種解說曾一度被認爲正確。至於蘇東坡所說：「李生詩莊生曉夢迷蝴蝶，適也。望帝春心託杜鵑，怨也。滄海月明珠有淚，清也。藍田日暖玉生烟，和也」。以爲「錦瑟」詩爲咏錦瑟，而整篇狀其適怨清和之聲，這是根本不足以微信的。

不過，我最欣賞今人顧翊群對「錦瑟」所下的注腳，他在《李商隱評論》一書中說得很詳細：「首二句由太帝素女之錦藍瑟爲五十絃，思及己身亦將五十，而有平劇中『想當年』之感。第三句用莊子夢蝶事以喻自己一生。第四句根據四川傳說及少陵詩意，而感懷國事，無法效勞。滄海句或自比鮫人閱歷滄桑後而爲令狐楚、王茂元等灑淚。藍田句用田產玉及吳王小女玉成烟的典故，而哭王氏寄與柳枝等人。末二句謂己身所經歷傷心之事，在當時已痛苦極矣，何能再行迴憶邪」！顧氏否認「錦瑟」爲悼亡詩，而稱爲義山自身傷感之詞，這是他高明獨特的地方，也唯有這樣解釋，才能使全詩更生動，更耐人尋思。的確，〈錦瑟〉詩也能將義山的一生心事包羅殆盡，成爲他一生的寫照，尤其滄海藍田句，更具體地說明了他自己幾十年來，在宦海的浮沉，戀愛的生活，悼亡後的生涯，全聯俱淚，令人迴腸，這豈是馮浩的解釋所能比擬？我們如果按顧先生的解說去欣賞「錦瑟」詩，那麼，我相信我們更能體驗出李義山坎坷多姿的人生了。

張夢機，〈李義山的錦瑟詩〉，頁一一。

維案：此為剪報資料，時間出處未詳，推測應為早期作品。

論李白〈將進酒〉

李白〈將進酒〉有「岑夫子，丹丘生，將進酒，君莫停」之句，王琦注云：「岑夫子即集中所稱岑徵君是，丹丘生即集中所稱元丹丘是，皆太白好友也。」世有以岑夫子爲岑參者，不知何所據而云然，如謂岑徵君即指岑參，亦大可商榷。蓋徵君亦謂徵士，指學行並美而不就徵召之士也，語出《後漢書・黃憲傳》：「友人勸其仕，憲亦不拒之，暫到京師而還，竟無所就，天下號曰徵君。」岑參為天寶進士，累官補闕起居郎，出為嘉州刺史，其不得稱「徵君」甚明。近人李長之以為岑夫子當指岑勛，因李集有〈訓岑勳見尋就元丹丘對酒相待以詩見招〉五古一首，末云：「開顏酌美酒，樂極忽成醉。我情既不淺，君意方亦深。相知兩相得，一顧輕千金。」其意與〈將進酒〉相近，可為佐證。李氏所言雖非確據，但值得參鏡。

張夢機〈論李白將進酒〉，手稿未刊稿。

維案，正文筆跡清俊。文末以紅筆為注：「此文自塵篋中搜出，或為他人之稿亦未可知，姑錄此以俟考。」紅字字跡蜿蜒，知是中風後所書。此文未詳是否張夢機所書，姑錄於此。

曾季貍《艇齋詩話》讀後

《艇齋詩話》一卷，為宋曾季貍所撰。季貍南豐人，字裘父，號艇齋，其為人安時處順，直諒多聞；發為文辭，則沖澹簡遠，讀之悠然意消。嘗從呂東萊徐東湖游，盡得其詩學。是書所載，多江西詩派詩人之遺聞軼事，亦迻錄若千名家詩詞中之雋語警句，如：「樹陰不礙帆影過，雨氣卻隨潮信來」（呂東萊）、「心如野鶴與塵遠，詩似冰壺見底清」（韋蘇州）、「樓臺冷落收燈後，門巷清虛掃雪天」（晏元獻）、「明月江山夜，候蟲天地秋」（徐東湖）、「未覺朝廷疏汲黯，極知州郡要文翁」（張擴）等，皆足供人參酌。嘗記余授課上庠，舉李義山〈蟬〉詩詳加鑑賞，剖析「五更疏欲斷」時，某生忽疑之曰：「夜不鳴蟬，何識見之短耶」？余當時因無佐證，故不便置喙。今欣見詩話載：荊公詩〈葛谿驛〉云：「缺月昏昏漏未央」，末云：「鳴蟬正亂行人耳」，予嘗疑夜間不應有蟬鳴，後見說者云：「葛谿驛夜間常有蟬鳴」，此正與「寒山半夜鐘」相類。是知夜間之蟬非絕對不鳴，《艇齋》之語，足證李詩言之非誑也。毋庸諱言，是書亦偶有疏失，如謂老杜爲秦人，謂「隗始」出於韓文；又謂前人論詩，初不知有韋蘇州，至東坡而後發此祕之類，殆考據偶有舛誤耳。再者，吳景旭《歷代詩話》曾臚列是書訛誤之處，供人斟酌，可參鏡。

張夢機，〈《艇齋詩話》讀後〉，手稿未刊稿。

姜夔《詩說》書後

姜夔，宋江西鄱陽人，字堯章，自號白石道人。詞工，詩亦擅場，且知音審律，能自製曲。其人雅潔高尚，不落塵俗，遠功名，以布衣終身，曾游歷湘鄂贛皖江浙一帶，時沉浸於波光水色中。平生著作甚夥；《白石道人詩說》其一也。按《詩說》多爲白石深造自得之言，不乏出語精緻，而旨意深微者。其論詩素重詩法，蓋欲知詩病，必先洞悉詩法也。是知詩法乃操觚者之矩矱，豈可漠視哉？白石談詩法多偏於形式：如論篇章，則曰：「作大篇，尤當布置，首尾與停，腰腹肥滿」。論句法，則曰：「始於意格，成於句字，句意欲深欲遠，句調欲清欲古欲和，是爲作者」。此外尚有立意，布局、措詞、用事、對仗、寫景等，亦莫不用語精綮，突顯意旨，足資參酌。白石《詩說》除論詩法外，亦旁涉悟境與妙境。關於妙境，白石有四種高妙之說：一曰理高妙；二曰意高妙；三曰想高妙；

四日自然高妙。論述之餘並常以片言決要，醒人眼目。要之，白石詩說言簡意賅，直探詩心，頗能引領吟詠者臻於佳境。至降及遜清王漁洋，其論神韻，是否亦受白石詩作或「詩境」之影響，則尚須商榷，再作定論。

張夢機，〈姜夔「詩說」書後〉，手稿未刊稿。

沈義父《樂府指迷》後序

宋沈義父，字伯時，江蘇震澤人也。生平涉獵哲理，慎思明辯，篤好伯淳、元晦之學。自敘謂童稚時唯嗜詩詠，厥後與吳夢窗善，時相賡酬，乃更好為倚聲。所撰《樂府指迷》一卷，凡二十有八則，今輯入唐圭璋《詞話叢編》以行世。本卷前列原文，以供參鏡；後附諸家序跋，以備省覽。其論詞主知音，明法度，避生硬字，以周清眞爲宗。立論持平，深中肯綮，尤其言音節律腔各條，皆抉微鉤沉，最爲精警。至謂「說桃不可直說破桃，須用紅雨劉郎等字；詠柳不可直說破柳，須用章臺灞岸等字云云。」則未免失之偏頗，蓋詞中用替代字，固可遠避俚俗，然有時亦徒使含意不能畢吐，故所言恐非確論。再者，沈氏話詞諸條，往往片言決要，直探本心，此固精彩，然不屑作任何條理終始之疏解，遂與憑私臆斷之漫批，容易相混無別，故其說多見籠統有餘而詳明不足。蓋今時評鑑之道，已非同往昔，必有疏通條達之詮說，精密嚴整之剖析，始克闡發精蘊。而本卷所論，多簡絜扼要，吉光片羽，雖多得古人之心，實難饜時人口腹之欲也。

張夢機，〈「樂府指迷」後序〉，手稿未刊稿。

跋賀黃公《皺水軒詞筌》

右丹陽賀黃公《皺水軒詞筌》一卷。案古本此編錄論詞之言凡五十四則，排列散亂，不拘詮次。近人唐圭璋復據徐釚《詞苑叢談》等三書，輯佚補缺，得詞條十有三則，合前所錄一併收入《詞話叢編》，以供參覽。詞筌中之所論，珠璣不多，唯「無理而妙」一條最爲可述，其言曰：「唐李益詞曰：『嫁得瞿塘賈，朝朝誤妾期。早知潮有信，嫁與弄潮兒。』子野一叢花末句云『沈恨細思，不如桃杏，猶解嫁春風。』此皆無理而妙。」上舉兩例，均寫情已到癡絕處。癡者，思慮發於無端，即所謂無理也。蓋情之愈癡者，愈遠於理。固知「無理而妙」，非蠻橫兀傲，翻呈佳妙之謂，乃能就理深一層轉折，以致妙到毫顛之意也。操觚者苟能熟諳此法，則對詞體之創作，必大有可觀，而上引《詞筌》所示二例，亦以是殊値細參焉。

張夢機，〈跋「皺水軒詞筌」〉，手稿未刊稿。

《御製全唐詩》序

眾所共知，唐朝是中國詩史上的黃金時代。從形式上看，舉凡古風近體、樂府歌行、齊言雜言，幾乎應有盡有，無所不備。從內容上看，唐詩題材之擴大情趣之豐厚、風格之多樣、境界之高遠，甚至流派之紛歧，都呈現波瀾壯潤、萬花撩亂的景觀。從數量上看，清代所編纂的《全唐詩》，卷帙造繁，可謂一代巨構。這部書采擷薈萃了唐三百年詩人的菁華，按時代前後分置次第，輯錄詩作四萬八千九百餘首，凡二千二百餘人，釐爲九百卷。這些都顯示了唐代詩歌在詩史上屹立不搖的地位。

自昔唐人選唐詩，有殷璠、元結、令狐楚、姚合等人，可惜甄選得不夠謹嚴賅備。到了趙宋初期，撰輯《文苑英華》，收錄唐人作品較多，然而分類選詩，不免漏植之譏，實難視作曠世鉅觀。直到遜清康熙朝，才拿出內府所藏的唐詩，招集一些詞臣，持與《唐音統籤》等書，一一校勘，輯佚補缺而成《全唐詩》。本書雖卷以千計，詩盈數萬，但編次井然有序，眉目非常清楚，亡佚闕漏的地方，也都盡力補足，讓後人據此可盡讀人的詩作：像李白的飄逸、杜甫的沉鬱、韓愈的奇崛、賈島的烹鍊、李賀的險怪、杜牧的豪艷等，都能出現在同一部書裡，無論研讀或披閱，翻檢起來，相當方便。

另外，本書還說明了一點：唐詩之所以如此隆盛輝煌，其中除了君王的倡導，科舉的獎掖等政治因素外，相當重要的一點，恐怕是由於詩人身分由貴族到平民的轉移。我們看《全唐詩》，甚至連漁樵僧尼，優伶歌伎都有作品，便知詩歌在唐朝已成爲一種最普遍文學型式了。劉大杰說：「從君主貴族掌握的詩壇，轉移到民間詩人手裡，是使唐詩發達的主因」，是不錯的，我們只要看看魏晉詩與唐詩間作者身分的差異，便知此言不虛了。

張夢機，〈御製全唐詩序〉，手稿未刊稿。

跋吳楚材《攷正古文觀》

本書原刻乃清吳楚材所選輯，上起姬周，下至朱明，錄古文凡二百篇。文中標示音讀，文後附載註釋語譯，朗若眉目，殊利披閱。吾華自南北朝以降，始有文筆之論，大抵用韻者謂之文、散行者謂之筆也。洎乎唐代，昌黎韓愈倡爲古文，忌浮藻，斥駢偶，奮然起八代之衰，固有古文之名焉。歷來古文之編選甚夥，不遑遍舉，姑列其大，聊供參酌：總集如宋姚鉉編《唐文粹》、元蘇天爵編《元文類》、清姚椿《編國朝文錄》等，卷帙浩繁，非一般流俗所能盡讀；選集如宋呂祖謙《古文關鍵》、明茅坤《唐宋八大家文鈔》、清姚鼐《古文辭類纂》等，皆多所偏嗜，稍欠周延。而吳氏則不然，遍覽歷朝古文，匯集此體菁華，或有遺珠，絕無濫竽。甚書能家絃戶誦，流行不輟者，豈偶然哉？惟本書選文仍有可議之處，如偶輯駢儷，不合體例；漏植元文，終成餘憾；抒情之作，篇幅嫌少。雖然，大醇小疵，不足以掩其光價也。

張夢機，〈跋「攷正古文觀止」〉，手稿未刊稿。

跋黃節《蒹葭樓詩》

《蒹葭樓詩》若干卷，乃近人黃節所撰。節，字晦聞，粵之順德人也。少受知於梁節庵，及長，與詞人新會陳述叔善，人稱「黃詩陳詞」，並轡方駕，擢秀嶺南。嘗爲廣東教育廳長、北京大學教授。治學甚勤，鑽研極深，所著詩蔚然成風，爲騷壇所宗。詩與梁節庵、曾習經、羅癭公並稱爲嶺南近代四大家。其詩格澹而奇，趣新而妙，造意精深，多蒼涼之感。且遣辭鍛句，力避凡近，又以拗折之法裁章，迥不猶人。陳衍石《遺室詩話》嘗評之曰「其爲詩著意骨格，筆必拗折，語必悽惋。」寥寥數言，深中肯綮。集中以七律最勝，清敻刻劃，專宗陳後山。如〈南歸至滬寄京邸舊游〉：「遶道江皋計早紓，經行淞曲又旬餘。無多懷抱將消歇，已換寒溫問起居。聽曲再來當暮雨，題詩還寄及春初。遲歸別有沉綿意，難為臨風一一書。」〈北郭展墓〉：「清明北郭多車馬，歸客依依起嚮晨。原草漸生回燒日，水禽初變有鶯春。青山原是傷心地，白骨曾為上塚人。四尺崇封寧不識，僕夫猶為闢荊榛。」嘗鼎一臠，足概其餘。陳散原〈題舊蒹葭樓〉詩曰：「卷中七律，疑尤勝效古而莫尋轍跡，必欲比類，於後山為近，然有過之無不及也。」披讀其書，固知此說非誣。浮淺之徒或譏其「才薄如紙」，何識見之異耶？大抵亦如女色，好惡止繫於人也。

張夢機，〈跋「蒹葭樓詩」〉，手稿未刊稿。

跋陳文華《珍帚集》

右《珍帚集》三卷，為陳君文華所撰。文華，原籍廣東梅縣，少日篤好文學，詩詞曲稗，無不涉獵，浸薰既久，遂深有所悟。弱冠，負笈上庠，從桐城汪師雨盦游，泛觀經史，雅好詞章，繼而就讀師範大學國文研究所，得文學博士。卒業留校任課，累遷至教授，退職後復任教於淡江大學中文系所。數年前嘗以本書擢秀騷壇，榮獲國家文藝獎，詩名由是而益彰。

捔略言之：文華詩宗老杜，古風波瀾推排，跌宕有致；近體句穩緒密，吐屬雅馴。集中佳作如：「紛然燈火原歸寂，如此江山卻要憐。」「弄櫂同湔兩湖水，尋詩共沐六朝煙。」「朱絃都為知音絕，不減奇哀日日濃。」「昨雨明陰渾不管，直須憐取眼前晴」等，窺豹一斑，足概其餘。惜其間亦有犯孤平者，如「未許乍逢眼變狂」，然數僅戔戔之數，殆偶失檢耳。

余與文華相善逾數十年，交誼醰醰：或遊山挹翠，同攜逸興；或通夕論詩，共忘倦乏。舊歡歷歷，探懷猶在。君亦好飲，陶然百斗，不拘形態，其情性之眞，或可由此覘之。古人謂：賦詩宜醉，屬文宜醒。此蓋謂酒能助感性詩情也。君既善飲，當深知醉中言語恆有「無理而妙」之效，作詩時倘能仿此醉言醉意，詩境必因之大進，質諸文華，以爲然否？

張夢機，〈跋「珍帚集」〉，手稿未刊稿。

跋龔嘉英《詩聖杜甫》

龔稼老，贛人，其詩法精緒密，格老境深，頃以所著《詩聖杜甫》見示，余覽而善之。該書以詩作傳，以史證詩，都二十萬言，冥搜博勘，宏細兼容。其中二至八章，述少陵生涯梗概，舉凡典章制度，人物山川，莫不詳實舉證。首尾兩章，則概論少陵家世與詩卷流傳，亦多所發明，足供參鏡。全書甄錄杜詩約六百餘首，對前賢箋注，如有歧義，俱作客觀論斷；苟遇異文，必抒個人見解。要之，不妄作詮說，亦不隨人言語。杜詩沉鬱頓挫，波瀾老成。其人則困於當時，而達於千秋。察乾坤民物古今之變，歷溪壑戟戈治亂之跡，平生忠愛窮愁，襟懷世局，皆一一託之於詩，遂成其爲風雅絕詣也。稼老既嫻熟杜詩，又別具慧眼，故一有機會，便於境無所不入，於情無所不窺，於法無所不容。又其且濡墨爲文，用辭雅馴，對少陵困跡辛酸之遭際與心情，亦有深切摹繪，一字一淚，令人動容。又其書末論詩卷流傳，亦敘說清晰，取證詳贍，誠足資研杜者之一助也。

張夢機，〈跋「詩聖杜甫」〉，手稿未刊稿。

維案：龔嘉英《詩聖杜甫》（臺北縣：杜詩研究山房，一九九三年）並未附錄此跋，或為閱讀後之題記，並未附書正式刊行。

跋羅尚《戎庵選集》

四川名詩人羅公，名尚，字戎庵，宜賓人也。早歲嘗輯其詩作，嚴加甄選，得古近體六七三首，裒集以付梓。余近得一冊，浣讀三過，欽遲無既。初，公以弱冠，效終軍之請纓，與槍旄爲伍，轉戰滇南一帶。後避秦火，隨廊廟東遷，蹈海來臺，影靜東墩，始專一爲詩。除役後曾任職考試院多年，曹官餘暇，寢饋於四史、杜詩、李義山集等。復從潭州李漁叔教授游，乃飫聞高論，盡得心法。近世作者，或以藻彩爲工，或以杈枒爲孅，公則氣勢排奡，硬語盤空，直吐胸中之蘊，極富時代精神。觀其長篇古風，思雄才大，磊落驚人，筆力亦健崛駿爽，最擅勝場。近體諸作，又皆律切字穩，寓詞託諷，雅見才情，誠無所施而不可者也。公長余十數歲，三十年前初相識於臺北圓山〔一〕，以意氣相得，遂訂爲忘年交。其後同客新店，過從漸密，情誼益篤。偶亦邀遊碧潭，啜茶賡詠，放懷山水。公性耿介，以氣節自高，兀傲迕俗，不屑逢迎，世固不能用其材，公亦不屈己求合。自總統府參議致仕後，息影林泉，流連溪壑，尋春吟秋，頗以自適。公詩律森嚴〔二〕，功力渾厚，信筆揮灑，自然合度。余每有所作，必央其商度聲調，斟酌句法，始敢定稿。今重觀其選集，乃細參古近體之章脈，規摹頷腹聯之琢對，蓋年雖老仍日有進益者歟！

張夢機，〈跋「戎庵選集」〉，手稿未刊稿。

〔一〕維案：據文中「三十年前初相識於臺北圓山」，當知作於一九九五年前後。讀羅尚《戎庵選集》（臺北：正中書局，一九七六年）後作。此文修改後以〈戎庵詩存序〉面世。特此保留，以見互文。

〔二〕維案：原文作「公詩律森律」，或當作「森嚴」。

饒漢濱《松竹居詩稿》序

饒君漢濱，早陟兵塵，中歸黌宇，晚耽吟詠，而吐辭雅馴，屬句清拔，故每有所作，皆如水流花放，純出自然，與世俗一般語木聲稀、意陳字俚者不類。頃輯其舊稿，欲以付梓，囑余為序，以弁其稿。余觀集中諸作，大抵以七絕為主。夫七絕者，在唐貴語近情遙；在宋尚用意精深。而饒君之作，造語平澹，寫情真摯，殆規摹唐調耶？如：「朱橋白木依然在，又過巴陵十二灣」、「風雨漫天歌舞歇，為誰枯坐到燈明」、「蒼天亦是癡情種，冷雨初晴夢又溫」、「青山不管雲來去，冷暖千秋一笑看」等，雖寥寥數例，已足資為斑豹之窺焉！

雖然，其中聲律亦頗有值得商榷之處，如七古終篇平韻者，其聲調以不雜律句為原則，且上句應以二平五仄為憑，下句終以四仄五平、三平落腳為式。此法王漁洋古詩平仄論言之甚詳，可以參鏡。饒詩似不太遵守古法，故時多舛誤。試檢韓愈〈謁衡岳廟遂宿嶽寺題門樓〉、〈鄭群贈簟〉等詩一讀，便知所言非誑。然大醇小疵，固難減損是集之光價也。

蓋絕句字數本既無多，意竭則神枯，語實則味短，必也藉才情以周旋，始克彰顯其精彩。余嘗謂：作絕句須才情；作律詩需功力；作古體須識見。而君性本穎悟，襟含別趣，既才兼文雅，復情歸醇厚，實已奠穩七絕之礎石，他日倘能再沉潛經史要籍，習誦名家詩什，所作必震驚騷壇，擢秀臺澎，則是集之作，殆其發軔耳。

張夢機，〈「松竹居詩稿」序〉，手稿未刊稿。

維案：饒漢濱《松竹居詩集》（臺中：自印本，二〇一七年二月）記載：「（張夢機）並鼓勵出詩集、他作序，誰料老師一病再病，等到蒐集原稿完成打字本即接『追思會通知』。」是以此序並無正式出版。

《興觀詩集》序

近數年來，欣見青年詩人努力從事創作者日益增多。雖多值韶齡，而才思飆舉者亦正不少。觀其所作，率皆要言不繁，質而不俚，有風人之遺焉！他日成就非凡，自不待言。而彼此偶有賡酬，炫奇角險，亦時有佳句，頗能醒人倦目。

吾輩已老，而幸有青年詩人及時崛起，誠令人有長江後浪推前浪之欣喜與感慨。眼下臺澎詩壇，擊缽聯吟，其中語木聲稀之徒亦不知凡幾，今復見青年詩人敲金戛玉，雅好此道，雖星星之火，然燎原已有望矣！

頃者，諸位詩友擬各以近作若干首，都爲一輯，交付鋟版，名曰《興觀詩集》。吾觀該集所選輯詩，佳製甚夥，茲迻錄律、絕八例，繫諸左方，以作鼎臠之嘗焉：

一、薄冰日午猶三尺，輕服家居竟九貂。（李岳儒）
二、青山對照應知意，黄絹初裁不染塵。（李啟嘉）
三、徭戍邊關聞角鼓，行吟野路賦辭章。（林曉筠）
四、昔年狂客今何在，落拓江湖恐白頭。（楊維仁）
五、若有奇能追既往，許無遺憾到如今。（丁國智）
六、行到山村櫻盡處，回首瀑布卻飛來。（許永德）
七、惟取微燈窗半掩，欲分落雨伴吟詩。（張富鈞）
八、旦暮蒸雲氣，春秋浮月環。（何維剛）

其佳處固足跨越流輩，不愧作手，細味上舉諸詩，當知吾所言不虛也。

今《興觀詩集》輯印將成，諸詩友願索吾一言以爲敘。吾雖頑疾纏身，然既雅慕彼等之才，亦樂於獎掖後進之士，又曷敢以心衰力竭辭。因聊綴數言，誌於簡端，用資鼓勵云耳。

張夢機，〈興觀詩集序〉，手稿未刊稿。

卷三　張夢機往來信札選錄

李漁叔致張夢機信札・九月十九日

夢機仁弟左右：昨閱瀛海同聲
新作，語意警鍊，雖仍於漁舊作
詞語不覺襲取，而別出機杼，是能
深得脫胎換骨之妙者，甚為欣然。漁
近日執事時來不寧，俟稍佳擬約我
廬主婦及（輕崑陽）等來此晚餐共酌數杯，
藉破寂寥而已。明日二十星期一文化
學院新舊同學設宴，必須前往，煩吾
子屆時（下午二時廿分上課）赴師大夜間部一行，或上完二小時，
或上一小時，並為漁說明不來之原因，至盼。即頌
雙佳
墨堂手書　九月十九日
魚千里

29×23cm

釋文

夢機仁弟左右：昨閱瀛海同聲新作，語意警鍊，雖仍於漁舊作詞語不無襲取，而別出機杼，是能深得脫胎換骨之妙者，甚爲欣然。漁近日體中時感不寧，俟稍佳，擬約戎庵夫婦、顏崑陽及弟等，來此晚餐共酌數杯，藉破寂寥而已。明日二十星期一文化學院新舊同學設宴，必須前往，煩吾弟屆時（下午六時卅分上課）赴師大夜間部一行，或上完二小時、或上一小時，並爲漁說明不來之原因。至盼。即頌

雙佳　墨堂手書　九月十九日

說明

李漁叔（一九〇五～一九七二），原名明志，晚號墨堂。湖南湘潭人，日本明治大學畢業，後投筆從戎，隨軍渡海來臺，受知於臺灣省政府主席陳誠，幕中公私文牘多深倚之。復任教於臺灣師範大學國文研究所，講授詩選、書法、《墨子》等課程，深受學生歡迎。

先生精研墨學，著作頗豐。善詩書，有《花延年室詩》、《三臺詩傳》傳世，爲張夢機先生之本師，書則瘦勁英挺以瘦金名之，畫梅則稍事點染，高標韻格，冷香滿紙爲人所稱。又因其先世顯宦，熟知掌故與藝林軼事，見錄於《魚千里齋隨筆》、《風簾客話》中。曾任《中華藝苑》（一九五五年創刊，原名《中華詩苑》）主編，影響甚大。

此件書法甚佳，深得書貴瘦硬始通神之旨，用筆瘦挺勁健，清癯疏朗而不失於枯槁，墨色豐潤而神采奕奕，連筆游絲之處，如「同」、「聲」；「換」、「骨」等字，纖如毫髮，而不失筆力，與書

左側細筆小字並觀，足見秋毫精勁，細入毫芒。李氏瘦金體字勢多獨立，望之儼然，然而尺牘之作，非刻意爲之，妙造自然。字組構成或以輕重、或以連筆，三兩穿插行間，虛實交映流動，如二王尺牘風流盡顯。

函中所言「瀛海同聲」，原載於《大華晚報》，由江絜生主持，爲當時古典詩寫作的重要詩發表園地。李氏點評精準，勉勵之餘不忘警策，數語之間見師生情誼、指點授受之跡。亦可窺見張夢機先生細讀深研、逐步學習轉換消化的過程。書末招飲者戎庵，即詩人羅尚（一九二三～二〇〇七），與顏崑陽，一時際會，詩酒風流可遙想知。

李漁叔致田素蘭信札・二月廿三日

素蘭賢友

一、墨子及孟法鍾點費請查明代領(寒假中者)

二、夜間部詩選鍾點費從三月份起由夢機取去如再不肯接受即通知校方辭去此課 漁意已決希勿更改

三、墨子方面亦於三月一日起請將鍾點費代領直接交王冬珍同學收收存

近好

漁叔手啓 二月廿三日

魚千里

29×23cm

釋文

素蘭賢友

一、墨子及書法鐘點費請查明代領（寒假中者）。

二、夜間部詩選鐘點費從三月份起由夢機取去。如再不肯接受，即通知校方辭去此課。漁意已決，希勿更改。

三、墨子方面亦於三月一日起請將鐘點費代領，直接交王冬珍同學收。

順頌　近好　漁叔手啟　二月廿三日

說明

此件受書者素蘭，即夢機先生夫人。田素蘭女士，夫人與先生同執教於上庠，蘭質蕙芬，璧人天成。

此件書法，則字字獨立分明，點畫結體亦顯端凝鄭重，所述之事，項列條分，可見詩人收斂其浪漫率性之筆，對於公事的理性態度，也反映在書跡上。函中次述詩選課之鐘點費由夢機先生取去，如不肯接受，則向校方辭去教職，末行小字更注漁意以決，希勿更改一語，可見師長愛護關照之溫情。

函末王冬珍（一九三六～二〇二〇），爲臺灣師範大學國文系退休教授，專研《墨子》，亦爲李漁叔先生高足。

李漁叔致張夢機信札・元月十八日

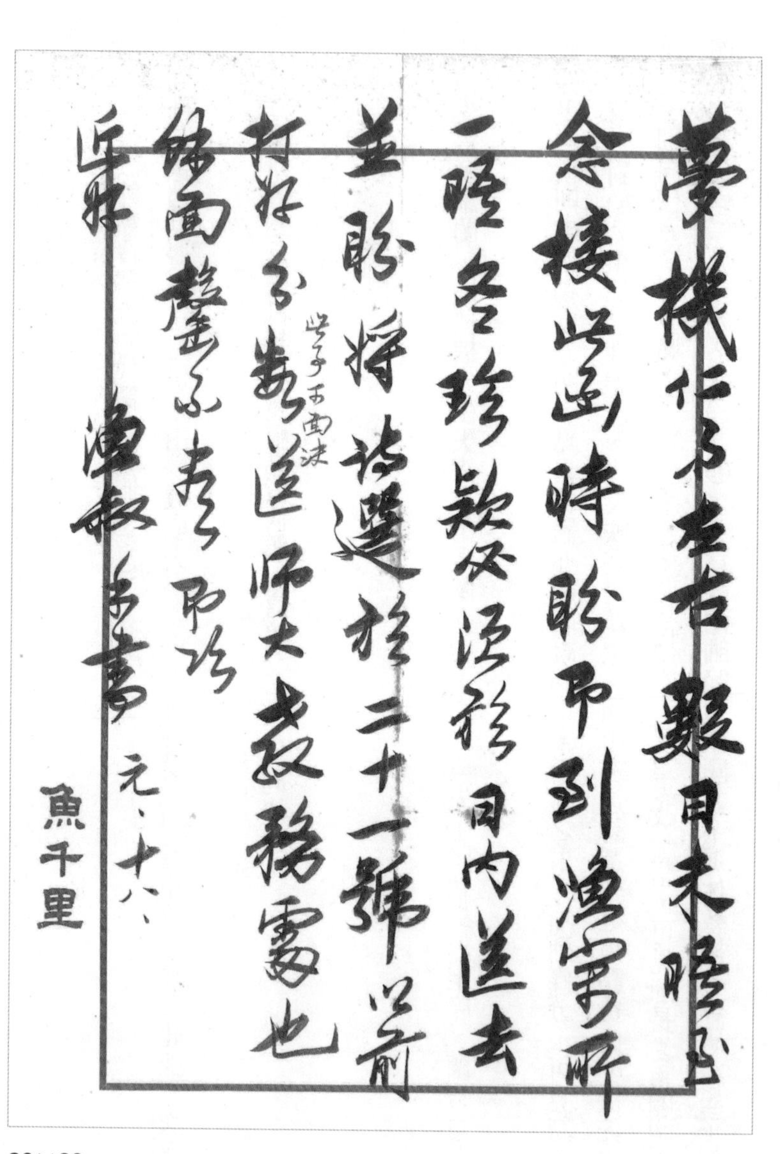

夢機仁弟左右：數日未晤為念。接此函時盼即到漁寓所一晤，冬珍款及經於日內送去。並盼將詩選於二十一號以前打好分發送師大教務處也（此事不可面決）。錄函整齊示來，即頌
近祺
漁叔手書 元、十八、

魚千里

29×23cm

釋文

夢機仁弟左右：數日未晤，至念。接此函時，盼即到漁寓所一晤。冬珍款必須於日內送去，並盼將詩選於二十一號以前打好分數（此事可面決），送師大教務處也。餘面罄。不盡。即頌

近好　　漁叔手書　元、十八、

說明

此見行草相參，波磔捺筆，如「教」字略帶章草筆法，於通篇中點出更發顯眼，行筆酣暢，字組虛實映帶之間精彩可觀。李漁叔先生書法多見字字獨立、方折清健剛勁，然此件中如「晤至」、「此函」、「以前」、「分數」婉轉流暢，圓筆柔勁，剛柔相濟益見精彩，書末連筆草草，直似羲獻父子花押頓首再拜之字，簡單的用筆一點一畫盡顯風流，頗似王氏一門書翰中南朝書跡流風遺韻。

李漁叔致田素蘭信札・一月六日

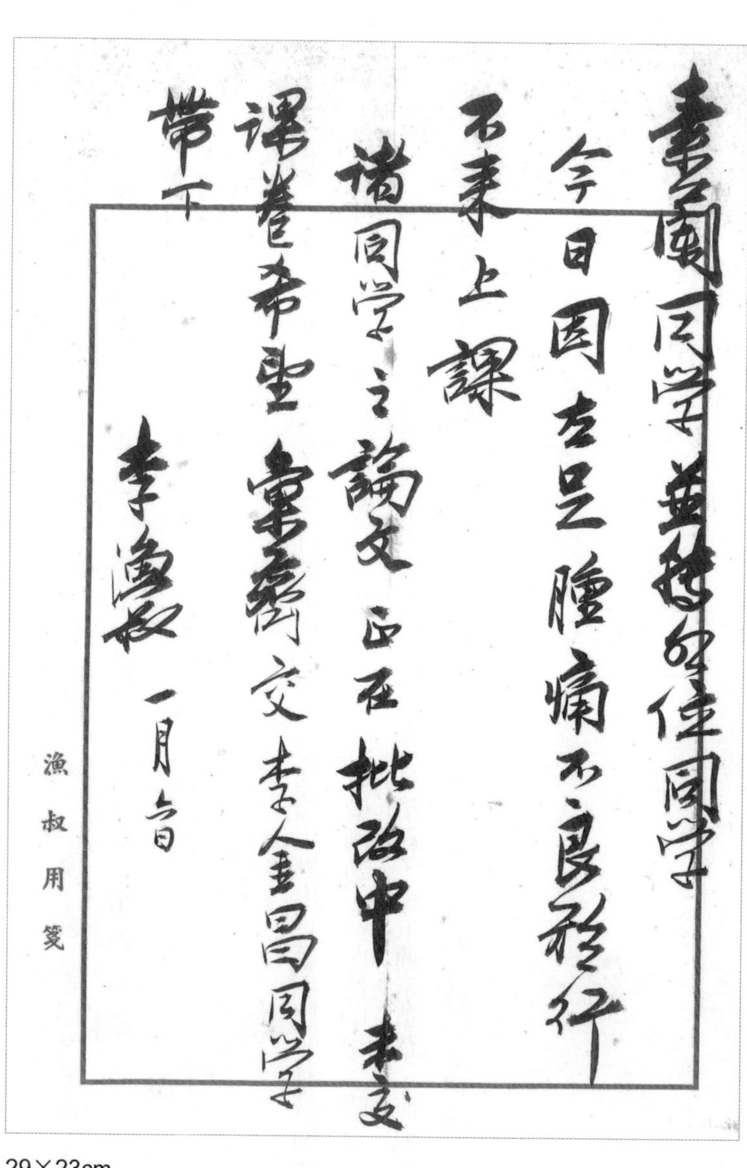
素蘭同学並轉各位同学
今日因左足腫痛不良於行
不來上課
諸同学之論文正在批改中 未交
課卷者希望寫齊交李金昌同学
帶下 李漁叔 一月六日

漁叔用箋

29×23cm

釋文

素蘭同學並轉各位同學

今日因左足腫痛，不良於行，不來上課。

諸同學之論文正在批改中，未交課卷希望彙齊交李金昌同學帶下。

李漁叔　一月六日

說明

此件書法難爲希有，唐孫過庭《書譜》論書，謂書家作書，有五乖五合。是以書爲心畫，書者的身心狀態不一，或因四時濕燥，風雨晦明，或因體氣違和，或感事緣情，事端萬千，不一而足，故難以一標準衡諸所見而槩論之。

文中自謂病腿腫痛，不良於行，端詳書跡，行距較疏，而字距多密，如起首一行中「素蘭同學」、「並轉各位同學」，橫畫披臥，折筆翻疊而下，與人緊張之感，而次行稍舒緩其氣，字組之間似皆稍事停歇之意，細觀單字筆勢也都有不同於平常之感，或許正因爲書者身體感受與書寫功力相互影響下而成的章法行氣。

病中體力雖差，而功力不減反顯，如此的表現，可與平常相比較，對於書者當能有更豐富立體的認識。

李漁叔致張夢機信札・四月三日

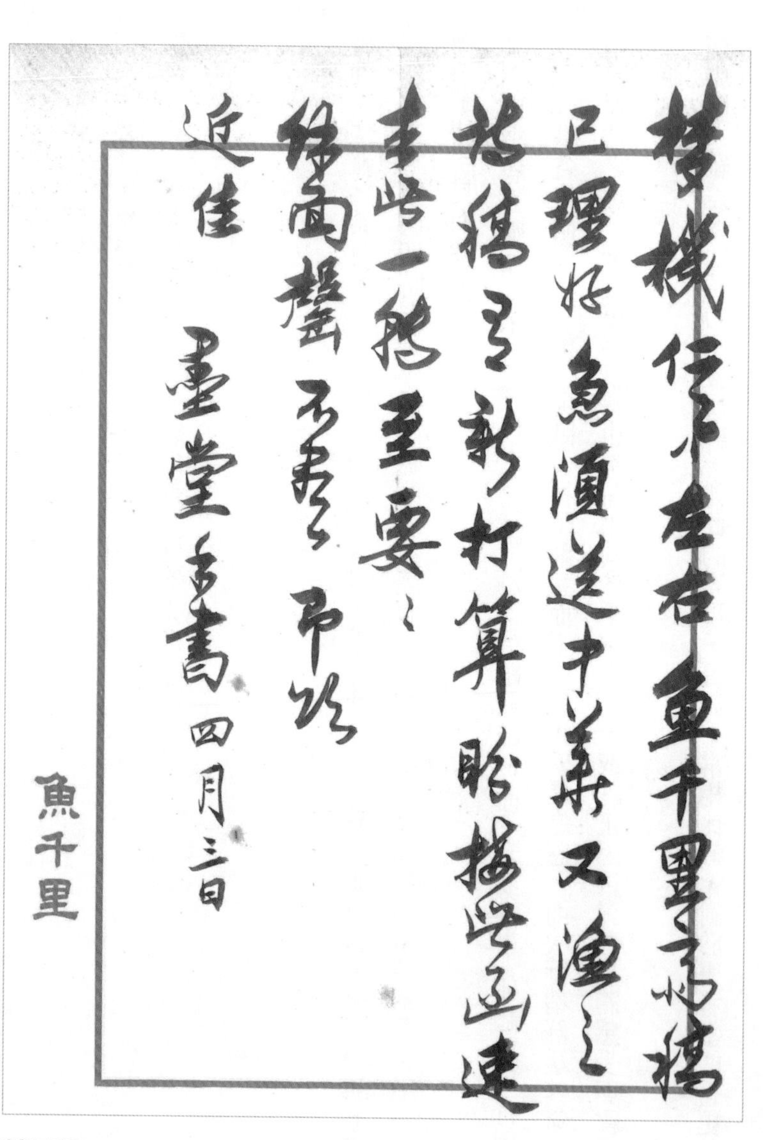
夢機仁兄左右：魚千里軒手稿
已理好，急須送中華，又漁叔
詩稿[illegible]新打算盼[illegible]速
寄呈一冊，至要至要。
[illegible]　不[illegible]　即頌
近佳
墨堂手書　四月三日

29×23cm

釋文

夢機仁弟左右：魚千里齋稿已理好。急須送中華。又漁之詩稿有新打算。盼接此函速來此一轉。至要至要。

餘面罄。不盡。即頌

近佳　墨堂手書　四月三日

說明

此件行氣相貫，直書而下，不採跌宕擺盪之勢。墨飽筆沉，平穩而從容，不多務離合變化，而懸針疾勒提出，飽滿中帶銳氣，如「千」、「算」、「即」字，復左右欹斜，不致雷同，詩人從戎，鐵馬金戈，森然武庫之感畢現。「有新」、「墨堂」圓筆，令人聯想于右任所創造的標準草書，圓轉雄渾之筆風靡流行，則見時人風度，富有時代氣息。

李漁叔致張夢機信札・七月卅一日

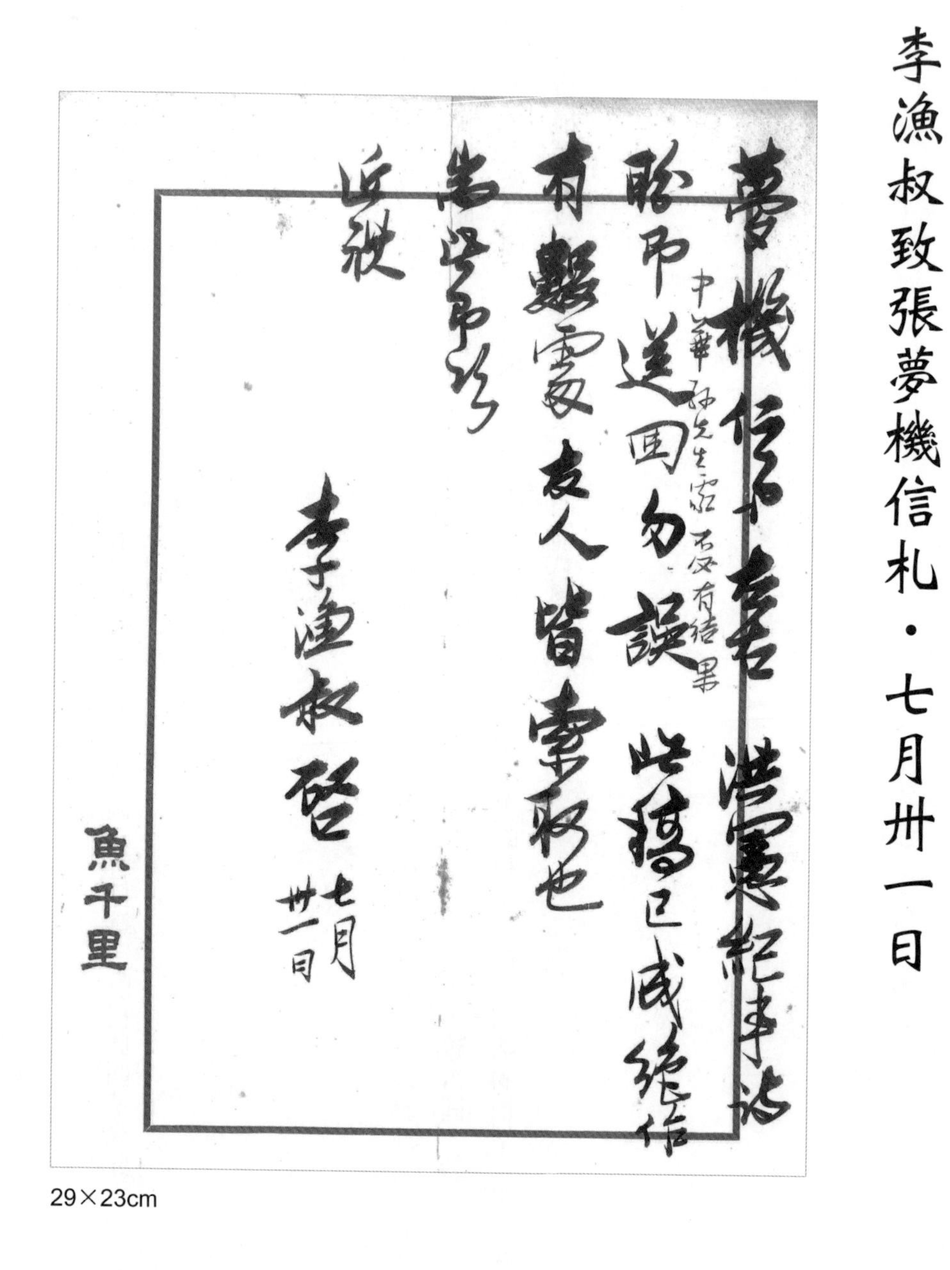

夢機仁弟足下：港憲紀事詩
聆弟送國分，誤。此稿已成絕作，
有數處友人皆要收也。
專此即頌
近祺
李漁叔啓 七月卅一日

中華詩先生處 石發有結果

魚千里

29×23cm

釋文

夢機仁弟左右　洪憲紀事詩盼即送回，勿誤。（中華孫先生家不必有結果）。此稿已成絕作，有數處友人皆索取也。

耑此　即頌

近祺

李漁叔啟　七月卅一日

說明

此件三五成行，中夾小字行草，「此稿已成絕作」、「耑此即頌」字組，字間游絲映帶若斷若續，若有似無，實觀其筆勢連綿，正如《書斷》中評王獻之一筆書：「字之體勢，一筆而成，偶有不連，而脈不斷，及其連者，氣候通其隔」遒美極矣。又「中華孫先生家不必有結果」小字一行，以毫尖轉折頓挫，善使筆勢，舉輕若重，雖小字一行夾在其間，如珠玉光點，不覺微瑕，反添其韻。

李漁叔批改張夢機〈牡丹詩〉

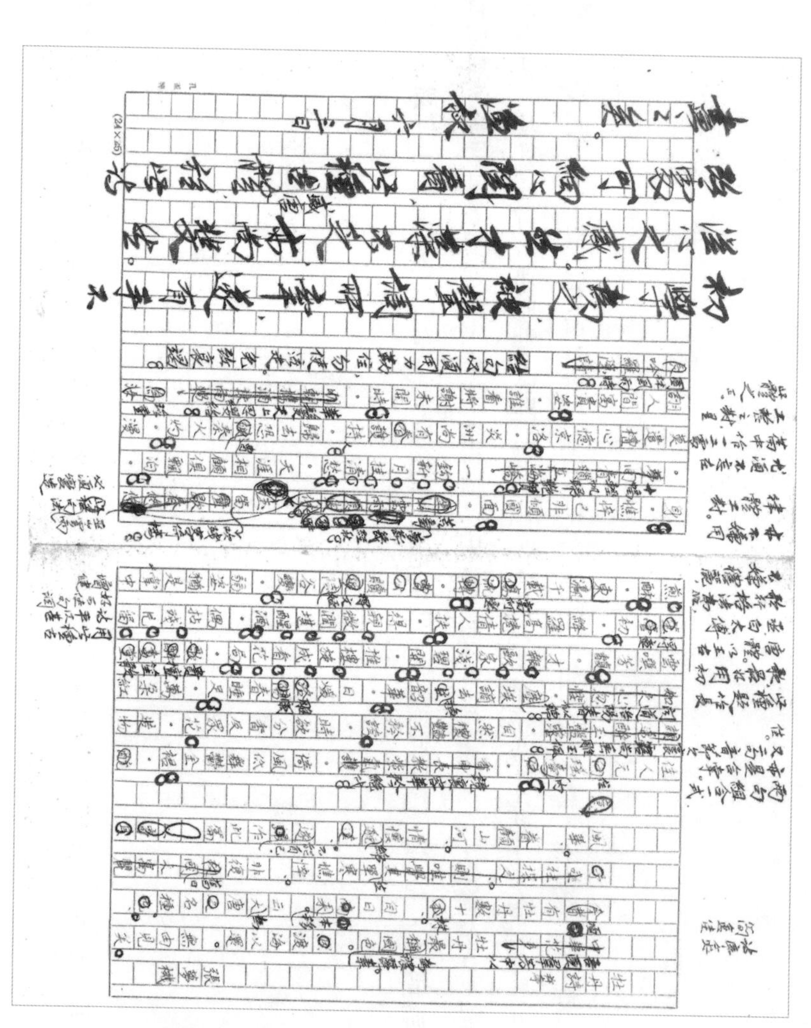

26×36cm，圖檔為蔡長煌先生提供

釋文

初學爲之，被聲調所牽，遂有手不滋心之感。然才藻不乏，亦尚斐然。改處可細心閱看，此種（盛唐）古體，於此詩盡之矣。　漁叔　六月三日

李漁叔批改張夢機〈春雨〉

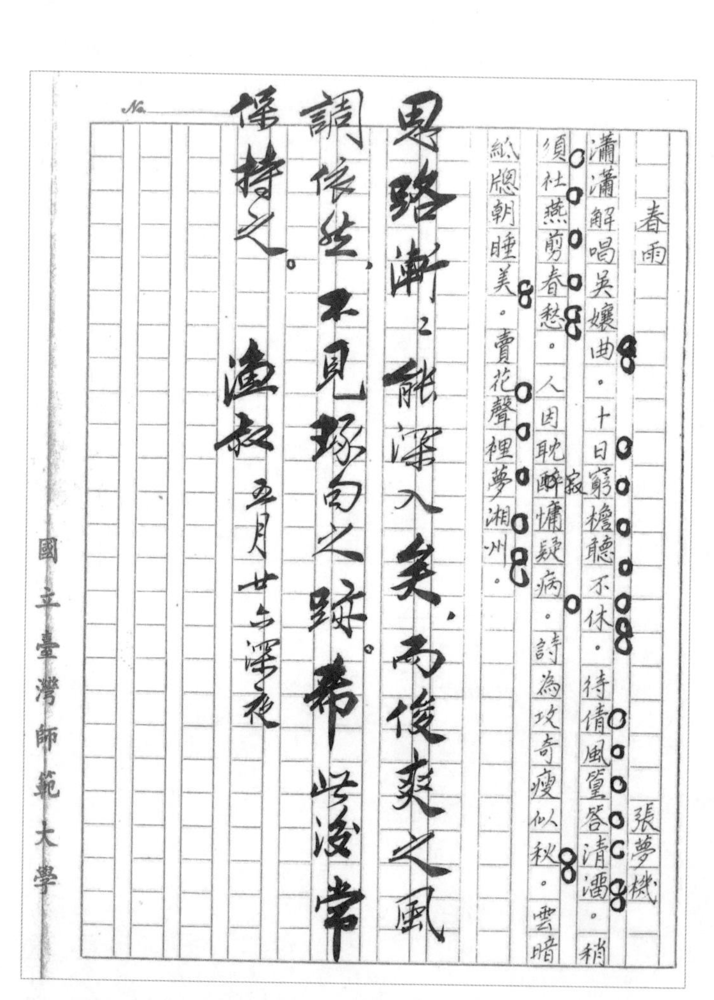
No.

春雨　張夢機

瀟瀟解唱吳孃曲。十日窮檐聽不休。待倩風篁答清灑。稍須社燕剪春愁。人因耽醉寂慵疑病。詩為攻奇瘦似秋。雲暗紙窗朝睡美。賣花聲裡夢湘州。

思路漸漸能深入矣，而俊爽之風調依然，不見琢句之跡。希此後常保持之。

漁叔　五月廿二深夜

國立臺灣師範大學

26×36cm，圖檔為蔡長煌先生提供

釋文

思略漸漸能深入矣，而俊爽之風調依然，不見琢句之跡。此後常保持之。　漁叔五月廿六深夜

說明

此件詩稿批語二紙，亦爲難得之逸品。二紙相差不過數日，師生之間詩筒投返之頻，令人稱羡。細看青年詩人硬筆書法，清剛端正，勁健風流，分得法乳，觀之如默念師容，一孔出氣。

李氏圈點爛然，刪改之餘，眉批夾注，足見金針度人之用心，逐一指出初學爲聲調所牽未能心手雙暢之病，然才美斐然，不適數日思略便能漸漸深入，而無琢痕，既指點其要，復勉勵之，其中溫情可見，亦示後學學詩之跡，讀者見此得沿根討葉，雲撥月朗，境界現前。

李漁叔致張夢機信札・十一月九日

近三時歸來甚倦，擬作小眠。
稿四冊、信一封，請送南昌街正中
編審部。如有人接頭，可告以一萬元稿
費已於年前送來三千，餘七千元希
送來。
又盧君是否已離該書局。原信一封係致盧者，如 可帶在身邊備用
盧仍在，可出示函予之。如已離去，則示函可帶回燬棄。
夢機賢弟閱
漁叔字 十一月九日三時二十分
信送去，可回來我處吃晚飯

27×20cm

釋文

近三時歸來，甚倦，擬作小眠。稿四冊，信一封，請送南昌街正中編審部。如有人接頭，可告以一萬元稿費，已於年前送來三千，餘七千元希送來。

又，盧君是否已離該書局。原信一封係致盧者（可帶在身邊備用），如盧仍在，可出此函予之。如已離去，則此函可帶回燬棄。

夢機賢弟閱　漁叔字　十一月九日三時二十分

信送去，可回來我處吃晚飯。

說明

此件爲李氏較少見的硬筆書跡，筆跡與墨跡相參，其體勢開張之處大抵相同，然圓筆婉轉連綿不斷，或因書寫工具改變，少了毛筆提按帶來的方折厚實，與筆尖的銳氣，取而代之是圓轉連綿的趣味，體現書寫者與書寫工具互動後的表現成果差異。

吳萬谷致張夢機信札・二月十六日

夢機學棣：來札論文及諸君詩先後得讀，文甚清健，析敘亦精確，惟似須加一段論摹擬之利弊，方稱完整耳。諸詩於醒字韻多欠穩，且亦時有湊句也。專此復頌

時綏

吳萬谷手啓　二月十六日

中華學術院詩學研究所詩箋

26×18cm

釋文

夢機學棣左右：論文及諸君詩先後得讀，文甚清健，析論亦精確，惟似須加一段論摹擬之利弊方較完整耳，諸詩於醒字韻多欠穩，且亦實有湊句也。

專此復頌

時綏

吳萬谷手啟　二月十八日

說明

吳萬谷（一九一四～一九八〇），字敬模，湖南長沙人，工詩文，著有《超象樓詩集》，曾獲中山文藝獎，任中華學術研究院詩學研究所副所長，其德配饒昌愍善畫，尤精花鳥。

此件書法小字精緻可喜，結密端凝，靈秀生動而不遲滯，如「左右」、「論文及」、「敘」左掠如鳳羽輕掃，清秀可人，「精確」游絲映帶，提筆圓轉，線條雖細而筆力不斷，尤顯功力。信中予以論文指導點出須加摹擬之利弊，論詩則點其用韻需穩，不宜湊泊，亦可窺吳氏之主張。

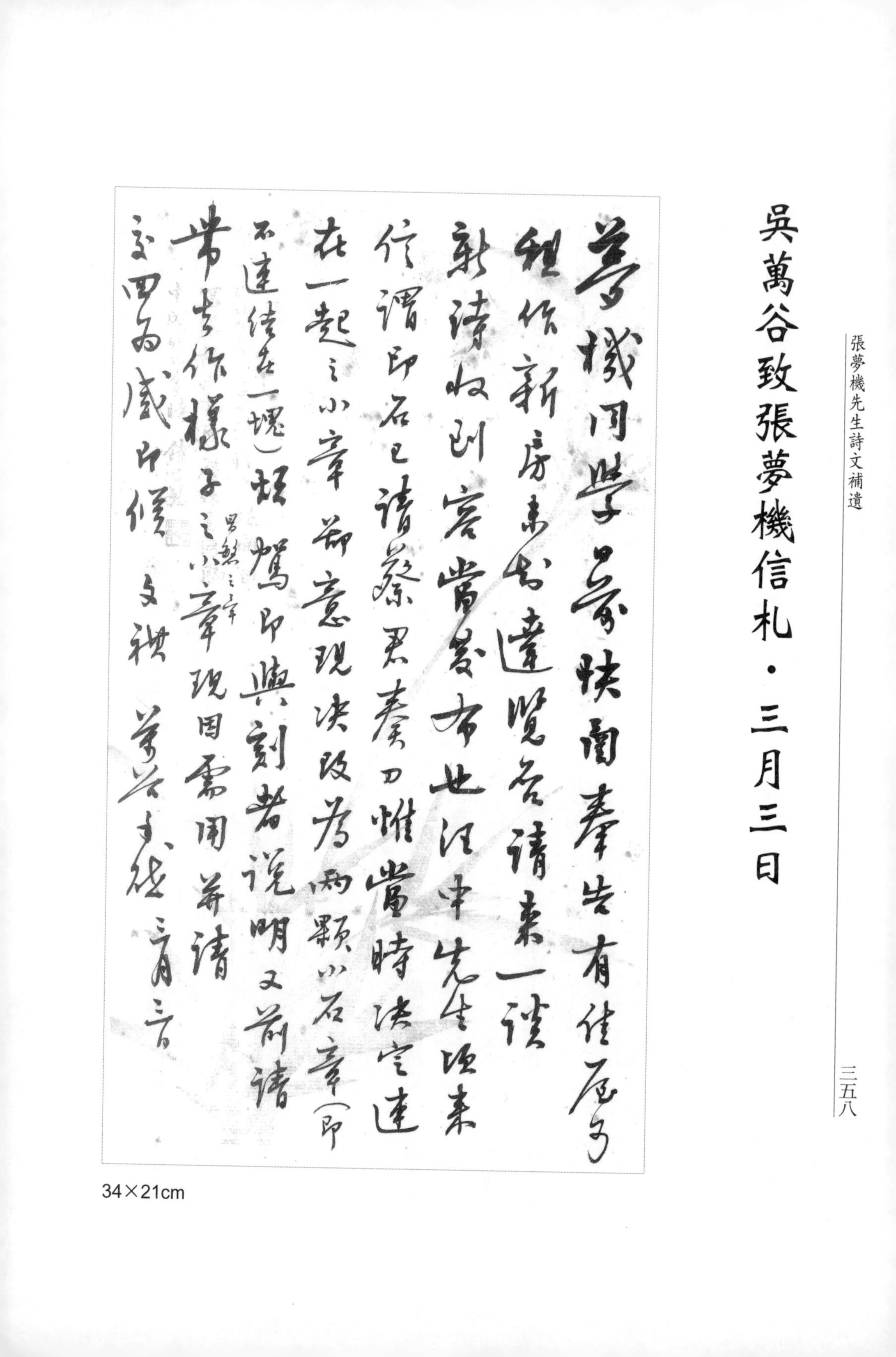

吳萬谷致張夢機信札・三月三日

34×21cm

釋文

夢機同學：日前快函奉告，有佳屋可租作新房，未知達覽否，請來一談。新詩收到，容當發布也。汪中先生頃來信，謂印石已請蔡君奏刀，惟當時決定聯在一起之小章，鄙意現決改爲兩顆小石章（即不連結在一塊）煩駕即與刻者說明，又前請帶走作樣子之小章（昌愍之章），現因需用，並請交回爲感。即候　文祺　萬谷手啟　三月三日

說明

吳氏書法遒媚，骨力外拓，寸餘間字，深得獻之風致。略縮些許之小字，則更顯細密樸秀之妙，精秀之筆，掩映斐疊，極有好致，雖書新式標點之括號，線條起伏提按之間亦不相違和。

吳氏主編《民族晚報》「南雅詩欄」長達二十年，復又主持《夏聲》等刊，新詩發布當此謂也。後述及請汪雨庵高足蔡君篆刻一事，蔡君即蔡雄祥，精篆刻、古文字，曾獲中山文藝獎，所作不主一家，極富文氣。函中關心學生租房問題，囑託篆刻細事，眞見垂愛覆護之情。信中所提及昌愍即畫家饒昌愍，爲吳氏之德配，湖南長沙人，書善顏體，畫精花鳥。

吳萬谷致張夢機信札・三月十三日

MEMO

夢機 日學生來見想年
聞君四府行近已返北部
屆來有暇希
便過我一談來時先電話
見告更妥即頌
文祺 萬谷拜 三、十三、

19×13cm

釋文

夢機同學：久未見，想年關曾回府一行，近已返北市否？如有暇，希便過我一談，來時先電話見告更妥。即頌

文祺　萬谷頓拜　三、十三、

說明

此件信札，書寫於便箋上，尺幅不大，能盈掌捧讀。吳氏書法深得小王風致，筆情墨趣於短札中顯露無遺，函中連筆時見，如「未見」、「一斤」、「便過」，然上下觀察雖筆畫未連，實則其勢相貫，擺蕩搖曳，輕重大小，相互映襯，宛如一筆書之，而宮商聲傳，律調演暢。函末名款頓拜，一氣而下，末筆如屋漏變化，用筆頓挫，曲折有致，妙趣自然天成。

此件文詞簡捷，字少句潔，言事書法皆如六朝尺牘，深有韻致，短紙矮幅，筆勢尋丈，爲難得之佳品。

吳萬谷致張夢機信札・四月十日

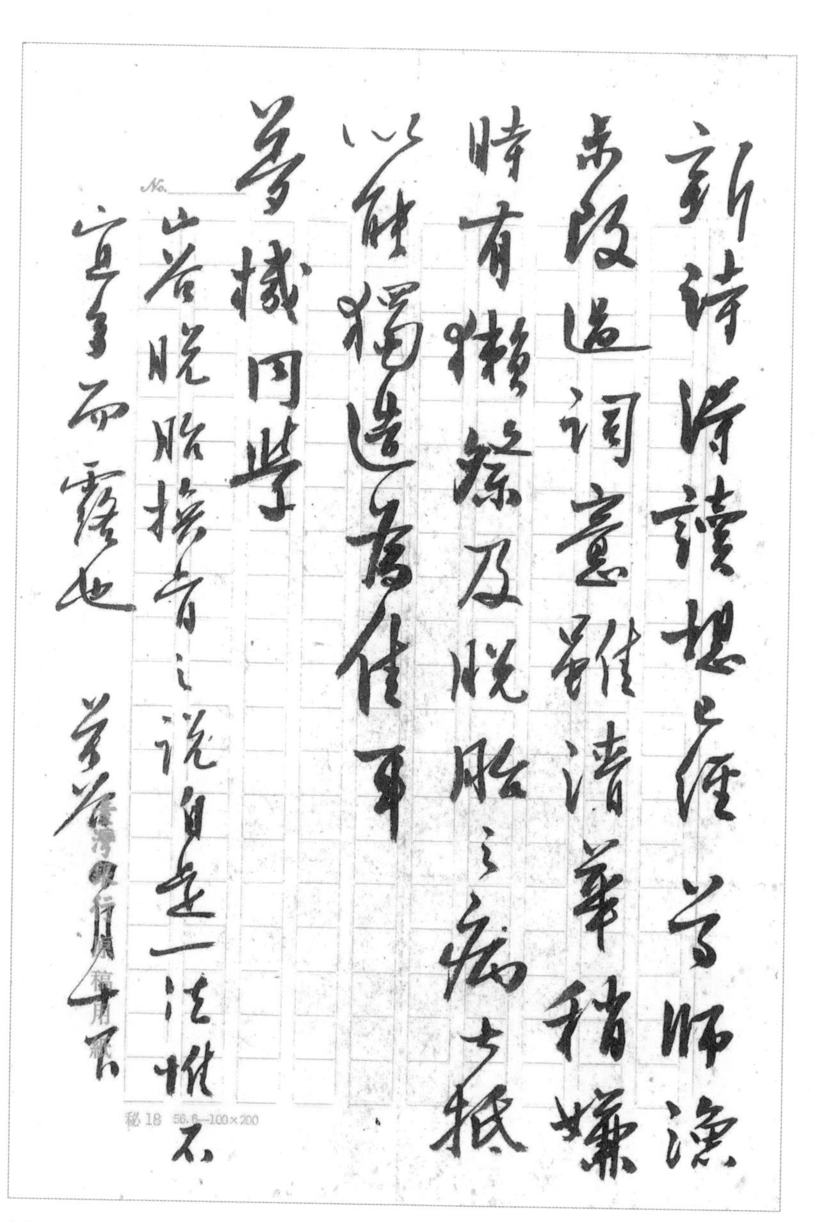
新詩將讀想從為師漁
步復遒詞意雖清華猶嫌
時有撏撦及脫胎之痕
以能獨造為佳耳
夢機同學
山谷脫胎換骨之說自是一法惟不
宜專而露也
萬谷 十日

26×18cm

釋文

新詩得讀，想已經尊師漁叔改過，詞意雖清華，稍嫌時有獺祭及脫胎之病，大抵以能獨造爲佳耳。

夢機同學

山谷脫胎換骨之說，自是一法。惟不宜多而露也。　萬谷　四月十日

說明

此件書法遒媚，骨力外拓，起首二字直入王獻之《地黃湯帖》格轍中，體格筆勢之跡多所取法，若不經意，自臻妙境。中間一行連筆貫串，縱意豪放，宛然一氣，末筆「耳」字枯濕之筆，戛然而起，餘響韻邈，耐人尋味。「稍」字左掠入木，極具精神。又於橫畫多在起迄末筆急收起，不隨右勢流滑而過，蒼遒之中更見古意。紙左二行，字略小而輕，游絲斷續，如泛音猱吟，更添氣氛。

張夢機先生經李漁叔引薦，多所請益於前輩詩家，深得吳氏指點，信中所言新詩已經李漁叔改過，點出獺祭、脫胎之病，不宜過多且刻露，然亦可見夢機先生早歲用功，摹仿脫胎其師與李商隱之跡。吳氏直指「獨造」之訣，「化無關爲有關」，於鍊字琢句之外，更深入鍊意之功夫，直是金針度人、曹溪分水，直指法要之說。

吳萬谷致張夢機信札・八月六日

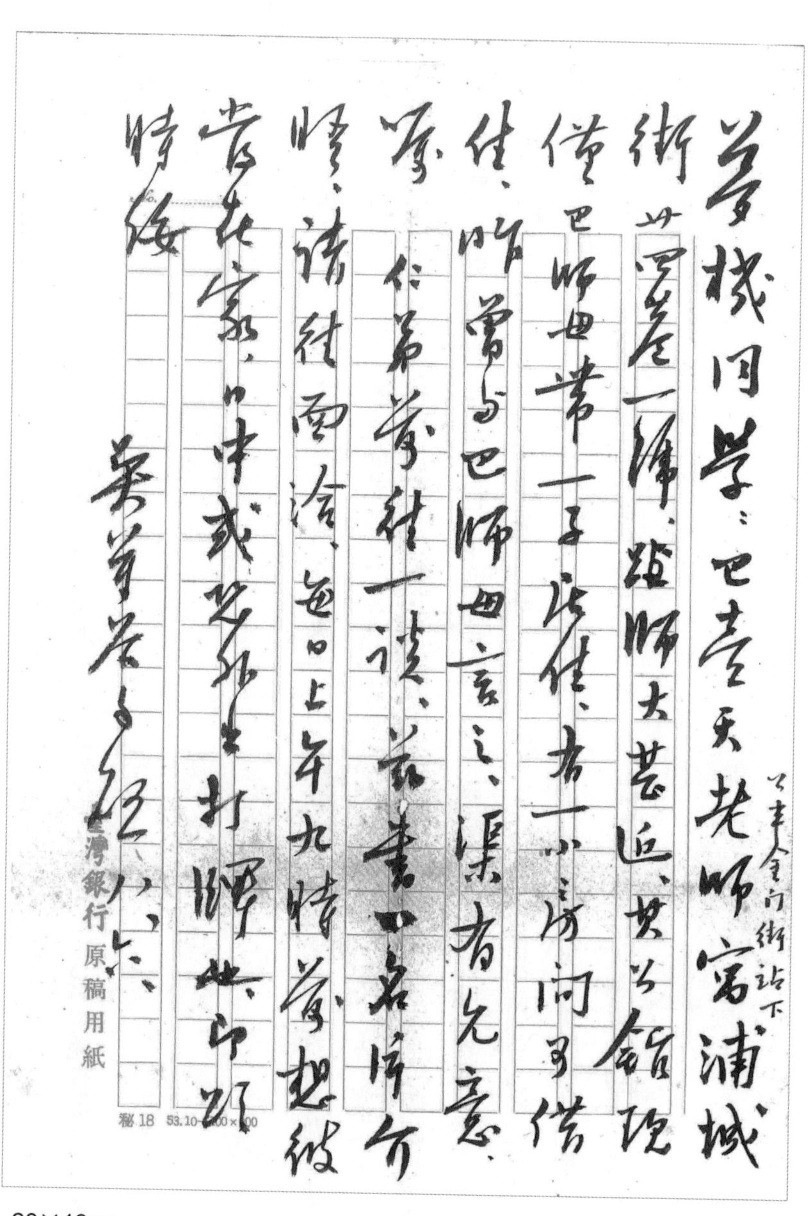

夢機同學：巴壺天老師寓浦城（以車金門街站下）街卅四巷一號，距師大甚近，其公館頗僅巴師母帶一子居住，有一小房間可借住。昨謁巴師，師母言之，渠有允意，令弟前往一談，並書名片介紹，請往面洽，每日上午九時前想均在家，中午或至外打牌也。即頌
時綏

吳萬谷手啟　八、六

26×18cm

釋文

夢機同學：巴壺天老師寓浦城街廿四巷一號（公車金門街站下），距師大甚近，其公館現僅巴師母帶一子居住，有一小房間可借住。昨曾與巴師母言之，渠有允意，囑　仁弟前往一談。茲書一名片介晤，請往面洽，每日上午九時前想彼當在家，日中或恐外出打牌也。即頌

時綏　吳萬谷手啟　八、六、

說明

此件書於稿紙之上，界欄格線未爲限制，反顯其生動，細觀文中五處「一」字，字字不同，可謂善於變化。書法之中，豎畫見筆力，橫畫則見變化，以「一」字賅餘畫，本文內容又多言日常瑣事，信筆寫來不假安排，其書法功力可見矣。

信中提及巴壺天（一九〇四～一九八七），安徽滁縣人，歷任安徽、貴州省府秘書至湖南省府秘書長，來臺後任國立編譯館編纂，任教於師大、臺大、東海等校，晚年致力於禪學與詩，於公案剖析深刻，聲華卓著。吳氏爲夢機先生推介巴府賃居一事，至八月卅日函亦可相參看，吳氏不僅在學問、詩文藝事多所指點，亦關心後進生活，溫情與關懷充滿紙上可見。

吳萬谷致張夢機信札・八月卅日

夢機仁弟：詩簡收悉。

一、山居秋日第二句改為「填膺秋思忽崢嶸」。七八兩句改為「縱教息影岩棲客，猶許長安十丈塵」，原句與前後句意全不相閤合，故改。

二、第二首七絕下二句改為「夜半呼燈攤卷讀，月華多伴讀書声」，用讀字纔有出声。

三、寄周君句前二句與後二句似成兩橛，意不相續，亦無映帶相生之處，另別有本事，則非第三者所知，此首無法改。

四、也存兼善另有人想組，能成固好，不成亦不好相強，另有机，余或再往一說。姑試之。

萬谷 八卅

26×18cm

釋文

夢機仁弟：詩函均悉

一、山居秋日第二句改爲「塡膺秋思忽嶙峋」。七八兩句「縱教息影棲巖客，猶汙長安十丈塵」前段詩句全不相關合，故改。

二、第二首七絕下二句改爲「夜半呼燈擁卷讀，月爭爲伴對書聲」用讀字才有出聲。

三、寄周君句前二句後二句似成兩橛，意不相續，亦無映帶相生之迹，如別有本事，則非第三者所知，此首無法改。

四、巴府是否另有人想租，能成固好，不成亦不好相強，如有機，余或再往一說。姑聽之。

萬谷頓首 八、卅

說明

此件硬筆信札頗爲難得，其一在書法價值上，可以窺見吳氏日常書寫的情況，硬筆的點畫結構絲毫不受工具限制影響，甚至游絲連筆的習慣亦保持一致，而硬筆小字因其尺寸更顯得結密，展現詩人的書法功力。

其二可以窺見詩人金針度人之跡，逐句指點，針砭要處，可以爲學詩者之津梁，函中可見詩人著重意句連續，前後關合，不教兩橛，割裂湊泊，與改字之妙。並直言詩有本事，非第三者所知，未能改之言，如此直言可想詩人，傾囊相授，曾無保留，愛護提點後進之溫情。函末敘巴府租屋一事，詳見八月六日前函，言及往說，更可見詩人關愛後進不僅在文藝上的指點，於生活上亦多予襄助，如此情誼令人豔羨稱賞不已。

李猷致張夢機信札・五月十一日

夢機吾兄吟席日前拜從書法展覽承於
百忙中趕回甚佩偕
嫂夫人蒞臨同觀深用感謝惜是日上午有事
未能在場奉陪[illegible]中國書[illegible]今有信來
約於六月一日前往評審詩作諒又為吾
兄可推轂自當偕往[illegible]竟日之相聚也專此布謝
順頌
儷安　夫人均此
弟　猷敬　五月十一日

29×19cm

釋文

夢機吾兄吟席：日前拙作書法展覽，承於百忙中趕回臺北，偕
嫂夫人涖臨同觀，深用感謝。惜是日上午有事，未能在場奉陪爲歉耳。台中圖書館又有信來，約於六
月一日前往評審詩作，諒又爲吾
兄可推轂，自當前往，得竟日之相聚也，專此　仰謝
順頌
儷安　夫人故謝　　弟　猷頓首　五月十一日

說明

李猷（一九一五～一九九七），字嘉有，晚號龍磵老人，齋室名「紅竝樓」。江蘇常熟人，就讀虞山國學專校，畢業後考入交通銀行。工書法，早年受教於楊圻、張鴻、金鶴沖等人，尤精於小楷，善篆刻，爲吳昌碩再傳。一九四五年流寓臺灣，後受聘於淡江大學中文系著有《紅竝樓詩》、《紅竝樓文存》、《紅竝樓詩文集續》等。

此件書於紅竝樓特製箋上，紅竝樓爲溥心畬所題，李猷素與溥心畬相善，多有往來，論文衡藝。李猷書法小楷極精，尺牘所見則多雜行草，楷法嫻熟，氣質端嚴，點畫凝重，然兼行草書婉轉流暢之美，而不失於專謹，更添生動靈秀之氣。李氏小字風格於渡海來臺書家中可謂獨具面貌者，其字如其人，氣質溫潤儒雅。

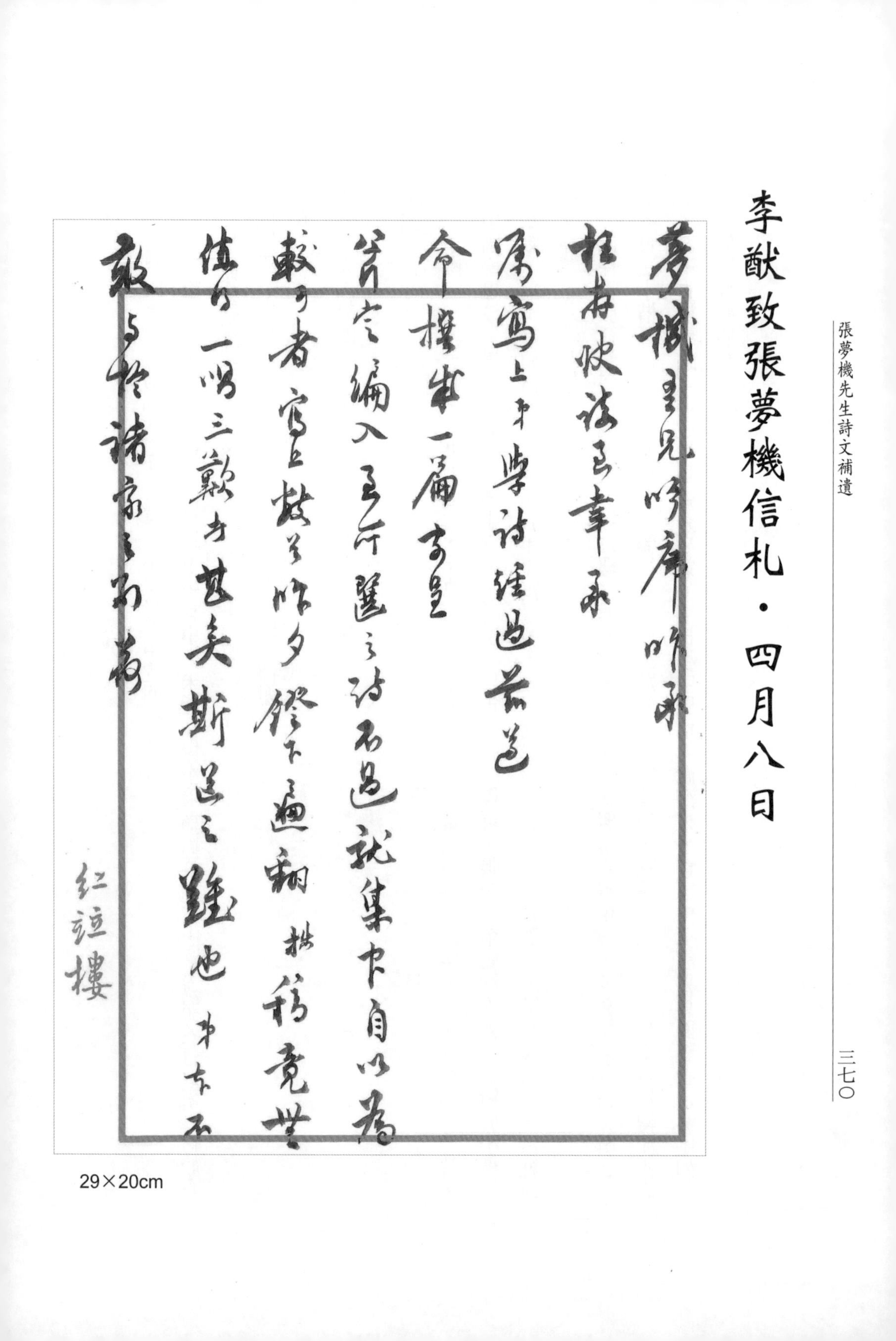

李猷致張夢機信札・四月八日

29×20cm

兄以深鍾遂欲以其平詩之紙雖略述一
二借
生花之筆以告世人學詩非得一蹴而成也
鋒車時往高雄若能把握五月中崑陽
兄來後期得暢一談屆時再為聯繫幸甚
布復並頌
吟祺　弟　季　敬上
四月八日
於我自之高手傳者冊改以就正　綠夢樓

29×20cm

釋文

夢機吾兄吟席：昨承
枉拜快談，至幸。承
囑寫上弟學詩經過，茲遵
命撰成一篇，寫呈
斧定編入。至所選之詩，不過就集中自以爲較可者寫上數首。昨夕鐙下通翻拙稿，竟無值得一唱三歎者，甚矣，斯道之難也。弟本不敢與於諸家之列，荷
兄藻鑑，遂欲將其學詩之艱難，略述一二，借
生花之筆，以告世人學詩非得一蹴而成也。鋒車時往高雄，甚難把晤。五月中崑陽兄來後，期得當一談。屆時再當聯繫。率此布復。並頌
吟祺　弟　李猷頓首　四月八日
批稿匆匆寫成，儘管刪改，以配合　尊著。又及。

維案

此信函釋文，有賴王誠御先生校釋，謹致謝忱。又或可推測此信函背景乃《思齋說詩・中國六十年來的傳統詩》寫作之際，故有「諸家之列」、「配合尊著」等句。

說明

李氏小楷精極，其小行書更顯其靈秀遒媚，此件小行書，較其楷書省淨點畫，筆勢多婉轉以帶方折嚴峻之筆，整體氣質雖溫潤可親，然筆端毫芒時現，破以鋒穎之筆，更顯其秀出之姿。據何維剛案語推測此信背景應爲《思齋說詩·中國六十年來的傳統詩》寫作之際，李氏亦著有《近體詩選介》、《龍磵詩話》等書，介紹清末至民國以來詩家，賞鑑析論精到，允受佳評，兩代詩人皆作此選介之書，可謂傳燈續燄，薪傳不已。

李猷致張夢機信札・二月廿四日

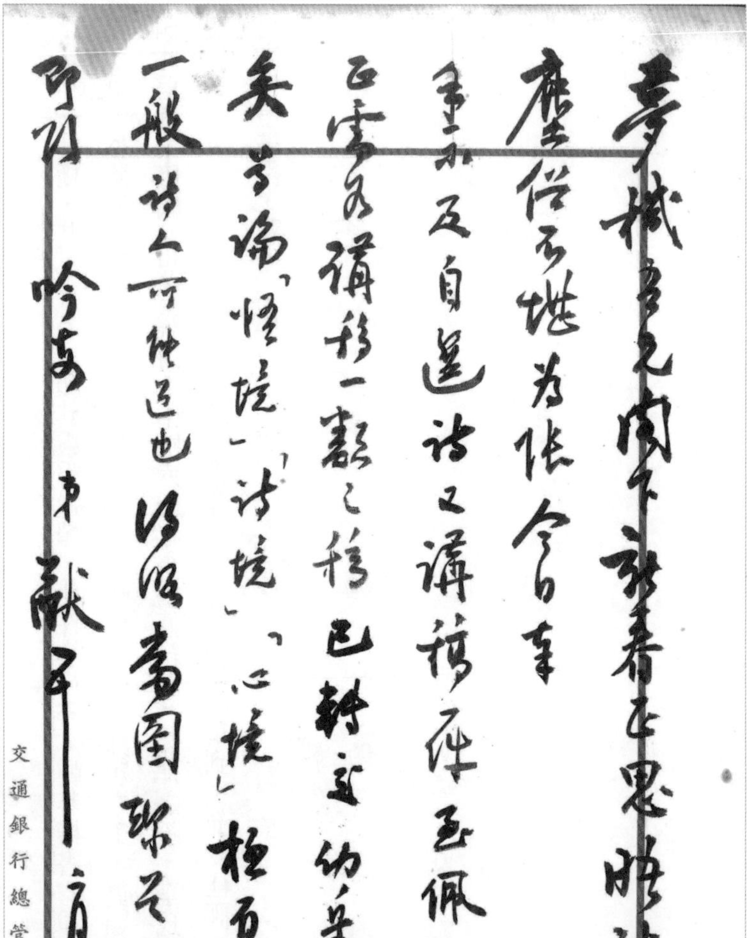

交通銀行總管理處

30×22cm

釋文

夢機吾兄閣下：新春正思晤談，苦於塵俗不堪爲張。今日幸手示及自選詩又講稿一件，至佩。「詩學」正需如講稿一類之稿，已轉交幼岳兄編入矣。尊論「悟境」「詩境」「心境」極有深意，非一般詩人所能道也。得晤當圖聚首。匆匆不盡。

即頌　吟安　弟　猷　頓首二月廿四日

說明

此件書法，泯滅稜痕，頹筆之跡，顯然可鑑，如帖尾「即頌」末筆，頓挫之筆根脫露即是。然此紛披老筆未足爲病，斂起毫芒，運斤揮杵，舉重若輕，翻添渾厚樸茂之感，蓋得自書家學有淵源，師從楊沂孫之孫楊雲史，又爲吳昌碩再傳，久習篆籀金文，摹古功深，復參顏字，豐其筋力，雖尺牘寸字而有不減雄渾。

函中所言「詩學」，即《中華詩學》月刊，李氏主持之中華詩學研究所多年，推廣古典詩不遺餘力。所囑莊幼岳（一九一六～二〇〇七），鹿港人，詩人莊太岳之子，任中華詩學研究會之副社長、總編輯。

李猷致張夢機信札・三月十八日

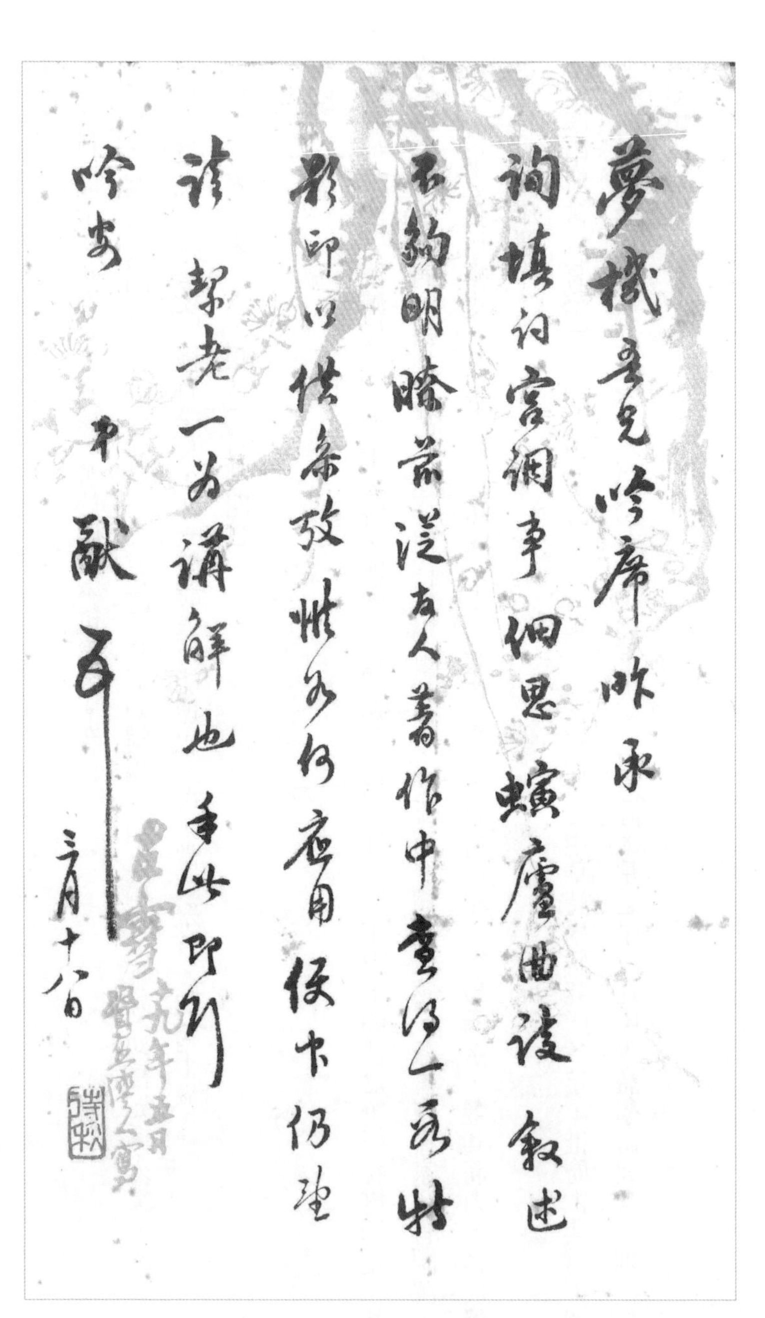

夢機吾兄吟席：昨承
詢填詞宮調事，細思蠙廬曲談敘述
至為明晰，蓋從古人著作中查得之者，特
影印以供參考。惟於何應用，侯卜仍望
諸幫老一為講解也。手此即頌
吟安　弟　猷　頓首
三月十八日

29×19cm

釋文

夢機吾兄吟席：昨承
詢塡詞宮調事，細思《螾廬曲談》敘述不夠明瞭，前從有人著作中查得一段，特影印以供參攷。惟如何應用，便中仍望請　絜老一爲講解也。手此　即頌
吟安　弟　猷　頓首三月十八日

說明

蔡耀慶〈以文御筆——李猷先生的書法表現〉一文中，論及李氏小字行楷時，列敘其早年習書歷程與其家學淵源，祖父精楷書，早歲習唐楷即受佳評，復參南通張謇楷法。古人有大楷學顏、中楷學歐、小楷學鍾王之說，李氏取徑多方，故得顏字之豐筋，歐字之險峭，又參以鍾王小楷添其靈秀。此件小字書法，深符斯妙，善學能化，而自出機杼，形成自我風貌面目，字字樸密秀潤，章法則疏朗其氣，風格溫潤儒雅。

信中所提及絜老，即詞人江絜生（一九〇三～一九八三），著有《瀛邊片羽》，常於夜巴黎咖啡廳設座茗敘論藝，指導青年詩人頗力。

李猷致張夢機信札・七月七日

夢機吾兄吟席：上週來接奉
惠稿，具承
佳況。
尊詞進步神速，意境極高，而遣詞鍊
句尤見匠心，弟深喜。詞中能用顏色字面，安
排妥貼，是深有得于夢窗者。論退之五言詩
一文，引證豐富，亦極拜佩。率復，祇頌
撰祉。弟李猷頓首　七月七日

29×21cm

釋文

夢機吾兄吟席：上週末接奉
惠稿具承
佳況
尊詞進步神速，意境極高，而遣詞鍊句尤見匠心。弟深喜。詞中能用顏色字而安排妥貼，是深有得于夢窗者。論退之五言詩一文，引證豐富，亦極拜佩。率復。祇頌
撰祉　弟李猷頓首　七月七日

說明

此件書法小楷樸實厚重，行距疏朗，於唐法結字中，融合魏晉風規，而別具風神。如「週」、「進」、「遣」等字，平捺飛出，似有分隸遺意，古秀盎然；如「鍊」、「文」、「復」捺筆波發，厚重之至，更添渾厚筆意，爲李氏小楷難得之風貌。信中論詞「能用顏色而安排妥貼，是深有得於夢窗者」一語，謂善學吳文英詞，點評極精，亦可見李氏詞學精深。

汪中致張夢機信札・九月廿五日

夢機兄：新秋氣爽，想已起淡水往敘。唐宋詩舉要及友人李君出版之，此間學生選用（如用書多少，可電張七七二七五三李善馨先生聯絡），詩學淺說（亦折）亦甚淺顯，茲附上一冊。匆匆，并頌
儷祉
九月廿五日　汪中

29×21cm

釋文

夢機兄：新秋氣爽，想已赴淡水任教。《唐宋詩舉要》為友人李君出版，望代向學生選用（如用書多少，可電話七七二七五三李善馨先生聯絡，六折）。《詩學淺說》亦甚淺顯，茲附上一冊。匆匆。並頌

儷祉　　九月廿五日　汪中　頓首

說明

汪中（一九二五～二〇一〇）生於安徽桐城，字履安，號雨盦，別署雨公、愚公等，任教於國立臺灣師範大學國文學系，與臺灣大學、東海、文化、輔仁等校，曾赴韓國、香港等地講學，講授詩、詞、書法，詩酒之名早著，門下弟子眾多。早年師從潘重規，來臺後隨溥心畬習詩書，也經常與同輩書家如劉太希、莊嚴、臺靜農、江兆申相友善為臺灣近代重要的古典詩人及書法家。

雨公書法博涉，自二王以下帖學名家，多有涉狂狂獵，參以顏字壯其筋骨，早歲學米最深，後又旁參何道州。此件書法師米而善化，筆墨飽滿酣暢，氣息溫柔敦厚、儒雅自然，雖深得米氏用筆精巧、結體欹側之妙，而無輕浮誇張之弊。正如清人劉熙載：「書，如也。如其學，如其才，如其志，總之曰如其人而已。」

信中所提即李善馨先生，為學生書局負責人，出版學術書籍數量夥矣，嘉惠士林。李氏與汪雨盦交情匪淺，大專課程用書甚多，雨盦先生一紙便箋，往往多予折扣優惠，亦有功於文學文化，為作見證。

汪中致張夢機信札・四月一日

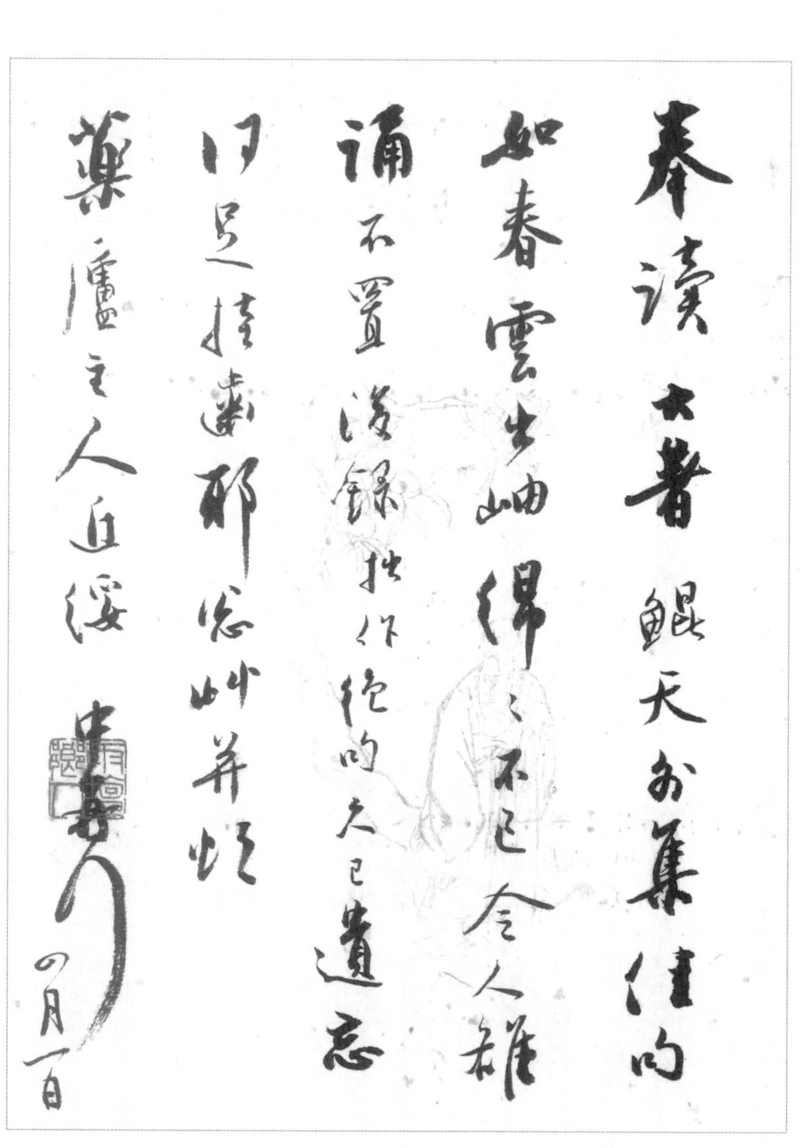

奉讀 大著鯤天外集，佳句如春雲出岫，得之不已，令人難誦不置。謬錄拙作絕句，久已遺忘，何足掛齒耶。匆此并頌
藥廬主人近綏
中[illegible]
四月一日

32×21cm

釋文

奉讀大著《鯤天外集》，佳句如春雲出岫，綿綿不已，令人雄誦不置，後錄拙作絕句，久已遺忘，何足掛齒，窓艸並頌

藥廬主人近綏　中再拜　四月一日

說明

汪雨盦書法久負盛名，出版有《雨盦書札》，除賞其書法外，文采詞藻，深可咀嚼品味，可謂兼美。此件書只五行，寥寥數語，如古人尺牘，紙短韻長，尤以春雲出岫，綿綿不絕之語讚《鯤天外集》一書，特爲簡要精到，不獨讚人，實其書法之妙亦似此風景。書末於己舊作謙辭，何足掛齒一語，更顯名士風流。

此件尺牘，行距寬近一行，字距間亦顯疏闊，氣氛閒散蕭疏，令觀者感到放鬆自在，疏朗其氣中，點畫精緻安詳，誠可謂深得楊凝式、董香光三昧。細玩其墨重之字，豐筋烏亮，體勢上左秀又枯，於米書基調上，揉合蘇東坡之長，與細筆游絲映帶相輝，顯得輕重有緻，亦顯詩人溫柔敦厚中帶著精緻感，放鬆自在書寫中展現天眞爛漫之趣。

汪中致張夢機詩稿・絕句四首

除夕

依然燈火好團欒爆竹聲中歲又除兒輩不眠還守歲老夫乘興亦呼盧

元日

細斟家釀接芳筵暖日庭花正嫣然研墨間書春帖子明窗把筆共爭妍

題畫梅竹

水邊清影正橫斜此是孤山高士花更有佳人閒日暮風前翠袖掩紅霞

示疾

示疾學維摩樓居安樂窠小窗詩思永總為夕陽多

29×14cm

釋文

除夕

依然燈火好圍爐，爆竹聲中歲又除。兒輩不眠還守歲，老夫乘興亦呼盧。

元日

細斟家釀接芳筵，暖日庭花正嫣然。研墨閒書春帖子，明兒把筆共爭妍。

題畫梅竹

水邊清影正橫斜，此是孤山高士花。更有佳人閒日暮，風前翠袖掩紅霞。

示疾

示疾學維摩，樓居安樂窠。小窗詩思永，總爲夕陽多。

說明

此件詩稿，上書絕句四首，前三七絕，末爲五言。前二首寫春節佳致，除夕圍爐，燈火爆竹，聲光生動，長幼盡歡，詩人亦不免俗，寫其呼盧喝雉，擲骰博戲，與之同樂，卻能化俗爲雅。元日一首則寫家釀芳筵，盡顯詩人善飲精饌，詩酒風流，庭花嫣然，春帖墨書，與之相映爭妍。二首於歲俗節慶中，發掘日常生活之美，於平淡中見眞趣。

題畫雙清，化林逋、杜甫之典，將梅比高士，修竹倚佳人，綰合巧筆。水影橫斜，輕輕暈渲顯得淡然有味，翠袖紅霞，則稍事點染盡顯風華，一濃一淡相互呼應，富有視覺感而不失含蓄。五言小詩則，句短味永，用維摩詰示疾典故，以寬病懷，安樂樓居寫詩，表現出詩人放曠豁達的情懷。

渡海來臺的詩人書家中不乏能精工小字之人，老輩如陳含光、溥心畬，而後李嘉有皆能小字，汪雨盦早歲亦從學溥王孫，深受薰陶，袖珍小字，愈小愈精，精巧溫柔細膩不失法度，復欹側而多姿態，深具個人風格，洵爲佳跡。

汪中致張夢機詩稿・乙卯春與諸子游陽明山觀櫻作

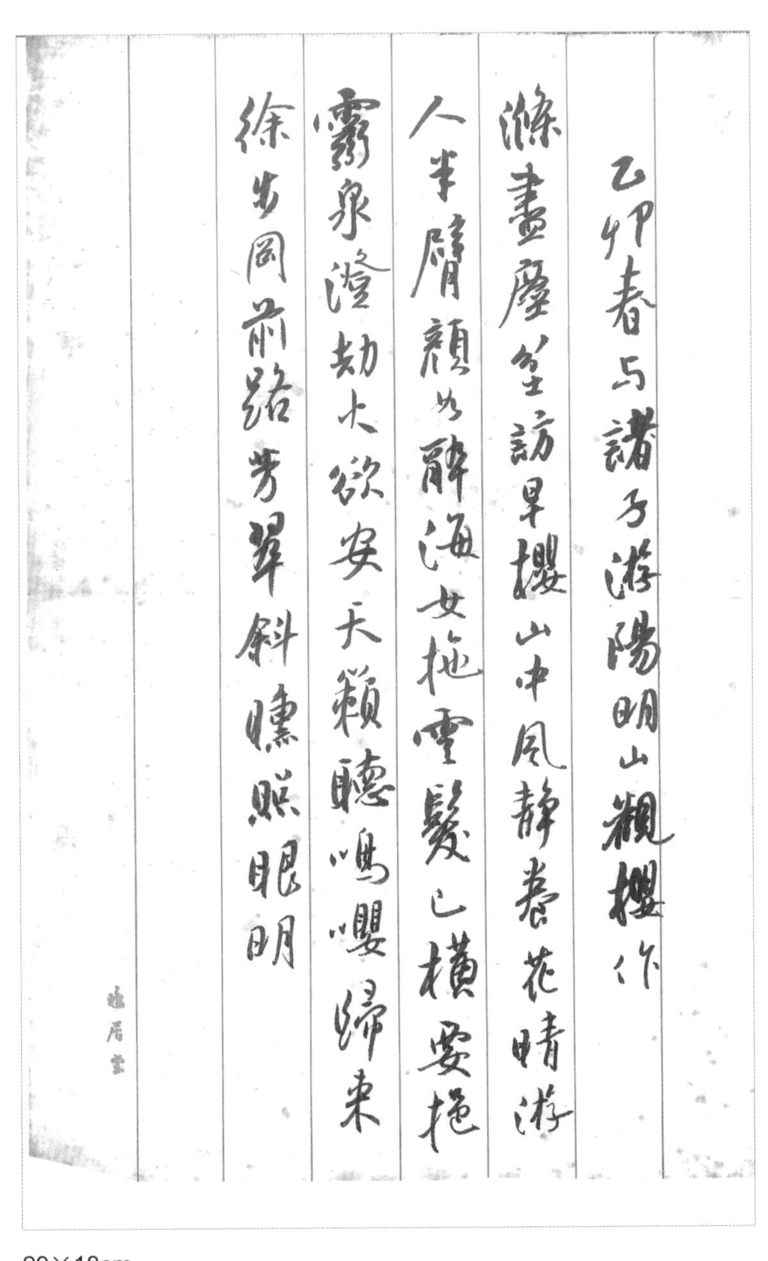
乙卯春与諸子游陽明山觀櫻作
滌盡塵坌訪早櫻山中風靜養花晴游
人半臂顏如醉海女拖雲鬢已橫要掩
霧泉澄劫火欲安天籟聽鳴嚶歸來
徐出岡前路芳翠斜曛照眼明

29×18cm

釋文

乙卯春與諸子游陽明山觀櫻作

滌盡塵坌訪早櫻，山中風靜春花晴。遊人半臂顏如醉，海女拖雲髮已橫。要挹靈泉澄劫火，欲安天籟聽鳴嚶。歸來徐步岡前路，方翠斜曛照眼明。

說明

此件寫於一九七五年春天，雖未署款，然據《翰逸神飛——汪中教授書藝紀念展》所錄丙辰自作詩中「天、芳、來」等字例對比，則渙然冰釋，確然無誤矣。兩作時間相距僅一年，變化不大，可以相參互證。又丁卯所作〈東坡和陶詩〉落款，卯字亦見相似之處，察異求同，亦可見其演變之跡。

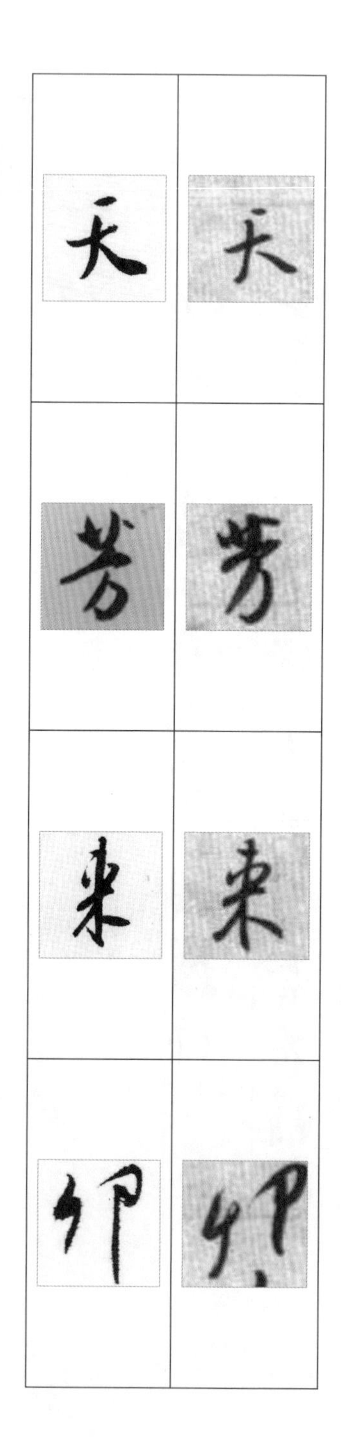

此時雨盦書法漸脫擬古色彩，個人風貌已漸趨成熟，然仍可見早期風格，體勢略帶寬扁欹側，姿

態閑散蕭疏，用筆圓潤而少鋒芒稜角。

陽明山原名草山，位於臺北近郊，盛產茶花、山杜鵑、櫻花，尤以櫻花聞名，每逢二、三月花季時遊人如織，汪氏執教師大，師生關係融洽，時有出遊，遊必賦詩，此詩風靜花晴、遊人如醉，一派春和景明，歸曲徐步，斜曛照眼，更平添幾許輕鬆浪漫之意。

張之淦致張夢機信札·四月六日

夢機吾兄道右：月前奉讀 尊翰 夢機詩選跋後荷

惠貽鎮天詞集，先承

嘉貺，無任感荷。大詩鍾字鍊意，於傳統中見堅毅氣骨，是同

光詩家中所謂惘惘不甘者流，近時作者惟陳宗恪氏能得多郎之趣，

尊詩蓋兼過之，且當度越兩當軒矣。詞作瀟灑[illegible]去[illegible]無

纖巧雕琢態，殆於水雲爲近，記鹿潭地下或不以爲未知言。

尊恙想日平復未？不[illegible]諸人久不相見，以未能奉候爲疚。惟祝

天厚仁人，勿藥有喜也。耑此復謝，順頌

春安

弟 張之淦 上

四月六

29×20cm

釋文

夢機吾兄道右：月云奉讀　尊賜夢機詩選，頃復荷
惠貽鯤天詞集，迭承
嘉貺，無任感拜。大詩錘字鍊意於悽惋中見堅毅氣，是同光詩家中所謂惘惘不甘者。惟陳寅恪氏能得
冬郎之一體，尊詩蓋實過之，且當度越兩當軒矣。詞作灑落大雅，無纖巧雕琢態，殆於水雲爲近，起
鹿潭地下或不以爲弟不知言。尊恙想日平復，弟不好詣人，久不相見，以不能奉候爲疚，惟祝天厚詩
人，勿藥有喜也。專此復謝，順頌
春安

弟張之淦頓拜　四月六日

說明

張之淦（一九一九～二〇〇二），字眉叔，晚號遂園，湖南長沙人，累任至總統府參議，曾主編《民族晚報》「南雅」專欄與《學粹》「夏聲」專欄，亦任職於淡江大學中文系，國學精湛，論文析藝，深中肯綮，同時又精於掌故著有《遂園瑣錄》，《遂園述評匯稿》評述詮析近代詩家詩話曾獲中山文藝獎、與《美游詩記》等。

張氏除善詩外，亦精研書法，曾於淡大講授書法課程，大字沉雄豪邁，小字尺牘以王字爲根柢，則文氣與靜氣充盈其間。然晚年自焚詩文，傳世之作遂尠，硬筆書作更復難得一見。由此件信札可窺其日常書寫之風貌一二，與毛筆所作無別，筆法、結字精熟。論詩文字尤見老練，熟於近代詩家，評

論精當，論詞比於清人蔣春霖之《水雲樓詞》爲近，亦爲知言。雖硬筆提按墨韻稍遜毛筆一等，函末款書頓拜，引筆留白，風規自遠。

易君左致張夢機信札・十二月十四日

夢機賢棣惠鑒：寄來詩稿收到。
惟本刊最近缺乏詩論一類文章，故
盼從速彙寄論文數篇，俾付編
排。已為感謝「四海詩心」同樣重視者
希詩友公務多選佳作並附照片寄
下尤幸。　盼切
近祺
易君左　十二月十四日
令師逸翁先生病臥有日，聞急救日前已出院，近惟兄只修理工作一人，不知何故？

中華詩學
編輯部：台北市愛國西路四十二巷四號
電話：三七五六九四
郵政帳號：五二三

27×20cm

釋文

夢機賢棣惠鑑：寄來詩稿收到，惟本刊最近缺乏詩論一類文章，故亟盼速彙寄論文數篇，俾付編排，至為感禱。「四海詩心」同樣重視青年詩友，亦盼各選佳作，並附照片等寄下尤幸。順頌

近祺　易君左　手頓　十二月十四日

令師漁叔先生病，甚為關念，數日前曾赴臨沂街，只見修理工匠一人，不知何故？

說明

易君左（一八九九～一九七二），原名家鉞，字君左，後以字行，號意園，晚號敬齋，湖南壽縣人。家學淵源，其父即清末著名詩人易順鼎，乙未時奔走臺海兩岸，歌哭為詩，易氏天才早發，詩文書法咸通，成名甚早，亦從事新文化運動，後移居香港、臺灣，在臺時任中華詩學社長，推廣詩學有功。

易氏書法法古出新，富自家面貌，用筆流暢，提按明顯，筆勢縱橫捭闔，結構則中宮收緊，長捺舒緩，鬆緊有緻，此雖硬筆所書，亦仍其一貫風貌。函中所述盼收詩論以付編輯，於青年詩人甚為重視，側書問疾一事，其溫情可見於紙上。

江絜生批改張夢機〈湖旁桃花為雨所敗〉

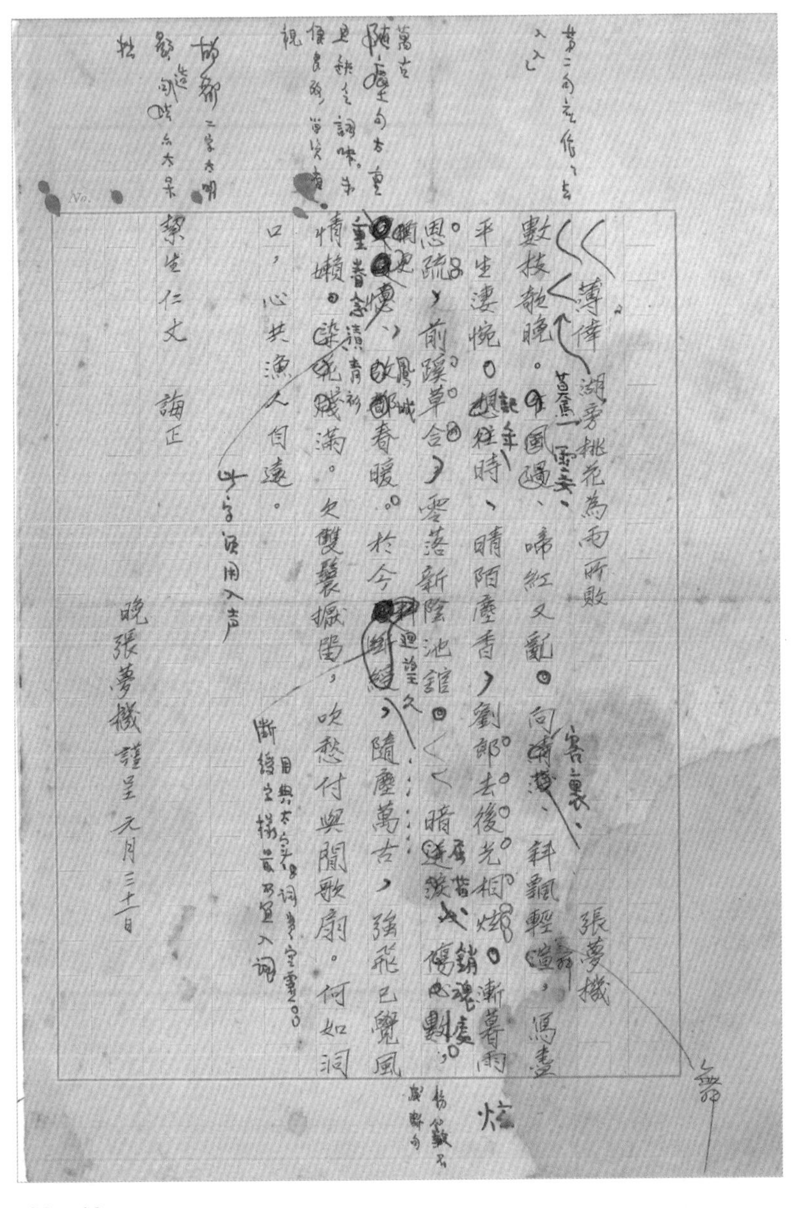

薄倖　湖旁桃花為雨所敗　張夢機

數枝能晚。乍風過、啼紅又亂。向晴漾、斜飄輕溢，瀉盡平生淒惋。憶往時、晴陌塵香，劉郎去後光相燦。漸暮雨恩疏，前蹊草合，零落新陰池館。暗[illegible]傷心處，[illegible]重[illegible]憶、故[illegible]春暖。於今斷絕，隨塵萬古，強飛已覺風情懶。染[illegible]殘滿。久雙鬟[illegible]，吹愁付與閒歌扇。何如洞口，心共漁人自遠。

絜生仁丈　誨正

晚張夢機謹呈　元月三十日

26×18cm

釋文

第二句應作「去入入」

萬古隨塵句太重且缺乏詞味，未便多改，留資省視。

故都二字太明顯，造句法亦太呆拙。

一霎

客裡

記年

炫

屈指/銷魂處/傷心數不成斷句

鳳城/回望久/用典太實，詞貴空靈，斷綏字樣最不宜入詞

重眷念漬青衫/此字須用入聲

說明

江絜生（一九〇三～一九八三），原籍安徽合肥，生於揚州，善倚聲，精於詞學，曾師事晚清詞學大家朱祖謀，著有詞集《瀛邊片羽》。曾任職監察院，爲于右任《民族詩壇》撰寫詩詞，來臺後亦曾主持《大華晚報》「瀛海同聲」專欄，於詩壇頗具影響。喜於臺北市峨嵋街「夜巴黎」設座茗敘，講論詩詞，指導青年詩人習作。

此件詞稿即爲當時所呈江氏批改之作，朱批爛然。改正詞律之外，亦以詞貴空靈，不宜太重，不

尚旨實等要點提示，復隨字改訂，詞人婉約曲折之思可見，甚爲難得之作。江氏書法間或可見，用筆輕圓秀氣，不尚方折，婉轉之處與詞人審美似有相互呼應之處。

江絜生致張夢機、羅尚信札・六日

中央銀行

夢機 [illegible]吾兄 文席：[illegible]讀[illegible]

[illegible]師[illegible]之書，傳[illegible]覆信[illegible]閱[illegible]多

達七百餘冊，[illegible]之至。以因[illegible]刊[illegible]辭，與社[illegible]詩人[illegible]

尊執，八[illegible]校詩[illegible]後[illegible]刊[illegible]，[illegible]姓[illegible]，以[illegible]

以此評君武詩聯[illegible]細閱，幸得

夢機覆語，[illegible]將評[illegible]再誤；評詩「俳優方[illegible]

[illegible]」句，[illegible]閱[illegible]，以為[illegible]一[illegible]語，[illegible]照[illegible]寄去，

不幸與[illegible]邦[illegible]之間，[illegible]不宜刊出：一、[illegible]詩者少，[illegible]語一[illegible]

方[illegible]，[illegible]之詩論，更增[illegible]地下不安；二、俳優[illegible]出于漢

書，[illegible]帝[illegible]才[illegible]，文章[illegible]有[illegible]，[illegible]

校書……[illegible]此文字[illegible]之[illegible]，武帝[illegible]以俳優[illegible]之」

[illegible]之主，[illegible]薄視文人之意，與俳優[illegible]同，[illegible]

何之，君武及[illegible]皆俳優也。

吾兄年方[illegible]，可[illegible]示，[illegible]隨[illegible]，不[illegible]其下，[illegible]報

論解釋之[illegible]，似可刪[illegible]

[illegible]。又俳音排[illegible]讀為非，似宜[illegible]附[illegible]以[illegible]

[illegible]。週四有暇，仍[illegible]

弟 [illegible] 敬白

[illegible]

31×21cm

釋文

戎庵、夢機兩弟：

久未晤譚，甚念！

尊師漁叔先生之喪，僕正在電信局評閱試卷多達七百餘冊，煩忙之至，又因彙集輓辭，與報社主管人屢多爭執，（戎庵輓詩稍緩，定可刊出，其他則任其堆積矣）心情愈劣，以此許君武詩聯皆未細閱，幸得

夢機電話，急將許聯抽換，始免再誤。許詩「俳優方朔矜殊遇」句，經覆閱後，以爲含義確有問題，當擬一按語，交晚報發表，萬幸與惕軒洽商，惕軒以爲不宜刊出；一、懂詩者少，按語一出，各方勢必紛紛議論，更增死者地下不安！二、俳優語出於漢書，漢武帝雄才大略，文章（製有秋風辭）武功均有建樹，當時司馬相如、枚乘……等，皆文學侍從之臣歌頌功德，武帝「並以俳優蓄之」是尙武之主，薄視文人之謂與倡優不同，惕軒並笑謂若以此例之，君武及我輩皆俳優也。

兩弟如有高見，不妨指示，僕與漁叔交誼，不在弟等下，如有報端解釋之必要，仍可力徇　尊意。俳音排，夢機讀如非，似宜再加研究，附陳於此以供授課外之參考。週四有暇，仍盼隨時蒞臨爲幸，耑此

肅頌

吟安

絜生拜啟　六日

說明

此件信札受書人爲張夢機與羅尙，適李漁叔之喪，江氏評閱試卷之餘，爲之匯集各方輓聯，而許君武詩聯用典疑義與二人商榷，考慮周詳。信中所提及惕軒，即成惕軒（一九一一～一九八九），號楚望，湖北陽新人。考試委員，精駢文，有《楚望樓詩》、《楚望樓駢文》等。

洛夫致張夢機信札・五月十三日

夢機兄：

白雲軒茗飲賦已拜讀，至謝。大作立意深致，風格雅健，好一個「不隨熱客分殘醉，且銘吟畔訪獨醉」！唯弟對舊詩認知甚淺，僅限於直覺欣賞，一涉及典故，就感到束手縛腳，無法一窺因不明出處，就似懂非懂，下次重晤時，還請面釋，有以教我。

祝

好！

弟 洛夫 五，十三

新出版之創世紀詩已收到，拙作「書蠹之間」反諷味甚重，請批評指正。

30×22cm

釋文

夢機兄：

白雲軒茗飲賦已拜讀，至謝。大作丘壑深致，風格雅純，好一個「不隨熱客分殘醉，且豁吟眸詡獨醉」！唯弟對舊詩所知甚淺，僅限於直覺欣賞，一涉及典故，就感到束手絆腳，如第一句固不明出處，就似懂非懂，下次重晤時，還請面釋，有以教我。

祝好

弟 洛夫 五、十三、

新出版之創世紀諒已收到，拙作「書蠹之間」反諷味甚重，請批評指正。

維案

張夢機詩〈白雲軒茗飲，賦贈洛夫、瘂弦〉原作「且豁吟眸詡獨醒」，洛夫作「醉」，或為誤抄。

說明

洛夫（一九二八～二〇一八），湖南衡陽人，原名莫運端，後改莫洛夫，筆名洛夫、野叟，著名現代詩詩人，有「詩魔」之稱，一九五四年與張默、瘂弦共同創辦《創世紀》詩刊，歷任總編輯多年。

洛夫雖爲現代詩詩人，然而對傳統書法多所留意，師承書法名家謝宗安，其書法風格雄健豪邁，行書中往往融合碑意，有以詩魂鑿鑄書跡之感。然而此件信札的硬筆書法，則較少碑刻刀趣的表現，反而能窺見詩人嫻熟二王一脈的帖學風流，雄秀遒媚，不失於斧鑿泥刻，信中草書連筆映帶更是輕鬆自如，有別於毛筆書寫的風貌，展現出詩人日常書寫的樣態。

洛夫致張夢機信札・元月廿九日

夢機兄：

創世紀詩刊為了促進兩岸詩壇的交流，趕搭上「詩探親」的前一班列車，我們將採取一系列前瞻性的作法，這期「大陸詩人作品專輯」即是開端。不知你收到否？

這個專輯乃由我敦請李元洛先生代向大陸各地詩人約稿，半月之內，我即陸續收到各路英雄寄來的詩稿數百篇，我選刊了一百廿首，作者均為目前大陸名詩人，詩刊與文學雜誌負責人，其中有位丁芒先生，一九二五年生，江蘇人，現住南京，雖寫新詩，但對古典詩詞特為愛好，頗有研究。他寄稿來時附有一信，我也回了信，並附寄我們刊於中副的對談剪報。近接他的來信，表示對我們的意見極感興趣，對我們的觀點「無不贊同」，且隨函寄來他的一篇文章，盼我轉一份寄你一閱，並希望聽聽你的高見。

我想你目前身膺重任，一定很忙，恐怕沒有時間寫長篇大論，但可否請你提點意見（針對他這篇文章），供他參考。在我們的對談中，我曾主張創造「現代的中國詩」，使傳統的[illegible]現代化，西方的中國化，得以融合，摸索出一條可行的道路來，而目前大陸詩壇觀念模糊，意見紛歧，因此丁氏讀了我們兩人的對話，大有啟發而引為知音。他對你的見解特別重視，更想對你有進一步的瞭解，故希望獲得你的著作，我想，如大作「鴻爪詩話」尚有存書，可否贈他一冊。

匆此　順祝

近祺

洛夫　元.廿九.

26×36cm

釋文

夢機吾兄：

《創世紀詩》刊爲了促進兩岸詩壇的交流，趕搭上「詩探親」的第一班列車，我們將採取一系列前瞻性的作法，這期「大陸詩人作品專輯」即是開端。不知你收到否？

這個專輯乃由我敦請李元洛先生代向大陸各地詩人約稿，半月之內，我即陸續收到各路英雄寄來的詩稿數百篇，我選刊了一百廿首，作者均爲目前大陸名詩人、詩刊與文學雜誌負責人，其中有位丁芒先生，一九二五年生，江蘇人，現住南京，雖寫新詩，但對古典詩詞深爲愛好，頗有研究。他寄稿來時，附有一信，我也回了信，並附寄我們刊於中副的對談剪報。近接他的來信，表示對我們的意見極感興趣，對我們的觀點「無不贊同」，且隨函寄來他的一篇文章，盼我拷貝一份寄你一閱，並希望聽聽你的高見。

我想你目前身膺重任，一定很忙，恐怕沒有時間長篇大論，但可否請你提點意見（針對他這篇文章），供他參攷。在我們的對談中，我曾主張創造「現代的中國詩」，使傳統與現代、西方與中國得以融合，摸索出一条可行的正路來，而目前大陸詩壇觀念模糊，意見紛歧，因此丁氏讀到我們兩人的對話，大有啟發而引爲知音。他對你的見解特別重視，更想對你有進一步的瞭解，故希望獲得你的著作。我想，如大作「鷗波詩話」尚有存書，可否贈他一冊。

匆此　順祝

近祺

弟　洛夫　元、廿九、

洛夫致張夢機信札・六月廿七日

夢機兄：

大著「鷗波詩話」昨已收悉，謝謝！

大作拜讀過半，獲益良多，對論李義山詩諸篇，領會尤深，其中有古人詩話之篇段，也有現代批評之精闢，而解詩能從原意加以引伸，得其味外之旨，似較古之王安石，今之顏元叔之輩尤為高明。欽佩之至！

順祝

近祺

弟洛夫

六、廿七、

30×22cm

釋文

夢機兄：

大著「鷗波詩話」昨已收悉，謝謝！大著拜讀過半，獲益良多。對論李義山諸篇領會尤深，其中有古人詩話之深致，也有現代批評之精闢，而解詩能從原意加以引申，得其味外之旨，似較古之王安石，今之顏元叔之輩尤爲高明。欽佩之至！　順祝

近祺

弟　洛夫　六、廿七、

羅門致張夢機信札・十二月九日

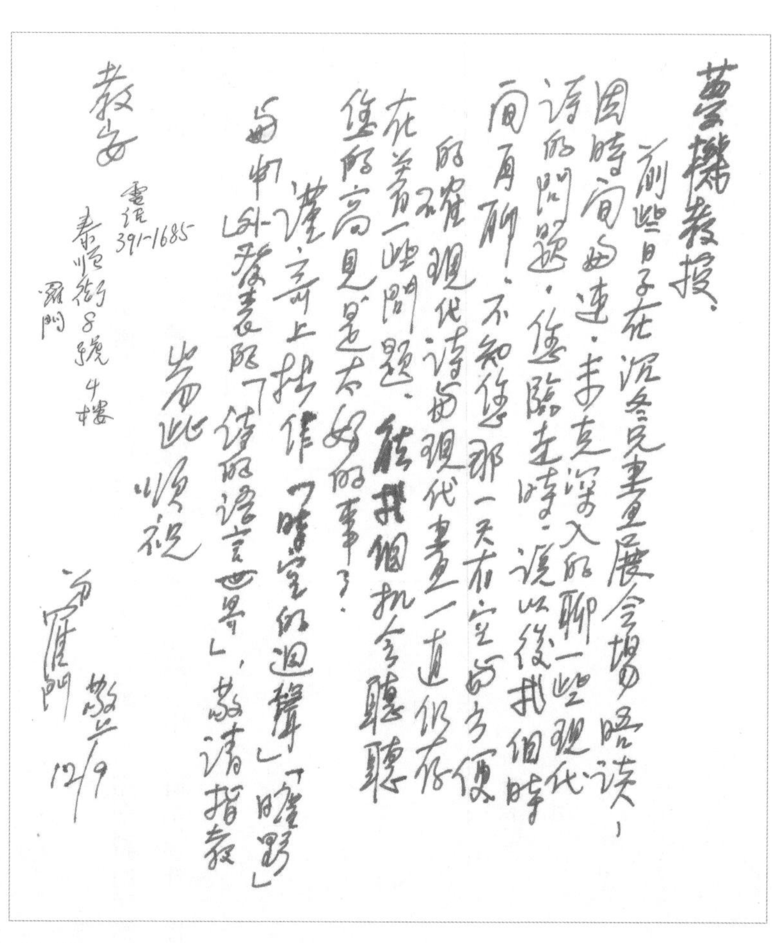

夢機教授、

前些日子在泥叁兄畫展會場晤談，因時間匆速，未克深入的聊一些現代詩的問題，您臨走時說以後找個時間再聊，不知您那一天有空的方便的話，的確現代詩與現代畫一直仍存在着一些問題，能找個机會聽聽您的高見是太好的事了。

謹寄上拙作「時空的迴聲」「曠野」與由中外發表的「詩的語言世界」，敬請指教

耑此 順祝

教安

羅門 敬上 12/9

電話 391-1685
泰順街8號4樓 羅門

26×24cm

釋文

夢機教授

前些日子在沉冬兄畫展會場晤談，因時間匆速，未克深入的聊一些現代詩的問題，您臨走時，說以後找個時間再聊，不知您那一天有空與方便。的確現代詩與現代畫一直仍存在著一些問題，能找個機會聽聽您的高見，是太好的事了。

謹寄上拙作「時空的迴聲」「曠野」與「中外」發表的「詩的語言世界」，敬請指教，耑此順祝

教安

電話391-1685　泰順街8號4樓　羅門　　弟羅門　敬上　12/9

說明

羅門，本名韓仁存（一九二八～二〇一七），海南文昌人，隨空軍渡海來臺，與詩人蓉子結縭，並加入藍星詩社，詩風堅實，具陽剛之美，著重心靈的探索，技巧多變風格前衛。此函所提到的沉冬，即畫家朱沉冬（一九三三～一九九〇），本名朱辰東，繪畫自學有成，畫名之前已聲著詩壇，曾創辦「詩與音樂」雙月刊、「現代詩頁」月刊、「藝術季刊」等刊物。此函能窺見古典詩人與現代詩人往來切磋之跡，見證時代的文學沙龍。

瘂弦致張夢機信札・一九八五年五月十日

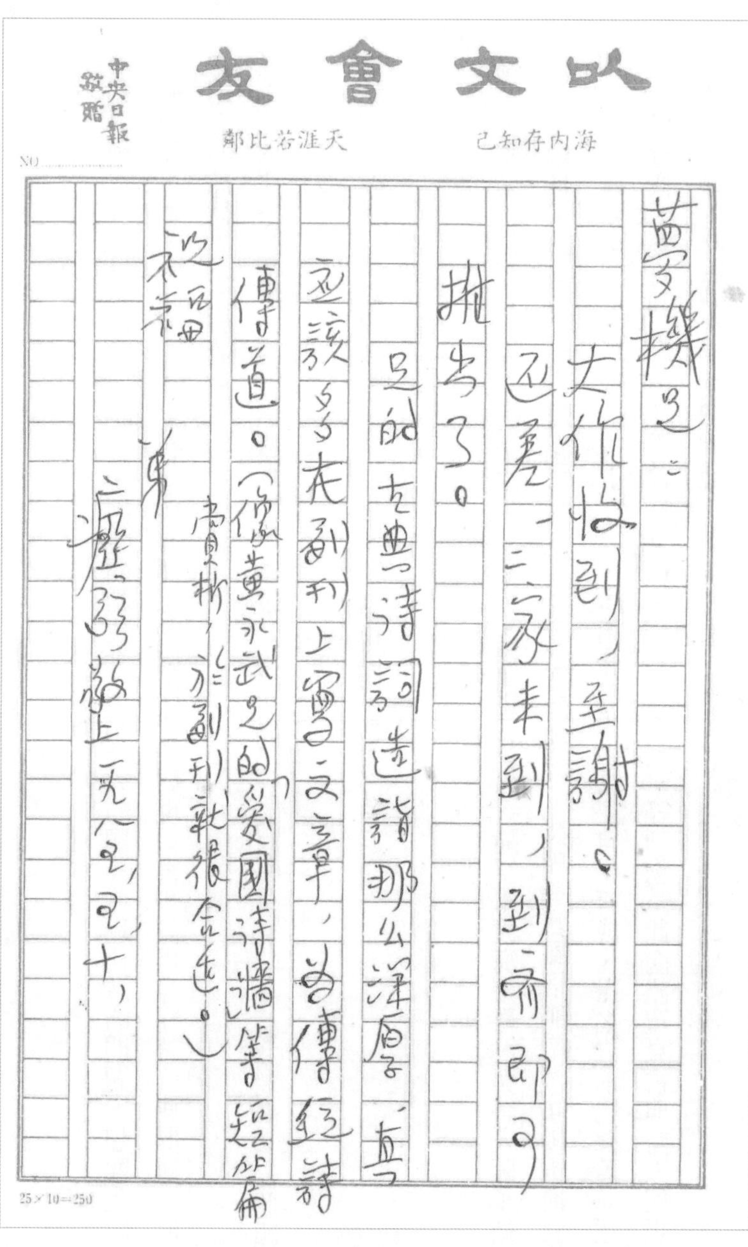
中央日報致贈

以文會友

海內存知己　天涯若比鄰

NO.

夢機兄：

大作收到，至謝。還差一二家未到，到齊即可推出了。

兄的古典詩詞造詣那麼深厚，真應該多在副刊上寫文章，為傳統詩傳道。（像黃永武兄的愛國詩牆等短篇賞析，於副刊就很合適。）

祝
福安

弟 瘂弦 敬上 一九八五、五、十、

25×10=250

26×18cm

釋文

夢機兄：

大作收到，至謝。

還差一二家未到，到齊即可推出了。兄的古典詩詞造詣那麼深厚，眞應該多在副刊上寫文章，爲傳統詩傳道。（像黃永武兄的「愛國詩牆」等短篇賞析，於副刊就很合適。）

祝福

弟　瘂弦敬上　一九八五、五、十、

說明

瘂弦（一九三二～），本名王慶麟，河南南陽人，著名現代詩詩人，與張默和洛夫創立創世紀詩社，發行《創世紀》詩刊，有創世紀鐵三角之稱。擔任聯合報副刊主編長達二十一年，影響當代寫作甚鉅。

副刊自近代興起，以非新聞報導性的文字爲主，刊登內容多文藝性質，爲現代寫作發表的重要園地，同時也影響文學的風向。此函可見夢機先生與現代詩人的往來之外，亦可窺見副刊編輯除了現當代文學的推動外，於古典詩詞之重視。文中所提及的黃永武教授（一九三六～），師大國文所博士，歷任中興、成大文學院院長，著作豐富，尤以《中國詩學》、《愛廬小品》、《生活美學》等書膾炙人口而聞名。

附錄

一　張夢機教授年譜

汪筱薔原編（以楷體呈現）、何維剛補編

一九四一　辛巳・民國三〇年，一歲

抗日烽火中，降生於四川成都市。出生時，外祖母夢見飛機在天之景，故為之取名為夢機。

一九四六　丙戌・民國三五年，六歲

父張廷能自美國學成歸國，奉派至南京空軍訓練部擔任教官，舉家遷至南京。與長兄張克地就讀南京小學。

一九四八　戊子・民國三七年，八歲

國共內戰已呈危象，舉家遷至臺灣，當年十一月入住高雄縣岡山鎮阿公店溪畔的空軍眷村勵志村。隨長兄與眷村同儕宋定西、傅丙仁、劉鉞、李芳崙、陳灝、畢國璋、蘇人俊等定交，過從甚密。

顏崑陽生。

一九五六　丙申．民國四五年，十六歲

就讀省立岡山高中時期，為學校體育校隊，擅長拳擊、籃球。課餘受父執輩鄒滌煊啟蒙，學習詩法。

維案：該年七月畢業於省立岡山中學初中部，並於八月就讀岡山中學高中。

一九五七　丁酉．民國四六年，十七歲

陳含光過世（一八七九～一九五七）。

一九五八　戊戌．民國四七年，十八歲

八月，金門八二三砲戰。十月廿五日，發表「單打雙不打」宣言。

一九五九　己亥．民國四八年，十九歲

梁寒操發起「明夷吟社」。參加者有劉太希、陳南士、張惠康、蘇笑鷗、王家鴻、胡慶育、馬紹文、李漁叔、吳萬谷、江兆申等人。張夢機約在碩士期間加入。

八月發生「八七水災」。

一九六〇　庚子．民國四九年，二十歲

負笈臺灣省立師範大學體育學系。受洗為基督徒。

維案：該年七月畢業於省立岡山中學，並於八月入讀師大體育系。大學期間參與學術性社團「人文學社」，於新二十八期（一九六二年十二月）至新三十一期擔任該社副總幹事。大學時期相關詩作除見於《雙紅豆簃詩存》外，亦見於何揚烈編《瀛州詩選》。

該年於《暢流》第二十卷第十期（一九六〇年一月）發表〈居大岡山閑趣〉（頁三一），是目前可知最早發表之詩作。

四月，中部橫貫公路通車。

一九六三　癸卯・民國五二年，二十三歲

大三之時，國文系主任林尹鼓勵報考國文研究所，自此修習多門國文系課程，並入李漁叔教授門下學詩，由揣摩李商隱詩入手。同時又受詩人吳萬谷、詞家江絜生指導，詩詞造詣益深。

十一月，美國總統甘迺迪遇刺身亡。

一九六四　甲辰・民國五三年，二十四歲

取得體育學士學位，畢業後任教於惇敘中學。

維案：上文敘述有誤。一九六四年七月張夢機完成大學四年學業，並於該年八月開始至惇敘中學進行大五實習，需至一九六五年六月實習結束始取得學士學位。

出版：《雙紅豆簃詩存》，高雄：自印本，一九六四年。

于右任過世（一八七九～一九六四）。

二月，中華民國與法國斷交，美國宣布自一九六五開始停止對臺灣援助。六月，石門水庫竣工。

一九六五　乙巳．民國五四年，二十五歲

維案：惇敘中學實習結束，該年八月入伍。

三月，美國介入越戰。七月，美國停止對臺援助。

一九六六　丙午．民國五五年，二十六歲

維案：該年七月退伍，並於惇敘中學擔任國文教師（一九六六年八月～一九六七年七月）。

八月，文化大革命開始。

一九六七　丁未．民國五六年，二十七歲

獲得臺北市聯吟大會第一名。

維案：該年因考取師大國文研究所，辭去惇敘中學教職。

新兼任：臺灣省立板橋中學兼任體育教員（一九六七年八月～一九六八年七月）。

七月，成立「中華文化復興運動推行委員會」，以對抗文化大革命。

一九六八　戊申．民國五七年，二十八歲

考入臺灣師範大學國文研究所。課餘在德明行政專校任教，擔任體育組長。獲臺灣省全

省聯吟大會銀牌獎，在臺灣古典詩壇嶄露頭角。

維案：上述說法需商榷，張夢機於一九六七年八月便入學師大國文研究所。

新兼任：私立育達商業職業學校日間部國文兼任教員（一九六八年八月～一九六九年七月）。

據孫吉志《羅尙《戎庵詩存》研究》，該年張夢機始識羅尙。

一九六九　己酉．民國五八年，二十九歲

由李漁叔指導，以《近體詩發凡》獲文學碩士學位。受聘為師大國文系兼任講師。

維案：張夢機於一九七〇年始兼任國文系講師。

新專任：私立德明行政管理專科學校專任講師（一九六九年八月～一九七二年二月），一九七二年因高師專任始辭去專任職。

七月，美國阿姆斯壯登陸月球。

一九七〇　庚戌．民國五九年，三十歲

七月，與田素蘭結縭。

擔任臺灣省立臺北師範專科學校青鳥詩社指導老師。中國文化學院詩學研究所成立臺北大專青年詩社，出任社長。

維案：臺北大專青年詩社由王熙元、張仁青擔任副社長，顏崑陽擔任執行秘書，羅尙擔任輔導員。

新兼任：兼任：國立臺灣師範大學兼任國文學系講師（一九七〇年八月～一九七二年七月）。

新指導：省立臺北師範專科學校青鳥詩社（一九七〇年九月～一九七一年七月）。案張夢機卸任指導老師一職後，由羅尙接任。

出版：《近體詩發凡》，臺北：中華書局，一九七〇年。

一九七一　辛亥．民國六十年，三十一歲

維案：該年中華學術院大專青年詩社成立，張夢機擔任社長長達五年。張夢機可能於此時參與「明夷吟社」。

新兼任：私立東南工業專科學校國文兼任講師（一九七一年九月～一九七二年七月）

新社長：中華學術院大專青年詩社社長（一九七一年七月～一九六六年九月）

新指導：師大南廬吟社指導老師（一九七一年七月～一九七二年七月）

出版：《詞箋》，臺北：三民書局，一九七一年。

十月，中華人民共和國加入聯合國，中華民國退出聯合國。

一九七二　壬子．民國六一年，三十二歲

應聘為臺灣師範大學代辦國文專修科講師。

同時受聘至高雄師院授課。五月長子凱鈞出生。

維案：該年二月取得高師專任講師身分，德明由專任講師轉爲兼任講師。並於該年七月取得師大

專任講師身分後，可能放棄了高師專任講師。

新專任：臺灣省立高雄師範學院專任講師（一九七二年二月～一九七二年七月）、國立臺灣師範大學專任講師（一九七二年八月～一九七三年七月，因考取師大博士班請辭）。

新兼任：私立德明行政管理專科學校兼任講師（一九七二年二月～一九七三年七月）。

新指導：臺北市立建國高中課外活動國學研究社指導老師（一九七二年八月～一九七三年七月）。

該年易君左過世（一八九九～一九七二）、李漁叔過世（一九〇五～一九七二）。

三月，蔣中正擔任第五屆總統。九月，中日斷交。

一九七三　癸丑．民國六二年，三十三歲

升等為臺灣師範大學兼任副教授。

考入臺灣師大國文研究所博士班，由高明、鄭騫指導。

離開師大國文系教職。就讀博士班學位期間，曾輾轉兼任於中國文化大學、淡江大學、東吳大學、國立高雄師範大學等校。

維案：上述「兼任副教授」或爲誤，張夢機要到一九七九年始有副教授職。該年因考取師大國文所博士班，務須放棄師大國文系講師身分，亦開始多所學校兼課生涯。該年十月，中華詩學研究所推薦張夢機爲第二屆世界詩人大會中華民國代表。

新兼任：私立中國文化學院中國文學系文學組兼任講師（一九七三年八月～一九七五年七月）、

私立淡江文理學院中國文學系兼任講師（一九七三年八月～一九七七年七月）。

出版：張仁青、張夢機合撰，《三唐詩絜》，臺北：文景書局，一九七三年。

三月，美軍自越南撤退。六月，美國決定停止對臺軍援。七月，蔣經國宣布「十大建設」計畫。

一九七五　乙卯・民國六四年，三十五歲

倡議成立雲腴文社，請王熙元任社長，社員有羅尚、張夢機、陳文華、顏崑陽、尤信雄、陳滿銘、張子良、杜松柏、蔡雄祥、賴橋本、陳弘治，曾昭旭隨後亦入社。

新聘任：中華學術研究院聘爲詩學研究所研究委員（一九七五年十月～一九七七年九月）。

新兼任：臺灣省立高雄師範學院聘爲兼任國文學系講師（一九七五年九月～一九七七年七月）。

蔣中正過世（一八八七年十月～一九七五年四月）、梁寒操過世（一八九九～一九七五）、曾克耑過世（一九〇〇～一九七五）。

四月，南越滅亡。六月，中菲斷交。

一九七六　丙辰・民國六五年，三十六歲

是年入住新店新生街。十一月次子凱亮出生。

維案：該年張夢機卸除中華學術院大專青年詩社社長。

新兼任：私立東吳大學聘爲兼任講師（一九七六年八月～一九七八年七月）

毛澤東過世（一八九三年十二月～一九七六年九月），彭醇士過世（一八九六～一九七六）。

十月，文化大革命結束。

一九七七　丁巳．民國六六年，三十七歲

新兼任：臺北市立女子師範專科學校兼任講師（一九七七年二月～一九七八年一月）

出版：《思齋說詩》，臺北：華正書局，一九七七。張夢機、張子良選注，《唐宋詞選注》，臺北：華正書局，一九七七年。

魯實先過世（一九一三～一九七七）。

一九七八　戊午．民國六七年，三十八歲

維案：該年高師聘爲專任講師，進入南北奔波時期。

新專任：臺灣省立高雄師院專任講師（一九七八年八月～一九七九年七月）

新兼任：私立中國文化學院中國文學系文學組兼任講師（一九七八年八月～一九七九年七月）、臺北市立女子師範專科學校兼任講師（一九七八年八月～一九七九年一月）、私立東吳大學聘爲兼任副教授（一九七八年八月～一九七九年七月）。

三月，蔣經國擔任第六屆總統。十月，中山高速公路通車。十二月，美國宣布中美斷交。

一九七九　己未．民國六八年，三十九歲

以《師橋堂詩》獲中興文藝獎章。

以《西鄉詩稿》獲得中山文藝獎。

與汪中、羅尚倡議設立停雲詩社，後有陳新雄、婁良樂、黃永武、杜松柏、尤信雄、沈秋雄、陳文華、顏崑陽、文幸福、張以仁、邱燮友、陳滿銘、傅武光等人加入。

維案：該年高師聘以專任副教授，各校兼任亦由講師改聘副教授。停雲詩社創社原始社員，有汪中、羅尚、張夢機、婁良樂、黃永武、杜松柏、尤信雄、沈秋雄、陳文華、顏崑陽、文幸福。後期加入陳新雄、張以仁、邱燮友、陳滿銘、傅武光。

新專任：臺灣省立高雄師院專任副教授（一九七九年八月～一九八三年七月）。

新兼任：臺北市立女子師範專科學校兼任副教授（一九七九年二月～一九七九年七月，該年學校改名）、臺北市立師範專科學校兼任副教授（一九七九年八月～一九八〇年七月）、國立成功大學中國文學系兼任副教授（一九七九年八月～一九八一年七月）。

指導：基隆市詩學研究會聘爲該會詩學指導老師（一九七九年十一月）。

評審：臺灣省立臺中圖書館聘爲「己未端陽全省詩人聯吟大會」詞宗（一九七九年五月）。

出版：《師橘堂詩》，臺北：華正書局，一九七九年。《西鄉詩稿》，臺北：學海出版社，一九七九年。《古典詩的形式與結構》，臺北：尚友出版社，一九七九年。張夢機、陳文華合編，《杜律旨歸》，臺北：學海出版社，一九七九年。

二月，中正國際機場開放。十二月，美麗島事件。

一九八〇　庚申・民國六九年，四十歲

新兼任：國立中興大學中國文學系兼任副教授（一九八〇年八月～一九八一年七月）、私立中國文化大學中國文學系文學組兼任副教授（一九八〇年八月～一九八一年七月）、十方叢林書院詩學兼任教授（一九八〇年八月～一九八二年六月）。

評審：中山學術文化基金會「中山文藝創作獎」評審委員（一九八〇年五月）。臺灣省立臺中圖書館聘爲「端陽全省詩人聯吟大會」詞宗（一九八〇年五月）。

出版：張夢機等編，《詩詞曲賞析》，臺北：空中大學，一九八〇年。

吳萬谷過世（一九一四～一九八〇）。

一九八一　辛酉・民國七〇年，四十一歲

由高明、鄭騫指導，以《詞律探原》獲國家文學博士學位。

與顏崑陽、曾昭旭在《臺灣新聞報副刊》合寫專欄——「三稜鏡」。

評審：臺灣省立臺中圖書館聘爲「辛酉端陽全省詩人聯吟大會詞宗」（一九八一年五月）。

出版：《詞律探原》，臺北：文史哲出版社，一九八一年。

婁良樂過世（？～一九八一年）

一九八二　壬戌・民國七一年，四十二歲

評審：臺灣省立臺中圖書館聘爲「大學院校青年詩友聯吟大會」詞宗（一九八二年四月）

一九八三　癸亥．民國七二年，四十三歲

二月初春，受聘於國立中央大學。

維案：該年二月，國立中央大學聘以專任副教授，並辭去高師專任職。

新聘任：國立中央大學專任副教授（一九八三年三月～一九八六年七月）。

評審：臺灣省立臺中圖書館聘爲「癸亥端陽全省詩人聯吟大會」詞宗（一九八三年五月）。

江絜生過世（一九〇三～一九八三）、林尹過世（一九一〇～一九八三）。

一九八四　甲子．民國七三年，四十四歲

新聘任：國立中興大學夜間部中國文學系兼任副教授（一九八四年八月～一九八五年七月）。

出版：《鷗波詩話》，臺北：漢光文化事業公司，一九八四年。

三月，蔣經國擔任第七屆總統。該年陳逢源文教基金會舉辦第一屆「中華民國大專青年聯吟大會」。

一九八六　丙寅．民國七五年，四十六歲

八月，升等為教授。

任中央大學學務處課外活動組組長（一九八六年八月～一九八七年七月）

維案：張夢機通過升等教授在一九八七年三月，可能回溯申請，因此於一九八六年八月升等教授。由一九八七年東吳兼任缺可推測。該年六月「詩人節慶祝大會」獲頒「優秀詩人」。

出版：《讀杜新箋：律髓批杜詮評》，臺北：漢光文化事業公司，一九八六年。張夢機選，張仁青、林茂雄注，《唐宋詩髓》，臺北：明文出版社，一九八六年。

九月，民主進步黨成立。

一九八七　丁卯．民國七六年，四十七歲

任中央大學總務長（一九八七年十一月～一九八九年一月）。

任中國古典研究會理事長（一九八七～一九八九）。

新兼任：私立東吳大學兼任副教授（一九八七年二月～一九八七年七月）、私立東吳大學兼任教授（一九八七年八月～一九八八年七月）。

評審：臺灣省立臺中圖書館聘為「全省詩人聯吟大會詞宗」（一九八七年四月）。

七月，解除戒嚴。

一九八八　戊辰．民國七七年，四十八歲

蔣經國過世（一九一〇年四月～一九八八年一月）。

一九八九　己巳．民國七八年，四十九歲

任中央大學校長室主任秘書（一九八九年二月～一九九〇年一月）。

是年，其父張廷能逝世。

任中央大學中文系主任兼所長（一九八九年八月～一九九二年七月）。

評審：教育部文藝獎歌詞組評審。

成惕軒過世（一九一一～一九八九）。

六月，天安門事件。十一月，柏林圍牆倒塌。

一九九○　庚午．民國七九年，五十歲

其妻田素蘭因食道癌過世。

二月卸下中大校長室主任秘書。

評審：教育部文藝獎歌詞組評審。

維案：張夢機於一九九○以前，可能以顧問身分協助宋定西漢光文化公司編輯路線。

一九九一　辛未．民國八○年，五十一歲

暑假，同中大師友赴中國大陸參訪。

九月九日於醫院探視兄長時腦幹中風，走過生命幽谷；其後返家休養復健，由看護劉敏華看照。

鄭騫過世（一九○六～一九九一）。

一月，波斯灣戰爭爆發。五月，動員戡亂時期結束。

一九九二　壬申．民國八一年，五十二歲

因養病遷居臺北縣新店市安坑玫瑰中國城，所居「師橘堂」易名「藥樓」。銷假復職，重返中大講學，因語言能力未完全復，且行動不便，故經學校系務會議、院務會議決議，改於新店寓所授課。雖與中大距離稍遠，學子仍甘之如飴。同事兼摯友顏崑陽於課堂中協助講授，傳為佳話。

高明過世（一九〇九～一九九二）。

八月，中韓斷交。

一九九三　癸酉．民國八二年，五十三歲

出版：《詩學論叢》，臺北：華正書局，一九九三年。《碧潭煙雨》，臺北：漢光文化事業公司，一九九三。《藥樓詩稿》，臺北：台灣文學觀察雜誌社，一九九三年。

一九九四　甲戌．民國八三年，五十四歲

中山學術文化基金會聘爲「第二十九屆文藝創作獎助」評審委員（一九九四年七月）

十二月，民選臺北市長陳水扁、高雄市長吳敦義、臺灣省長宋楚瑜。

一九九五　乙亥．民國八四年，五十五歲

出版：《藥樓文稿》，臺北：文史哲出版社，一九九五年。

評審：中山學術文化基金會文藝創作獎評審。

一九九六　丙子・民國八五年，五十六歲

指導：中華民國古典詩研究社聘爲該社顧問（一九九六年三月～一九九九年三月）。

王熙元過世（一九三五～一九九六）。

五月，第一屆直接民選總統李登輝就職。

一九九七　丁丑・民國八六年，五十七歲

出版：《古典詩的形式結構》，臺北縣：駱駝出版社，一九九七年（再版）。張夢機選，張仁青、林茂雄注，《唐宋詩髓》，臺北：文海基金會，一九九七年。

鄧小平過世（一九〇四年八月～一九九七年二月）、李猷過世（一九一五～一九九七）。

一九九九　己卯・民國八八年，五十九歲

八月退休，仍持續於中央大學中文系兼任課程。

出版《鯤天吟稿》，臺北：華正書局，一九九九年。

九月，九二一大地震。

二〇〇〇　庚辰・民國八九年，六十歲

三月，陳水扁當選總統。

二〇〇一　辛巳．民國九十年，六十一歲

出版：《鯤天外集》，臺北：漢藝色研文化事業有限公司，二〇〇一年。

評審：教育部文藝獎古典詩詞組初審評審。

二〇〇二　壬午．民國九一年，六十二歲

網站「網路古典詩詞雅集」成立。

二〇〇三　癸未．民國九二年，六十三歲

評審：教育部文藝獎古典詩詞組初審評審。網路古典詩詞雅集「冬季徵詩活動：車票」擔任左詞宗（二〇〇三年一月）。網路古典詩詞雅集「癸未春季徵詩活動：感春」擔任右詞宗（二〇〇三年四月）；「網路聚會徵詩活動：夜歸」擔任左詞宗（二〇〇三年八月）；「癸未秋季徵詩活動：台員篇」擔任左詞宗（二〇〇三年十一月）。

二〇〇四　甲申．民國九三年，六十四歲

出版：《夢機六十以後詩》，臺北：里仁書局，二〇〇四年。

評審：教育部文藝獎古典詩詞組初審評審。網路古典詩詞雅集「兩週年慶徵詩活動：客來」擔任左詞宗（二〇〇四年二月）；「甲申秋季徵詩活動：昔遊」擔任右詞宗（二〇〇四年十一月）。

二〇〇五　乙酉・民國九四年，六十五歲

適逢中大九十周年校慶，應時任圖書館館長李瑞騰之邀，撰作中大十景詩。詩作由黃群英、黃農、曾昭旭、洪惟助、游國慶等十位校內外書家、學者題寫，裱褙後張掛於圖書館間。

評審：第四屆乾坤詩獎古典詩組決審。網路古典詩詞雅集「乙酉春季徵詩活動：讀詩」擔任左詞宗（二〇〇五年六月）；「三週年半乙酉夏季徵詩活動：晌午」擔任左詞宗（二〇〇五年八月）；「乙酉之秋徵詩活動：聽雨」擔任左詞宗（二〇〇五年十一月）。

二〇〇六　丙戌・民國九五年，六十六歲

與張大春共撰「兩張詩譚」專欄，於中時部落格與印刻文學雜誌發表。

指導：中華楚騷研究會聘爲第四屆顧問（二〇〇六年四月～二〇〇八年四月）。

評審：網路古典詩詞雅集「丙戌夏季徵詩活動：聞蟬」擔任右詞宗（二〇〇六年八月）。

二〇〇七　丁亥・民國九六年，六十七歲

評審：網路古典詩詞雅集「丁亥年夏季徵詩活動：雷雨」擔任左詞宗（二〇〇七年八月）；「丁亥年秋季徵詞活動：詞牌：應天長。詞題：秋楓」擔任左詞宗（二〇〇七年十一月）。

羅尙過世（一九二三～二〇〇七）。

二〇〇八　戊子．民國九七年，六十八歲

評審：第十屆臺北文學獎古典詩組決審評審。網路古典詩詞雅集「六週年慶徵詩活動：於西遊記中自擇書內人物之一歌詠」擔任左詞宗（二〇〇八年二月）；「戊子夏季徵詩活動：七夕」擔任左詞宗（二〇〇八年八月）。

二〇〇九　己丑．民國九八年，六十九歲

出版：《夢機詩選》，高雄：宏文館圖書出版，二〇〇九年。

評審：第十一屆臺北文學獎古典詩組決審評審。國立中山大學中文系《海之韻——古典詩精英評定集》評定委員。網路古典詩詞雅集「雅集七週年網聚暨冬季徵詩：照相機」擔任左詞宗（二〇〇九年二月）；「己丑夏季徵詩：和張夢機教授〈夏日作〉」擔任左詞宗（二〇〇九年八月）。

張以仁過世（一九三〇～二〇〇九）。

二〇一〇　庚寅．民國九九年，七十歲

臺灣師範大學退休教授汪中於四月十三日凌晨四時許，因器官衰竭病逝於臺北市中山醫院；王更生亦於七月二十九日因胰臟癌病逝。夢機先生與汪、王二位交情深厚，聽聞訃告頗感傷懷。八月間因微恙入院，至八月十二日凌晨因心臟衰竭辭世於新店耕莘醫院。追思會於九月二日在臺北市立第二殯儀館舉行。中央大學李瑞騰、孫致文合編《歌哭紅塵間——詩人張夢機教授紀念文集》以為追念。

《文訊雜誌》也於九月刊出夢機先生紀念專輯。

出版：《藥樓近詩》，臺北：印刻文學，二〇一〇年。

評審：第十二屆臺北文學獎古典詩組決審評審。

汪中過世（一九二〇～二〇一〇）、王更生過世（一九二八～二〇一〇）。

二〇一二　壬辰．民國一〇一年

《張夢機詩文選編》由（合肥）黃山書社出版。

陳新雄過世（一九三五～二〇一二）。

二〇一五　乙未．民國一〇四年

學生賴欣陽等人編《夢機集外詩》由（臺北）文史哲出版社出版。

四月二十三日，中央大學舉辦張夢機紀念文物展暨詩歌吟唱會。

四月二十四日，中興大學舉辦張夢機教授紀念學術論文研討會。

《國文天地》第三〇六期，二〇一五年五月刊登張夢機相關論述。

二　張夢機編著分類目錄

一　專書

《雙紅豆篋詩存》，高雄：自印本，一九六四年。

《近體詩發凡》，臺北：中華書局，一九七〇年。

《詞箋》，臺北：三民書局，一九七一年。

《思齋說詩》，臺北：華正書局，一九七七年。

《師橘堂詩》，臺北：華正書局，一九七九年。

《西鄉詩稿》，臺北：學海出版社，一九七九年。

《古典詩的形式與結構》，臺北：尙友出版社，一九七九年。

《詞律探原》，臺北：文史哲出版社，一九八一年。

《鷗波詩話》，臺北：漢光文化事業公司，一九八四年。

《讀杜新箋：律髓批杜詮評》，臺北：漢光文化事業公司，一九八六年。

《詩學論叢》，臺北：華正書局，一九九三年。

《碧潭煙雨》，臺北：漢光文化事業公司，一九九三年。
《藥樓詩稿》，臺北：台灣文學觀察雜誌社，一九九三年。
《藥樓文稿》，臺北：文史哲出版社，一九九五年。
《古典詩的形式結構》，臺北縣：駱駝出版社，一九九七年。
《鯤天吟稿》，臺北：華正書局，一九九九年。
《鯤天外集》，臺北：漢藝色研文化事業有限公司，二〇〇一年。
《夢機六十以後詩》，臺北：里仁書局，二〇〇四年。
《夢機詩選》，高雄：宏文館圖書出版，二〇〇九年。
《藥樓近詩》，臺北：印刻文學，二〇一〇年。
龔鵬程校，《張夢機詩文選編》，合肥：黃山書社，二〇一二年。
賴欣陽主編，《夢機集外詩》，臺北：文史哲出版社，二〇一五年。

二　編註

張仁青、張夢機合撰，《三唐詩絜》，臺北：文景書局，一九七三年。
張夢機、張子良選注，《唐宋詞選注》，臺北：華正書局，一九七七年。
張夢機、陳文華合編，《杜律旨歸》，臺北：學海出版社，一九七九年。
張夢機等編，《詩詞曲賞析》，臺北：空中大學，一九八〇年。

張夢機、顏崑陽審訂，《唐詩新葉：唐詩三百首集解》，臺北：故鄉出版社，一九八一年。
張夢機主編，《中國古典文學精華》，臺北：聯亞出版社，一九八二年。
張夢機主編，《鏡頭中的詩境》，臺北：漢光文化，一九八三年。
張夢機選註，《江南江北：唐詩》，收於《中國古典文學賞析精選》，臺北：時報文化，一九八五年。
張夢機主編，《中國古典詩詞賞析》，臺北：遠景出版社，一九八五～一九八六年。
張夢機選，張仁青、林茂雄注，《唐宋詩髓》，臺北：明文出版社，一九八六年。
張夢機選，張仁青、林茂雄注，《唐宋詩髓》，臺北：文海基金會，一九九七年（再版）。
張夢機等編，《古唐宋詩選》，臺北：幼獅文化，一九九九年。
張夢機主編，《中國古典詩詞賞析》，桃園：成陽出版股份有限公司，二〇〇〇年（再版）。
張夢機主編，《學生閱讀經典》，上海：文匯出版社，二〇〇七年

三　學術論文

〈論模擬與鎔成〉，《文風》，第十四期，一九六九年一月，頁三九～四九。
〈論含蓄〉，《文風》，第十五期，一九六九年六月，頁二一～三二。
〈論含蓄〉，收於《慶祝瑞安林景伊先生六秩誕辰論文集》，臺北：華岡出版公司，一九六九年十二月，頁二四〇三～二四一八。

〈論絕句謀篇〉，《文風》，第十六期，一九七〇年一月，頁二一七。

〈論鍊意〉，《中華詩學》，第二卷第五期，一九七〇年四月，頁五〇～五四。

〈論鍊意〉，《中華詩學》，第二卷第六期，一九七〇年五月，頁三三～三五。

〈論鍊意〉，《中華詩學》，第三卷第一期，一九七〇年六月，頁四二～四六。

〈論拗句與救法〉，《文風》，第十七期，一九七〇年六月，頁三五～五四。案，此文又發表於《中華詩學月刊》，第十卷第二期、第三期、第四期。

〈劉勰麗辭篇引述〉，《德明青年》，第十八期，一九七一年三月二十九日，頁二〇～二二。

〈論拗句與救法〉，《中華詩學》，第十卷第二期，一九七四年二月，頁二二～三〇。

〈論拗句與救法〉，《中華詩學》，第十卷第四期，一九七四年四月，頁四一～四七。

〈悟境・心境・詩境與欣賞詩的關連性——師大南廬吟社詩學座談會講辭〉，《學粹雜誌》，第十六卷第二期，一九七四年六月一日，頁二四～三〇。

〈詩的錘鍊與含蓄〉，《中華詩學》，第十一卷第一期，一九七四年七月，頁三三～三八。

〈詩的命題與章法——甲寅四月初四在師大南廬吟社詩學座談會講詞〉，《文風》，第二十五期，一九七四年十二月，頁二二～二五。

〈論絕句詩〉，《中國詩季刊》，第五卷第四期，一九七四年十二月，頁五八～七四。

〈悟境詩境心境與欣賞詩的關聯性〉，《中華詩學》，第十一卷第六期，一九七五年四月，頁二八～三五。

〈悟境詩境心境與欣賞詩的關聯性〉，《中華詩學》，第十二卷第一期，一九七五年六月，頁二四～

三二。

〈談韓愈五古的章法〉，《中華文化復興月刊》，第八卷第六期，一九七五年六月，頁五六～六〇。

〈中國六十年來的舊詩〉，收於尹雪曼總編輯，《中華民國文藝史》，臺北：正中書局，一九七五年六月，頁二五九～二七八。

〈杜甫北征與韓愈南山詩的比較〉，《學粹雜誌》，第十七卷第二期，一九七五年六月，頁八～一五。

〈韓愈五古章法釋例〉，《中華詩學》，第十二卷第三期，一九七五年十月，頁八～一七。

〈說杜〉，《學粹雜誌》，第十八卷第三期，一九七六年六月，頁一一～一五。

〈杜甫變體七絕的特色〉，《幼獅月刊》，第四十四卷第三期，一九七六年九月，頁六四～七一。

〈兩種流宕的律詩章法〉，《中華文化復興月刊》，第十卷第三期，一九七七年三月，頁三七～四二。

〈義山七絕的用意抒情與詠史〉，《慶祝婺源潘石禪先生七秩華誕特刊》，臺北：中國文化學院中國文學系，一九七七年三月，頁三二五～三三五。

〈義山七絕的用意、抒情與詠史〉，《幼獅月刊》，第四十六卷第一期，一九七七年七月，頁五六～六一。

〈杜甫變體七絕的特色〉，《文學論集》，一九七八年七月，頁三五九～三七四。

〈中國詩樂關係略說〉，《幼獅學誌》，第十五卷第三期，一九七九年六月，頁一三三～一五七。

〈律詩章法的常與變〉，瘂弦、梅新主編，《詩學》，第三輯，臺北：成文出版社，一九八〇年四月，頁二五五～二六四。

〈詞體起源之多元性〉，《慶祝陽新成楚望先生七秩誕辰論文集》，臺北：文史哲出版社，一九八一年二月，頁五八七～六一〇。

〈駁郭沫若對杜詩之曲解〉，《鵝湖月刊》，第八十期，一九八二年二月，頁三〇～三五。

〈隋唐燕樂對詞體形成之影響〉，《中國學術年刊》，第四期，一九八二年六月，頁一八五～二〇五。

〈詩中的曲意與多義性〉，《文風》，第四十一期，一九八二年六月，頁五六～五八。

〈駁郭沫若對杜詩的曲解〉，《古典文學論集・第四集》，臺北：臺灣學生書局，一九八二年十二月，頁九三～一〇六。

〈詞體產生之音樂背景〉，《國立中央大學文學院院刊》，第二期，一九八四年六月，頁四七～七〇。

〈三張〉，見中華文化復興運動推行委員會主編：《中國文學講話（五）魏晉南北朝文學》，臺北：巨流出版社，一九八五年六月，頁一四三～一五一。

張夢機主講〈蘇軾〉一文，見中華文化復興運動推行委員會主編，《中國文學講話（七）兩宋文學》，臺灣：巨流圖書，一九八六年六月，頁三三一～三四二。

〈李商隱七絕的用意、抒情與詠史〉，《中國文學講話「隋唐文學」》，臺北：巨流出版社，一九八五年十一月，頁二八五～三〇〇。

〈方回批杜牧詩繹說〉，《中央大學文學院院刊》，第四期，一九八六年六月，頁七九～九一。

〈方回紀昀批少陵詩平議〉，《中國學術年刊》，第八期，一九八六年六月，頁一九五～二三一。
〈詩阡拾穗〉，《中國學術年刊》，第十五期，一九九四年三月，頁二三一～二四一。
〈杜甫七律偶犯上尾考〉，《中央大學人文學報》，第十二期，一九九四年六月，頁一一～二九。

四　隨筆賞析與社論

張夢機（體二），〈讀詩偶摭〉，出處日期未詳（或出《人文學報》，但不可考）。
〈不是問題的問題〉，《中國世紀》，第五十五期，一九六二年九月十五日，頁八。
〈試論詩的新舊融合〉，《縱横詩刊》，第七期，一九六二年十月二十五日，頁一三～一六。
張夢機（體育系三年級），〈舊詩應存不廢說〉，《人文學報》，新二十九期，一九六三年一月一日，第三版。
張夢機（體育系三年級），〈不是問題的問題〉，《人文學報》，新三十期，一九六三年五月一日，第四版。
〈試論詩的新舊融合〉，《人文學報》，新三十一期，一九六三年十二月十四日，第三版。
〈癸卯花朝詩會〉，《雙紅豆簃詩存》，高雄：自印本，一九六四年六月，頁四三～五〇。
〈從「一三五不論」說起〉，《雙紅豆簃詩存》，高雄：自印本，一九六四年六月，頁五一～五四。
〈試論詩的新舊融合〉，《雙紅豆簃詩存》，高雄：自印本，一九六四年六月，頁五五～六四。
〈詩法舉隅〉，《雙紅豆簃詩存》，高雄：自印本，一九六四年六月，頁六五～八三。

〈李煜詞欣賞〉，《自由青年》，第四十二卷第二期，一九六九年八月，頁五三～六〇。
〈晏幾道詞欣賞〉，《自由青年》，第四十二卷第三期，一九六九年九月，頁八三～九〇。
〈周邦彥詞欣賞〉，《自由青年》，第四十二卷第四期，一九六九年十月，頁五九～六五。
〈李清照詞欣賞〉，《自由青年》，第四十二卷第五期，一九六九年十一月，頁六六～七一。
〈詩詞欣賞：韋莊詞欣賞〉，《自由青年》，第四十三卷第一期，一九七〇年一月，頁六三～六八。
〈辛棄疾詞欣賞〉，《自由青年》，第四十三卷第二期，一九七〇年二月，頁八五～九一。
〈晏幾道詞欣賞〉，《師大校友月刊》，一九七〇年四月十二日，第三版。
〈秦觀詞欣賞〉，《自由青年》，第四十三卷第五期，一九七〇年五月一日，頁九二～九六。
〈姜夔詞欣賞〉，《自由青年》，第四十三卷第六期，一九七〇年六月，頁六九～七五。
〈蘇軾詞欣賞〉，《自由青年》，第四十四卷第二期，一九七〇年八月一日，頁九五～一〇一。
〈史達祖詞欣賞〉，《自由青年》，第四十四卷第五期，一九七〇年十一月一日，頁七七～八二。
〈柳永詞欣賞〉，《自由青年》，第四十四卷第六期，一九七〇年十二月一日，頁六七～七三。
宓，〈春蕪零拾：息夫人詩草稿〉，《海外學人》，第八期，一九七一年一月，頁三一。
宓，〈春蕪零拾：談春聯〉，《海外學人》，第九期，一九七一年二月，頁五三。
宓，〈春蕪零拾：春燈謎話〉，《海外學人》，第十期，一九七一年三月，頁五八。
〈陸游詞欣賞〉，《自由青年》，第四十五卷第三期，一九七一年三月，頁八四～九〇。（維案：目錄誤繫黃永武）
宓，〈春蕪零拾：繁櫻照海〉，《海外學人》，第一一期，一九七一年四月，頁一五。

宓，〈春蕪零拾：凝碧池詩〉，《海外學人》，第十二期，一九七一年五月，頁一八。
〈吳文英詞欣賞〉，《自由青年》，第四十五卷第五期，一九七一年五月一日，頁六〇～六六。
〈讀史偶摭　談莊生的操守與爲人〉，《師大校友月刊》，一九七一年六月五日。
〈張炎詞欣賞〉，《自由青年》，第四六卷第一期，一九七一年七月，頁五五～六二。
〈賀鑄詞欣賞〉，《自由青年》，第四十六卷第三期，一九七一年九月，頁五八～六五。
〈談姜夔詞〉，《中華詩學》，第六卷第二期，一九七二年一月，頁一七～二三。
橘堂，〈構思與剪裁〉，《中國學府》，一九七二年十二月十六日，「硯裡乾坤」。
〈論邊緣戰（上）〉，《中華日報》，一九七二年十二月十八日，第九版。
〈論邊緣戰（下）〉，《中華日報》，一九七二年十二月十九日，第九版。
橘堂，〈文藝系的悲哀〉，《中國學府》，一九七二年十二月二十三日，「硯裡乾坤」。
橘堂，〈老輩風流〉，《中國學府》，一九七二年十二月三十日，「硯裡乾坤」。
〈林卓祺個展觀後〉，《暢流雜誌》，第四十六卷第十期，一九七三年一月一日，頁二七。
橘堂，〈記煤山逸士〉，《中國學府》，一九七三年一月六日，「硯裡乾坤」。
橘堂，〈體育的新觀念〉，《中國學府》，一九七三年一月十三日，「硯裡乾坤」。
橘堂，〈佳聯妙對〉，《中國學府》，一九七三年一月二十日，「硯裡乾坤」。
橘堂，〈詩無新舊〉，《中國學府》，一九七三年一月二十七日，「硯裡乾坤」。
橘堂，〈電影廣告戰〉，《中國學府》，一九七三年三月三日，「硯裡乾坤」。
〈雜談杜詩登岳陽樓〉，《暢流雜誌》，第五十一卷第四期，一九七五年四月一日。

〈佳人在何處〉，《摩登女性》，一九七五年十一月一日，頁一四〇。

〈但願人長久〉，《摩登女性》，一九七五年十二月一日，頁碼未詳。

〈中部橫貫公路紀行〉，《創新》，第一八四期，一九七六年五月十七日，頁碼未詳。

〈師橘堂詩〉，《學粹雜誌》，第十八卷第六期，一九七六年十二月三十一日，頁二五。

〈師橘堂詩〉，《學粹雜誌》，第十九卷第一、二期，一九七七年四月三十日，頁二五。

〈談讀書與治學——訪林景伊先生〉，《幼獅月刊》，第四十六卷第六期，一九七七年十二月，頁六五～六七。

〈師橘堂詩話（一）〉，《學粹雜誌》，第二十卷第一、二期，一九七八年四月，頁二五～二七＋一八。（收有「直覺與分析」、「王維終南別業詩」、「釋劉長卿一首」、「杜詩擣衣」、「閒居春盡詩繹說」）

〈師橘堂詩話（二）〉，《學粹雜誌》，第二十卷第三期，一九七八年六月，頁二三～二六。（收有「韓愈的闢佛與愛憎」、「蘇軾陽關曲」、「詩題小序與夾註」、「韓愈七古聲調鏗鏘」）

〈率眞醇善的拙趣——王貫英先生詩評介（上）〉，《聯合報》，一九七八年六月一日，第十二版。

〈率眞醇善的拙趣——王貫英先生詩評介（下）〉，《聯合報》，一九七八年六月二日，第十二版。

〈《詩與詩人叢刊》弁語〉，《幼獅月刊》，第四十八卷第一期，一九七八年七月，頁六四～六五。

〈沉鬱頓挫——析杜詩「哀江頭」〉，《中國時報》，第十二版，一九七八年七月二十日。

張夢機、鄭明娳，〈高山齊仰止，明月麗中天——高明教授訪問記〉，《幼獅月刊》，第四八卷第三期，一九七八年九月。頁六六～七一。

〈師橋堂詩話（三）〉，《學粹雜誌》第二十卷第四期，一九七八年九月，頁二三十一三。（收有「詩與詩人叢刊弁言」）

〈師橋堂詩話（四）〉，《學粹雜誌》第二十一卷第二期，一九七九年三月，頁一五～一七。（收有「閒適」、「桐陰・桐木・桐花」、「崑陽論詩的賞析」、「詞調與聲情」、「論傳統詩論」）

〈析〈回中牡丹爲雨所敗〉〉，《臺灣時報》，一九七九年三月六日，副刊。

〈西鄉詩稿〉，《學粹雜誌》，第二十一卷第三期，一九七九年六月，頁一七。

〈東坡之生命形態〉，《華風》，第十三期，一九七九年六月，頁一五～一六。

〈密州上元的映襯現象〉，《華風》，第十三期，一九七九年六月，頁二一～二二。

〈危欄、煙柳、斜陽〉，《明道文藝》，第四十一期，一九七九年八月，頁八三～八五。

〈從傳統出發——兼介中國文學小叢刊〉，《中央日報》，一九七九年八月十二日，第十版。

〈西鄉詩稿〉，《學粹雜誌》，第二十一卷第四期，一九七九年九月三十日，頁一七。

〈梅花詩〉，《台灣新聞報》，一九八一年四月六日，第十二版。

〈象外瀉玄泉〉，《台灣新聞報》，一九八一年五月二十六日，第十二版，「三稜鏡」。

〈傳統・社會・民族性——對現代詩創作的幾點淺見〉，《中央日報》，一九八一年六月六日，第十二版。

石朋，〈「批評」的批評〉，《台灣新聞報》，一九八一年六月十八日，第十二版，「西子灣」副刊。

〈詩中的假擬法〉，《台灣新聞報》，一九八一年七月二十三日，第十二版，「三稜鏡」。

張曄，〈畫的聯想〉，《臺灣日報》，一九八一年七月二十四日，第八版，「60燭光」。

張曄，〈談武俠電影〉，《臺灣日報》，一九八一年七月三十一日，第八版，「60燭光」。

張曄，〈運動不等於體育〉，《臺灣日報》，一九八一年八月七日，第八版，「60燭光」。

張曄，〈離譜〉，《臺灣日報》，一九八一年八月十四日，第八版，「60燭光」。

〈賈島的「瘦」〉，《台灣新聞報》，一九八一年八月十四日，第十二版，「三稜鏡」。

張曄，〈剪裁〉，《臺灣日報》，一九八一年八月二十一日，第八版，「60燭光」。

張曄，〈被毀容的詩〉，《臺灣日報》，一九八一年八月二十九日，第八版，「60燭光」。

〈「中國文學精華」序〉，《台灣新聞報》，一九八一年九月五日，第十二版，「三稜鏡」。

張曄，〈巧對瑣談〉，《臺灣日報》，一九八一年九月六日，第八版，「60燭光」。

張曄，〈書評的妙用〉，《臺灣日報》，一九八一年九月九日，第八版，「60燭光」。

〈亙古不變的明月〉，《臺灣日報》，一九八一年九月十三日，第八版，「60燭光」。

張曄，〈閒適〉，《臺灣日報》，一九八一年九月二十五日，第八版，「60燭光」。

張曄，〈濫竽詩人〉，《臺灣日報》，一九八一年九月三十日，第八版，「60燭光」。

〈相對如夢寐〉，《台灣新聞報》，一九八一年十月三日，第十二版，「三稜鏡」。

張曄，〈中華之美——梅花〉，《臺灣日報》，一九八一年十月十一日，第八版，「60燭光」。

張曄，〈小故事大啟示　抱怨無用〉，《聯合報》，一九八一年十月十二日，第十二版。

張曄，〈搔不到癢處〉，《臺灣日報》，一九八一年十一月三日，第八版，「60燭光」。

張曄，〈老查胯下出槍〉，《臺灣日報》，一九八一年十一月十五日，第八版，「60燭光」。

張曄，〈出版界亮起紅燈〉，《臺灣日報》，一九八一年十一月二十日，第八版，「60燭光」。
張曄，〈從古典出發〉，《臺灣日報》，一九八一年十二月十八日，第八版，「60燭光」。
〈眞是「無言的旁觀者」？——駁郭沫若對杜詩的曲解〉，《中國時報》，一九八一年十二月十九日，第八版。
張曄，〈郭丑愚妄卑陋〉，《臺灣日報》，一九八一年十二月二十一日，第八版，「60燭光」。
張曄，〈蚍蜉撼大樹〉，《臺灣日報》，一九八二年一月九日，第八版，「60燭光」。
〈爲傳統詩論說幾句話〉，《台灣新聞報》，一九八二年一月十二日，第十二版，「三稜鏡」。
〈古詩賞析——梅花．梅花詩〉，《幼獅少年》，第六十三期，一九八二年一月，頁一二～一四。
張曄，〈詩的賞析〉，《臺灣日報》，一九八二年二月一日，第八版，「60燭光」。
〈愛與鞭子〉，《聯合報》，一九八二年二月五日，第八版，「快筆短文」。
〈鏡頭中的詩境〉，《聯合報》，一九八二年二月十八日，第八版，「快筆短文」。
張曄，〈髮禁餘波〉，《臺灣日報》，一九八二年二月十九日，第八版，「60燭光」。
〈兩條軌道〉，《聯合報》，一九八二年三月四日，第八版，「快筆短文」。
〈讓烟波飛上心靈〉，《聯合報》，一九八二年三月二十二日，第八版，「快筆短文」。
〈渡〉，《聯合報》，一九八二年四月九日，第八版，「快筆短文」。
張曄，〈略談鍊意〉，《臺灣日報》，一九八二年七月二十七日，第八版，「60燭光」。
〈詩的多義性〉，《台灣新聞報》，一九八二年八月五日，第十二版，「三稜鏡」。
張曄，〈國片起飛？〉，《臺灣日報》，一九八二年八月十日，第八版，「60燭光」。

〈前輩 晚輩〉，《聯合報》，一九八二年八月二十六日，第八版，「快筆短文」。
張曄，〈老輩風流〉，《臺灣日報》，一九八二年十月四日，第八版，「60燭光」。
張曄，〈舊調新彈〉，《臺灣日報》，一九八二年十月二十日，第八版，「60燭光」。
〈索髯的諍言〉，《臺灣日報》，一九八二年十月二十五日，第八版。
〈文學欣賞——新春聯話〉，《幼獅少年》，第七十五期，一九八三年一月，頁二六～二九。
張曄，〈新詩贅語〉，《臺灣日報》，一九八三年九月十七日，第八版，「60燭光」。
張曄，〈讓古典詩進入現代生活〉，《臺灣日報》，一九八三年十一月四日，第八版，「60燭光」。
張曄，〈芻蕘之見〉，《臺灣日報》，一九八四年四月六日，第八版，「60燭光」。
張曄，〈論孝敬（上）〉，《臺灣日報》，一九八四年四月九日，第八版，「60燭光」。
張曄，〈論孝敬（下）〉，《臺灣日報》，一九八四年四月十日，第八版，「60燭光」。
〈不爭一時而爭千秋〉，《聯合報》，一九八四年十月五日，第八版，「在雲中釀夢的人（四帖）」。
張曄，〈散發古典的芬芳〉，《臺灣日報》，一九八四年十二月九日，第八版，「60燭光」。
〈「黑牆」上的春光——談聯副春聯集錦〉，《聯合報》，一九八五年三月十七日，第八版。
〈琥珀香〉，《聯合報》，一九八五年六月八日，第八版。
〈「強」與「彊」都不是本字〉，《國文天地》，第四期，一九八五年八月，頁一一。
〈詩的黃金時代〉，《幼獅少年》，第一〇七期，一九八五年九月，頁四四～四六。
〈逸懷浩氣東坡詞〉，《幼獅少年》，第一〇八期，一九八五年十月，頁四九～五一。

〈博愛萬物〉，《國文天地》，第二卷第九期，一九八七年二月，頁一〇。

〈點燃古典詩詞中的燈〉，《中央日報》，一九八七年二月十二日，第十版。

〈傳統詩的側筆運用〉，《台灣新聞報》，一九七八年十月十七日，第十二版。

〈白雲軒茗話賦呈同席〉，《國文天地》，第二卷第十一期，一九八七年四月，頁八二。

〈杜甫「涉筆成誤」？〉，《中央日報》，一九八八年一月一日，第十四版，「文化諮詢」。

〈師橘堂詩〉，《國文天地》，第三卷第十二期，一九八八年五月，頁六一。

〈一杯春露冷如冰——談李商隱詩〉，收於財團法人王振生翁文教慈善基金會古典詩創作研習班講集《古典詩絕句入門》，高雄：自印本，一九八八年十二月，頁九～一四。

〈談古典詩的欣賞與創作〉，收於財團法人王振生翁文教慈善基金會古典詩創作研習班講集《古典詩絕句入門》，高雄：自印本，一九八八年十二月，頁六七～七四。

〈鍊字與鍊意〉，收於財團法人王振生翁文教慈善基金會古典詩創作研習班講集《古典詩絕句入門》，高雄：自印本，一九八八年十二月，頁一三九～一五八。

〈藥樓詩序〉，《鵝湖月刊》，第二一〇期，一九九二年十二月，頁五五。

〈讀詩隨筆〉，《中央日報》，一九九四年三月十日，第十七版。

〈無可奈何孤臣意〉，《中央日報》，「長河．近代詩人看甲午戰爭」，一九九四年五月十二日，第十七版。

張夢機、張大春，〈〈茗飲歌〉．〈對古飲〉〉，《印刻文學生活誌》，第二卷第十期，二〇〇六年六月，頁一三二～一三五。

張夢機、張大春，〈〈舊游〉．〈過寺〉〉，《印刻文學生活誌》，第二卷第十一期，二〇〇六年七月，頁七三～七六。

張夢機、張大春，〈近體五七律〉，《印刻文學生活誌》，第二卷第十二期，二〇〇六年八月，頁九四～九九。

張夢機、張大春，〈五言絕句〉，《印刻文學生活誌》，第三卷第二期，二〇〇六年十月，頁二〇六～二〇九。

張夢機、張大春，〈五言排律〉，《印刻文學生活誌》，第三卷第三期，二〇〇六年十一月，頁一二六～一二九。

張夢機、張大春，〈七言絕句〉，《印刻文學生活誌》，第三卷第四期，二〇〇六年十二月，頁二一七～二一九。

張夢機、張大春，〈陽關曲的作法〉，《印刻文學生活誌》，第三卷第五期，二〇〇七年一月，頁二〇四～二〇七。

張夢機、張大春，〈臺灣詩壇常見的拗救〉，《印刻文學生活誌》，第三卷第六期，二〇〇七年二月，頁一九八～二〇一。

張夢機、張大春，〈拗救補述〉，《印刻文學生活誌》，第三卷第七期，二〇〇七年三月，頁二〇六～二〇九。

張夢機、張大春，〈假擬生趣〉，《印刻文學生活誌》，第三卷第八期，二〇〇七年四月，頁一九〇～一九三。

張夢機、張大春，〈對偶的體與用〉，《印刻文學生活誌》，第三卷第九期，二〇〇七年五月，頁一八〇～一八三。

張夢機、張大春，〈說含蓄之一：藏鋒不露〉，《印刻文學生活誌》，第三卷第十期，二〇〇七年六月，頁二〇六～二〇九。

張夢機、張大春，〈說含蓄之二：善用側筆及其他〉，《印刻文學生活誌》，第三卷第十一期，二〇〇七年七月，頁二〇四～二〇七。

張夢機、張大春，〈李商隱七絕的藝術特徵〉，《印刻文學生活誌》，第三卷第十二期，二〇〇七年八月，頁二一〇～二一三。

張夢機、張大春，〈奪胎換骨〉，《印刻文學生活誌》，第四卷第一期，二〇〇七年九月，頁二四二～二四七。

張夢機、張大春，〈泛說鍊意〉，《印刻文學生活誌》，第四卷第二期，二〇〇七年十月，頁二一四～二一七。

張夢機、張大春，〈詩話偶拾〉，《印刻文學生活誌》，第四卷第三期，二〇〇七年十一月，頁二一二～二一五。

張夢機、張大春，〈詩話偶拾〉，《印刻文學生活誌》，第四卷第四期，二〇〇七年十二月，頁二一六～二一九。

張夢機、張大春，〈杜甫的戰爭思想〉，《印刻文學生活誌》，第四卷第五期，二〇〇八年一月，頁二三〇～二三三。

張夢機、張大春，〈用事．用辭〉，《印刻文學生活誌》，第四卷第六期，二〇〇八年二月，頁二一六～二一九。

張夢機、張大春，〈詩人創造的空間〉，《印刻文學生活誌》，第四卷第七期，二〇〇八年三月，頁一一二～一一五。

張夢機、張大春，〈心靈的空間〉，《印刻文學生活誌》，第四卷第八期，二〇〇八年四月，頁二一二～二一五。

張夢機、張大春，〈詩話偶拾〉，《印刻文學生活誌》，第四卷第九期，二〇〇八年五月，頁二一二～二一五。

張夢機、張大春，〈詩話偶拾〉，《印刻文學生活誌》，第四卷第十期，二〇〇八年六月，頁二三〇～二三三。

張夢機、張大春，〈詩學三題〉，《印刻文學生活誌》，第四卷第十一期，二〇〇八年七月，頁二三〇～二三三。

張夢機、張大春，〈說杜〉，《印刻文學生活誌》，第五卷第一期，二〇〇八年九月，頁二一六～二一九。

張夢機、張大春，〈方、紀批杜詩平議〉，《印刻文學生活誌》，第五卷第二期，二〇〇八年十月，頁二一六～二一九。

張夢機、張大春，〈方、紀批杜詩平議〉，《印刻文學生活誌》，第五卷第三期，二〇〇八年十一月，頁二〇六～二〇九。

五　序跋類

〈王昌齡詩校注序〉，收於李國勝，《王昌齡詩校注》，臺北：文史哲出版社，一九七三年，頁一～二。

〈三臺詩傳跋〉，收於李漁叔，《三臺詩傳》，臺北：學海出版社，一九七六年。

〈花延年室遺詩跋〉，《思齋說詩》，臺北：華正書局，一九七七年一月，頁五九～六四。

〈詩與詩人叢刊弁語〉，收於《詩與詩人叢刊》，臺北：偉文圖書公司，一九七八年。

〈張序〉，收於吳榮富《青衿詩集》，臺南：自印本，一九八一年。此文復收錄於吳榮富，《袖海集》，臺南：臺南市政府文化局，二〇一七年二月，頁三二。

〈中國文學精華序〉，《中國文學精華》，臺北：聯亞出版社，一九八二年。

〈顏著古典詩文論叢序〉，收於顏崑陽，《古典詩文論叢》，臺北：漢光文化事業公司，一九八三年。

〈西堂詩稿序〉，收於尤信雄，《西堂詩稿》，臺北：文津出版社，一九八四年三月，頁九～一〇。

〈伯元吟草香江煙雨集序〉，收於陳新雄，《香江煙雨集》，臺北：臺灣學生書局，一九八五年。

〈眞正的初安民——張夢機序〉，收於初安民《愁心先醉》，臺中：晨星出版社，一九八五年。

〈散播詩的種子——紀念特刊序〉，收於《中華民國大專青年第五屆聯吟大會第四屆古典詩研習會紀念特刊》，淡江大學、陳逢源文教基金會主辦，一九八七年十二月十九～二十日。

〈尚書正讀跋〉，《藥樓文稿》，臺北：文史哲出版社，一九九五年五月，頁六七～七〇。

〈張夢機序〉，收於顏崑陽，《顏崑陽古典詩集》，臺北：漢藝色研文化事業有限公司，一九九八年。

〈《東橋說詩》序〉，收於劉榮生，《東橋說詩》，臺北：文史哲出版社，一九九八年，頁一～二。

〈雲起樓詩序〉，收於龔鵬程，《雲起樓詩》，臺北：臺灣學生書局，二〇〇〇年，頁一五～一六。

〈張夢機先生序〉，收於李德儒等著，《網川漱玉：網路古典詩詞雅集週年紀念詩集》，臺北：萬卷樓圖書公司，二〇〇三年。

〈「瀛海吟草集」序〉，收於劉治慶，《瀛海吟草八十續集》，桃園：自印本，二〇〇三年十一月。

〈醉佛詩稿序〉，收於蔡秋金，《醉佛詩稿》，自印本，應印於二〇〇三年以後，頁三。

〈《當代百家詩詞鈔》序〉，毛谷風選編，《當代百家詩詞鈔序》，北京：新華出版社，二〇〇四年，頁三～四。

〈戎庵詩存序〉，收於羅尙，《戎庵詩存》，高雄：宏文館圖書出版，二〇〇五年。

〈徐著《健遊詠懷》序〉，收於徐世澤，《健遊詠懷》，臺北：萬卷樓圖書公司，二〇〇七年，頁一～四。

〈序〉，收於李德儒等著，《網雅吟懷》，臺北：萬卷樓圖書公司，二〇〇七年。

〈《歷代七絕精華》序〉，毛谷風，《歷代七絕精華》，北京：新華出版社，二〇〇八年，頁三～四。

〈「松竹居詩稿」序〉，手稿未刊，應作於二〇〇八年前後。（維案：饒漢濱《松竹居詩集》，臺中：自印本，二〇一七年二月。未錄此文。）

〈章脈跌宕，矩度森嚴〉，收於吳榮富，《心墨集》，臺南：開朗雜誌，二〇〇八年五月，頁四～五。此文復收錄於吳榮富，《袖海集》，臺南：臺南市政府文化局，二〇一七年二月，頁四～五。

〈張序〉，洪嘉惠主編，《臺灣千家詩》，臺北：萬卷樓圖書公司，二〇一三年，頁三。

〈賴著「作者觀念的探索與建構　以《文心雕龍》爲中心的研究」序〉，收於賴欣陽，《「作者」關念之探索與建構：以《文心雕龍》爲中心的研究》，臺北：臺灣學生書局，二〇〇七年。

六　報刊所錄會議與座談記錄

〈詩的形式與內涵——藝文座談會記錄之一〉，《學粹雜誌》，第十七卷第二期，一九七五年六月三十日，頁二二三～二二七。

〈古典詩的創作問題（中國文學研討會續稿之一）〉，《臺灣時報》，一九七九年四月二十六日，第十二版。

〈讓古典詩進入現代生活　中國古典文學教授談詩詞與生活〉，《聯合報》，一九七九年五月二十九日，第十二版。

〈如何欣賞研究古典文學?〉，《台灣新聞報》，一九八〇年六月十日，第十二版。

〈漢學會議學人專欄　夏志清與國內學者談中國文學研究〉，《聯合報》，一九八〇年八月十六日，第八版聯合副刊。

〈教授與作家 看電影・談電影〉，《台灣新聞報》，一九八一年三月二十四日，第十二版。
〈如何奠定現代文學在中國文學史上承先啟後的地位〉，《臺灣日報》，一九八一年五月四日，第八版。
〈淨化心靈，美化人生 「傳統詩與現代之結合」座談〉，《台灣新聞報》，一九八二年十月二十五日，第十二版。
〈文學博士教育現況檢視與展望〉，《民生報》，一九八四年三月二十一、二十二、二十三日，第九版。
何芸、張夢機，〈傳統詩社的現況與發展（座談會）〉，《文訊》，第十八期，一九八五年六月，頁一一～三一。
何芸記錄，〈傳統詩社的現況與發展〉，《文訊》，第十八期，一九八五年六月，頁一一～三一。
〈從三二九看當前文風〉，《臺灣日報》，一九八七年三月二十九日，第十四、五版。
張夢機、洛夫，蔡鵬輝記錄，〈回歸傳統擁抱現代（上）〉，《中央日報》，一九八七年五月三十日，第十版。
張夢機、洛夫，蔡鵬輝記錄，〈回歸傳統擁抱現代（下）〉，《中央日報》，一九八七年五月三十一日，第十版。
〈質的提升 中國古典文學研究會未來的發展〉，《大華晚報》，一九八七年十月十一日，第十一版。
楊錦郁、張夢機，〈文心雕龍研究的檢討與展望（座談會）〉，《明道文藝》，第一四二期，一九八八年一月，頁一五一～一六八。

〈「五四文學與文化變遷」學術研討會特刊 歡迎詞〉，《「五四文學與文化」變遷學術研討會特刊》，一九八九年四月二十九～三十日。

〈全國文學新書質的排行榜 第二屆書評委員的話〉，《聯合報》，一九八九年五月八日，第二十一版。

附錄：學界於張夢機相關研究著作、論文

李瑞騰、孫致文主編，《歌哭紅塵間——詩人張夢機教授紀念文集》，桃園：國立中央大學中國文學系，二〇一〇年。

林淑貞編輯，《歌哭紅塵間：張夢機教授紀念學術研討會論文集》，臺中：興大中文系，二〇一五年。

顧年，〈張夢機《師橘堂詩》述評〉，《文學教育》，二〇一五年二月，頁一四四～一四六。

簡錦松，〈從碧亭到藥樓——談張夢機詩的由虛入實之境〉，《成大中文學報》，第五十期，二〇一五年九月，頁一四一～一六三。

黃雅莉，〈張夢機詞日常書寫的自傳色彩與苦難消解〉，《東吳中文學報》，第三十二期，二〇一六年十一月，頁二四一～二六九。

胡詩專，《張夢機古典詩類型書寫研究》，南投：國立暨南國際大學中國語文學系碩士論文，二〇一六年。

汪筱薔，《張夢機詩晚期風格》，桃園：國立中央大學中國文學系碩士論文，二〇一七年。
林宸帆，《張夢機晚期詩學觀轉變探析》，臺北：淡江大學中國文學系碩士論文，二〇二一年。
何維剛，〈張夢機青年時代的詩作與行跡考論〉，《國文學報》，第七十三期，二〇二三年六月，頁六五～一一〇。
何維剛，〈截搭：論張夢機「新詞彙入詩」的時代意義〉，《淡江中文學報》，第四十九期，二〇二三年十二月，頁二八三～三二〇。

跋

張夢機老師來教我們「詩選」時，我們常去找他玩的同學便可得到他的《師橘堂詩》。薄薄一小冊，封面也很簡素，只由汪中雨盦先生題署一下，接著就排詩。大概夢機師以此代替名片，取便交流。我們都很喜歡。能作詩的，就都學上了，也想辦法印幾頁，自娛自壯。簡錦松更是直接去找汪老師，用其有「檐前細雨燈花落」等印章圖樣的詩箋，套色印成自己的用紙。

後來夢機師的詩愈來愈多，詩冊漸厚，取名也頗有變化，隨時、隨境、隨心情而定。我們追躡不上，終於只能觀海而嘆。

一是嘆詩境無窮。在《師橘堂詩》階段，近體雖已大成，古體還在發展中。句型、語式、章法、結構，均具實驗性。爾後隨時隨境，變化漸至無端無為無象，令人無限期待。

二是嘆人事無常。孔子嘗說：「斯人也，而有斯疾也。」夢機師後來的「藥廬」，亦如此教人悵悵。然而，橘徠服兮，生南國兮；紛其可喜兮，更壹志兮，獨立不遷，文章爛兮。人生維苦，人事無常，於夢機師何傷？

其最終詩集《張夢機先生詩集》（黃山書社），係師自選定者。所選甚少，故余請以《近體詩發凡》補之。今又得拾遺補缺之機，得以總攬全貌，豈不大幸？茲謹為跋之。

龔鵬程

文學研究叢書 0800013

張夢機先生詩文補遺

主　　編　何維剛
編　　輯　楊維仁、張富鈞、
　　　　　蔡長煌、謝亞凡
責任編輯　呂玉姍
特約校對　林秋芬

發 行 人　林慶彰
總 經 理　梁錦興
總 編 輯　張晏瑞
編 輯 所　萬卷樓圖書股份有限公司
臺北市羅斯福路二段 41 號 6 樓之 3
電話 (02)23216565
傳真 (02)23218698

發　　行　萬卷樓圖書股份有限公司
臺北市羅斯福路二段 41 號 6 樓之 3
電話 (02)23216565
傳真 (02)23218698
電郵 SERVICE@WANJUAN.COM.TW
香港經銷　香港聯合書刊物流有限公司
電話 (852)21502100
傳真 (852)23560735

ISBN 978-626-386-090-2
2024 年 5 月初版
定價：新臺幣 760 元

如何購買本書：

1. 劃撥購書，請透過以下郵政劃撥帳號：
   帳號：15624015
   戶名：萬卷樓圖書股份有限公司
2. 轉帳購書，請透過以下帳戶
   合作金庫銀行　古亭分行
   戶名：萬卷樓圖書股份有限公司
   帳號：0877717092596
3. 網路購書，請透過萬卷樓網站
   網址　WWW.WANJUAN.COM.TW

大量購書，請直接聯繫我們，將有專人為您服務。客服：(02)23216565　分機 610

國家圖書館出版品預行編目資料

張夢機先生詩文補遺/何維剛主編. -- 初版. --
臺北市：萬卷樓圖書股份有限公司, 2024.05
　面；　公分
ISBN 978-626-386-090-2(平裝)

863.4　　113005368

本書榮獲「財團法人國家文化藝術基金會」贊助出版　NCAF 國|藝|會